BASTEI
LÜBBE

Von Pat Conroy sind bei BASTEI-LÜBBE erschienen:

11467 Die Herren der Insel
11747 Der große Santini

Pat Conroy

TRENNENDE WASSER

Aus dem Englischen von
Esther Facius

BASTEI
LÜBBE

BASTEI-LÜBBE-TASCHENBUCH
Band 11924

Deutsche Erstveröffentlichung
Titel der Originalausgabe: THE WATER IS WIDE

Printed in Germany März 1993
Einbandgestaltung: Klaus Blumenberg, Bergisch Gladbach
Titelfoto: Tony Stone
Gesamtherstellung: Ebner Ulm
ISBN 3-404-11924-X

Dieses Buch ist meiner Frau
Barbara Bolling-Conroy
gewidmet

Das Wasser ist breit,
ich kann nicht hinüber,
und Flügel zum Fliegen
wachsen mir nicht.
Wer gibt mir ein Boot,
das Platz hat für zwei,
dann setzen wir über,
meine Liebste und ich.

Britisches Volkslied

Der Fluß ist tief, der Fluß ist breit,
Milch und Honig auf der anderen Seit'.

»Michael, Row the Boat Ashore«

1

Der Southern School Superintendent ist eine Art Halbgott, dem es vergönnt ist, die reine Luft des Parnaß zu atmen. Die Lehrer bekommen ihn nur bei jenen Augustanlässen zu Gesicht, wenn es wieder einmal an der Zeit ist, sie an die Würde und den Adel ihrer Berufung zu erinnern.

Die Macht eines Superintendenten ist ungewöhnlich weitreichend. Er stellt ein und setzt ab. Er manipuliert die Schulbehörde, verfügt über erstaunlich hohe Geldbeträge und sorgt für die fragwürdige Beibehaltung des Status quo.

Der Schuldirektor von South Carolina, Superintendent Dr. Henry Piedmont, war erst ein Jahr in Beaufort, als ich beschloß, ihn aufzusuchen.

Er besaß den Ruf eines strengen, fähigen und ehrenhaften Mannes. Ein Freund sagte mir, daß sich Piedmont von niemandem hinters Licht führen ließ.

Ich betrat sein Büro, stellte mich vor und unterhielt mich eine Weile mit ihm. Dann erklärte ich ihm, daß ich auf Yamacraw Island unterrichten wolle.

Er sah mich durchdringend an und sagte: »Sohn, Sie sind ein Geschenk des Himmels!«

Ich ließ mich in einem Sessel nieder und analysierte sorgfältig meine neue Position.

»Ich habe die ganze Nacht gebetet«, fuhr er fort, »um eine Lösung der Probleme auf Yamacraw zu finden. Ich habe mir den Kopf zerbrochen, hin und her überlegt, und jetzt marschieren Sie in mein Büro hinein und wollen die farbigen Kinder der Insel unterrichten. Wenn das kein Beweis dafür ist, daß Gottes Vorsehung wirklich wundersame Wege geht!«

»Ich weiß nicht, ob Gottes Vorsehung was damit zu tun hat, Doktor«, erwiderte ich. »Es ist so, daß ich mich für das Friedenscorps gemeldet habe und keine Antwort bekomme. Yamacraw scheint mir 'ne brauchbare Alternative zu sein.«

»Sohn, auf Yamacraw können Sie mehr Gutes tun, als Ihnen das beim Friedenscorps jemals möglich wäre. Dort helfen Sie Amerikanern. Und, wenn Sie mich fragen, ich halte es für sehr wichtig, Amerikanern zu helfen.«

»Da geb' ich Ihnen recht, Doktor.«

Wir sprachen über die Schwierigkeiten auf der Insel. Dann sagte er: »Sie bemerkten vorhin, Gott habe nichts zu tun mit Ihrer Entscheidung, nach Yamacraw zu gehen, Pat. Sie erinnern mich an die Zeit, da ich so alt war wie Sie. Natürlich kam ich von ganz unten. Meine Eltern arbeiteten in der Fabrik, gute Leute beide. Einfache Leute – einfach, aber gottesfürchtig. Meine Mutter war eine Heilige. Eine Heilige auf Erden. Auch ich arbeitete in der Fabrik. Sogar nachdem ich das College abgeschlossen hatte, ging ich dorthin zurück. Diesmal allerdings als eine Art Aufsicht. Doch ich war nicht glücklich, Pat. Irgend etwas fehlte. Eines Nachts, als ich aus der Spätschicht kam, blieb ich vor dem Fabriktor stehen und blickte zu den Sternen auf. Dann ging ich bis zum Waldrand und warf mich dort auf die Knie. Ich betete zu Jesus und fragte ihn, was ich tun solle. Und wissen Sie, was geschah?«

»Nein, Sir, sagen Sie es mir!«

Dr. Piedmont beugte sich in seinem Sessel vor. Seine Augen schienen mich zu durchbohren.

»Er sagte mir, was ich tun sollte. Er sagte mir: ›Henry, verlaß die Fabrik. Geh in die Erziehung, und hilf Jungen, wie du einer warst, aufs College. Hilf ihnen, was zu werden. Geh zurück auf die Schulbank, und mach deinen akademischen Titel!‹ Also ging ich auf die Columbia University, eine der größten Universitäten der Welt. Mit der Doktorwürde kehrte ich zurück. Ich war der erste Junge in meiner Stadt, der es jemals bis zum Doktor gebracht hatte.«

»Das ist großartig, Doktor«, bemerkte ich geistreich.

»Sie erinnern mich an den Jungen, der ich damals war, Pat. Wissen Sie, weshalb Sie heute zu mir gekommen sind?«

»Ja, Sir. Weil ich auf Yamacraw unterrichten möchte.«

»Nein, nein, Sohn, Irrtum. Kennen Sie den wirklichen Grund?«

»Nein, Sir, ich glaube nicht.«

»Jesus«, antwortete er, und es klang, als hätte er den Stein der Weisen gefunden. »Sie sind noch zu jung, um das jetzt zu erkennen. Jesus ist es, der Sie heute zu mir geführt hat.«

Bald danach verließ ich sein Büro. Er hatte mich beeindruckt. Er war eine kraftvolle Persönlichkeit, sehr beherrscht, mit einem fast anmaßenden Vertrauen in die eigenen Fähigkeiten. Während unseres ganzen Gesprächs schaute er mich mit bannenden Augen an. Ich kannte seinen Entwicklungsgang aus eigener Erfahrung. Der Fabrikarbeiterjunge, der sich aus eigener Kraft hochgearbeitet hat. Horatio Alger, der einen Mann mit einem einzigen Faustschlag zu Boden schlägt. Er war ein Produkt aus dem tiefsten Inneren von South Carolina: Bibelsprüche, Hinterhofbaseball, Messerkämpfe unter der Tribüne. Sein Stolz auf den Doktortitel grenzte ans Religiöse. Es war der Orden, der der Welt zeigte, daß sein Träger es geschafft hatte, etwas Besonderes war. Intellektuell gehörte er zur Elite. Finanziell war er ohne Sorgen. Und im Rücken hatte er Jesus. Jesus mit der volltönenden Predigerstimme, der Zwischenstopper in der Werksmannschaft, liebte den alten Henry Piedmont.

*

Yamacraw ist eine Insel vor dem South-Carolina-Festland, unweit von Savannah, Georgia. Die Insel ist umgeben vom grünen, hügeligen Sumpfland der Südküste. Garneelenboote durchschneiden das Wasser, und Fischer werfen entlang den fischreichen Ufern ihre Netze aus. Hirsche durchstreifen in kleinen, schweigsamen Herden die Wälder. An den Ufern erheben sich mächtige Eichen. Die Insel und das Wasser ringsum wimmeln von Leben. Etwas Ewiges und Unzerstörbares haftet den von Ebbe und Flut zernagten Küsten und dem dunklen, drohenden Schweigen der Sümpfe im Herzen der Insel an.

Yamacraw Island ist schön, weil der Mensch noch nicht die Zeit fand, seine Schönheit zu zerstören.

Das zwanzigste Jahrhundert hat die Existenz von Yamacraw eigentlich übersehen. Die Insel wird von Farbigen bewohnt, die von der See leben und vom Ertrag ihrer Farmen. Auch einige weiße Familien leben dort, auf paternalistische, in mannigfacher Beziehung symbiotische Weise mit ihren Nachbarn verbunden. Nur eine einzige weiße Familie nimmt wirklich aktiv am Inselleben teil. Die übrigen drei Ehepaare haben sich tief ins Innere der Insel zurückgezogen und genießen still ihren Ruhestand.

Es gibt keine Brücken, die die Insel mit dem Festland verbinden. Nur auf dem Wasserweg ist Yamacraw zu erreichen. Die Straßen sind unbefestigt und zerfurcht von den Rädern der Ochsenkarren, die immer noch das Hauptverkehrsmittel der Inselbewohner darstellen. Handpumpen schaffen das notwendige Wasser zu den Behausungen der schwarzen Bevölkerung. Sears-Roebuck-Kataloge erfüllen ihre klassische Funktion auf den primitiven Plumpsklos, die, halbversteckt im hohen Gras, hinter den armseligen Hütten stehen. Vor einigen Jahren erhielt die Insel Elektrizität, und von den Stromleitungsmasten, die durch das Sumpfland führen, geht fraglos etwas Rührendes aus. Rührend vielleicht, weil man in der Elektrizität den Bringer von Wohlstand sieht und weil die Reihe der anonymen Leitungsmasten so lang ist und so menschlich wirkt. Doch es gibt kein Telefon auf der Insel – Elektrizität ist genug der Neuerung in einem Jahrhundert –, und wer die Insel anrufen will, muß nach Beaufort zum Sheriff's Office und zu dem Mann, der das Funkgerät bedient. Andernfalls bleibt Yamacraw isoliert und abgeschnitten von der Welt jenseits des Flusses.

Es ist keine große Insel und völlig unbedeutend, doch es verkörpert eine Ära in der Geschichte Amerikas, die im Aussterben begriffen ist. Für die Menschen der Insel hat sich seit der Proklamation der Sklavenbefreiung wenig geändert. Tatsächlich haben viele von ihnen nicht einmal etwas davon gehört. Sie lieben die Insel aus tiefster Seele, aber sie haben zusehen müssen, wie ihre jungen Leute in die Städte abwanderten, die weit, weit von Yamacraw entfernt sind.

Die Insel stirbt, und die Menschen wissen es.

In der Geschichte von Yamacraw gab es eine Zeit, in der die Farbigen für ihren Lebensunterhalt bestens sorgen konnten, hart arbeiteten und nach den geheiligten Grundsätzen lebten, die in der protestantischen Sittenlehre niedergelegt sind. Morgen für Morgen bestiegen die jungen Männer ihre langen Boote und suchten die Ufer und Flußarme nach den riesigen Austernschwärmen ab, die die Frauen und alten Männer in den Fabriken in große Tonkrüge füllten.

Yamacraws Austern waren weltberühmt.

Man erzählte sich auf Yamacraw, daß sich ein russischer Zar für ein Bankett, das er in seinem Palast gab, Yamacraw-Austern gewünscht habe. Es waren die Weißen, die dieses Gerücht in die Welt setzten. Die meisten Schwarzen wären nicht einmal imstande gewesen, einen Zar von einer Winkerkrabbe zu unterscheiden. Aber die Austern waren gut, und die Austernfabriken garantierten allen ein geregeltes Auskommen. Jedermann hatte Arbeit, und jedermann hatte Geld.

Doch dann kam das Unheil.

In Gestalt eines großen Industriewerks, das auf einem Hügel über dem Savanah River viele Meilen von Yamacraw entfernt errichtet wurde.

Das Werk leitete seine giftigen Abwässer in den Fluß, verseuchte die Bäche, und still wie der Wechsel der Gezeiten kroch der Schmutz an die Ufer von Yamacraw.

Wie jeder gute Gesundheitsinspektor weiß, führen vergiftete Austern bei allen, die sie genießen, unweigerlich zur Hepatitis. Und plötzlich begann man an den Stränden von Yamacraw Wasserproben zu entnehmen, analysierte sie unter dem Mikroskop und gab die Ergebnisse an die Behörden weiter. Bald darauf stellte man in der Nähe der Austernbänke weiße Verbotsschilder auf, die das Sammeln von Austern bei Strafe untersagten. Zehntausende von Austern waren von einem Tag auf den anderen so wertlos wie Sandkörner geworden. Kein Zar würde je wieder Yamacraw-Austern bestellen. Die schlammigen Meerestiere, die den Bewohnern der Insel ihren Lebensunterhalt gesichert hatten, waren für immer unter Quarantäne gestellt.

Da Fabriken anonym sind und keine Seele besitzen, kann man ihnen nicht klarmachen, wie groß die Zerstörung ist, die in ihrem Gefolge über die Menschen hereinbricht. Als die Austern vergiftet wurden, bedeutete dies den sofortigen Zusammenbruch der einzigen Industrie der Insel.

Die große Emigration setzte ein. Ein unablässiger Menschenstrom bewegte sich angesichts der drohenden Verelendung in die Städte. Sie verließen die Insel auf der Suche nach Arbeit. Aber nur wenig Städte haben einen unbegrenzten Bedarf an gelernten Austernschälern. Dennoch paßten sich die Menschen an. Die Zahl der Inselbewohner schrumpfte dramatisch zusammen. Die Häuser verloren ihre Mieter an die Städte, und im Inneren der verlassenen Wohnungen waren die Zeichen eines nahezu fluchtartigen Aufbruchs unverkennbar. Über dreihundert Bewohner verließen die Insel, und sie kehrten nur zu seltenen Besuchen noch einmal dorthin zurück, zum Trost für die Verwandten, die zu alt oder zu stur gewesen waren, sich ebenfalls zu verändern.

Als die Austern starben, starben auch die Menschen.

*

Manch dunkle Schatten waren auf meinen frühen Lebensweg gefallen – jedenfalls liebte ich es, die Dinge so zu sehen. Als jugendlicher Schwärmer schwelgte ich im heimatlichen Aberglauben, spielte den Selbstgerechten und ging meiner Umgebung damit gewaltig auf die Nerven. Es kann nicht schaden, wenn ich mich gelegentlich an die Neandertaler-Periode meiner Jugend erinnere, an jene Zeit, da ich auf dem Rücksitz eines 57er Chevrolet die nachtdunkle Carolina Road entlangfuhr und mit angefaulten Wassermelonen Jagd auf Schwarze machte. Wir nannten diese »furchtlose« Form der Unterhaltung »Niggerkegeln«. Auch während meiner ersten Jahre auf der High-School bereiteten mir diese Auswüchse eines blinden Hasses ein immenses Vergnügen.

Es waren die Jahre, in denen mir das Wort »Nigger« leicht über die Lippen kam. Meine Mutter hatte uns Kinder gelehrt, von Farbigen zu sprechen und beim Aussprechen des Namens Jesu den Kopf zu neigen. Meine Mutter machte uns klar, daß nur weißes Gesindel zur Beschreibung der Schwarzen jenes Wort benutzte, das zum Schimpfnamen geworden war, in meinen Ohren jedoch einen so herrlich explosiven und erregenden Klang besaß.

Nigger, das hörte sich nach Geheimnis an, nach verbotener Frucht. Und ich warf mit diesem Wort nur so um mich im grölenden Kreis meiner weißen Freunde, die mir dabei halfen, den Kinderschuhen zu entwachsen.

Die frühen Jahre meines Lebens waren Nomadenjahre. Dads Streben nach Höherem im Marine Corps verschlug uns in einige der bedeutenderen Sümpfe der Ostküste. Ich besuchte katholische Schulen mit geheimnisvollen Namen wie »Jesuskind von Prag« und »Unbefleckte Empfängnis«, während Dad von einem desolaten Flottenstützpunkt zum anderen versetzt wurde und wir bei Kriegsausbruch in die Heimat meiner Mutter nach Atlanta zogen.

Moms Leute stammten ursprünglich aus der nordöstlichen Ecke des Berglandes von Alabama. Die von Dad schmierten die Achsen der Eisenbahnwaggons in Chicago, aber ihrer Einstellung nach hätten sie ebenfalls als kuttenverhüllte Eiferer in eine Klanversammlung gepaßt.

Ich liebte die ruhig dahinplätschernden Fünfziger, als ich mich für die Top-tens auf den Hitlisten und die heimkehrende Queen interessierte, als ich bei Elvis das Heil suchte, als die scharfe Trennung zwischen Schwarz und Weiß noch unwidersprochen war und eine Realität, deren Sinn niemand bestritt, und als die US-Baseballmeisterschaften das entscheidendste Ereignis des Jahres waren. Die Sechziger zwangen diesen storchbeinigen Traum in die Knie, und der Zusammenbruch des Traums begrub die Unbekümmertheit dieser blauäugigen Jugend für immer unter seinen Trümmern

Doch auch in den Fünfzigern gab es schon Tage, die

den Frieden Lügen straften und die Tumulte und Umbrüche der späten Sechziger wie fernes Wetterleuchten ankündigten. Ein seltsamer Zufall wollte es, daß ich genau an dem Tag zu einem High-School-Basketballspiel in Greensboro, North Carolina, war, als schwarze Studenten dort eine Eckkneipe besetzten und darin die erste Sit-in-Demonstration abhielten, die nationale Beachtung fand. Ich kam auf dem Weg in mein Hotel an dem Lokal vorbei, als ich das drohende Murren der aufgebrachten, nur aus Weißen bestehenden Menge vor dem Gebäude hörte. Das Gerücht verbreitete sich, die Neger probten den Aufstand, und eine erregte Menge rottete sich vor dem Tatort zusammen. Mit hochgekrempelten Ärmeln und dem Brylcreme-Blick der damaligen Zeit wurde der Mob von einer Sekunde zur anderen zur Karikatur einer intakten Gemeinschaft. Die Frauen hatten scharfe Adlernasen. Daran erinnere ich mich noch genau. Jedermann war fassungslos und außer sich über die widerrechtliche Inanspruchnahme jenes unveräußerlichen Rechts eines jeden Menschen, in einem Lokal seinen Hintern auf einen Lederhocker zu pflanzen und an der Theke eine Cola zu trinken. Ich machte mich aus dem Staub gemäß einem alten Conroy-Grundsatz, daß ein aufgebrachter Mob Ärger und Polizei nach sich zieht – obwohl mich die Polizei an diesem Tag gewiß nicht belästigt hätte, wie ich später feststellte.

Es wäre schön, berichten zu können, daß dieses Ereignis mich zum furchtlosen Verfechter der Menschenrechte gemacht hätte. Aber es war nicht so.

In den frühen Sechzigern kam ich nach Beaufort, South Carolina, einer Stadt, die von warmen Salzquellen gespeist wird und dem kühlenden Einfluß milder Seewinde ausgesetzt ist. Eine verschlafene Stadt, errichtet auf einem hohen Felsen, mit einem kraftvoll strömenden Fluß zu ihren Füßen.

Ich war es leid, jedes Jahr umzuziehen, das Haus und die Umgebung zu wechseln und den Streß zu ertragen, den der Rhythmus von Entwurzelung und Anpassung mit sich brachte, nur weil mein Vater ein Nomade war.

So kamen wir also nach Beaufort, einer Stadt, die ich immer mehr liebenlernte wegen ihres herrlich geruhsamen Lebens und ihrer beinahe ans Vollkommene grenzenden Schönheit. Es war ein Ort stiller, duftender Gärten, verträumter Straßen und prächtiger Vorkriegshäuser. Während mein Vater über dem Himmel der Stadt Düsenjets testete, besuchte ich die örtliche High-School für Weiße, machte der Tochter des Baptistenpfarrers den Hof, übte den Break und den blitzschnellen Sprungwurf.

Ich lebte in der Geborgenheit einer Stadt, deren Ursprünge ins sechzehnte Jahrhundert zurückgehen. Aber in der Welt draußen gab es einen John F. Kennedy, gab es den beginnenden Freiheitskampf der Schwarzen, die auf der Suche nach dem verheißenen amerikanischen Gral auf die Straße gingen, gab es die Fernsehstücke von Bull Connor, knurrende Hunde, Feuerwehrschläuche und die rauchgeschwärzten Namen von Montgomery, Columbus, Monroe und Birmingham.

Nachdem meine Wahl auf Beaufort gefallen war, besuchte ich das College, das siebzehn Meilen entfernt in den Bergen lag. Ich trat in die Zitadelle ein, die Militärakademie von South Carolina, wo ich vier Jahre lang zum Frühstück marschierte, vor meinen Vorgesetzten salutierte, durch Hornsignale geweckt wurde, weiter für Basketball schwärmte und den Dixie, den Kampfgesang der Akademie, grölte.

Vier Jahre verschwendete ich keinen Gedanken an die Welt vor den Toren. Kurzsichtig und farbenblind, eignete ich mich nicht zum zackigen Piloten eines Düsenbombers, wie mein Vater einer war, und entschied mich für das Lehrfach und für Beaufort. Nach meiner Graduierung stürmte ich den Highway hinunter und begann mein Leben als Lehrer an derselben High-School, auf der ich Jahre zuvor die Schulbank gedrückt hatte. Doch die Zeiten hatten sich geändert: Mit der Rassentrennung innerhalb der Schülerschaft war es für immer vorbei. Dank der heimtückischen Weiterentwicklung der Gesetze verunstalteten farbige Schüler das schneeweiße Land der Seligen, das einmal meine schulische Heimat gewesen war, mit häßlichen schwarzen Sprenkeln.

Es machte mir Freude, auf der High-School zu unterrichten. Ich lebte inmitten von Faschisten und Chauvinisten relativ unbehelligt und liebte die Studenten, die Tag für Tag kaugummikauend in meine Klasse strömten. Meiner Jugend schmerzlich bewußt, versuchte ich meine einundzwanzig Jahre zu vertuschen, indem ich mich betont verständig gab und Lebenserfahrung demonstrierte. Meine Tarnung hielt, bis ich eines Tages in einer Klasse fragte, was eigentlich den bestialischen Gestank verursache, der den Raum verpeste. Ein scharfäugiger Schüler entdeckte die Ursache. Ich war in einen Haufen Hundekot getreten und hatte eine braune Spur im ganzen Klassenzimmer hinterlassen. So starben Reife und Autorität. Ich entdeckte den Reiz der Klassendiskussion und der sokratischen Methode, durch geschickte Fragen den Schüler Antworten und Einsichten selbst finden zu lassen. Ich trat mit lahmen Argumenten für den Frieden in Vietnam ein, während meine Schüler nach der H-Bombe schrien – und die Vernichtung von Hanoi, Moskau und Peking forderten. Sie schimpften mich einen Kommunisten, weil ich nicht für den Krieg war, nannten mich einen Feigling, weil ich mich weigerte, mein Land in der Stunde seiner größten Gefahr mit der Waffe zu verteidigen. Als ich ihnen entgegenhielt, daß ich nicht einsähe, welche Bedrohung ein kleines Land wie Nordvietnam für die Vereinigten Staaten darstelle, murmelten sie in unheilverkündendem Ton, ich würde noch Augen machen, wenn eines Tages Schwärme von roten Eroberern in der San Francisco Bay landeten.

Sie waren Kinder des Südens wie ich. Sie waren die Nachfahren von Eltern, die den Union Jack liebten und verehrten wie das Schweißtuch der Veronika. Für sie war die Armee die wirksamste Verteidigerin von Ehre, Gerechtigkeit und jungfräulicher Unschuld. Sie kamen aus einem Milieu, in dem Konservatismus eine Lebensnotwendigkeit war und nicht nur eine politische Einstellung.

Abend für Abend traf ich mich mit meinen Freunden George Garbade, Mike Jones und Bernie Schein vor dem Bildschirm zu den Nachrichten. Den Vietnamkrieg erlebten die Menschen im Film. Die Sieben-Uhr-Nachrichten waren voller Napalm und Leichen. Nach den Nachrichten lieferten wir uns heftige Debatten.

George kam aus Ridgeland, South Carolina, einer ländlichen Gemeinde, die so konservativ war, daß einem Beaufort daneben wie eine Brutstätte des Liberalismus erschien. Mike war Theologiestudent, der sein Studium für ein Jahr unterbrochen hatte, um sich über sein Leben als Geistlicher klarzuwerden, das er inmitten einer Gemeinde von Frömmlern und Pharisäern würde zubringen müssen. Bernie Schein war der dreiundzwanzigjährige Leiter einer kleinen Schule im benachbarten County.

Sobald die Nachrichten zu Ende waren, diskutierten wir vier bis spät in die Nacht und hielten einander unsere mehr oder weniger geheimgehaltenen Vorurteile vor. Erbarmungslos stürzten wir uns auf denjenigen aus der Gruppe, der es wagte, eine Meinung zu äußern, für die ihm die rationale und wissenschaftliche Begründung fehlte. Diese Versammlungen waren Gruppenschuldbekenntnisse. Zynismus, blinder Idealismus und die leere Hoffnung der Weltverbesserer kennzeichneten sie.

Am Ende des Jahres reisten wir vier mit unserem neugefundenen Credo nach Europa. Die Welt ist gut, sagten wir. Sie bedarf nur des geringfügigen Ausgleichs. Sogar der Mensch ist im Grunde gut, fügten wir mit penetranter Selbstgefälligkeit hinzu.

In Deutschland besuchte ich das Konzentrationslager Dachau und betrachtete die Bilder der aufgetürmten Leichen, die ausgehungert und gesichtslos von Bulldozern in riesige Massengräber geschaufelt wurden. Ich starrte auf die Gaskammern, in denen Juden vergast worden waren, und hatte das Gefühl, auf geheiligtem Boden zu stehen, vor einem Mahnmal gegen die nie endenden Unmenschlichkeiten des Menschen. Dieser Boden war getränkt mit unermeßlichen Strömen menschlichen Blutes. Hier lebten die Geister und Seelen jener Juden und Deutschen, die man in ein Drama hineingezwungen hatte, das so entsetzlich und gespenstisch war, daß die Welt ihre alte Unschuld nie wieder zurückerlangen würde.

Dachau brannte mir ein unauslöschliches Siegel auf. Es brachte mir das schmerzhafte Scheitern meiner naiven Hoffnungsphilosophie.

Wenn der Mensch gut war, hätte es Dachau niemals geben dürfen. So einfach war das. In einem Hotel in Paris diskutierten George, Bernie und Mike erneut über das grundsätzliche Gutsein des Menschen, doch ich konnte mich nicht daran beteiligen. Ich glaubte, die Botschaft von Dachau verstanden zu haben. Ich erkannte, daß unser Philosophieren nichts anderes gewesen war als ein harmloses, unverbindliches und ziemlich müßiges Denkspiel.

Alle Farben und Formen des Louvre vermochten die Erinnerungen an ein Foto, das ich in Dachau gesehen hatte, nicht zu verdrängen: eine Mutter mit ihren zwei kleinen Kindern auf dem Weg zu den Gaskammern.

Ich begann meiner eigenen Unschuld überdrüssig zu werden.

Wir schrieben das Jahr 1968. Im April dieses Jahres hatte ich ein Erlebnis, das mein Leben von Grund auf veränderte.

Als der einsame Heckenschütze Martin Luther King jr. tötete, brachen sich die Empfindungen der Schüler der Beaufort High-School auf eine Weise Bahn, die erschütternd war in ihrer Ohnmacht und nackten Gefühlsäußerung. Die weißen Schüler, die den größten Teil der Schülerschaft bildeten, reagierten meist passiv auf das Ereignis. Natürlich machten sich die örtlichen Rednecks ein hämisches Vergnügen daraus, Mrs. King eine »Schwarze

Witwe« zu nennen, und sie feierten den Tod des Vorkämpfers für die Menschenrechte auch noch auf andere Art. Eine Abordnung der schwarzen Schüler unternahm den vergeblichen Versuch, den Leiter der Schule zu bewegen, die Fahne auf halbmast zu setzen. Aus Furcht vor öffentlicher Kritik weigerte er sich, wie es vorauszusehen war, der Bitte nachzukommen. Er schloß sein Büro, um weiteren Diskussionen über dieses Thema aus dem Weg zu gehen.

Da die Lehrerschaft ausnahmslos aus Weißen bestand, schlichen die schwarzen Schüler schweigend durch die Gänge, Tränen der Ohnmacht in den Augen und voller Bitterkeit darüber, daß es ihnen unmöglich war, ihren weißen Lehrern die Gefühle zu vermitteln, die sie bewegten.

An dem Tag, als King beigesetzt wurde, versammelten sich die Schwarzen während der Pause an ihrem gewohnten Platz im rückwärtigen Teil des Schulhofs. Apartheid war ein ungeschriebenes Gesetz innerhalb der Schülerschaft. Es gab kaum einmal einen Grenzwechsel.

Zu meinen Pflichten als Lehrer gehörte es in diesem Jahr, den Teil des Campus zu beaufsichtigen, in dem sich die schwarzen Schüler während der Pausen aufhielten. So lernte ich die Probleme kennen, mit denen die Schwarzen in der Schule konfrontiert wurden. Ich unterhielt mich in der Pause mit ihnen – zumindest mit den meisten. Eine kleine Gruppe von Mädchen beobachtete mich das ganze Jahr hindurch mit unverhohlener Feindseligkeit. Ihre Abneigung war deutlich spürbar, und ich wußte, sie würden einem weißen Lehrer nie anders als mit unüberwindlichem Mißtrauen begegnen. Eine von ihnen hörte ich einmal sagen: »Nur ausgesprochen dämliche Niggerboys reden mit Conroy!«

Doch an diesem bedeutsamen, spannungsgeladenen Tag kamen sie plötzlich auf mich zu. Ich sprach gerade mit einigen Jungen und bemerkte die Mädchen nicht gleich. Sie kreisten mich ein, und die erste, die etwas zu mir sagte, war Lily Smalls, eine hochgewachsene, beeindruckende Farbige, die im Jahr zuvor ein weißes Mädchen fast zu Tode geprügelt hatte, weil es den Fehler beging, sie »Niggerin« zu nennen. Man nannte die Schwarzen immer noch so, doch jeder hütete sich höllisch, es zu tun, wenn Lily in Hörweite war.

Nun schrie Lily mich an: »Was hast du hier zu suchen, Weißer? Haben dich die anderen hergeschickt, damit du uns auf die Finger schaust und wir keinen Aufstand machen?«

Ihre Freundin Liz hatte sich mir von hinten genähert. Ich spürte ihren heißen, feuchten Atem in meinem Nakken, als sie schrie: »Warum gehst du nicht zu den anderen Honkies und läßt uns hier in Frieden unsere Tränen vergießen? Wir brauchen dein Mitleid nicht! Auch nicht dein Mitgefühl. Wir wollen nur, daß du deinen weißen Arsch wieder in Richtung Schule bewegst und uns in Ruhe läßt.«

»Warte!« rief ein anderes Mädchen. »Ich will hören, daß er sagt, daß es ihm leid tut! Ich will es hören! Sag es, Mann, sag es!«

Ich versuchte etwas zu sagen, das sie beruhigte. Aber kein Laut kam aus meiner Kehle. Meine Stimme versagte in diesem kritischen Augenblick. Ein Meer von Stimmen umspülte mich, schlug über mir zusammen und riß mich in einen Strudel von Lärm und Verwirrung. Leiber schienen mich zu erdrücken. Eins der Mädchen grub mir die Fingernägel in den Arm, bis er blutete. Eine andere schrie mir ins Ohr, die weißen Bastarde würden die Schwarzen in Amerika noch völlig ausrotten.

Lilys Stimme gellte: »Ihr Weißen seid doch froh, daß Martin Luther King niedergeschossen wurde. Aber wartet nur ab. Bald wird ein anderer da sein, der an seine Stelle tritt. Wir werden uns schon Respekt verschaffen, Conroy. Die Zeit ist zu Ende, wo wir den Weißen aus der Hand gefressen haben. Du kannst deinen Freunden bestellen, die Tage der Gewaltlosigkeit sind vorbei! Vorbei, Mann – vorbei!«

Dann weinte Lily.

Sie stand da, beinahe Nase an Nase mit mir, und heulte sich die Seele aus dem Leib.

Doch während sie weinte, erhoben sich andere Stimmen, so als wollten sie die Leere ihres Schweigens ausfüllen.

Ein Junge preßte seinen Mund gegen mein Ohr und keuchte: »Wir werden diese Stadt heut' nacht niederbrennen! Und alle Weißen mit ihr!«

Eine andere Stimme hinter mir stimmte rhythmisch swingend ein seltsam bewegendes Klagelied an: »O Gott, weshalb lassen sie uns nicht in Ruh'! Weshalb lieben sie uns nicht, wie Jesus es sie gelehrt hat? Weshalb hassen sie uns? Weshalb hassen sie alle Schwarzen?«

Neue Fingernägel in meinem Arm. Jemand zog eine schmerzhafte Kratzspur über meinen Nacken. Finger wie Klammern umschlossen meine Kehle, um sich im nächsten Moment wieder zu lösen. Von einer Sekunde auf die andere wurde der Mob geschüttelt von einer wilden, demonstrativen Traurigkeit.

»Martin ist tot, Martin ist tot!« skandierte eine Stimme gellend.

»Die Weißen sind Scheiße!« schrie ein Junge.

Und ein Mädchen kreischte: »Fuck you, Conroy!«

Dann erlöste mich die Pausenglocke.

Eine Zeit danach hörte ich die schwarzen Mädchen und Jungen lachen und kichern, als bekannt wurde, daß Lurleen Wallace an Krebs gestorben war. Ich fragte sie, ob dies die Antwort sei auf die Feuerwerkskörper der Weißen beim Tode Kings.

»Sie war eine Rassistin«, kam die Antwort wie aus einem Mund.

So geschah es, daß kurz vor meinem Besuch in Dachau der Mörtel des Zynismus getrocknet war. Ich kam zu der Überzeugung, daß die Welt nichts anderes war als eine buntscheckige Gesellschaft von Bastarden.

Aber wir durften die Drohung, die über uns schwebte, nicht unterschätzen. Daher setzte ich nach Kings Ermordung – aufgewühlt vom Tod eines Mannes, den ich so sehr bewundert hatte – einen Kursus in schwarzer Geschichte durch. Und dies an einer Schule, die zu neunzig Prozent von Weißen besucht wurde. In jener Zeit war ein Lehrgang über die Geschichte der Schwarzen an einer amerikanischen Schule so selbstverständlich wie ein Lehrgang über Leichenschändung. Inzwischen ist dieses Unterrichtsfach Bestandteil des Lehrplans sämtlicher Schulen des Landes. Damals erschien seine Durchsetzung wie eine Heldentat.

Der Kursus war einigermaßen erfolgreich. Allerdings

mehr als Symbol dafür, wie sehr die Dinge in Bewegung geraten waren, denn als gelungenes Unterrichtserlebnis. Doch die Reaktionen meiner Kollegen waren enttäuschend. Eine Lady sagte mir mit dem Lächeln eines Menschen, der soeben eine Zitrone gegessen hat, daß sie, seit sie sechzehn wurde, auf Verlangen ihres Vaters ständig einen Revolver bei sich trage. Zum Schutz gegen Überfälle von Schwarzen, die scharf auf weiße Frauen seien. Dies, so sagte sie mir, sei die einzige Nigger-Geschichte, die sie kenne und zu kennen brauche.

Im selben Jahr enthob mich der Mann, der mich vor vielen Jahren einmal in die Footballmannschaft der Schule aufgenommen hatte, meines Jobs als Basketballtrainer der Schuljunioren. Begründung: er habe das Gefühl, ich begünstigte die Farbigen. Ich war schon immer der Meinung gewesen, das Gehirn dieses Mannes ginge über die Größe eines Pingpongballes nicht hinaus. Deshalb war ich nicht allzu erstaunt, als er mich nun ein für allemal aus seiner Turnhalle verbannte. Ich unternahm nichts gegen diesen Rausschmiß, ich war zu müde zum Kämpfen. Bundesgenossen suchte ich mir auch nicht im Lehrerkollegium, obwohl eine Reihe meiner Kollegen mir durchaus wohlwollend gegenüberstanden. In mir machte sich ein seltsamer Drang und eine immer stärker werdende Rastlosigkeit bemerkbar, die mich nach einem neuen, weniger spießbürgerlichen Leben Ausschau halten ließen.

Es war mein guter Freund Bernie, der die Sache ins Rollen brachte und den Anstoß gab, das Steuer herumzureißen.

Bernie erzählte mir als erster, daß auf Yamacraw eine

Lehrerstelle offen sei. Er ist ein Jahr älter als ich und war drei Jahre lang Leiter einer Elementarschule. Sein erster Job, nachdem er das Newsberry College verlassen hatte. Es war die Yemassee Elementary School. Yemassee ist ein Geschwür von einer Stadt unweit von Beaufort. Die Züge halten dort. Etwas Bedeutsameres gibt es über sie nicht zu sagen. Bernie redete so lange auf den Schulrat des Hampton County ein, bis er ihm die Stelle überließ. Er besaß weder Qualifikation noch Erfahrung, noch Eignung auf dem Gebiet der Verwaltung. Doch da Bernie einen Baptisten dazu bringen kann, die Bibel zu verbrennen, blieb dem Superintendenten keine Wahl. Bernie mietete sich ein Zimmer in einer Absteige, vernichtete ein Heer von Kakerlaken, ernährte sich mittags und abends von Hamburgern, schaute sich jede Nacht die Spätvorstellung an und wurde ein großartiger Schulleiter. Er entdeckte die todsichere Regel: Such dir eine Stadt aus, die so armselig ist, daß dir nichts bleibt als Studium und harte Arbeit. Als einige seiner Freunde als Lehrer nach Beaufort kamen, bewarb er sich um die Stelle eines Rektors der Port Royal Elementary School direkt an der Stadtgrenze. Drei Jahre Yemassee schienen ihm genug zu sein. Ein Gerücht wollte wissen, er habe dort mit einer fünfzigjährigen Lehrerin aus seinem Kollegium ein Verhältnis gehabt. Und mehrere Klanmitglieder hatten seitdem das Messer auf den liberalen jüdischen Schulleiter geschliffen.

Bernie und ich waren von Anfang an unzertrennlich gewesen. Wir stimmten darin überein, daß Vietnam eine nationale Schande war, daß der Süden sich an den Schwarzen schwer versündigt hatte und daß der Norden nicht besser war. Eugene McCarthy war eine Gestalt aus der Artusrunde, zum Ritter geschlagen in einer Stunde der Krise. Es war nicht einfach, im Süden Amerikas ein Jude zu sein; es war nirgendwo einfach. Wir waren gegen Hitler, Strom Thurmond, Mendel Rivers, warmes Bier und Rendezvous am Wochenende in Atlanta.

Es war auf dem Rückweg von einem unserer Atlantabesuche, als Bernie den Job auf Yamacraw Island erwähnte. Seit Bernie und ich in dem Wahn lebten, die Welt – oder zumindest einen kleinen Teil davon – verbessern zu können, träumten wir von unserer »Insel«, auf der uns keine Verwaltung und kein engstirniger Pharisäergeist dazwischenredete.

Bernie erzählte mir, was er über Yamacraw wußte.

»Die Schule ist völlig schwarz. Sie haben zwei schwarze Lehrerinnen dort, die sich offensichtlich auf den Tod nicht ausstehen können. Die Kinder können kaum lesen. Die alte Geschichte: keine Schulbücher, keine Lehrmittel, keine Motivation. Abgeschnitten von der Außenwelt. Ich bin nie drüben gewesen, Pat, aber wir können uns ein Boot leihen, uns auf der Insel umschauen und sehen, ob es uns dort gefällt.«

»Kannst du denn ein Boot steuern, Bernie?« fragte ich ihn.

»Hölle, nein«, antwortete er. »Du?«

»Nein.«

»Dann werd' ich jemanden bitten, uns hinüberzufahren, wenn's soweit ist.«

Am folgenden Tag sprach Bernie bei der Schulbehörde vor. Als er nach der freien Lehrerstelle auf der Insel fragte, komplimentierte man ihn aus dem Büro. Bernie berichtete, die Hundesöhne hätten ihn nicht einmal richtig angehört, als er sein Anliegen vorbrachte.

»Zum Teufel mit ihnen«, sagten wir und schickten unsere Bewerbung an das Friedenscorps. Wir zerbrachen uns die Köpfe über der Frage, ob wir nach Afrika oder Asien gehen sollten. Schließlich entschieden wir uns für Afrika. Innerhalb eines Monats nahm das Friedenscorps Bernies Bewerbung an und schickte ihn nach Jamaika. Ich wartete weiter auf eine Nachricht.

Monate vergingen. Vom Friedenscorps keine Mitteilung. Gegen Jahresende bekam der Einberufungsausschuß eine unstillbare Sehnsucht nach mir. Man wollte von mir wissen, welche Pläne ich für das nächste Jahr hätte. Ich hatte nicht den Wunsch, auf die High-School zurückzukehren. Ich hatte die Nase voll von Lehrkräften, die sich mehr mit der Länge der Miniröcke und der Haare der Schüler beschäftigten als mit ihren Unterrichtsfächern.

Aber ich verspürte auch keine Lust, ins Marine Corps einzutreten, mich in die Sümpfe von Parish Island schikken und in ein militärisches System zwängen zu lassen, das ich inzwischen zu verabscheuen gelernt hatte.

Also beschloß ich, den Schulrat aufzusuchen und mich um die Stelle auf Yamacraw Island zu bewerben.

2

Nachdem die Schulbehörde davon überzeugt war, daß ich mich ernsthaft für die Stelle interessierte, half man mir auf jede erdenkliche Weise. Ezra Bennington, der stellvertretende Schulrat, wollte ganz genau wissen, welche Lehrmethoden ich auf der Insel anzuwenden gedachte. Bennington hatte früher den Bluffton-Bezirk unter sich gehabt, zu dem Yamacraw gehörte. Über dreißig Jahre regierte er diesen Bezirk mit der Machtfülle eines persischen Satrapen. Nach der Zusammenlegung der Schulsysteme im Beaufort County hatte er einen Teil seiner Macht an Dr. Piedmont abtreten müssen, der seinen Untergebenen unmißverständlich klarzumachen verstand, daß er mit beiden Hinterbacken fest auf seinem Thron saß. Ezra hatte die Vertreibung aus dem Paradies gelassen hingenommen. Nach außenhin jedenfalls. Dennoch hielt er immer noch ein wachsames Auge auf seine alte Domäne Bluffton, kontrollierte aufmerksam die Liste der neueingestellten Lehrkräfte und rief den jeweiligen Schulleiter, der einmal unter ihm gearbeitet hatte, zu sich, um ihm unerbetene Ratschläge und Verhaltensregeln zu geben. Als er erfuhr, daß ich auf Yamacraw unterrichten wollte, bemühte er sich um die Erlaubnis, mich auf der Insel herumzuführen.

Ezra Bennington war genau der richtige Name für ihn. Er besaß ein feingeschnittenes, von Falten ausdrucksvoll gefurchtes Gesicht, das Redlichkeit und Charakter signalisierte. Seine blauen Augen waren klar und leuchtend. Eine graue Mähne bedeckte seinen Kopf.

Ezra war jedermanns Großvater. Man konnte sich vorstellen, wie er in einem hellen Leinenanzug auf einer hohen Veranda im Schaukelstuhl saß und den im Garten arbeitenden Negern seine Befehle zurief. Ezra wirkte, sprach und handelte wie das eindrucksvolle Klischee eines Südstaatlers, der nicht ahnt, daß sein Typ längst katalogisiert wurde und in der Vorstellungswelt der Menschen bereits einen festen Platz eingenommen hat. Dennoch war es unmöglich, Männer wie Ezra nicht gern zu haben. Ich bin Hunderten von ihnen in meinem Leben begegnet und mochte jeden einzelnen, ob ich wollte oder nicht.

Ezra stimmte mit der Piedmont-Formel überein, daß es Gottvater persönlich war, der mich auf die Idee gebracht hatte, auf die Insel zu gehen. Er sagte: »Der Herr weiß, daß ich alles getan habe, um den Kindern zu helfen, wie ich um eine ordentliche Ausbildung für sie gekämpft habe. Sie wissen, Mister Conroy, Yamacraw ist ein Problem. Seit Jahren versuche ich, es zu lösen. Ich versuchte, Lehrer zu überreden, dorthin zu ziehen. Aber keiner war dazu bereit. Mrs. Brown war die erste vernünftige Lehrkraft, die ich für die Idee gewinnen konnte. Sie werden sie kennenlernen, wenn Sie auf die Insel kommen.«

»Haben Sie niemanden finden können, der als Pendler zur Insel rübergefahren wäre?« fragte ich ihn.

»O nein! Sie kennen offensichtlich die Wasser rings

um Yamacraw nicht. Sie sind äußerst tückisch. Und im Winter wäre eine Überfahrt völlig undurchführbar. Es gibt Tage, an denen die Insel vom Festland völlig abgeschnitten ist.«

»Es ist gut für mich, das zu wissen, Mister Bennington«, erwiderte ich. »Und die Kinder mit dem Boot zum Festland zu bringen, wie es anderswo in den Staaten geschieht, geht wohl auch nicht, oder?«

»Die Entfernung ist zu groß«, sagte Ezra. Er schüttelte bedauernd den Kopf. »Nein, nein, das ist unmöglich. Ganz und gar unmöglich.«

Bennington sprach bedächtig. Jedes Wort tropfte wie Honig von seinen Lippen. Er war ehrlich und würdevoll. Jesus Christus, er kam mir vor wie der rechtschaffenste Mann, der je vor Gottes Antlitz gewandelt ist!

Das County mietete Andy Papas, um Ezra und mich nach Yamacraw hinüberzufahren. Andy war ein untersetzter, fetter Grieche, der in Bluffton eine Tankstelle betrieb. Als begeisterter Sportfischer kannte er die Wasserverhältnisse der Inseln vor der Küste wie seine Westentasche. Er war der offizielle Fährmann, der das Schulpersonal vom Festland zur Insel brachte und für jede Fahrt von der Schulbehörde einen festgelegten Betrag kassierte.

Während der Fahrt achtete ich genauestens auf die Fahrrinne von Bluffton nach Yamacraw, denn ich hatte zur Bedingung gemacht, daß man mir ein Boot zur Verfügung stellte, weil ich von Andy Papas unabhängig sein und allein zum Festland hinübertuckern wollte, sooft ich Lust dazu verspürte. Zahlreiche Sandbänke und Austernfelder bilden gefährliche Untiefen in den Salzwasserbächen und -flüssen des Küstengebiets von South Carolina. Auf der High-School war ich beim Wasserski einmal auf eine Sandbank geraten, wild durch die Luft gesegelt und schmerzhaft auf dem Rücken gelandet. Seitdem war ich ein gebranntes Kind und achtete auf versteckte Gefahrenstellen. Ich achtete auch auf Mister Bennington, der wie die meisten älteren Leute in der Unterhaltung immer wieder auf die Vergangenheit zu sprechen kam und sich in Reminiszenzen an seine Jugend und seine Laufbahn erging. Er war auf einer wohlhabenden Farm im höhergelegenen Teil des Staates aufgewachsen – ein bäuerlicher Mensch, verwurzelt in der fruchtbaren schwarzen Erde der Midlands von Carolina. Eine Zeitlang hatte er sich der Landwirtschaft gewidmet, sich schließlich jedoch entschlossen, den Pflug mit der Schultafel zu vertauschen, wie er sich ausdrückte. Er kam nach Bluffton als Landwirtschaftslehrer und wechselte dann in die Verwaltung über. Ein geborener Erzähler, brachte er Andy unablässig mit seinen Geschichten zum Lachen, und die Fahrt nach Yamacraw verging wie im Flug.

Bei diesem ersten Besuch auf der Insel erfuhr ich nur wenig über die Kinder, die ich unterrichten sollte. Er diente vielmehr dazu, die maßgeblichen Persönlichkeiten kennenzulernen, mit denen ich demnächst zu tun haben würde. Ein Mann namens Ted Stone empfing uns am Hafen. Ted war ein hünenhafter Bursche mit stahlgrauem Haar und eisblauen Augen. Er begrüßte uns mit Zurückhaltung, was mich enttäuschte. Er war zwar freundlich und höflich, vermochte jedoch seine Skepsis und sein Mißtrauen nicht zu verbergen. Nach Benningtons Worten war er der eigentliche Herr der Insel. Er hatte sich jeden verfügbaren Job unter den Nagel gerissen, den es auf Yamacraw gab. Er war Jagdaufseher, Friedensrichter, Direktor des Arbeitsamtes, Wegewart und Leiter der Zivilverwaltung. Außerdem besaß er eine Unzahl kleinerer Ämter. Seine Frau Lou bekleidete alle Posten, die nicht von ihrem Mann besetzt waren. Lou war in den Fünfzigern. Sie besaß jedoch immer noch schweres dunkelbraunes Haar. Sie war der Postmeister der Insel und der Schulbusfahrer. Bennington nannte sie ein Muster an Tüchtigkeit.

Wir mieteten von Mr. Stone den Verwaltungsjeep. Die Insel besaß mehrere Wagen. Sie standen ausnahmslos in dem großen Schuppen, den die Stones an ihr Wohnhaus angebaut hatten. Wir fuhren die staubige Straße entlang, die vom Haus der Stones wegführte. Alte moosbewachsene Bäume mit tiefhängenden Zweigen behinderten die Sicht. Die Straße war so schmal, daß zwei Fahrzeuge kaum aneinander vorbeigekommen wären. Andy schwärmte von der Jagd auf der Insel. Große Damhirschrudel bevölkerten das Waldgebiet. An einer Stelle, die man euphorisch als Kreuzung hätte bezeichnen können, bogen wir nach links ab. Vier verwitterte Schilder an einem Holzpfosten wiesen die Richtung zu den vier markantesten Punkten der Insel: Strand, Schule, Bücherei und Cooper-River-Anlegestelle. Wir fuhren an mehreren kleinen Hütten vorbei. Sie befanden sich in sichtlich gutem Zustand. Ein Mann arbeitete auf einem Feld. Er hob den Kopf, winkte abwesend und arbeitete weiter.

Bennington ließ, ausgehend von dieser Szene, eine Predigt vom Stapel.

»Die Leute hier sind gut«, sagte er, »doch Fremden gegenüber sind sie argwöhnisch. Ich habe mit ihnen wer weiß wie viele Jahre zusammengearbeitet. Sie haben mir vertraut und mich respektiert. Sie kennen Sie noch nicht, Mister Conroy. Das ist es, wissen Sie. Für sie sind Sie zunächst einfach nur ein Eindringling, der seine Nase in ihre Angelegenheiten steckt.«

Da ich bisher noch in keine Gruppe oder Gemeinschaft gekommen war, die Fremde wie alte Freunde begrüßt hätte, beunruhigte mich diese Äußerung in keiner Weise.

»Brennen sie schwarz?« fragte ich.

»Ja, gewöhnlich schon«, erwiderte er. »Brennen einen wirklich guten Korn. Ist es nicht so, Andy?«

»Einen verdammt guten«, bestätigte Andy. »Kein Gesöff schmeckt besser als der Yamacraw-Likker. Sie benutzen Kupferrohre beim Brennen. Wenn Sie das Zeug trinken, wird sogar Ihr Esel noch besoffen davon. Natürlich haben die Fremden die meisten von ihnen längst aus dem Geschäft gedrängt.«

»Hört sich an, als wär's ein ziemlich einträgliches Gewerbe«, sagte ich.

»Ja, früher mal«, antwortete Andy. »Natürlich trinken sie auch selbst davon. Und keiner ist schneller betrunken als ein Nigger. Besonders am Samstagabend.«

Ein Rudel bis aufs Skelett abgemagerter Hunde fing uns vor dem nächsten Haus ab. Sie bissen in die Reifen des Jeeps und zogen sich dann wieder in den Schatten unter dem Haus zurück. Eine Frau erschien in der Tür. Eine zierliche dunkelhäutige Frau. Doch wir sahen sie nur für einen Augenblick. Sie winkte nicht. Bennington spulte erneut seinen Spruch über die Scheu der Leute vor Fremden ab.

Ich weiß nicht, ob ich mir die Schule so vorgestellt hatte, wie sie war. Es handelte sich um ein sehr beeindruckendes, einfach konstruiertes Holzhaus. Es sah mehr nach einem Wohnhaus aus als nach einem Schulgebäude. Die Bäume rings um den Hof waren mächtige, imposante Wächter einer Szenerie, die im amerikanischen Süden immer seltener wurde. Ich hatte ein Gefühl von Sicherheit und geheimnisvoller Idylle bei diesem Anblick. Bennington deutete zu einem Haus, das dem Schulgebäude gegenüberlag, und sagte in verschwörerischem Tonfall:

»Da drüben wohnt Iris Glover. Sie war neununddreißig Jahre Lehrerin auf der Insel. Die Leute hier haben eine Todesangst vor ihr. Sie ist die Medizinfrau der Insel. Sie ist imstande und verhext Sie, falls Sie die Stelle annehmen.«

»Ich dachte, sie unterrichtet nicht mehr«, antwortete ich. »Ich hatte keine Ahnung, daß ich jemandem den Job wegnehmen würde.«

»Oh, sie geht bald in Pension. Zumindest wird das County sie in den Ruhestand versetzen. Sie hat das Pensionsalter längst überschritten. Man hätte sie schon vor vierzig Jahren feuern sollen.«

Miß Glovers Haus erstrahlte in unschuldsvollem Weiß mit leuchtendblauen Türen und Fensterläden. Die blaue Farbe war das allgemeine Erkennungszeichen der Voodoo-Anhänger. Die Farbe hinderte Dämonen und böse Geister am Betreten des Hauses. Blaue Farbe ist für Voodoo-Anhänger das gleiche wie Knoblauch für die Bewohner von Transylvanien oder Weihwasser für die Katholiken. Der Voodookult ist ein Überbleibsel aus der afrikanischen Vergangenheit der Inselschwarzen. Seine moderne Form weist zahlreiche christliche Elemente auf, besitzt aber unter der schwarzen Landbevölkerung noch viele überzeugte Anhänger.

Ohne mir dessen bewußt zu werden, hielt ich Miß Glover für meine Erzfeindin auf der Insel. Ein Eindruck, der sich als völlig falsch herausstellen sollte.

Bennington glänzte wie ein Lichterbaum, sobald er von der anderen Lehrerin auf Yamacraw sprach. Sie war seine persönliche Entdeckung. Er hatte sich für ihre Anstellung auf der Insel eingesetzt.

Mrs. Brown erschien in der Tür des Schulhauses, eine stattliche Frau mit großen Hängebrüsten, kräftigen Armen und einem hübschen, ausdrucksvollen Gesicht. Sie war hellhäutig und lachte viel. Alles an ihr wirkte übertrieben und aus den Fugen geraten. Sie behandelte Mr. Bennington wie eine Nonne den visitierenden Bischof. Mich begrüßte sie herzlich und hieß mich »in Übersee« willkommen.

»Es ist nicht leicht hier in Übersee, Mister Conroy«, sagte sie zu mir. »Ich komme mir wie eine Missionarin vor, die diesen armen Menschen hilft. Nur Jesus und ich wissen, wie sehr sie Hilfe brauchen.«

Sie sprach ohne jeden Akzent und stammte offensichtlich nicht von der Insel. Als ich sie darauf ansprach, verriet sie mir, sie komme aus Georgia, wo sie eine vornehme Privatschule besucht habe. Die primitiven Formen schwarzer Dialekte seien bei den presbyterianischen Erziehern, die die Anstalt leiteten, äußerst verpönt gewesen. Nein, sie stamme nicht von der Insel. Auf die Insel sei sie gekommen aufgrund des beharrlichen Drängens von Mr. Bennington.

»Mister Bennington ist der einzige Mensch, der für die Probleme auf Yamacraw Island Verständnis hat«, sagte sie. »Er weiß, was hier nicht in Ordnung ist und wie man die Dinge in den Griff bekommt.« Ihre Sprache klang exaltiert, einmal laut, einmal leise, was ihren Worten etwas seltsam Feierliches, Unwirkliches verlieh.

Ich versuchte mit einigen Kindern zu reden, aber sie blickten mich nur an, scheu und amüsiert zugleich. Sie waren still, passiv und außergewöhnlich höflich. Als wir den Raum betraten, hatten sie sich wie auf Kommando erhoben. Auf einen Wink von Mrs. Brown riefen sie im Singsangton ihr »Guten Morgen!«. Sie falteten die Hände auf dem Pult und saßen kerzengerade in ihren Bänken.

Bennington gab sich leutselig. Er ging durch die Bankreihen und gab einige seiner Witze zum besten. Die Kinder schauten zu Mrs. Brown hinüber, stellten fest, daß sie lachte, und lachten ebenfalls. Bennington legte einem Jungen die Hand auf den Kopf und flüsterte ihm etwas ins Ohr. Der Junge lächelte. Bennington war glücklich.

Es war eine Ja, Sir-nein, Sir-Welt, die ich betreten hatte. Rechen- und Rechtschreibtafeln hingen am Schwarzen Brett. Das Klassenzimmer hatte eine bunte Mickey-Mouse-Atmosphäre und blitzte vor Sauberkeit. Eine Weltkarte, gestiftet von der Savanah-Bank, war an der Wand befestigt. Daneben verkündete ein Poster: *Wissen ist der Schlüssel zum Erfolg!* Die Abbildung eines riesigen Schlüssels diente der Veranschaulichung des Spruchs.

Auf dem Pult von Mrs. Brown lag ein Gegenstand, der meinen Blick fesselte. Es war ein Lederriemen, glatt und sehr dick. Er lag neben einem Lesebuch.

Das Wechselspiel zwischen Mrs. Brown und Mr. Bennington faszinierte mich. Bennington verkörperte ein Stück Süden, das dem Untergang geweiht war: den ehrwürdigen, weißhaarigen Verwaltungsbeamten, der sich um seinen Bezirk mit der gleichen Sorgfalt und auf die gleiche paternalistische Art kümmert, wie es der Master einst um seine Plantage tat. Während ich ihn beobachtete, wie er seine Klassenzimmerrolle genoß, achtete ich gleichzeitig auf Mrs. Browns Reaktion: eine schwarze Lehrerin, die zustimmend mit dem Kopf nickte, wenn Bennington den Mund öffnete, um eine seiner tiefschürfenden Weisheiten von sich zu geben. Ich hätte nicht sagen können, ob ihr Verhalten gespielt war oder ob sie Bennington wirklich für das fleischgewordene Wort Gottes hielt. Jedenfalls paßten sie hervorragend zusammen. Und beide haßten Miß Glover. Aus einem unerfindlichen Grund war Miß Glover an diesem Tag nicht in der Schule. Bennington und die Brown trieben mich in die Enge. Sie hörten nicht auf, Miß Glover die schulischen Unzulänglichkeiten der Kinder anzulasten.

»Vierzig Jahre ist sie jetzt hier, und die Kinder wissen noch nicht einmal, wie man eine Gabel benutzt«, sagte Mrs. Brown.

»Well, Ruth«, sagte Bennington, »aus diesem Grund wollte ich Sie hier haben. Für mich stand fest, daß Sie einen guten Einfluß auf die Leute ausüben würden.«

»Ich versuche es zumindest, Mister Bennington«, erwiderte sie. »Ja, ich versuche es, das wissen Sie. Aber diese Menschen wollen sich nicht weiterbilden. Sie denken gar nicht daran!« Sie wandte sich zu mir um. »Warum besaufen sie sich ständig da unten im Club, Mister Conroy? Weshalb nehmen sie auch noch ihre Kinder mit dorthin?

Satan lacht sich ins Fäustchen über das, was in diesem Club alles vor sich geht – der reinste Sündenpfuhl, sage ich Ihnen.«

Bald danach brachen wir auf. Während der Rückfahrt versuchte ich, meine Eindrücke zu ordnen. Andy zeigte uns mehrere gute Angelplätze und einen Fischadlerhorst in der Spitze eines Leitungsmastes. Bennington redete über Landwirtschaft. Ich saß im Heck des Bootes und beschloß, die Stelle anzunehmen. Yamacraw war eine Welt für sich. Die üppige Vegetation der Insel gefiel mir, der Fischreichtum, die Tierwelt. Und die ungewöhnliche Abgeschnittenheit der Schule sprach den Weltverbesserer in mir an.

Nur ein reinrassiger Weltverbesserer kann die Gefühle verstehen, die mich auf der Rückfahrt zum Festland bewegten. Ich hatte den Platz auf der Erde gefunden, der meinen kühnsten Weltverbessererträumen entsprach. Ich war ein Glücksvogel, denn die Erde war voll von unglücklichen Weltverbesserern, die ihr Yamacraw nie gefunden hatten. Alle meine Sorgen und Befürchtungen hatten sich in Luft aufgelöst. Ich hatte einen Entschluß gefaßt und war mit mir absolut im reinen.

Das letzte, woran ich mich erinnere, wenn ich an diesen Tag zurückdenke, ist eine Feststellung von Mr. Bennington.

»Haben Sie bemerkt, wie gut ich mit diesen Kindern zurechtkomme?« fragte er mich.

»Ja«, gab ich zur Antwort.

»Ich habe nie Probleme im Umgang mit Farbigen gehabt. Sie haben mich immer gemocht.«

*

Meine erste Nacht auf Yamacraw Island verbrachte ich in einem Schlafsack auf dem Fußboden des Schulraums. Im Wald draußen, der den Schulhof begrenzte, summte es von Insekten, und die Dunkelheit war tiefer als an jedem anderen Platz, an dem ich mich bisher aufgehalten hatte. Keine Straßen, keine Autoscheinwerfer, keine kreischenden Bremsen noch irgendwelche andere städtische Geräusche waren in dieser Nacht zu hören.

Der Aufenthalt an einem einsamen, unbekannten Ort hat stets etwas Bedrückendes. Allein auf dem Fußboden des Schulgebäudes und schweißnaß am ganzen Körper, kam mir die neue Umgebung irgendwie unheimlich vor. Ich schlief dann endlich ein, wurde jedoch bald von einem Gewitter wieder geweckt. Blitze zuckten am Himmel über der Insel, und der Donner spielte sein uraltes Spiel, den Sterblichen auf der Erde Angst einzujagen und sie ihre Ohnmacht fühlen zu lassen. Die Nacht schien sonderbare Geschehnisse anzukündigen.

Doch der Morgen vertrieb die Ängste. Mein erster Morgen auf Yamacraw begann unglaublich strahlend und friedlich. Ich wachte auf, rasierte mich ohne Spiegel, brachte mir einige blutige Kratzer bei und wartete ungeduldig auf Mrs. Brown und die Ankunft des Schulbusses.

Mrs. Brown kam zuerst.

»Willkommen in Übersee!« begrüßte sie mich.

»Danke, Ma'am. Es ist schön, hier zu sein.«

»Oho, seien Sie mal nicht zu voreilig. Sie befinden sich in einer Schlangengrube, Sohn. Und die Schlangen werden schon bald damit beginnen, nach Ihren Waden zu beißen. Sie sind jetzt in Übersee.«

Dann hielt sie mir eine ziemlich geharnischte Ansprache über den Umgang eines weißen Lehrers mit farbigen Kindern.

»Sie müssen sie fest anpacken. Hart, wissen Sie. Sie bekommen die älteren Babys. Klasse fünf bis acht. Stellen Sie ihnen unentwegt neue Aufgaben. Beschäftigen Sie sie ununterbrochen, sonst laufen sie Ihnen davon. Glauben Sie mir, ich kenne die Farbigen besser als Sie. Schließlich bin ich selber eine. Lassen Sie nicht zu, daß sie Ihnen auf dem Kopf herumtanzen. Gehen Sie hart vor, geben Sie sich keine Blöße. Und achten Sie immer darauf, daß nie jemand aus der Reihe tanzt.« Sie lächelte. »Und wenn es Probleme gibt, Mama Brown ist gleich nebenan. Draußen vorm Haus gibt es eine Menge Bäume, und auf jedem Baum wachsen eine Menge Gerten. Einige davon stehen schon drüben im Schrank – für den Fall der Fälle.«

»Danke«, sagte ich.

Die Kinder kamen um acht. Nachdem sie ein widerstrebendes »Guten Morgen« gemurmelt hatten, drängelten sie ins Klassenzimmer. Ein kleiner Junge schob sich in eine Bank, wurde jedoch von einem größeren Mädchen daran gehindert, mit der Bemerkung, das sei ihr Platz. Seine Antwort konnte ich nicht verstehen. Sie schlug ihn, und er ballte die Fäuste und ging in Kampfstellung. Daraufhin suchte sie sich einen anderen Platz.

Ich beobachtete die Szene und sagte etwas Tiefschürfendes wie: »Na, na!«

Daraufhin setzten sich alle kerzengerade in ihrer Bank auf, betrachteten mich abschätzend und blickten sich zu den anderen um. Ich hörte ein Kichern, und die Blicke richteten sich wieder auf mich.

Ich kam mir lächerlich weiß vor.

Ich hielt eine schwungvolle Ansprache. Es war das übliche Blabla, dessen sich alle Lehrer der Welt am ersten Schultag bedienen: weitschweifig, fad und gespickt mit Sprüchen, daß jeder Mensch verpflichtet ist, das Beste aus seinen Fähigkeiten zu machen und mit jedem Pfund zu wuchern, das der Schöpfer ihm mitgegeben hat. Die Kinder nickten ernst und feierlich in kollektivem Einverständnis.

Keines von ihnen kannte meinen Namen. Aber alle wußten, daß sie in diesem Jahr ein weißer Lehrer unterrichten sollte. Ich schrieb meinen Namen in Großbuchstaben an die Tafel: PAT CONROY. Dann sprach ich ihn laut und deutlich aus. Als ich »Conroy« sagte, lachten sie wie verrückt. Da ich nichts Erheiterndes an meinem Namen fand, fragte ich sie, was daran so verdammt lustig sei. Meine Frage schien ihre Heiterkeit noch zu verstärken, denn ihre Tonlage stieg um mehrere Oktaven. Einige der Kids versuchten meinen Namen auszusprechen. Ein Mädchen brachte es auf »Mister Corning« und kam damit der Wirklichkeit am nächsten.

Mama Brown riß mich aus meinen Überlegungen, was an meinem Nachnamen nicht stimmen könne. Sie rief die Kinder der ersten bis vierten Klasse auf und befahl ihnen, sich aufzustellen wie auf dem Kasernenhof. Dann ließ sie eine denkwürdige Erster-Schultag-Ansprache vom Stapel, indem sie begann:

»Guten Morgen, Babys.«

Einige zögernde »Guten Morgen« waren die Antwort.

»Well, Babys, das reicht nicht für den ersten Schultag nach den Ferien. Versuchen wir's noch mal. Guten Morgen, Babys!«

»Guten Morgen«, ertönte es immer noch furchtsam.

»Nun, Babys, ich bin sicher, eure Stimmen sind während des Sommers nicht ausgetrocknet wie eine Olive. Strengt also eure Stimmbänder an, und laßt mich euer Guten Morgen so hören, wie ihr es meint!«

»Guten Morgen!« schrien sie. Die Auferstehung der schulischen Disziplin, begraben unter der Trägheit des Sommers, hatte begonnen. Wenigstens für Mama Brown. Sie nahm ihre Position hinter dem Lehrerpult ein, das sich an der Stirnseite des Raumes befand und geradezu riesige Ausmaße besaß. Dann begann sie – wie ein Wanderprediger, der die Strafe Gottes über seine Zuhörer herabruft – mit ihrer Ansprache. Sie ließ die Posaunen des Jüngsten Gerichtes ertönen und Feuer und Schwefel auf die Kinder niedergehen. Sie ermahnte sie, fleißig zu lernen, aufmerksam mitzuarbeiten und die Klasse nicht zu stören. Sollten sie dies nicht beherzigen, hatten sie der Möglichkeit ins Auge zu schauen, sich das Mißfallen und die Ungnade ihrer Lehrerin zuzuziehen.

»Die meisten hier sind dumm«, sagte sie. »Wir alle wissen das. Aber zwei von euch, Frank und Mary, könnten es zu was bringen. Sie haben nämlich Grips und benutzen ihn auch. Die übrigen haben einen Verstand, der zu langsam ist. Aber auch sie können etwas lernen, wenn sie fleißig sind. Aber sie sind faul, faul und nochmals faul. Und faule Leute kommen im Leben nicht weiter. Natürlich sind einige von euch nicht nur langsam, sondern zurückgeblieben. Und das ist noch schlimmer, als nur faul zu sein. Aber wir wissen, die geistig Zurückgebliebenen können nichts dazu, daß sie so sind. Ihnen bleibt nichts anderes übrig, als noch härter zu arbeiten als die Faulen.

Wer die Zurückgebliebenen sind, wißt ihr, und die Betreffenden wissen es auch. Ich brauche es ihnen nicht eigens zu sagen, obwohl das besser wäre. Denn geistig Zurückgebliebene müssen immer wieder angestoßen, aufgerüttelt und härter angepackt werden als die anderen.«

Sie machte eine Pause, rollte die Augäpfel und überblickte die Versammlung wie ein Feldherr. Dann wandte sie sich mir mit einem süßlichen Lächeln zu.

»Ich habe nun die Ehre, Mister Patroy der Klasse vorzustellen«, sagte sie. »Mister Patroy wird in diesem Jahr euer Rektor sein. Er unterrichtet die Oberstufe in den Hauptfächern ›Sprachlicher Ausdruck‹ und ›Rechnen‹. Mister Patroy ist so freundlich, für ein Jahr zu uns herüberzukommen, und wir sind sehr dankbar, daß der Herr Mister Patroy zu uns geschickt hat. Und nun werde ich Mister Patroy das Wort erteilen, damit er euch Babys sagen kann, welche Pläne er für den Unterricht hat.«

Ich bestieg das Podium und hielt eine kleine, zaghafte Ansprache über die Freuden des Schülerdaseins, um dann das Feld rasch wieder Mrs. Brown zu überlassen.

Mrs. Brown wurde feierlich. »Wir sprechen nun das Gebet des Herrn«, sagte sie. »Vielleicht würde das Oberste Bundesgericht uns auf Yamacraw das Beten verbieten, aber ich glaube, daß der Herr auf unserer Seite ist. Denn wenn er es nicht ist, wer sollte es sonst sein. Wenn der Herr beschließen sollte, uns zu vergessen, wäre unser Leben nicht mehr lebenswert. Sind Sie nicht auch dieser Meinung, Mister Patroy?«

Mr. Patroy nickte zustimmend.

Wir sprachen das Gebet des Herrn, widersetzten uns dem Obersten Bundesgerichtshof damit ein zweites Mal und lösten die Versammlung auf.

Nachdem die unteren Klassen den Raum verlassen hatten, brachte ich unverzüglich Plan Nummer 1 zur Anwendung. Ich forderte die Kinder auf, mir schriftlich etwas über sich selbst zu berichten. Etwas, was sie für wichtig hielten, was ihnen an ihrem Leben gefiel und was nicht. Ich fand die Aufgabe ganz gut, aber die meisten der Jungen und Mädchen starrten mich an, als hätte ich von ihnen verlangt, irgendwelche Hieroglyphen für mich zu entziffern. Ich wiederholte die Aufgabe und bestand darauf, daß sie zumindest einmal damit anfingen. Also gehorchten sie.

Während ich in meinem neuen Betätigungsfeld die ersten zaghaften Schritte machte und feststellte, daß alle Schüler ernsthaft bemüht waren, die gestellte Aufgabe anzupacken, durchlebte ich meine erste Schrecksekunde.

Einige von ihnen konnten kaum schreiben. Die Hälfte von ihnen war unfähig, auch nur den einfachsten Gedanken zu Papier zu bringen. Dreiviertel konnten nicht einmal die primitivsten Wörter buchstabieren. Drei von ihnen waren sogar außerstande, ihren Namen zu schreiben.

Gütiger Jesus, dachte ich, während ich zwischen den Bänken auf und ab wanderte, diese Kinder sind dumm wie Bohnenstroh. Sie wissen einen Scheißdreck. Die meisten versteckten ihre Hefte, wenn ich vorbeikam, aus Scham, ich könnte sehen, daß sie noch kein Wort niedergeschrieben hatten. Aber indem sie mir zeigten, daß sie nicht in der Lage waren, mir irgend etwas über sich selbst mitzuteilen, verrieten sie mir alles über sich.

Ich las ihnen eine Geschichte vor, eine sehr einfache Geschichte. Ich glaube, es war eine Geschichte über einen Richter und einen Marshal im Wilden Westen. In der Geschichte ging es um einen Mord und einen treulosen Freund. Aber die Sache hatte ein Happy-End und ging gut aus. Ich forderte die Kinder auf, die Story schriftlich nachzuerzählen.

Frank, der Junge, den Mrs. Brown als geistige Leuchte der Yamacraw-Schule hingestellt hatte und der in der achten Klasse war, schrieb:

> *Jim war auf 'ner Ranch. Jim haben Pferd gestohlen. Mikes Vahter wurde in sein Rüggen geschossen. Mike sagen, Jim häte sein Vahter geschossen.*

Eine Sechskläßlerin schrieb:

> *Da war ein Cowboy hieß Jim und Mike haben eine Ranch. Mike Vadder wurde in seiner Scheune erschossen. Mike wußte nicht wer sein Vadder erschos, fand dann aber raus.*

Die Verfasserin war Cindy Lou, die dieses Werk nach fünfzehn Minuten äußerster Konzentration hervorgebracht hatte.

Oh, dachte ich, einen großen Schriftsteller haben wir nicht auf der Schule. Setzen wir die Talentsuche also auf anderen Gebieten fort. Vielleicht saß ein heimlicher Demosthenes zu meinen Füßen und wartete auf seine Entdeckung. Ich forderte jedes Kind auf, mir etwas aus seinen Sommerferien zu erzählen. Was es getan hatte, was besonders schön oder besonders schlecht gewesen war.

Da es einen offensichtlichen Mangel an Freiwilligen zu geben schien, rief ich einen Jungen namens Saul auf, der in der siebten Klasse war, aber aussah wie ein Sechsjähriger.

»Erzähl mir etwas von deinen Sommerferien, Saul, mein Guter!« sagte ich und versuchte krampfhaft etwas Schwung in den Laden zu bringen.

Saul erhob sich mit großer Feierlichkeit, rückte seinen Gürtel zurecht und sagte mit einer hellen Vorpubertätsstimme: »Ich füttern die Sau. Ich füttern die Kuh. Ich füttern zwei Hunde. Ich fahren nach Savannah mit Boot.«

Der nächste Redner sagte: »Ich füttern die Sau. Ich füttern die Kuh. Ich füttern drei Hunde. Ich füttern drei Katzen. Ich fahren nach Savannah mit Boot.«

Danach erhob sich der dritte Demosthenes und ließ seine Zuhörerschaft überraschenderweise wissen: »Ich füttern die Sau. Ich füttern das Pferd. Ich füttern sieben Hunde. Ich fahren nach Savannah mit Boot.«

Alle anderen Kinder erhoben sich nacheinander und wiederholten im gleichen Singsang und ohne eine Spur von Gehemmtheit fast wortwörtlich Sauls Originalton.

Nur ein Junge namens Prophet bot eine gewisse thematische Nuance, als er der Klasse mit einem Grinsen auf dem Gesicht anvertraute: »Ich Poppa helfen, Poppasau ficken.«

Die Menge brüllte.

Nach diesem zweiten Fehlschlag meiner pädagogischen Bemühungen versuchte ich es mit einem Trick. Ein Mädchen, mit dem ich in Beaufort öfter ausgegangen war und das selbst an der Grundschule unterrichtete, hatte ihn mir verraten. Sie versicherte mir, es mache den Kindern Spaß und man könne auf diese Weise allerhand über sie erfahren. Ich befahl also der Klasse, ein Bild von mir zu zeichnen. Ungläubig, mit vor Staunen weit geöffneten Mündern sahen sie mich an, als hätte ich von ihnen verlangt, die Geschlechtsteile eines Pferdes zu zeichnen.

»Keine Widerreden und keine Fragen, Leute. Zeichnet einfach nur diesen hübschen Teufel, den ihr vor euch seht!«

»Hm, Conrack sich einbilden, er gut aussehen«, flüsterte eine Stimme.

»Conrack bildet es sich nicht ein, er sieht gut aus«, schrie ich. »Conrack weiß, er sieht gut aus, Honey. Und ihr bringt jetzt zu Papier, wie gut er aussieht.«

»Conrack sehen schlecht aus!« flüsterte einer der Zwillinge.

»Hey, Zwilling, Conrack hat harte Fäuste, die sagen, daß er gut aussieht. Und wenn der kleine Zwilling das Gegenteil behauptet, dann macht die Kinnlade des Zwillings Bekanntschaft mit Conracks Fäusten, daß ihm Hören und Sehen vergeht.«

»Conrack sehen immer schlecht aus«, murmelte der andere Zwilling laut genug, daß alle es hören konnten.

»Gut, dann laßt ihn eben schlecht aussehen, aber fangt endlich an, ihn zu zeichnen!«

Schweigen senkte sich über die Klasse, als die Muse sie küßte. Oscar, ein Junge aus der Sieben und der Größte der Schule, studierte mein Gesicht mit der Intensität eines Malers der Ecole de Paris, der die Konturen eines Nacktmodells in sich aufnimmt. Ein wildes Kratzen,

Quietschen und Radieren begann, während sie mein Konterfei auf die linierten Blätter ihrer Schulhefte bannten. Meine Knollennase fand den größten Zuspruch. Dann kamen die Koteletten. Ein Mädchen, Ethel, war tatsächlich sehr gut. Als ich die Porträts ans Schwarze Brett heftete, mußte ich feststellen, daß es eine Beziehung gab zwischen den Kindern, die nicht zeichnen konnten, und denen, die nicht schreiben konnten.

Dann machte jeder eine Zeichnung von sich selbst. Plötzlich hatte ich den Gedanken, es müßte interessant sein, die Selbstporträts mit den Porträts von mir zu vergleichen. Ich war sehr froh über diese Idee, als ich das Resultat sah. Die meisten der Jungen hatten sich genauso gezeichnet wie mich. Bei einigen war das Selbstporträt ein regelrechtes Duplikat der Zeichnung von mir. Die Mädchen wurden vor dem exakten Abklatsch dadurch bewahrt, daß sie ihrem Selbstbildnis lange Haare und Kleider verpaßten. Keiner der Schüler hatte sich eine dunkle Hautfarbe gegeben, und nirgends gab es auch nur die leiseste Andeutung dafür, daß der Künstler oder die Künstlerin schwarz war.

Kurz vor der Ankunft des Busses kam es zu einem improvisierten Erdkundeunterricht. Neben der Tür hing eine Weltkarte. Ich fragte nach einem Freiwilligen, der nach vorn kam und mir die Lage von Yamacraw Island auf der Karte zeigte.

Acht Hände flogen in die Höhe. Im ersten Augenblick war ich erstaunt. Ich fürchtete schon, die Kids total unterschätzt zu haben. Vielleicht waren sie doch besser, als ich angenommen hatte.

Ich rief Mary nach vorn, das älteste, größte und wohl

auch fröhlichste Mädchen der Oberstufe. Zuversichtlich trat sie vor die Karte und legte, ohne zu zögern, den Finger auf eine Stelle, die im Nordosten der äußeren Mongolei lag. Als ich ihr sagte, das sei nicht ganz richtig, kehrte Mary mit hängendem Kopf und unter dem höhnischen Gelächter ihrer Mitschüler auf ihren Platz zurück. Fred knuffte Mary in die Seite und lachte wie ein Irrer, bis Mary ausholte und ihm mit ihrer feingliedrigen Hand eine kräftige Ohrfeige versetzte.

Ein Junge, der sich selbst als Big C bezeichnete, ging als zweiter zur Landkarte. Er wählte als Landeplatz für die Kuppe seines Zeigefingers eine Stelle bei Bombay, Indien. Und Top Cat, der nächste Freiwillige, entschied sich für den Teil Rußlands, der an das Beringmeer angrenzt.

Dann traf der Bus ein, und die Kids verließen nacheinander den Klassenraum.

»Good-bye, Mister Conrack!« sagten sie.

»Good-bye, Leute, bis morgen.«

Als sie draußen waren, steckte Mrs. Brown den Kopf zur Tür rein und fragte, wie es gewesen sei.

»Beschissen«, sagte ich, und sie kicherte.

»Sie sind jetzt in Übersee«, sagte sie dann.

Anschließend gab sie mir jede Menge Papier, das ich als Rektor der Yamacraw Elementary gebrauchen würde.

»Kein Mensch hat mir gesagt, daß ich hier den Rektor machen soll, Mrs. Brown. Ich denke, Sie leiten die Schule. Jedenfalls war davon stets die Rede.«

»O nein, Mister Patroy. Der Schulleiter sind Sie. Natürlich sind Sie der Schulleiter.« Anderthalb Monate später erhielten wir es von Dr. Piedmont schriftlich, daß in Wirklichkeit Mrs. Brown die Rektorin war.

Sie legte die Papiere auf mein Pult und kehrte in ihr Zimmer zurück. Plötzlich kam mir der Gedanke, daß sie mich für den Rektor hielt, einfach weil ich ein Weißer und sie eine Schwarze war.

*

So wie der erste Schultag dazu diente, die einzelnen Kinder kennenzulernen, diente der zweite der Feststellung ihres Wissens.

Niemand auf dem Festland war in der Lage gewesen, mir genau zu sagen, welche Probleme mich auf Yamacraw erwarteten. Jedermann schien der Überzeugung zu sein, daß die Zustände katastrophal waren, aber niemand wußte, welche Wege zu beschreiten waren, um sie zu beheben. Mehrere Beamte der Schulbehörde hatten mir zu verstehen gegeben, daß der Wissensstand der Kinder von Yamacraw erschreckend niedrig sei und daß alles, was ich ihnen beibringen würde, weit über dem liegen dürfte, was sie zuvor gelernt hätten – unabhängig von der Unterrichtsmethode, die ich anwandte. Jedenfalls schienen Piedmonts Günstlinge die Zustände auf Yamacraw am wenigsten zu kennen. Für sie schien die Schule der Insel ein Buch mit sieben Siegeln zu sein. Bennington kannte sich noch am besten von allen aus. Aber seine Hauptsorge galt der Vertuschung der eigenen Unfähigkeit. Und aus diesem Grund neigte er unbewußt dazu, die Wirklichkeit zu fälschen und zu schönen.

Aber mir konnten sie nichts vormachen, weder Bennington noch Piedmont, noch die anderen Speichellekker und Bürohengste. Ganz gewiß nicht mehr nach dem zweiten Schultag. Die schulische Situation auf der Insel lag im argen. Sie stank buchstäblich zum Himmel.

Es ist wichtig, zu beachten, daß ich nie in einer Grundschule unterrichtet hatte, daß ich damals nur Erfahrung mit Schülern der High-School besaß. Ich hatte nicht die blasseste Ahnung, welcher Wissensstand einem Schüler der sechsten oder siebten Klasse normalerweise abverlangt wurde. Und erst recht wußte ich nicht, welchen Stoff ich mit den Kindern durchnehmen sollte.

Ich machte mir also am Abend des ersten Schultages eine Liste mit Fragen, die eine Art Grundwissen skizzierten, das in den Oberklassen einer amerikanischen Grundschule meiner Meinung nach vorhanden sein sollte. Außerdem suchte ich mir auf dem Bücherregal im Klassenzimmer achtzehn Bücher aus, die ich den Kindern vorlegen wollte. Diese Bücher bewegten sich auf einer möglichst breiten Wissensskala. Eines davon war ausgesprochen einfach und stellte kaum Anforderungen an die Intelligenz des Lesers. Eines enthielt einen ziemlich großen Wortschatz, und die anderen lagen dazwischen.

Am nächsten Morgen traf der gelbe Schulbus Punkt acht auf dem Schulhof ein. Die Schüler betraten hintereinander das Klassenzimmer und grüßten unterwürfig. Ich schlug jedem der Jungen auf die Schulter und redete ihn mit Feigling an. Keiner von ihnen brachte den Mut auf, dagegen zu protestieren – bis auf Big C, der sich hinter mich schlich und mir einen Tritt in den Hintern gab. Ich wirbelte herum und drängte Big C in eine Ecke des Klassenraumes. Nach einem kurzen Handgemenge warf ich ihn zu Boden. Die Klasse tobte. Ich war eben dabei,

Big C in den Schwitzkasten zu nehmen, als der Lärm abbrach und tödliche Stille eintrat. Ich sah Mama Browns gewaltiges Haupt hinter dem Fenster. Blick und Gesichtsausdruck verrieten höchste Mißbilligung.

Sie winkte mit dem Finger in Richtung Tür. Der Finger hatte die Ausmaße eines kleinen Totschlägers. Ich gehorchte auf der Stelle.

»Mister Patroy«, sagte sie, »Sie haben die Achtung der Kinder schon verspielt. Sie haben sich in ihren Augen gehenlassen. Sie brauchen Zucht und Ordnung, keine Belustigung. Die Schule dient nicht der Belustigung der Schüler, wie Sie wissen sollten.«

»Ja, Ma'am«, murmelte ich ziemlich verlegen.

»Denken Sie an das, was ich Ihnen gesagt habe. Schwarze Kinder brauchen die Peitsche. Die Peitsche, verstehen Sie! Ist Ihnen das klar?«

»Ja, Ma'am.«

»Okay, dann ist es gut. Nun, heute ist der Tag, an dem wir Bücher ausgeben. Ich möchte, daß Sie in genau einer Stunde ein Kind Ihres Vertrauens zu mir schicken. Der Staat verlangt von uns, daß wir die Schulbücher den Kindern so bald wie möglich aushändigen.«

»Können die Kinder die Bücher denn überhaupt lesen?« fragte ich.

»Man erwartet es von ihnen. Das Ministerium schreibt den Kindern die Lektüre vor.«

»Und was ist, wenn sie nicht imstande dazu sind? Wenn sie nicht lesen können?«

»Dann müssen wir es ihnen beibringen. Natürlich, einige sind geistig zurückgeblieben und können nicht lesen. Sie sollten nicht vergessen, daß wir uns in Übersee befinden, Mister Patroy. Und die Dinge sind schwierig in Übersee.«

»Ich werde dran denken.«

Ich kehrte in die Klasse zurück, ein geschlagener Mensch. Keine Ringkämpfe mehr an diesem Tag. Ich winkte Big C bedauernd zu.

Dann begann ich mit meinen Fragen.

»Okay, Leute, beruhigt euch wieder. Und nun wollen wir in die Hände spucken und damit beginnen, den Staub und die Spinnweben aus euren hübschen kleinen Köpfen zu entfernen. Prophet, du wirst die Gelegenheit haben, vor aller Welt zu beweisen, was für ein Genie du bist. Carolina, du wirst heute leuchten wie die Sonne. Jeder wird sich von seiner besten Seite zeigen.«

In den zwei Jahren, in denen ich unterrichtet hatte, war mir bewußt geworden, wie wichtig es war, die Schüler in einen Zustand völliger Entkrampfung zu versetzen. In Beaufort war mir das immer gelungen. Doch die Kinder von Yamacraw schauten mich an, als wäre ich ein geistesgestörter Clown.

»In welchem Land leben wir, Leute? Ich verlange augenblicklich eine Antwort von euch!«

Schweigen.

Einige der Kinder sahen sich an und zuckten die Schultern.

»Leute«, fuhr ich fort, »welchen Namen hat dieses unser großes, altes, rotweißblaues Land? Der Ort, wo wir leben? Das Land der Freien und die Heimat der Tapferen?«

Friedhofsstille.

Ich rang nach den richtigen Worten, um die Frage

noch mehr zu vereinfachen. »Weiß denn niemand, in welchem Land wir leben?« fragte ich wieder.

Keiner antwortete. Jedes Kind saß wie erstarrt vor mir, einen Ausdruck von Qual und Verlegenheit in den Augen.

»Habt ihr jemals etwas von den Vereinigten Staaten von Amerika gehört?« fragte ich.

»O ja.« Mary, das Mädchen aus der achten Klasse, meldete sich. »Ich schon davon gehört. Ich es hören in ›Ich schwöre der Fahne der Vereinigten Staaten die Treue‹.«

»Der Fahneneid. Gut, Mary. Dann weißt du also, wie das Land heißt, in dem wir leben.«

»Nein.«

»In Ordnung, Leute. Dann ist das also das erste, was wir in diesem Jahr lernen: Daß wir alle in den Vereinigten Staaten von Amerika leben. Und, Achtung, als nächstes möchte ich folgendes von euch wissen: Wer ist der Präsident der Vereinigten Staaten in diesem Jahr neunzehnhundertneunundsechzig?«

Erneutes Schweigen.

»Weiß es jemand?« fragte ich.

Alle schüttelten den Kopf.

Frank hob die Hand. »John F. Kennedy«, sagte er.

»Ja«, antwortete die ganze Klasse. Alle schauten mich, Zustimmung heischend, an.

»Ja«, bestätigte ich. »Großartig, Frank. Warum hast du Kennedy genannt?«

»Er gut zu den Farbigen«, erwiderte Frank.

»Ja«, rief die Klasse.

»Ja«, stimmte ich zu.

»Kann mir denn jemand sagen, wer der erste Präsident der Vereinigten Staaten war?«

Schweigen.

»Schon mal von George Washington gehört?« fragte ich.

Nur ein paar Schüler nickten. Der Rest kannte Washington nicht.

»Wer kann mir sagen, wer Willy Mays ist?«

Keiner konnte es.

»All right, Leute, kein Grund zur Aufregung. Wir werden diese dämlichen Kerle zunächst mal für 'ne Weile in Ruhe lassen. Reden wir über Gewässer. Wer kann mir einen Ozean nennen?«

Fred schaute Top Cat an, und Top Cat schaute Fred an. Dann richtete sich ihr Blick wieder auf mich. Keiner der beiden hatte jemals von irgendeinem Ozean gehört.

»Ich werde euch einen Tip geben«, sagte ich. »Ein Ozean umspült mit seinen Wellen die Ufer von Yamacraw Island.«

Cindy Lou dämmerte es. Sie rief: »Oh, er meinen den Strand.«

»Richtig, Cindy. Also, wie ist der Name des Strandes?«

»Der Strand, Mann«, antwortete sie unwillig.

»Nein, ich meine den Namen, den der ganze Ozean hat.«

»Ich sagen doch schon, daß es der Strand iss«, sagte sie wütend.

»Okay, es ist der Strand«, stimmte ich zu. »Aber es ist auch der Atlantische Ozean. Hat jemand von euch schon einmal gehört, daß er so genannt wurde?«

Alle schüttelten traurig und sorgenvoll den Kopf.

»Well, ihr braucht deshalb nicht gleich in Tränen auszubrechen. Diese Wissenslücke läßt sich leicht ausfüllen.

Einfach dadurch, daß man drüber spricht, und ohne sich besonders anzustrengen. Schon weiß man, in welchem Ozean Yamacraw liegt. Mary, wenn ich fremd hier wäre und würde dich fragen, welche Massen von Wasser das sind, die die Insel umschließen, was würdest du mir antworten?«

»Massen?« fragte sie in einem Tonfall, der befürchten ließ, daß sie ernsthaft an meinem Verstand zweifelte.

»Ja.«

»Ich nix verstehen von Massen.« Sie blieb hartnäckig.

»Vergiß mal die Wassermassen! Wie würdest du den Ozean nennen, an dem ich entlangspaziere?«

»Lantischer Ozean.«

»Atlantischer Ozean.«

»Atlantischer Ozean.«

»Welcher Ozean? Alle!«

»Atlantischer Ozean«, schrien sie wie aus einem Mund.

»Seid ihr sicher, daß es der Atlantische Ozean ist?«

»Ja«, antworteten sie.

»Nun, er ist es nicht!«

Wieder schauten sie mich an, als hätte man sie in die Obhut eines Geisteskranken gegeben.

»Der richtige Name des Ozeans ist Conroy'scher Ozean.«

»Nein!«

»Doch!«

»Nein!«

»Doch, es ist so. Mein Urgroßvater war Ferdinand Conroy, ein spanischer Glücksritter, der von Europa nach Nordamerika schwamm. Fünfzehn Millionen Meilen weit. Wegen dieser einmaligen und ungewöhnlichen Leistung benannte man diese ungeheuren Wassermassen nach ihm.«

»Was sagen du da?« fragte einer der Zwillinge.

»Er sagen nix«, klärte Cindy Lou ihn auf.

»Jedenfalls«, fuhr ich ungerührt fort, »hießen sie von dem Tag an Conroy'scher Ozean.«

»Nein«, widersprach George.

»Woher willst du das wissen?« forderte ich ihn heraus.

»Weil nicht stimmen. Du eben selbst sagen, es iss der Atlantische Ozean.«

»Ich bin eben ein Lügner.«

»Du biss ein Lehrer.«

»Lehrer lügen ständig.«

»O Gott«, sagte Lincoln. Später sollte ich herausfinden, daß er diesen Ausruf immer benutzte, wenn er überrascht oder begeistert war.

In dieser Art ging es weiter. Mit jeder Frage kam ich näher an die Kinder heran. Mit jeder Frage, die ich ihnen stellte, empörte ich mich mehr über die Menschen, die für den miserablen Wissensstand der Kinder verantwortlich waren. Am Ende des Tages hatte ich ein beeindrukkendes Material zusammengetragen.

Sieben meiner Schüler waren außerstande, das Alphabet aufzusagen. Drei der Kinder konnten ihren Namen nicht buchstabieren. Achtzehn Kinder glaubten, Savannah, Georgia, wäre die größte Stadt der Welt. Savannah war die einzige Stadt, deren Namen die Kinder kannten. Achtzehn Kinder hatten nie einen Berg gesehen. Achtzehn Kinder hatten nie etwas von Rassenintegration und Rassentrennung gehört. Vier Kinder wußten nicht, wieviel zwei und zwei ist. Achtzehn Kinder wußten nicht, daß wir einen Krieg in Südostasien führten, und natürlich hatten auch achtzehn Kinder nie etwas von Asien gehört. Ein Kind war überzeugt, daß John Kennedy der erste Präsident der Vereinigten Staaten war. Siebzehn weitere Kinder waren derselben Meinung. Achtzehn Kinder hielten es mit der vorkopernikanischen Theorie, daß die Erde das Zentrum des Alls wäre. Zwei Kinder wußten nicht, wie alt sie waren. Fünf Kinder kannten ihr Geburtsdatum nicht. Vier Kinder konnten nicht bis zehn zählen. Die vier Ältesten der Schule glaubten, der Bürgerkrieg hätte zwischen Deutschen und Japanern stattgefunden.

Jede Frage, die ich stellte, offenbarte neue Wissenslükken und neue Abgründe der Ignoranz. Eine schockartige Lähmung ergriff die Klasse, als hätte ich ein ungeschriebenes Gesetz verletzt, indem ich Dinge ans Licht zerrte, die mich nichts angingen, oder schmutzige Wäsche wusch, die nicht mir gehörte.

Kein Kind wagte es mehr, mir in die Augen zu schauen. Niemand würde je wieder ein Wort mit mir reden. Ich hatte eine andere, längst vergangene Zeit betreten. Der Job, den ich angenommen hatte, um den Dämon des Die-Welt-verbessern-Wollens zu besänftigen, war noch titanenhafter, als ich angenommen hatte. Vor mir in diesem Klassenzimmer saßen menschliche Wesen verschiedener Größe und Schattierung.

Sie hatten nicht die geringste Ahnung, daß eine Welt sie umgab – eine Welt, in die sie schon bald würden hinausgehen müssen.

Ich kannte nun die Spielregeln. Oder glaubte es jedenfalls. Die Kinder wußten einen Scheißdreck.

Ich ging auf Prophet zu, zeigte ihm beide Hände mit sechs ausgestreckten Fingern und fragte ihn, wie viele Finger er sehe.

»Acht«, antwortete er.

»Du hast dich nur um zwei vertan, Prophet«, sagte ich. »Versuch's noch mal!«

»Zwei«, flüsterte er.

»Nein, Prophet! Ich schlage vor, du fängst auf der rechten oder linken Seite an und zählst die Finger vom ersten bis zum letzten.«

»Fünf.« Wieder flüsterte er. Diesmal flehten seine Augen mich an, mit der Befragung aufzuhören. Seine Mitschüler lachten ihn aus. Jedesmal, wenn er eine falsche Antwort gab. Ich hatte ihn vor den anderen bloßgestellt, und sein Blick war eine einzige Anklage.

»Reg dich nicht auf! Beruhige dich, Prophet! Wir werden mit den gottverdammten Zahlen schon zurechtkommen. Brauchst nur etwas Geduld, okay?«

Er nickte.

Prophet machte den Eindruck, als gelangte kein einziger Gedanke wirklich in seinen Kopf, als hätte sein Verstand nie unter geistigen Geburtswehen gelitten. Dabei wirkte er neben den Zwillingen Samuel und Sidney wie ein Kandidat für den Doktorhut. Die beiden waren bemitleidenswert dünn, lethargisch, stumpfäugig und offensichtlich geistig zurückgeblieben. Immer wenn die anderen Kinder über eine Bemerkung eines Mitschülers lachten, lachten Samuel und Sidney erst einige Sekunden später, so als wären sie darauf angewiesen, daß die anderen ihnen das Signal zum Lachen gaben. Die Zwillinge schienen ein hoffnungsloser Fall zu sein. Prophet grinste wenigstens schon einmal sein Glöckner-von-Notre-Dame-Grinsen. Das bestärkte mich in der Zuversicht, daß er seine Umgebung wenigstens noch zum Teil wahrnahm.

Der zweite Tag untermauerte die Hypothese, die ich am Tag zuvor spontan und nur gefühlsmäßig aufgestellt hatte: Ein gewaltiger, beinahe unüberbrückbarer Kommunikationsabgrund tat sich im Raum auf. Wenn die Kids auf ihre gewohnte Art miteinander sprachen, hatte ich nicht die kleinste Chance, sie zu verstehen. Die Inselschwarzen von South Carolina sind bei Sprachwissenschaftlern berühmt für ihren Gullahdialekt. Sprachexperten haben dieses seltsame Kauderwelsch jahrelang studiert und Bücher zu diesem Thema veröffentlicht. Es handelt sich um eine Mischung aus afrikanischen Dialekten und Englisch. Einige behaupten sogar, daß sich in der Gullahsprache Reste von elisabethanischem Englisch erhalten hätten. Aber was auch immer die Ursprünge der Gullahsprache sein mochten, ich war nicht in der Lage, einer einfachen Unterhaltung der Kinder in der Klasse zu folgen. Überdies sprachen sie mit der Schnelligkeit eines Maschinengewehrs, abgehackt und in kurzen explosiven Stößen. Ratlos und unfähig stand ich daneben und fühlte mich ausgestoßen aus ihrer eigentlichen Welt.

Und was die Angelegenheit noch schwieriger machte, keiner von ihnen verstand mich. Ich kann nicht von mir behaupten, daß ich eine vorbildliche Aussprache habe. Im Gegenteil, die Worte kommen über meine Lippen wie fette Quallen. Ich habe mein Leben in den verschiedensten Gegenden von Georgia, Virginia und Carolina zugebracht. Ich wurde in die Welt gesetzt von einem stimmgewaltigen Marineoffizier aus Chicago und einer sanftklingenden Honey aus Rome, Georgia, und was dabei herauskam, war ein Wesen mit einer undefinierbaren Nuschelsprache, ohne jeden Akzent und unverständlich für jeden auf dem amerikanischen Kontinent, gleichgültig, ob er schwarz oder weiß war. Ich hatte Hemmungen zu telefonieren, weil die Vermittlung mich meistens nicht verstand.

Aus diesem Grund war die Situation im Klassenzimmer auf mehr als eine Weise zum Verzweifeln. Ich wußte, die Kinder hatten einen miserablen Wissensstand, und ich wußte, ich würde ihnen eine ganze Menge beibringen können. Aber ich verstand kein Wort von dem, was sie sagten, und sie verstanden nicht, was ich sagte. Mit Marys Hilfe gelang es uns, ein Abkommen zu schließen. Mary schien fast alles zu verstehen, was ich sagte, und wenn ich Glück hatte, konnte ich das eine oder andere von dem, was sie sagte, verstehen. Ich ernannte sie also zur großen Dolmetscherin mit uneingeschränkter Macht über Leben und Tod eines jeden. Wenn Prophet etwas sagte, was nur ihm und dem Allwissenden bekannt war, übersetzte Mary mir, was er meinte. Manchmal halfen alle Mary beim Dolmetschen, und dann ertönten siebzehn Stimmen in unverständlichem Kauderwelsch, das anschwoll, je länger es dauerte, und in einem ohrenbetäubenden Crescendo von babylonischen Ausmaßen endete.

»Genug jetzt!« sagte ich dann. Der Lärm verstummte, und Mary verkündete stolz, daß Prophet mal zum Pinkeln rauswolle.

An diesem Abend schrieb ich einen ziemlich geharnischten und selbstgerechten Brief an Dr. Piedmont und gab ihm zu verstehen, daß sein hübsches kleines Schulhaus auf Yamacraw nicht mehr wert sei als ein Haufen Kuhmist. Im Rückblick kann ich nur lächeln über den fanatischen Eiferer, der ich damals war. Ich hockte in einem engen Klassenzimmer neben einem ausgerollten Schlafsack auf dem Fußboden, den Bauch vollgestopft mit Rindfleischeintopf aus der Dose, den Geruch von Kreidestaub und alten Schulbüchern in der Nase, die geheimnisvollen Geräusche des nahen Waldes in den Ohren, und schrieb einen zornigen Brief an einen Mann, den ich nur einmal gesehen hatte und von dem ich trotzdem glaubte, daß er mich verstand und etwas tun würde, um die Mißstände zu beseitigen.

Da die Lage katastrophaler war, als ich angenommen hatte, war ich weniger diplomatisch, als es gewöhnlich meine Art war. Ich wollte Piedmont schocken, ich wollte die schwerfällige Bürokratie wachrütteln, damit den Verwaltungsleuten in den mit dicken Teppichen ausgelegten Büros der Schulbehörde endlich die Augen über den himmelschreienden Bildungsmißstand der Kinder von Yamacraw aufgingen.

Ja, in diesen ersten Tagen war ich ein Berserker. Piedmont sollte begreifen, daß er mich nicht nach Yamacraw geschickt hatte, damit ich dort die Aufsicht über schulisches Ödland führte.

Der Brief war in einem Anfall Conroy'scher Empörung abgefaßt. Der streitsüchtige Ire in meinen Adern kam zum Durchbruch und redete mir ein, daß hier ein gewaltiges Unrecht geschah und es meine verdammte Pflicht und Schuldigkeit sei, dies dem Mann bekanntzumachen, der die Möglichkeit hatte, etwas daran zu ändern.

Der Brief wurde am zweiten Tag des Schulbetriebs geschrieben. Von diesem Tag an konnte in der Schulhierarchie des County niemand mehr den Unwissenden spielen, was die Schule auf der Insel betraf. Ich hatte diejenigen, die es anging, genauestens darüber informiert.

Am dritten Tag verzweifelte ich. Jedesmal, wenn ich ein neues Thema anschnitt, wurde mir bewußt, welche Lücken im Wissen der Kids klafften. Ihr Erfahrungsbereich war nicht nur eingeschränkt, oft genug schien es ihn gar nicht zu geben.

Einige von ihnen erinnerten sich vage, von Vietnam gehört zu haben, hatten jedoch keine blasse Ahnung, daß die Vereinigten Staaten in diesem Land Krieg führten. Als ich fragte, gegen wen wir dort kämpften, flog Oscars Hand in die Höhe, und wie aus der Pistole geschossen sagte er: »Gegen die Deutschen und Japaner.« Die ganze Klasse stimmte ihm feierlich zu. Yamacraw Island war der größte der neun Planeten. Auf meine Frage nach dem größten Menschen, der jemals gelebt habe, antwortete Mary: »Jesus.« Und alle nickten zustimmend. Als ich fragte, wer der zweitgrößte Mensch sei, der jemals gelebt habe, antwortete ihr Bruder Lincoln: »Jesus Christus.« Wieder erklärte sich die Klasse einstimmig mit dieser Wahl einverstanden.

Ich konnte verstehen, daß niemand wußte, wer Richard Nixon, Napoleon, Julius Cäsar oder Alexander der Große war, aber mir wollte nicht in den Kopf, daß schwarze Kinder, die in der zweiten Hälfte des zwanzigsten Jahrhunderts lebten, Sidney Poitier, Wilt Chamberlain oder Willie Mays nicht kannten. Sie hatten nie von Shakespeare oder Äsop gehört. Nicht von England oder Indien. Sie waren nie in einem Kino oder bei einem Baseballspiel gewesen. Sie hatten keine Ahnung von Demokratie, von Gouverneuren oder Senatoren, von Hauptstädten oder Ozeanen, von berühmten Schauspielern, Leinwandgrößen, Künstlern, von Zeitungen oder Automarken. Nie waren sie in einem Museum gewesen, nie hatten sie ein Kunstwerk gesehen, nie auch nur ein Stück Weltliteratur gelesen. Sie waren noch mit keinem Linienbus gefahren, hatten noch nie einen Ausflug gemacht, noch keinen Berg gesehen, keinen Wasserfall, keinen Highway. Sie konnten nicht schwimmen, nicht spielen und auch sonst nichts, was für amerikanische Kinder ihres Alters selbstverständlich war.

Dies alles erfuhr ich am dritten Tag.

Ich hatte einen Stuhl in die Mitte des Klassenzimmers gerückt, und die Kinder hatten ihre Bänke im Halbkreis um mich herum aufgestellt. Wir unterhielten uns nur, redeten miteinander. Den ganzen Tag verbrachten wir mit Reden. Ich erzählte ihnen von mir, von meiner Mutter, meinem Vater, meinen vier Brüdern und zwei Schwestern. Ich berichtete über meine Zeit in Beaufort, meine Europareise und meinen Entschluß, nach Yamacraw zu gehen. Sie fanden es aufregend, daß mein Vater Düsenjets flog. Ich erzählte ihnen auch, daß ich auf dem Festland ein kleines gelbes Auto der Marke Volkswagen fuhr. Sie wollten wissen, wo überall ich schon gewesen war, wie New York aussah und ob ich schon einmal mit einem Flugzeug geflogen sei.

Dann erzählten sie von der Jagd auf der Insel. Die Jungen bekamen heiße Köpfe, als sie davon sprachen, wie viele Eichhörnchen es im Innern der Wälder gab und welch guter Schütze man sein mußte, um sie im Schatten der Eichen auszumachen und mit einem einzigen Schuß vom Baum herunterzuholen. Je tiefer man in den Wald eindrang, erzählten sie, um so zahmer waren die Eichhörnchen und desto einfacher ließen sie sich töten. Die Mädchen wußten ausführlich darüber zu berichten, wie man die Eichhörnchen ausnahm. Sie nannten es »Scrinchen«. Man schnitt mit einem scharfen Messer den Bauch des Tieres auf, löste das Fell ab wie die Haut einer Weintraube. Dann pellte man ihm die Haut ab, bis es weiß und glatt war. Ethel sagte: »Eine Frau in Savannah mögen keine Eichhörnchen, weil sie nach dem Scrinchen aussehen wie kleine weiße Babys.«

»Wie viele von euch essen denn Eichhörnchen?« fragte ich und mußte feststellen, daß es alle waren, obwohl sie sich in zwei Lager spalteten. In die Puristen, die Eichhörnchenfleisch ohne alles Drum und Dran bevorzugten, und die anderen, die es am liebsten mit einer dicken Bratensoße und viel Bohnen und Kartoffeln mochten.

»Ich würde eher verhungern, bevor ich ein Eichhörnchen esse«, erklärte ich der Klasse. »Ein Eichhörnchen erinnert mich an eine dicke haarige Ratte, und genauso wie ich keine Ratte essen würde, bekäme ich auch kein Eichhörnchen runter.«

»Du noch nie Eichhörnchen essen, Conrack?« fragte Lincoln ungläubig.

Ich verneinte.

»Gott, der Mann noch nie nich Eichhörnchen essen!« rief Cindy Lou.

»Eichhörnchen keine Ratten«, erklärte mir Saul fachmännisch.

»Du essen Ratten!« sagte Lincoln zu Saul.

»No, ich nich essen Ratten. Aber du essen Krähen.«

Die ganze Klasse schrie, als der mickrige Saul seinen athletischen Mitschüler Lincoln beschuldigte, Krähen zu essen. Offensichtlich hatte Krähenessen nicht nur eine wörtliche, sondern auch eine übertragene Bedeutung auf der Insel.

»Und was du essen? Du essen Bussarde. Du das wissen!«

Wieder grölte die Klasse wie verrückt.

»Fettwanst, du wissen, was du essen!« riefen einige.

»Was ich essen, Zwerg?« Lincoln hielt sich an Saul.

»Du selber wissen!« schrie Saul zurück, das kleine Gesicht wutverzerrt.

»Zwerg, du besser sagen, was ich essen!«

»Fettwanst essen Schei-ße!«

»O Gott!« stöhnte die Klasse wie aus einem Mund.

Einer rief: »Zwerg sagen, Fettwanst essen Schei-ße. Er lästern, er lästern! Lord, Mister Cornack ihm geben 'ne mächtig gute Tracht Prügel.«

Saul hatte sich auf seinen Stuhl fallen lassen und die Hände vors Gesicht gepreßt, nachdem er das verbotene Wort ausgesprochen hatte. Er war bereit, jede Strafe anzunehmen, die ich über ihn verhängen würde. Die Situation war mir total entglitten. Warum hatte ich es dazu kommen lassen? Ich wußte es nicht. Die Talfahrt in der Aufzählung der bevorzugten Inselgerichte hatte mich so gefesselt, daß der jähe Sturz in den fäkalischen Morast völlig unerwartet für mich kam. Lincoln, empört darüber, ein Scheißefresser genannt zu werden, schnaufte und keuchte triumphierend. Er wartete ungeduldig darauf, daß ich Saul aus seiner Bank zerrte und ihm die Seele aus dem Leib prügelte. Saul hatte indessen zu weinen begonnen.

»Saul!« donnerte ich und versuchte, wie ein Miniatur-Rachegott zu klingen.

»O Gott«, sagte Lincoln.

Saul, immer noch schluchzend, blickte auf.

»Saul, weißt du, wie ich die Schüler auf der High-School bestraft habe, wenn sie sich danebenbenommen hatten?«

»Nein«, antwortete er.

»Ich hab' sie ausgenommen, Sohn. Ich nahm ein Messer und schnitt ihnen den Bauch auf. Dann pellte ich ihnen die Haut ab, bis sie fertig waren für den Kochtopf.«

»Nein!« rief die ganze Klasse.

»Ja!« antwortete ich, ganz wutschnaubender, mit den Augen rollender Scrincher. »Und dann hab' ich versucht, sie den Leuten zu verkaufen. Aber niemand wollte sie essen, weil gescrinchte Schüler zu sehr wie junge Eichhörnchen aussehen.«

»Weißer Mann verrückt«, flüsterte einer.

»Ruhe! Ich werde Saul jetzt scrinchen.«

»Nein!« schrie die Klasse.

»Doch!« schrie ich zurück. »Aber er soll eine Chance haben. Also ich an Sauls Stelle würde zum Lehrer sagen: ›Lehrer, ich hab' dieses stinkende Wort gesagt, und das war falsch. Wenn du mir noch mal vergibst, versprech' ich dir, es nicht wieder zu tun.«

»Lehrer«, sagte Saul hastig, »du mir vergeben, ich nich wiedertun.«

»Okay, in Ordnung. Und nun zu dir, Lincoln. Ist es wahr, was ich von dir gehört habe?«

»Was, Mann?«

»Ist es wahr, daß du Skunks ißt?«

»Yeah, er essen Skunks!« schrie der Rest der Klasse.

*

Am dritten Tag fragte ich mich, ob sie wohl so etwas wie Bedauern für mich empfanden, weil ich noch nie Eichhörnchen gegessen oder noch nie die Freuden des Abhäutens und Ausnehmens genossen hatte. Die Jungens waren Jäger, die Mädchen Experten in der Zubereitung der Jagdbeute. Oscar, der größte und dunkelste Junge der Oberstufe, erzählte mir, daß er im Jahr zuvor einen Hirsch geschossen habe. Lincoln erzählte, daß Oscar im Jahr zuvor von Frank angeschossen wurde. Nach dieser Äußerung verfiel die Klasse in verlegenes Schweigen. Frank schaute Lincoln aus rachelüsternen, zornfunkelnden Augen an. Oscar machte ein Gesicht, als hätte er eine Flasche Essig geleert. Schließlich begann Saul zu reden.

»Frank Oscar in den Arm geschossen.«

»Wo war das?« fragte ich.

»Unten am Bloody Point auf der anderen Seite der Insel. Haben Vögel gejagt.«

Lincoln sagte: »Frank nich auf sein Drücker aufgepaßt. Er stolpern über 'ne Wurzel. Drücker bleiben am Ärmel hängen und machen Loch in Oscars Arm.«

»Oscar geblutet wie Schwein«, sagte Sidney, einer der Zwillinge.

Es war offensichtlich, daß Frank und Oscar an diesem Tag einige Narben davongetragen hatten. Oscar hielt spontan den linken Arm hoch, und Frank starrte verbissen auf seinen Bleistift. Beide dachten an das Blut und die Schmerzen, die es gegeben hatte.

»Der Junge beinah verblutet, Mister Conrack«, sagte Ethel. »Sie gehen zum Haus von Mister Stone, und ein Mann fahren ihn zum Doktor nach Savannah. Sagen, er unterwegs beinah gestorben.«

»Halts Maul, Mädchen!« rief Oscar.

»Yeah, Mann, machen wir Schluß!« sagte ich.

Der Bus fuhr in den Hof.

»Und morgen werden wir uns aufs neue den Freuden des Lernens hingeben.«

»O Gott, Conrack!«

Als dann endlich Freitag war und der Bus die Kinder aus der Klasse lockte und sie Mr. Conrack ein schönes Wochenende wünschten, war es nur eine Sache von Minuten, bis ich an Stones Pier die Leinen losband und nach Bluffton ablegte, wo Bernie auf mich wartete.

Wir fuhren in sein Apartment nach Beaufort, wo ich mein erstes Duschbad in dieser Woche nahm. Ich genoß das heiße Wasser, und der ganze Dreck der Insel wurde abgespült.

Dann wandte ich mein Augenmerk den Moskitostichen zu, die auf meinem ganzen Körper verteilt waren. Ich goß Alkohol auf Wattebäusche und betupfte die roten Schwellungen, bis sie brannten wie die Hölle. Ein Stich forderte besondere Aufmerksamkeit. Nach näherem Hinschauen stellte ich fest, daß es eine Zecke war, die sich unterhalb meiner Achselhöhle festgebissen hatte und von meinem Blut bereits dick und prall geworden war. Ich nahm sie zwischen zwei Fingerspitzen und zog. Dummerweise erwischte ich nur die Hälfte. Der Kopf blieb in meinem Fleisch sitzen und bohrte sich noch tiefer hinein. Bernie nahm ein Streichholz, zündete es an, und erst nachdem er mir vier Verbrennungen ersten Grades zugefügt hatte, schrumpfte die Zecke zusammen und ließ sich anstandslos herausziehen.

Eine »Stichprobe« zeigte, daß ich von diesen blutgierigen Ungeheuern regelrecht befallen war. Sie bevorzugten die Wärme und Verborgenheit der Schamzonen, wo sie ungehindert und ohne sofort entdeckt zu werden ihr blutiges Unwesen treiben konnten. Zecken sind Waldbewohner, sie verkriechen sich wie Guerillas in das Dikkicht von After und Hodensack. Mit Hilfe einer Pinzette entfernte ich neun Zecken aus meinem Körper.

»Berufsrisiko, Sohn«, flötete Bernie.

3

Die Schulbücherei hätte eine prächtige Einrichtung sein können, wäre sie im Fall von Yamacraw nicht der tragische Beweis für die Unfähigkeit und Borniertheit der Verwaltung gewesen. Täglich war eine halbstündige Lesezeit angesetzt, in der die Kinder lesen durften, was sie wollten. Da die meisten von ihnen jedoch nicht lesen konnten, benutzte ich diese halbe Stunde dazu, die Lust am Lesen in ihnen zu wecken.

Cindy Lou interessierte sich für ein Buch mit dem Titel »Tommy, das Telefon«. Jedesmal, wenn ich mit ihr darin las, wurde mir die Ironie der Situation bewußt: Ein Mädchen, das nie in seinem Leben telefoniert hatte, wählte als Lieblingslektüre ein Buch übers Telefonieren. Zahllose andere Bücher mit dem denkbar geringfügigsten Bezug zum Leben auf der Insel bevölkerten die Regale: Bücher über Eskimos, über Skandinavien, über Milchfarmen in Wisconsin und japanische Perlenfischer. Aber kein einziges über das Leben der Schwarzen auf dem Land oder ähnliches.

Ich besorgte mir einen Sears-Roebuck-Katalog und nahm ihn mit in die Schule. Schon bald wurde er zu einem Bestseller. Die Mädchen interessierten sich für den Modeteil, die Jungen für Jagd- und Sportausrüstungen. Meine Schar hartgesottener Analphabeten blätterte sich durch Lexikas, zeigte auf die Bilder darin und stellte mir unzählige Fragen.

»Was iss das hier, Conrack?« fragte Sidney.

»Das ist eine Pyramide, Sid. In einem Land, das Ägypten heißt, bestattete man vor tausend Jahren die Könige in solchen Steinhügeln.«

»Nein.«

»Doch«, antwortete ich.

»Wer's das?« fragte Prophet, der einen anderen Band vor sich liegen hatte.

»Das ist Babe Ruth. Einer der größten Baseballspieler, die je gelebt haben. Er spielte für die New York Yankees. Er schaffte siebenhundertvierzehn Vier-Mal-Läufe in seiner Karriere. Kein anderer erreichte diese Zahl in der Geschichte des Baseballs.«

»Spielen jetzt?« wollte Richard wissen.

»Er ist tot«, sagte ich.

»Yeah, Blödmann, er iss tot.« Sid grinste und boxte Richard in die Seite.

»Der Mann tot?« fragte Prophet überflüssigerweise.

»Richard glauben, der Mann leben«, fuhr Sid fort.

Richard haute Sid eine runter, und die Diskussion über des Kaisers Bart war beendet.

Eines Tages stießen die Jungen während der Lesestunde auf Schlangen. Die ganze Klasse stürzte sich auf das Buch, um sich die Schlangen anzusehen.

»Schlangen schlecht!« sagte Oscar scharfsinnig.

»Yeah, schlecht!« stimmten alle zu.

»Schlangen gut«, widersprach ich. »Leute, Schlangen

fressen Ratten und anderes Getier, das den Schulhof verseucht.«

»Schlangen fressen dich auch«, sagte Lincoln.

Die Klasse heulte.

»Nur Giftschlangen können den Menschen gefährlich werden«, sagte ich abwehrend.

Da es auf Yamacraw einige der größten Klapperschlangenarten gab, konnte ich ihre Angst vor Schlangen verstehen. Aber als Amateurherpetologe glaubte ich für meine geliebten Schlangen eine Lanze brechen zu müssen, und so fügte ich hinzu: »Schlangen tun euch nichts, es sei denn, ihr laßt sie nicht in Ruhe.«

»Lord, du keinen blassen Schimmer von Schlangen, Mister C'roy«, sagte Ethel. »Wir 'ne Schlange auf der Insel, die sich um dich schlingen und quetschen zu Brei.«

»Yeah«, bestätigten alle.

»Bullshit«, antwortete ich.

»Er fluchen«, flüsterte Sam.

»Das ist Blödsinn. Ein Märchen. Etwas, das nicht wahr ist. Wer von euch hat tatsächlich einmal eine Schlange gesehen, die einen Menschen zu Tode quetscht?«

Natürlich flogen sämtliche Hände im Raum in die Höhe.

»Wer war der Mann, der tatsächlich von einer erdrückt wurde, verdammt noch mal?«

»Er fluchen schon wieder!« stieß Old Sam hervor, der mich genau im Auge behielt.

»Jacob Hudson, er wohnen hier auf der Insel«, erwiderte Ethel.

»Hat die Schlange ihn getötet?« fragte ich.

»Nein. Er laufen weg, aber haben blaue Flecken am Körper«, fuhr Ethel fort.

»Ja, haben Flecken am Körper«, versicherten die anderen.

»Habt ihr gesehen, wie der Mann von der Schlange angegriffen wurde?«

»Nein.«

»Dann könnt ihr doch gar nicht wissen, was die Schlange mit dem Mann gemacht hat.«

»Doch«, sagte Mary. »Der Mann rot und blau am Körper.«

»Schon mal gesehen, wie Schlange Kuh melken, Mister C'roy?« fragte Big C.

»O Scheiße!«

»Yeah, sie melken Kuh trocken.«

»Unsinn! Das gibt es doch nicht! Das ist auch nur eins von diesen Greuelmärchen über Schlangen!« Ich sprach zu tauben Ohren. An dem Ausdruck auf ihren Gesichtern konnte ich erkennen, daß sie mich für absolut schwachsinnig hielten.

»Ich 'ne Menge Schlangen gesehen, die Kühe melken«, erklärte Big C.

»Füllten sie die Milch auf Flaschen ab?« Ich griff zu meiner letzten Waffe – der Ironie.

»Nein, sie trinken Milch.«

»Mister Conrack, du schon mal sehen, wie Schlange Ei fressen?« fragte Lincoln.

»Nein, Lincoln, aber ich habe Angst, dich danach zu fragen.«

»Sie schlucken Ei runter. Dann klettern auf Baum, lassen sich vom Ast fallen, landen auf Erde, und Ei rutschen in Magen.«

»Genauso ist es auch, wenn ich ein Ei esse, Lincoln.«

Es war nicht das letztemal, daß wir über Schlangen sprachen. Das Thema verfolgte uns das ganze Jahr hindurch. Ich versuchte, meinen Schülern ihren Schlangenaberglauben auszutreiben, und machte ihnen klar, daß nicht alles stimmt, was man in der Jugend lernt. Mit brillanter Logik bewiesen sie mir, daß das, was ich in der Stadt über Schlangen gelernt hatte, nicht richtiger war als das, was sie auf der Insel gelernt hatten. Sie hatten ihr Lebtag mit Schlangen gelebt. Ich hatte nur darüber gelesen.

In einer entfernten Ecke des Raumes, der staubigsten und von Spinnen am sorgsamsten bewachten Ecke, standen mehrere Kisten mit Büchern. Es handelte sich um das Geschenk einer Kirchengemeinde, die von der frommen Absicht getrieben worden war, die Insel von der Geißel des Analphabetentums zu befreien. Sittenstrenge Frauen und fromme Männer hatten Speicher und unbenutzte Bibliotheken nach Büchern für die unwissenden Eingeborenen von Yamacraw Island durchgekämmt. Ihr Geistlicher kam manchmal am Sonntag nach Yamacraw, um vor den Schwarzen zu predigen und sie zu bewegen, dem Teufel Alkohol abzuschwören. Er war ungeheuer stolz darauf, daß er so viel Christlichkeit aufbrachte, vor Niggern zu predigen, obwohl er auf dem Festland keinen Hehl daraus machte, daß seine Meinung von Niggern nicht die beste war. Wenn ein Schwarzer einmal seine Kirche betrat, brach er den Gottesdienst auf der Stelle ab und schloß die Kirchenportale. So hielten es alle Gottesmänner im Land, wenn es einmal dazu kam, daß ein schwarzer Fuß die Schwelle eines weißen Gotteshauses überschritt.

Christus muß gewaltig zum Kotzen sein, wenn er an die guten Werke denkt, die in seinem Namen verrichtet werden.

Jedenfalls sammelten die Gemeinden Bücher in Pappkartons und beförderten sie zum Schulgebrauch auf die Insel. Ein Blick auf die Buchtitel genügte, um festzustellen, wie sinnlos es wäre, meine Schüler mit der »Kraft des positiven Denkens« von Norman Vincent Peale bekannt zu machen. Auch mit »Vom Winde verweht« hätten sie nichts anfangen können. Die vielen Bücher über den christlichen Glauben erschienen mir ebenfalls ungeeignet. Eine nette Geste, eine hübsche Idee, aber mit keinem der Bücher wäre den Kindern in irgendeiner Weise gedient gewesen.

Mit Abstand der größte Hohn auf die Menschen von Yamacraw Island war die öffentliche Bibliothek, die von einer engagierten Gruppe von Bürgern gestiftet worden war, die es unerträglich fanden, daß die Insel nicht über eine eigene Bibliothek verfügte. In ihren Augen war es beklagenswert und undenkbar, daß eine Insel keinen Platz hatte, wohin sich ein Mensch zurückziehen konnte, um sich auf sich selbst zu besinnen, einen großen Roman zu schreiben, hochfliegende Ideen zu entwickeln oder sich der Meditation hinzugeben.

Um dieses Problem zu lösen, entschloß sich das County, auf Yamacraw eine Bibliothek einzurichten, um auf diese Weise die geistigen Bedürfnisse der Inselbewohner – von denen die Mehrzahl weder lesen noch schreiben konnten – zu befriedigen. Man ließ an die zweitausend Bücher auf die Insel schaffen, brachte sie im Gemeindezentrum unter und stellte einen Teilzeitbibliothekar zur Betreuung der Bücher ein. Die Bücher vermittelten natürlich einen hervorragenden Überblick über die großen Literaturtrends der Zeit. Die Auswahl war reich. Alle bedeutenden Autoren Amerikas waren vertreten. Ein alter Austernschäler fand hier »Schau heimwärts, Engel« von Thomas Wolfe, »Schall und Wahn« von William Faulkner, »Wem die Stunde schlägt« von Ernest Hemingway. Oder wenn er das neunzehnte Jahrhundert bevorzugte, konnte der gleiche Mann oder der Fahrer eines Ochsenkarrens auch zu »Moby Dick« von Herman Melville oder den »Scharlachroten Buchstaben« von Nathaniel Hawthorne greifen. Alle diese Bücher waren erhältlich. Als nach drei Jahren kein einziges Buch ausgeliehen worden war, zeigten sich die Beamten deutlich verschnupft.

»Dämliche Nigger! Du reißt dir den Hintern auf, um ihnen zu helfen, und sie rühren kein einziges Buch an.«

Yamacraw Island war ein wahrer Acker für edle Absichten und wohltätige Bemühungen. Auf Schritt und Tritt begegnete man den Vorhaben engagierter Weißer.

Stellt Bücher zur Verfügung, und infolge eines geheimnisvollen Durchdringungsprozesses verwandelt sich ein Austernfischer in einen Shakespeare-Kenner!

Alles, was diese Nigger brauchen, sind Bücher und 'nen winzigen Schluck Bildungswasser.

*

James Brown ist der Religionsersatz auf der Insel. Den Kids zuckt es in den Beinen, sobald sein Name fällt. Sie kennen die Texte seiner Lieder, als wären sie das Lukasevangelium. Top Cat, der immer das Neueste von Mr. Dynamite und seinen Famous Flames wußte, tanzte rukkend und sich windend durch den Raum, wenn er glaubte, daß ich nicht hinschaute. Die rhythmischen Verrenkungen, mit denen er sich bewegte, spotteten jeder Beschreibung, und unter seinen Altersgenossen galt er als der beste Tänzer der Insel.

»Dieser Top Cat verrückt. Schauen dir Top Cat an, was der für kesse Sohle auf Parkett legen!« sagten sie voller Bewunderung.

Manchmal zuckte es ihm so in den Gliedern, daß er aufsprang, sich ruckweise auf mein Pult zubewegte und mich bat, James Browns neuesten Song zu spielen. Wir warfen das Tonbandgerät an, das wir in einer Ecke von Mrs. Browns Klassenzimmer entdeckt hatten, und Top Cat legte los.

Den Kids machte es einen unbändigen Spaß. Mrs. Brown allerdings ging auf die Palme und hielt mir eine Standpauke, weil ich wertvolle Unterrichtszeit verschwendete und gegen die geheiligten Vorschriften der Schulbehörde verstieß.

An einem Tag Ende September schaute sich Top Cat die Langspielplatten an, die neben meinem Plattenspieler standen. Da ich noch nicht in mein Haus eingezogen war, lagerten meine sämtlichen Habseligkeiten und irdischen Besitztümer in einer Ecke des Schulraums. Die Plattenhülle, die von Top Cat besonders sorgfältig inspiziert wurde, war ein Geschenk meiner Mutter aus jenen alten, längst vergangenen Tagen, als Mom der Meinung gewesen war, es könnte ihrer Familie nicht schaden, wenn sie sich etwas näher mit der Welt des Musischen vertraut machte. Sie investierte eine beträchtliche Summe in eine Schallplattenausgabe von Reader's Digest. Es war eine Sammlung mit kurzen, aber berühmten Stücken aus den Werken großer Komponisten.

Top Cat wollte von mir wissen, ob James Brown, Mr. Dynamite und seine Famous Flames ein paar fetzige Songs auf dieser LP da zum besten gaben.

»Top Cat«, sagte ich, »James Brown und die Famous Flames sind nicht gut genug, um so etwas wie die Platte hier hinzukriegen. Sie haben's versucht, aber nicht geschafft. Der Reader's Digest hat diese Platte herausgegeben, weißt du! Schon mal was vom Reader's Digest gehört?«

»Nee.«

»Sonst jemand mal was vom Reader's Digest gehört?«

Fehlanzeige. Niemand hatte jemals vom Reader's Digest gehört. Ein Amerikaner, der den Reader's Digest nicht kennt, gleicht einem Engländer, der die Queen nicht kennt.

»Reader's Digest ist eine kleine Zeitschrift, und die hat diese kleine Schallplatte, die ich in meinen Händen halte, gemacht. Die Platte ist eine Kostbarkeit, ein absoluter Hochgenuß, eine Sammlung des Größten und Schönsten, was es auf dieser Welt gibt. Ich werde euch nun das erste Stück daraus vorspielen. Geschrieben hat es ein langhaariger Typ namens Beethoven. Wie hieß er?«

»Bay Cloven.«

»Na ja, so ungefähr. Also: Old Bay Cloven machte Musik, und er hat ein paar mächtig gute Stücke komponiert. Er war der James Brown von Germany. Auf welchem Erdteil liegt Germany?« Ich zeigte zur Tafel.

»Europa.«

»Gut. Nun eins der berühmtesten Stücke, die Beethoven gemacht hat. Es handelt vom Tod. Tod, der böse, gnadenlose Schnitter, nähert sich dem Haus und klopft an die Tür. Klopft der Tod an jede Tür?«

»Yeah. Tod kommen und klopfen an Dooneys Tür vergangenes Jahr«, sagte Big C.

»Well, Beethoven dachte ein bißchen über den Tod nach und kam auf die Idee, daß es sich so anhören würde, wenn er tatsächlich an die Tür klopfte: da-da-da-da. Ich werde diese kleine Nadel jetzt auf diese kostbare Platte setzen, und wir werden zuhören, wie der Tod an Beethovens Tür klopft.«

Die ersten Takte erklangen.

Gevatter Tod, der Hundesohn, trat auf.

»Hört ihr ihn?« rief ich.

»Hören nix«, sagte Prophet.

»Klingen wie Musik«, stellte Lincoln fest.

»Ruhe. Hört zu, wenn der alte Blutsauger kommt!«

Alle schwiegen und lauschten aufmerksam.

»Yeah, jetzt hören Tod«, sagte Mary.

»Ich auch!« bestätigten ein paar andere.

Schließlich hörten es alle, wie Gevatter Tod, das alte Ekel, an die Tür klopfte.

Nachdem wir den Tod gehört und für alle Zeit identifiziert hatten, wechselte ich zum Triumphmarsch aus Aida über. Kurz skizzierte ich den glorreichen Einzug der Helden in Rom, die Brust stolzgeschwellt über die Siege auf den ägyptisch-äthiopischen Schlachtfeldern. Ich beschrieb mit bewegten Worten Verdis umfassende Vision von der Heimkehr des Heeres nach dem Krieg. Aber ich beeindruckte niemanden mit meiner Darstellung und entdeckte zu meinem größten Ärger, daß ich den Kaiserwalzer vorgespielt hatte.

»Wir wollen Bay Cloven!«

»Ruhe, ihr werdet euch jetzt Verdi anhören!«

»Wir wollen Tod«, verlangte Fred.

»Na gut, dann bekommt ihr Tod!«

Bay Cloven war fraglos die Musik des Tages. Als ich von Brahms das »Wiegenlied« spielte, holte ich Sam aus der Bank, nahm ihn wie ein Baby in den Arm und wiegte ihn in den Schlaf. Er machte mit, wie es nur ein schauspielerisches Naturtalent kann, ließ den Kopf in einer grotesken Nachahmung des Schlafs zurücksinken, öffnete den Mund und schloß die Augen.

Die Klasse reagierte ebenso hervorragend auf den »Hummelflug« von Rimski-Korsakow.

»Hört ihr die Hummeln?« fragte ich.

»Yeah.«

»Hört ihr das Summen?«

»Wie in 'nem Bienenstock«, meinte Frank.

»Gibt es auf Yamacraw Bienenstöcke?«

»Ja, Bienenstöcke und Bienen.«

»Bienen stechen«, gab Prophet seinen Senf dazu.

»Bienen stechen schlimm!« bestätigte ein anderer.

»Von wem ist der Song?« wollte ein Dritter wissen.

»Pinkey-Horsecup«, klärte Jimmie Sue ihn mit Autorität in der Stimme auf.

»Leute«, begann ich, »wir werden alle Stücke auf dieser

Platte kennenlernen. Aus einem ganz bestimmten Grund. Ihr werdet nämlich wie die Asse dastehen, wenn ihr sie kennt. Leute vom Festland werden nach Yamacraw rüberkommen und sich einbilden, hier nichts als Armut und Unwissenheit vorzufinden. Aber sobald sie das Klassenzimmer betreten haben, werde ich den Plattenspieler anwerfen, und ihr werdet die Leute ansehen und sie in akzentfreiem Englisch fragen: ›Entschuldigen Sie, Sir, kennen Sie zufällig Rimski-Korsakow?‹ Ich sage euch, die werden sich vor Staunen auf den Hintern setzen. Und jetzt eine wichtige Frage. Glaubt ihr, ihr könnt die Namen der Stücke behalten und auch die Namen der Typen, die sie komponiert haben? Drei davon kennt ihr schon: Beethovens Fünfte, den »Hummelflug« von Rimski-Korsakow und das »Wiegenlied« von Brahms. Die drei habt ihr gelernt, ohne daß es euch was ausgemacht hat. Glaubt ihr, den Rest kriegt ihr auch in eure Bummsköppe?«

»Yeah!« schrien sie alle.

»Ich glaube es auch.«

Also machten wir's.

Am Abend dieses Tages fertigte ich eine Liste der zwanzig schönsten Stücke der zwanzig größten Komponisten an. In den folgenden zwei Monaten planten wir Tag für Tag eine bestimmte Zeit für das Anhören, Einprägen und den Genuß dieser Top-Twenties ein. An einem weiteren Wochenende kaufte ich ein riesiges Poster von Beethoven und hängte seinen von einer Löwenmähne umrahmten Kopf ans Schwarze Brett in der Klasse. Ich schmunzelte bei dem Gedanken, was Big B wohl gesagt hätte, hätte er gewußt, wie hoch sein Ansehen auf einer gottverlassenen Insel wie Yamacraw sein würde. Innerhalb kurzer Zeit wurde er Bay-Toven-der-Fünfte. Und so eindringlich ich ihnen auch klarzumachen versuchte, daß die Fünf nichts mit seinem Namen, sondern mit seiner Komposition zu tun hatte, es blieb dabei. Es war ein überwältigendes Gefühl, die Nadel aufzulegen, zu hören, wie Tschaikowskys Musik in den Raum flutete, zu sehen, wie sämtliche Hände in die Höhe flogen, und zu erleben, wie eifrige Stimmen sich darin überschlugen, mir die richtige Bezeichnung des Stückes zu nennen.

Bald schon wurde ein Spiel daraus. Ich sprang mit der Nadel kreuz und quer über die Platte und versuchte sie reinzulegen. Als dann feststand, daß die meisten eine fast untrügliche Sicherheit im Erkennen der Top-Twenties erlangt hatten, erklärte ich ihnen, daß es unter den Schülern sämtlicher Elementary Schools im Beaufort County niemanden gebe, der sich in klassischer Musik so auskenne wie sie.

»Beethoven wäre stolz auf euch«, sagte ich ihnen. »Und James Brown ebenfalls.«

Ich machte ihnen klar, daß sie sich von nun an in einem ganz anderen Licht sehen müßten. Ich versuchte sie davon zu überzeugen, daß sie einen inneren Wert besaßen, daß sie genauso begabt seien wie andere und sich vor niemandem zu verstecken brauchten. Ich verlangte, daß sie mir das glaubten. Und wenn sie mir nicht glaubten, könnten sie mir alle den Buckel runterrutschen.

Die Musik stärkte das Selbstbewußtsein der Kinder ganz gewaltig. Im Frühjahr begann ich nämlich damit, Besucher einzuladen. Neugierige Leute, die von der Insel gehört hatten und ihrem Hang zur Gefühlsduselei und zum Herumschnüffeln nachgaben. Ich schaltete dann stets ganz beiläufig den Plattenspieler ein, und es machte uns ein teuflisches Vergnügen, einen der ahnungslosen Gäste in ein Gespräch über klassische Musik zu verwikkeln und anzusehen, wie er sich vor den bestens geschulten Kids bis auf die Knochen blamierte. Es war ein göttlicher Spaß, wenn die fassungslos dreinschauenden Weißen, die sich auf eine Begegnung mit Kretins und Halbaffen eingestellt hatten, plötzlich einen Frontalzusammenstoß mit kleinen Intelligenzbestien erlebten. Auf der Rückfahrt durch die grüne Sumpflandschaft erklärte ich den total geschockten Besuchern dann immer, daß die Kinder der Meinung seien, Strauss werde überschätzt. »Wissen Sie, mein Guter, ein bißchen zu sentimental und süßlich. Andererseits glauben sie, daß Brahms beim großen Publikum zu wenig Anerkennung findet. Viele seiner Stücke sind dem normalen Musikfreund leider unbekannt, obwohl sie zum Schönsten gehören, was die Klassik uns zu bieten hat.« Es waren Festtage für mich – Weihnachten, Ostern und Pfingsten in einem.

Und die Kinder schienen wirklich ein echtes Interesse an der Musik zu haben. Eines Morgens sprang Top Cat aus dem Bus, stürzte ins Klassenzimmer und erzählte mir aufgeregt: »Der Hummelflug gestern in der Andy-Williams-Show gekommen.« Und einige Zeit später berichteten Lincoln und Mary, daß sie den »Tanz der Zuckerfee« gehört hätten.

Als ich Leonard Bernsteins Kinderkonzert mit in die Schule brachte, war es ein überwältigender Erfolg. Leonards Orchester spielte mehrere Sätze, die wir schon kannten, und die Kinder schlugen sich jedesmal auf die Schultern und riefen begeistert: »Das iss der alte Shy-Koski!«.

Jeder Film über Musik, den ich in der Filmothek des County bestellen konnte, nahm seinen Weg durch das Klassenzimmer. Wir machten uns mit den Instrumenten in einem Orchester vertraut und vergaßen sie wieder. Wir waren glücklich mit unserer Musik: ich, Bay-Toven, Shy-Koski und die Klasse.

Morgen für Morgen, wenn die Schüler die Klasse betraten und mir ein pflichtschuldiges, verdrossenes »Guten Morgen« zuriefen, schaltete ich das Radio ein, um die Nachrichten zu hören, an denen sie kein großes Interesse zeigten.

»O Gott«, klagte Lincoln, »schon wieder die Morning News!«

»Dieser Mann reden jeden Morgen denselben Scheiß!« ergänzte Oscar.

»Kids«, fuhr ich dazwischen, »die Freude am Lernen, dieses gewaltige Interesse an dem, was in der Welt geschieht, ehrt euch. Bravo! Ich ziehe den Hut vor der Klasse.« Ich gestikulierte wild wie der Direktor einer Wanderbühne und fuhr mit beschwörender Stimme fort: »Draußen in der Welt finden Kriege statt, werden Menschen umgebracht, rottet der Hunger ganze Völker aus, fallen die Regierenden unter den Kugeln bezahlter Killer. Wir hören davon, werden darüber informiert in den Morgennachrichten.«

Meine Unterrichtsmethode für Yamacraw enthielt mehrere entscheidende Grundsätze. Einer davon war, daß der Lehrer versuchte, eine ständige Atmosphäre des Wahnsinns zu erzeugen, weil er die Aufmerksamkeit seiner Schüler anders weder gewinnen noch am Leben erhalten konnte. Der Lehrer mußte pausenlos angreifen, nach neuen Ideen suchen, ausgeleierte Taktiken ändern und alle Verhaltensmuster meiden, die zur Ermüdung der Schüler führten. Bernie und ich glaubten an den theatralischen Unterricht, an die übertriebene Pose und das schöpferische Chaos. Nur so war es möglich, diese hirnlosen, stumpfsinnigen und gelangweilten Wesen, die Tag für Tag vor einem in den Bänken hingen, zum Mitmachen zu bewegen. Bernie, der Meister aller Clowns, konnte sein Gesicht zu tausend Fratzen und Grimassen verziehen, um die Kinder zum Lachen zu bringen. Und Bernie hörte nicht auf, mir den Satz einzubleuen: »Junge, bring sie zum Lachen. Bring sie derart zum Lachen, daß sie toben und schreien und überhaupt nicht merken, daß sie etwas lernen!«

Mein Vorgehen war anders. Ich setzte auf Abwechslung als eigentliche Hauptmethode. Auf witzige Rede und Gegenrede, dramatisch vorgetragene Monologe, Kasernenhofton, Gebete. Alles, was geeignet war, auf die Vorstellungskraft derjenigen einzuwirken, die wie gefangene Singvögel in meinem Klassenzimmer saßen.

»Wir wollen nich keine Nachrichten«, flüsterte eins der Kinder.

»Scheißdreck! Wir werden Nachrichten hören, ob ihr wollt oder nicht!« schrie ich. »Na gut, stimmen wir ab. Wer von euch will keine Nachrichten hören?«

Sämtliche Hände im Raum flogen in die Höhe.

»Ich werde jedem die Knochen brechen, der den Arm

hebt, wenn wir jetzt ein zweites Mal abstimmen«, drohte ich.

Niemand hob die Hand.

»Ah, wunderbar. Einstimmiges Votum für die Nachrichten. Ich muß sagen, daß es mich außerordentlich befriedigt, wenn ich sehe, wie groß das Interesse meiner Schüler am Rest der Menschheit ist.«

Ich schaltete die Nachrichten ein. Und so geschah es regelmäßig in den folgenden vier Monaten. Und während der Nachrichtensprecher die irrsinnig beglückenden Ereignisse bekanntmachte, die am Vortag in der Welt geschehen waren, stand ich neben der großen Landkarte und zeigte auf die Länder und Städte, von denen die Rede war. Ich war zufrieden, denn mit jedem Namen weitete sich der Horizont meiner Schüler und wuchs ihr Repertoire. Sie waren geographisch völlig ungebildet. Die Weltkarte, die schon seit vielen Jahren die Wand ihres Klassenzimmers schmückte, hätte man ihnen auch als anatomische Abbildung vom Inneren eines Regenwurms verkaufen können.

Als der Nachrichtensprecher der Welt mitteilte, daß der amerikanische Botschafter in Brasilien von Terroristen entführt worden war, legte ich den Zeigefinger auf einen großen gelben Fleck und zischte: »Diese gelbe Fläche auf der Karte ist Brasilien.« Während der Sprecher die Einzelheiten berichtete, fuhr ich mit dem Finger die Grenzen des Landes nach und ließ sie wissen, daß Brasilien der größte Kaffeelieferant der Welt ist. Dann wurden wir über die letzten Zwischenfälle an der israelisch-ägyptischen Grenze informiert. Everett Dirksen war in Illinois gestorben. Koreanische Studenten randalierten in Seoul.

Nach den Nachrichten zeigte ich ihnen noch einmal jedes Land auf der Karte, erzählte ihnen etwas Bemerkenswertes darüber und drohte ihnen die Todesstrafe an, wenn sie das jemals vergessen würden.

»Also, welcher junge, strahlende Musterschüler kann mir sagen, welches Erzeugnis aus Brasilien wir trinken?«

Natürlich meldete sich niemand.

»Manche Leute trinken es schwarz, manche mit Sahne. Manche Leute trinken es mit Zucker. Und manche Leute trinken es überhaupt nicht.«

»Cola!« schrie Richard.

»Nein!« antwortete ich.

»Kaffee!« schrie einer von ihnen.

»Was ist es?« schrie ich zurück.

»Kaffee!« schrien alle.

»Woher kommt der Kaffee?«

»Brasilien«, antwortete einer.

»Wo ist das?« fragte ich.

»Brasilien!« schrien alle.

Und so kam es, daß die Unterrichtsmethode des Anfeuerns auf Yamacraw Island ihren Einzug hielt. Mehrere Wochen lang blieb ein Teil des Morgens dem täglichen Sprechchor vorbehalten, in dem wir die Götter des schulischen Grundwissens beschworen. Elf der Schüler interessierten sich für das Erlernen kleiner Informationshappen oder -fragmente nur, um sie zu wissen.

Ich sprach über Flüsse, von dem Fluß, der an Yamacraw vorbeifloß, den Flüssen, die ich in Europa gesehen hatte, und den drei größten Flüssen der Erde, dem Nil, dem Amazonas und dem Mississippi. Ich nannte ihnen die Erdteile, die Planeten, die Ozeane. Ich gab ihnen einen kurzen Abriß der amerikanischen Geschichte: Columbus entdeckt Amerika, Magellan reist um die Welt. Balboa sieht den Pazifik, George Washington siegt gegen die Engländer. Und ich machte sie mit schwierigen Begriffen wie Verfassung, Unabhängigkeitserklärung, Unabhängigkeitskrieg, Bürgerkrieg und Bürgerrechtsgesetze bekannt.

Keinen dieser Begriffe behandelte ich ausführlich, gab den Kindern nur eine sehr allgemeine Erklärung dazu und versuchte ihnen Geschichte verständlich zu machen als einen ständigen Fluß von Geschehnissen, die praktisch auf jeden Menschen in der Welt irgendeinen Einfluß haben.

Wir benutzten keine Bücher. Was wir machten, war mündliche Geschichte und mündliche Erdkunde. Nichts wurde niedergeschrieben. Wir redeten miteinander und lernten durch Reden. Und bald schon entwickelten sich unsere Sprechchöre zu mechanischen Frage-und-Antwort-Spielen, die wilde, chaotische Formen annahmen. Ich reizte sie bis zur Weißglut, stachelte sie so lange an, bis sie wütend zurückschlugen.

»All right, ihr junges Gemüse, wir werden jetzt auf einen Wissenstrip gehen. Aber macht euch darauf gefaßt, daß ihr alle schon sehr bald schlappmacht, denn ich werde euch Fragen stellen, die kein einziger von euch richtig beantworten kann. Glaubt ihr mir das?«

»Nein«, murmelten sie und hielten mich immer noch für einen Verrückten.

»Wer ist der längste stinkende Fluß in der ganzen weiten Welt?«

»Der Nil!« schrien alle, stießen sich in die Seite und

feixten triumphierend über die Vielseitigkeit ihrer Bildung.

»Durch welchen Erdteil fließt er?«

»Afrika.«

»Wer stammt aus Afrika?«

»Black People.«

»Ich stamme aus Afrika.«

»Nein!«

»Doch. Ich stamme aus Afrika, weil ich weiß bin und blaue Augen hab'. Irland ist ein Staat in Afrika!«

»Nein, du lügen. Das iss falsch. Er verrückt.«

»James Brown stammt aus Irland!«

»Nein!«

»Wie heißt der größte Planet im All?«

»Jupiter.«

»Der zweitgrößte?«

»Saturn.«

»Welcher Stern ist uns am nächsten?«

»Die Sonne.«

»Wie heißt das größte Land auf der Erde?«

»Rußland.«

»Das Land mit den meisten Menschen?«

»China.«

»James Brown stammt aus China.«

»Nein.«

»Wer war der erste Präsident?«

»George Washington.«

»Der zweite Präsident war D. P. Conroy.«

»Er spinnen.«

»In welchem Land leben wir?«

»Vereinigte Staaten von Nordamerika.«

»In welchem Staat leben wir?«

»South Carolina.«

»Seid ihr sicher?«

»Ja, wir sicher!«

»Welcher Ozean umgibt die Insel?«

»Atlantik.«

»Wo führen wir Krieg?«

»Vietnam.«

»Wer ist der Präsident von Vietnam?«

»Ho Chi Minh.«

»Wie heißt der größte Song von James Brown?«

»Say it Loud: I'm Black and I'm Proud.«

»Nein, falsch! Ich behaupte, sein größter Song heißt: Say it Loud: I'm White and I'm Proud!«

»Nein, Mann. Er iss 'n Farbiger!« rief Big C.

»Nein«, half Prophet ihm. »Weißer Mann spinnen.«

»Welcher Staat liegt unterhalb von South Carolina?«

»Georgia.«

Und weiter ging's. Alles, war wir neu hinzulernten, wurde Bestandteil unserer Sprechchöre. Immer wieder trat ich zur Weltkarte, zeigte auf ein Land, einen Erdteil, einen Fluß oder Ozean und forderte sie auf, das Gezeigte zu bestimmen. Die Weltkarte wurde zum Mittelpunkt der Klassenaktivität. Die Weltkarte – ein Symbol der Erde, auf der Yamacraw nicht einmal einen nadelstichgroßen Platz einnahm, verglichen mit der Unermeßlichkeit und unfaßbaren Ausdehnung des Ganzen.

»Hier ist Asien, und hier ist Yamacraw«, pflegte ich zu sagen und fuhr mit dem Finger über die Karte. »Hier ist Kalifornien, und hier ist Yamacraw. Hier ist China, und hier ist Yamacraw. Leute, seid ihr euch der gewaltigen

Dinge bewußt, die da draußen vor sich gehen? Habt ihr eine Vorstellung von den Millionen und Abermillionen Menschen, die diese Erde bevölkern? Wir werden noch vieles lernen müssen in diesem Jahr! Wir werden unsere Köpfe mit Wissen vollstopfen, und wir werden unseren Verstand schärfen, bis er so scharf ist wie ein Rasiermesser!«

An dieser Stelle sollte festgestellt werden, daß sieben meiner Schüler aus unseren Sprechchören wenig Nutzen zogen. Aber wenn die anderen schrien, schrien sie mit. Und obwohl sie keine Worte formten und im Grunde nichts sagten, waren sie glücklich, Teil des erfolgreichen und gut funktionierenden Ganzen zu sein. Wenn ich eine Frage stellte, schrien sie eine Antwort, die nur aus sinnlosen Lauten bestand. Angestachelt von der Begeisterung ihrer Mitschüler, wurden ihre Schreie wilder und wilder.

Unsere Sprechchöre endeten unweigerlich, wenn Mrs. Browns gewaltiges Haupt im Fenster erschien und ihre Augen Blitze der Mißbilligung abschossen. Die Kinder reagierten, als wäre ein Totenschädel sichtbar geworden, und ich mußte mir nach der Schule eine Lektion über die richtige Art, sich als Weißer unter farbigen Kindern zu benehmen, anhören. Mrs. Brown wiederholte dann jedesmal ihr Angebot, mir einen Lederriemen zu kaufen. Ich bedankte mich und versprach ihr, mich in Savannah nach einer Bullpeitsche umzuschauen.

Eines der Kinder war so absolut unwissend und dumm, wie ich es nie für möglich gehalten hätte. Auf der High-School hatte ich Schüler gehabt, die keine ausgesprochenen Leuchten der Wissenschaft gewesen waren, aber nicht ein einziger davon war mit den sieben Kindern zu vergleichen, die auf der Schule von Yamacraw gewissermaßen eine Bruderschaft der Ignoranz bildeten. Von diesen sieben waren fünf unfaßbar dumm. Richard, Prophet, Jasper und den Zwillingen waren nicht nur die 24 Buchstaben des Alphabets total unbekannt, sie litten auch unter einem entsetzlichen Mangel anderer Kenntnisse und Fähigkeiten.

»Wie viele Finger hat eine Hand, Prophet?« fragte ich eines Tages.

»Zwei«, antwortete er.

»Versuch du's, Samuel!«

»Drei.«

Ich spreizte die Finger meiner Hand und hielt sie hoch.

»Zähl sie, Sidney!«

»Eins«, sagte Sidney.

»Wie viele Finger, Richard?«

»Vier.«

»Liebster Jesus!« rief ich und bereute es augenblicklich, als ich die vier total beschämten Gesichter sah. Die übrigen Schüler, offensichtlich an ihrem eigenen Image interessiert, kicherten hämisch.

»Ruhe, Punks, ihr stört mir den Unterricht, was wir uns nicht leisten können!«

Dann erklärte ich geduldig und sorgfältig die mit fünf Fingern ausgestattete menschliche Hand. Bis zehn konnten sie sowieso nicht zählen. Auch eins und eins zusammenzuzählen war ein Ding der Unmöglichkeit für sie. Mrs. Brown erklärte mir wieder einmal, sie seien geistig zuruckgeblieben und es sei reine Zeitverschwendung, mich mit ihnen zu beschäftigen. Ich hörte nicht auf sie, und als ich es bei ihnen mit Grundwortkarten versuchte, starrten sie mit leeren, ausdruckslosen Gesichtern auf die Karten nieder. Die Gesamtsumme dessen, was sie wußten, schien tatsächlich gleich null zu sein. Alltägliche Gebrauchswörter waren ihnen genauso unbekannt wie die Wörter Papagei und Elefant. Ich entdeckte kein Wissensgebiet, von dem sie auch nur eine blasse Ahnung gehabt hätten.

Jasper versuchte es verzweifelt. Nominell war er im 6. Schuljahr. Seine Lippen bewegten sich, wie vom Unterbewußtsein gesteuert, gaben sich Mühe, die richtigen Laute hervorzubringen. Aber kein Ton drang nach draußen. Richard, sein Bruder, verließ sich als Meister des Nonsens aufs Raten. Ich zeigte ihm das Wort »Ratte«, und er sagte »Baum«. Die übrigen vier nickten ernst und bekundeten damit ihr Vertrauen in und ihren Glauben an Richards Urteilsvermögen. Ich zeigte das Wort »Katze«, und Richard sagte »Brot«.

»Jep«, stimmten die anderen zu. »Brot richtig.«

Die Zwillinge Samuel und Sidney blickten mich unbewegt an und taten keinen Muckser, während ich mich um eine Antwort von ihnen bemühte. Sie schienen mich zu mögen – vielleicht weil ich sie nicht verprügelte. Immer wenn Mrs. Brown ihre Schüler schlug und die Schreie der Opfer und das klatschende Geräusch des Lederriemens, der die nackte Haut traf, zu hören waren, hoben die Zwillinge ihre Köpfe und lauschten, die Münder leicht geöffnet, angespannt, bis die Schreie zu Stöhnlauten wurden und der Gesang des Riemens abbrach. Ich hätte meinen Hintern verwettet, daß auch sie Mrs. Browns Handschrift zur Genüge kennengelernt hatten.

Prophet, einer der fünf, hatte den Gesichtsausdruck

eines Clowns und gleichzeitig eines tragischen Helden. Seine Aussprache war absolut unverständlich für mich. Er hatte nicht nur eine Sprachstörung, sondern deren fünf. Wenn er etwas sagte, mußten die anderen es mir übersetzen. Er konnte weder sprechen noch lesen, noch schreiben, und dennoch war er genauso liebenswert und freundlich wie jeder andere in der Klasse. Sein Lächeln war ansteckend und gekonnt wie das eines professionellen Possenreißers. Grimassen schneiden und Späße machen war sein Beruf, nicht sein Hobby. Und mich nahm er nur ernst, weil ich mich immer wieder in sein spaßerfülltes, koboldhaftes Leben einmischte.

Jedesmal wenn ich Prophet eine Frage stellte, antwortete er mir mit einer Redewendung, die wie »Yes, Ma'am« klang. Kein Mensch hatte Prophet jemals darauf hingewiesen, daß es auch männliche Lehrpersonen gab und daß man »Yes, Ma'am« nur zu einer Frau sagte. Nach Prophets Verständnis wendete man »Yes, Ma'am« gegenüber Lehrern an, wobei Geschlechtsunterschiede keine Rolle spielten. Im Grunde war es nicht besser oder schlechter als das abscheuliche »Yassuh« der anderen Kinder. Und gleichgültig, wie sehr ich mich auch bemühte, ihnen diesen Ausdruck abzugewöhnen, sie ließen sich ihn nicht austreiben.

Nach einem Monat qualvoller Schwerstarbeit waren die fünf imstande, auf Wunsch das Alphabet aufzusagen – zumindest etwas, das eine erstaunliche Ähnlichkeit damit hatte. Ebenso hatten sie die Zahlen von eins bis zehn gemeistert und erkannten mit wechselndem Erfolg annähernd dreißig Wörter. Manchmal veranstalteten wir Rechtschreibübungen, um festzustellen, inwieweit diese

Wörter tatsächlich auf fruchtbaren Boden gefallen waren. Ich führte diese Übungen hauptsächlich durch, um mich an den Mogeleien zu erfreuen, die jedesmal stattfanden.

Samuel und Sidney, deren winzige Köpfe unablässig den Horizont nach tatsächlichen oder eingebildeten Feinden absuchten, pfuschten mit wahrer Leidenschaft. Aber obwohl sie Betrüger erster Güte waren, hatte keiner von ihnen irgendeine Technik entwickelt, die ihn vor der Entlarvung schützte. Bei der Rechtschreibübung lag Samuels Kopf praktisch auf Richards Blatt, während Sidney einfach Jaspers Arm beiseite schob, um einen unverstellten Blick auf dessen Blatt zu haben. Die Versuchung, Betrüger zu entlarven, die ihr niederträchtiges Tun so öffentlich und unaufrichtig und mit einer solchen Dreistigkeit betrieben, war groß. In Wirklichkeit genoß ich diese schauspielerischen Darbietungen aufs höchste.

Ein Spiel, das ich mir über einen Beamten der Countybehörde besorgte, erwies sich als sehr hilfreich bei den fünfen. Es half, sie davor zu bewahren, daß sie sich in der Schule tödlich langweilten. Es hieß *Play and Talk*. Es sah aus wie ein Brettspiel, besaß einen Kreisel und verfügte über einige wenige Spielregeln. Es zwang die Spieler, mit dem Buchstaben ein Wort zu bilden, auf dem der Kreisel liegenblieb. Als ich ihnen das Spiel brachte, spielte Sidney als erster damit. Er landete auf dem Buchstaben D.

»Welchen Laut macht dieser Buchstabe, Sid?« fragte ich.

»De.«

»Sehr gut. Und nun nenn mir ein Wort, das damit beginnt und buchstabiere es!«

»Dog«, erwiderte er zögernd. »D, O, D.«

Überall flogen Hände in die Höhe. Samuel, sein Zwillingsbruder, kicherte wie verrückt. Sidney beugte sich zu ihm hinüber und haute ihm eine runter. Ich sprang dazwischen und verlangte, daß sie mit dem Unfug auf der Stelle aufhörten. Sid machte sich frei, schob sich hinter mich und riß Samuel am Ohr, daß er vor Schmerz aufschrie. Er drohte mir, wenn Sidney ihn noch einmal anfasse, werde er ihm in den Hintern treten. Schließlich konnte ich einen Scheinfrieden zwischen ihnen erreichen. Das Spiel nahm seinen Fortgang.

Während ich sie an diesem Tag und in der folgenden Zeit beim Spiel beobachtete, wurde mir klar, daß das Spiel für diese Gruppe kein Vergnügen, sondern blutiger Ernst war. Wenn jemand ein Wort falsch buchstabierte, schrien die anderen und versuchten ihn zu verbessern. Der Konkurrenzkampf war so hart, daß ich es nicht wagen konnte, mich zu weit von ihnen zu entfernen, wenn ich nicht wollte, daß es zu einer ernsthaften Schlägerei kam. Einmal, als ich zu ihnen hinüberschaute, sah ich Jasper und Richard, die sich Nasenspitze an Nasenspitze gegenübersaßen, sich wortlos anstarrten und gegenseitig in die Arme kniffen. Ihre Gesichter waren wutverzerrt. Jasper kniff Richard, dann kniff Richard Jasper, und so ging es weiter. Als der große, zweihundert Pfund schwere Vermittler auf sie zueilte, um den Streit zu schlichten, wurde ihm von Jasper erklärt: »Richard pfuschen!« und von Richard: »Jasper pfuschen!« Beide wiesen schlüssig ihre Unschuld nach. Beide hatten unbestreitbar geschwindelt. Als Prophet sagte, er habe alles gesehen, beide hätten unrecht, nickte ich weise. Ich hielt eine Stegreifrede über den

Sinn der Aufrichtigkeit und forderte sie auf, das Spiel friedlich fortzusetzen. Als ich mich dann umschaute, kniffen Jasper und Richard den armen Prophet.

Doch Prophet konnte nichts aus der Ruhe bringen. Er war der Clown im Streit mit einer feindlichen Welt. Als er herausfand, daß körperliche Züchtigung nicht zu meinen Trumpfkarten gehörte, verwendete er seine ganze Zeit für die Improvisation von Streichen, um meine Selbstbeherrschung zu testen. Er kam auf mich zu und schnitt Fratzen, er streckte mir die Zunge heraus oder rollte die Augen. Er schlich hinter mir durch die Klasse, machte hinter meinem Rücken Faxen oder stiebitzte mir die Brieftasche aus der Hose. Er liebte das Spiel über alles, und das war der Grund, weshalb er mit dem Frage-und-Antwort-Kreisel so gut zurechtkam.

Einmal während einer solchen Spielstunde schockte er die Klasse und versetzte sie unbeabsichtigt in eine minutenlange Hochspannung. Er drehte den Kreisel und landete auf dem Buchstaben F. Er bestimmte den Buchstaben ohne Schwierigkeit. Doch als er ein Wort nennen sollte, das mit F begann, geriet er ins Schleudern. Es fiel ihm nichts ein. Erst nach langem, angestrengtem Nachdenken wurde er fündig.

»Fuck«, sagte er stolz.

Klasse und Lehrer waren entsetzt.

Prophet grinste.

»Was hast du gesagt, Prophet?« fragte ich begriffsstutzig.

»Fuck«, wiederholte er mit einer für ihn glockenreinen Klarheit.

»Würdest du dieses Wort bitte buchstabieren, Prophet!« verlangte ich, während ich den Himmel heimlich um Rettung anflehte.

»F, U, X«, buchstabierte er.

»Meinst du Fox, Prophet?«

»Yas, Ma'am. Sehen aus wie Hund.«

Die Klasse brach in Jubel aus. Prophet grinste breit, entzückt und glücklich über seine Fähigkeit, auch die älteren Semester der Yamacraw-Schule erheitern zu können.

4

Jeden Tag nach Schulschluß erkundete ich die Insel in einer anderen Richtung. Dabei genoß ich vor allem die Stille und Einsamkeit der Wälder auf Yamacraw.

Diese täglichen Expeditionen führten mich über die ganze Insel, und obwohl ich eine tiefe Kraft aus diesen Wanderungen schöpfte, gab es einige Inselbesonderheiten, die mir den Aufenthalt im Freien verleideten, ja sogar zur Qual machten.

Auf Yamacraw schwirrte es von Insekten. Sobald ein Mensch aus dem Haus trat, überfielen ihn Scharen von Moskitos und zerstachen ihn von Kopf bis Fuß. Moskitoschwärme umtanzten mich unablässig auf meinen Ausflügen.

Eines Tages zeigte mir Frank einen Trick der Inselbewohner, um die Quälgeister auf Abstand zu halten. Er riß von einem kleinen Baum einen dichtbelaubten Zweig ab und schlug ihn kreuz und quer über seinen Rücken. »Schlagen um dich, so wie du sie hören«, riet er mir. Bewaffnet mit diesem Kuhschwanzersatz und ausgestattet mit derartig großen Mengen von Insektenschutzmitteln, daß ich einen Dinosaurier damit hätte umbringen können, setzte ich mich Richtung Strandstraße in Bewegung, glänzend wie ein Polynesier nach einem Bad in Kokosnußmilch.

Die Strandstraße begann eine Viertelmeile von der Schule entfernt. Sie durchschnitt einen Schwarzwassersumpf, wo Hirsche und Mokassinschlangen spielten. Es war ein dunkler, schwermütiger Teil der Insel, wild und unbewohnt. Rote und gelbe Sumpfblumen wuchsen dort in üppiger Fülle. Als ich die Straße zum ersten Mal benutzte, war ich entsetzt, als ich in einer Biegung plötzlich zwei merkwürdig aussehende Ziegelsteinbauten vor mir sah. An einem Gebäude las ich ein Schild mit der Aufschrift »Silver Dew Winery 1953«. Ein wenig weiter die Straße hinunter lag ein prächtiges altes Haus mit Wagenrädern im Hof und dem verlassenen Aussehen, das allen Häusern eigen ist, die seit langem unbewohnt sind. Ich ging zu dem Haus hin und spähte durch die Fenster. Die Möbel waren noch gut erhalten, doch die Wände waren mit Spinnweben und dicken braunen Spinnen bedeckt. Im hinteren Teil des Hauses über der Hoftür hing eine riesige zerfetzte Südstaatenflagge. Wie die Fahne dorthin gekommen war und was sie dort sollte, habe ich nie herausgefunden. Aber es war seltsam – das ganze Haus und die Fahne wirkten wie ein stummer Tribut an eine untergegangene Nation und eine verlorene Sache.

Ich habe in meinem Leben eine ganze Reihe von Spinnern kennengelernt, die für die Südstaatenfahne schwärmten – fanatische Träumer, denen der Ruhm von Fort Sumter und Bull Run in den Kopf gestiegen war und die die Wirklichkeit von Appomatox verdrängten. Die Fahne der Konföderierten erweckte primitive Gefühle in diesen Leuten. Neuerdings stößt mich das ab, obwohl es eine Zeit gab, in der ich dieses Symbol mit der gleichen religiösen Inbrunst verehrte wie die Christen das Kreuz. Hier auf Yamacraw, drapiert über der Tür eines halbzerfallenen Hauses als stummer Zeuge einer verlorenen Sache und einer untergegangenen Zeit, besaß die Fahne für mich mehr Würde als je zuvor. Vielleicht war es nur die Würde des Todes, die mich berührte, denn die Fahne war tot, und das Haus war tot, und wir begegneten einander nur in der Flüchtigkeit weniger Augenblicke.

Den ganzen Monat September kam ich auf meinem Weg zum Meer an diesem Haus vorbei, denn der Strand war der einzige Platz auf der Insel, an dem es sich aushalten ließ. Zehn Meilen Strand und weit und breit kein Mensch außer mir. Ich ließ den Sumpf hinter mir und rannte durch den Strandhafer und auf dem weichen Sand zum Rand des Wassers. Der Seewind hielt die fünf Millionen Moskitos von hier fern. Dann lief ich am Wasser entlang, bis ich müde war, zog mich nackt aus und stürzte mich in die Brandung. Das Wasser war nicht tief und sehr warm, und das Salz brannte auf meinen Moskitostichen. Es war eine göttliche Wohltat für die Seele, nackt in der Brandung zu schwimmen, ohne einen Menschen zu sehen, ohne menschliche Stimmen zu hören und ohne die Belastungen und Sorgen des Klassenzimmers.

Nach dem Schwimmen wanderte ich den Strand entlang, oft bis nach Bloody Point, wo die Briten einmal einen ganzen Indianerstamm hinverfrachtet und bestialisch ermordet hatten: Männer, Frauen und Kinder. Ich betrachtete die toten Hufeisenkrebse, seltsame prähistorische Geschöpfe, die mit der Verschmutzung des Savannah Rivers nicht zurechtgekommen und zu Hunderten an die Küste von Yamacraw gespült worden waren. Der ganze Strand stank hier nach Tod und einer faulenden Meeresfauna. Am Ende der Insel sah ich die Fabrikschornsteine, die ihren Dreck und Rauch in den Himmel stießen. Dieselben Fabriken, die die Yamacraw-Austern und die Wirtschaft der Insel vernichtet hatten, hatten auch die wehrlosen, schwerfälligen und harmlosen Hufeisenkrebse nicht verschont. Die tödliche Hinterlassenschaft der Industrie war auch hier am Strand zu besichtigen.

*

Bereits nach einer Woche auf der Insel wußte ich, daß Ted Stone der King auf Yamacraw war. Er selbst machte es mir klar. Jeden Tag um fünf ging ich zu seinem Haus und holte meine Post ab. Jedesmal erschien Ted, um mit mir zu reden – über die Schule, die Menschen auf der Insel und ihre Stellung zueinander. Er und seine Frau hatten nicht nur alle denkbaren Jobs auf der Insel an sich gerissen, sondern in ihrem Haus war auch der Kurzwellenfunk untergebracht, die einzige Verbindung zum Festland. Sich mit Ted Stone anzulegen hieß unweigerlich eine Verzögerung der Telefonverbindung zum Festland in Kauf nehmen zu müssen.

Ted war ein Mann, der sich am liebsten im Freien aufhielt, ein ausgesprochener Naturbursche. Er jagte leidenschaftlich gern, war ein fachkundiger Angler und nutzte den Garnelenfang zur Aufstockung seines ohnehin schon beträchtlichen Einkommens. Oft betrat ich seinen Hof und entdeckte einen toten Hirsch, den er an den Läufen zusammengebunden und zum Ausnehmen in einen Baum gehängt hatte. Überall lagen Innereien herum, die

Erde war voller blutiger Pfützen, und mittendrin saß Ted stolz auf einem Gartenstuhl. Er war sehr geschickt mit den Händen. Er konnte einen Acker umpflügen, Kühe melken, ein Schwein schlachten, eine Forelle braten und ein Gewehr reinigen – all die Dinge, die uns zu völligen Gegensätzen machten.

Seine Augen waren von einem hellen Eisblau und voller Argwohn. Er war von untersetzter Statur mit mächtigen Armen und einem Brustkorb wie eine Regentonne. Er hatte eine graue Mähne und ein wettergegerbtes Gesicht. Ted war ein gutaussehender Mann. Und nicht wenige schwarze Inselbewohner hatten mir gegenüber unmißverständlich zum Ausdruck gebracht, daß sie Ted Stone für einen Hurensohn hielten. Doch in den ersten Tagen meines Inseldaseins gab sich Ted besonders viel Mühe, nett zu mir zu sein.

Seine Frau Lou war eine außergewöhnlich tüchtige und vielseitige Frau. Sie liebte die Blumen und die Einsamkeit und schien für das spartanische Leben auf Yamacraw wie geschaffen zu sein. Sie fuhr den Schulbus so stolz und souverän wie Junior Johnson seine Viehwagen. Die tägliche Post trug sie je nach Wetter und Laune aus. Der Postschalter befand sich im rückwärtigen Teil ihres Hauses. Er war ein kleiner, sauberer Raum, den sie wegen der »Nigras« immer verschlossen hielt. Sie zeigte sich außergewöhnlich interessiert an der Erziehung der armen Kinder, die ich unterrichtete. Sämtliche Erziehungsmängel der Kinder lastete sie Miß Glover an, die sie – wie jedermann auf der Insel – für eine Voodoofrau hielt. Mrs. Brown dagegen war für sie eine Art Retterin von fast mythologischen Ausmaßen.

Beide Stones sorgten sich um die Moral der »Nigras«.

»Es sind Wilde!« sagte Ted immer wieder. »Sie schlafen mit der Frau des anderen und mit dem Mann der anderen. Sie schlafen mit jedem, der ihnen über den Weg läuft. Es sind dreckige Wilde, die gar keine Kinder haben dürften. Nächtelang saufen sie, während ihre Kinder hungern müssen. Man sollte einen nach dem anderen erschießen, an die Wand stellen, einfach abknallen!« Teds Augen funkelten wie die eines Irren, wenn er sich aufregte.

Lou fügte dann meist hinzu: »Es gibt auch einige Gute unter ihnen. Tante Ruth ist so lieb, wie es ein Mensch nur sein kann. Und Mrs. Brown ist ja zum Teil Indianerin. Es sind nur die richtigen Schwarzen, die nichts taugen.«

Dies waren meine Arschkriechertage. Ich brauchte Ted und Lou. Mein Boot lag an ihrem Pier. Sie würden mir beim Mieten eines Hauses behilflich sein. Sie brachten mir die Post, verkauften mir Milch und frische Eier, und sie verfügten über die Beförderungsmittel, auf die ich angewiesen war. Wenn ich mich auf der Insel halten wollte, konnte ich auf Ted und Lou nicht verzichten. Sie besaßen eine unvorstellbare Macht auf Yamacraw – sogar die Macht über Leben und Tod.

Ich war die zweite Woche auf der Insel, als Lou mir eine sehr aufschlußreiche Geschichte erzählte. Ihr jüngster Sohn war auf der Insel zur Schule gegangen.

Als ich sie fragte, ob Mrs. Brown oder Miß Glover ihn unterrichtet hätte, erklärte sie mir hastig, daß er nicht mit den Niggern zur Schule gegangen sei.

»Er ist in eine weiße Schule gegangen.«

»Ich wußte gar nicht, daß es hier auch eine weiße Schule gab«, sagte ich.

»Man hat sie eigens für meinen Sohn gebaut, damit er nicht mit den Farbigen zur Schule gehen mußte.«

»Sie scherzen, nicht wahr?« fragte ich ungläubig.

»Man baute ein einklassiges Schulgebäude und stellte eine Lehrerin an. Sie wohnte in der Schule und unterrichtete dort meinen Sohn.«

»Und niemand sonst besuchte diese Schule? Kein anderes weißes Kind?«

»Es gab keine anderen weißen Kinder auf der Insel«, erwiderte Lou. »Natürlich hätten wir unseren Sohn nie mit Farbigen zusammengelassen. George hatte ein Anrecht auf die gleiche gute Ausbildung wie jedes andere weiße Kind. Das war's, was wir verlangt haben, und das haben wir auch bekommen.«

»Eine Lehrperson für ein Kind«, sagte ich. »Das ist nicht schlecht.«

»Mrs. Brown wohnt jetzt in dem weißen Schulhaus«, sagte Lou. »Mein George hat eine gute Ausbildung dort erhalten – eine wirklich hervorragende Ausbildung.«

Trotz meiner Einwände gegen Ted Stones Ansichten über Apartheid, trotz seines Verfolgungswahns, verursacht durch meine langen Haare oder die neue Moral, die ich praktizierte, machte es mir Spaß, zu seinem Haus hinunterzujoggen, die Post zu holen und in seinem kleinen Hafenbecken zu schwimmen. Außerdem hielt ich ihn für einen fesselnden Erzähler. Die Geschichten, die er erzählte, hatten den Geruch von Erde, Blut und Jagd. Er war Trapper gewesen, Fischer und Jäger. In Fort Lauderdale, Florida, war er Gipser und Stukkateur gewesen. Er erlegte Hirsche aus Freude am Töten und aus Gründen der Nahrungsbeschaffung. Er schoß Klapperschlangen im Auftrag der County-Behörde und fischte in den Gewässern von Yamacraw mit konstanter Regelmäßigkeit.

Früher einmal hatte er ein Restaurant auf Yamacraw besessen. Seine Frau kochte und servierte die Speisen, und er schenkte das Bier an die Gäste aus. Die Gäste waren Fischer aus Bluffton und Savannah. Nach Mr. Stones Aussagen war das Restaurant an den Wochenenden ein Bombengeschäft. Als ich ihn fragte, warum er das Lokal aufgegeben habe, erwiderte er knapp:

»Auch Nigger wollen bedient werden – wie Weiße. Mußte den Laden zumachen.«

Ich verstand. Und wenn es nicht die Nigger waren, die ein Bier bei ihm trinken wollten, dann hätten es die Hippies sein können, und er mochte beide nicht.

Dennoch hatte sein Leben etwas Faszinierendes für mich. Einfach weil es sich von meinem so sehr unterschied. Mein Vater hatte mir beigebracht, wie man einen Kurvball wirft, einen Überraschungslauf startet, den Ball an einen freistehenden Mitspieler abgibt. Er unterwies mich darin, wie man einen Ball mit dem Schläger auffängt, ohne zu schlagen, und wie man einen Bodenball fängt, der über den kurzgeschnittenen Rasen des Innenfeldes geflogen kommt. Für meinen Vater hielt das Leben keine größeren Freuden und keine vollkommeneren Fertigkeiten bereit. Mr. Stone dagegen konnte innerhalb einer Stunde einen Hirsch abhäuten und ausnehmen, er konnte einen Bootsmotor in seine Teile zerlegen und wieder zusammenbauen. Er konnte Kühe melken, einen Garten bepflanzen, einen Auspufftopf anbringen und ein Schleppnetz durch einen schmalen Meeresarm ziehen, um sich ein paar frische Garnelen fürs Abendessen zu fangen. Mein Leben kreiste um Wissenschaft und Sport, Stone war geübt in der Kunst des Überlebens. Ich war auf Theater und Supermärkte angewiesen, Stone besuchte Futtermittelhandlungen und Baumschulen, wenn er in Savannah war.

Ich lauschte Stones Erzählungen und war froh, von ihm lernen zu können. Er sprach gern über sich und sein Leben, und nichts hätte lehrreicher für mich sein können. Aus einer Laune heraus fuhr er mit einigen Freunden einmal nach Florida und kaufte das Boot, das Humphrey Bogart in dem Film »African Queen« gesteuert hatte. Er brachte es nach Yamacraw, wo es ein Jahr lang die große Sensation war, bevor es in Vergessenheit geriet und verrottete. Für mich war es ein seltsames Gefühl, wenn ich mir vorstellte, daß mein Schiff in demselben Hafen lag, in dem einmal die African Queen geankert hatte. Es war Nahrung für meine romantische irische Seele, genauso wie Mr. Stones Schilderung des Hurricans von 1959, der Boote und Anlegestege wie Spielzeug in die Luft geschleudert, mächtige Eichen entwurzelt, eine Stadt, dreißig Meilen von Savannah entfernt, dem Erdboden gleichgemacht und sie in ein nationales Katastrophengebiet verwandelt hatte.

Stones erzählerische Ausdruckskraft war überwältigend. Täglich verbrachte er mehrere Stunden damit, in Kriegserinnerungen zu schwelgen. Am D-Day war er mit der dritten Angriffswelle in der Normandie gelandet. In einer texanischen Scharfschützenabteilung machte er den Frankreichfeldzug mit und marschierte in Deutschland ein, wo er auch den Waffenstillstand miterlebte. Kaltblütig beschrieb er, wie er einen deutschen Soldaten beobachtete, der seinen Kopf vorsichtig über eine Dachkante schob, bis das Gesicht völlig zu sehen gewesen war. Dann hatte Stone sorgfältig gezielt und eine Kugel mitten zwischen die Augen des Feindes gesetzt, der noch ein Junge gewesen war. Es war eine unheimliche Geschichte, vor allem, weil Ted ungewöhnlich nachdenklich wurde, als er sich an das Menschenleben erinnerte, dem er vor fünfundzwanzig Jahren in einem fremden Land ein Ende bereitet hatte. »Einen Menschen zu töten ist etwas anderes als einen Hirsch zu erlegen!« sagte er und schien gleichzeitig stolz darauf zu sein, zur Verteidigung seines Vaterlandes einen anderen getötet zu haben.

Eine verblichene amerikanische Fahne wehte an einer langen Stange im Hinterhof des Stone-Hauses. Sie hing dort wegen des Post-Office, war jedoch gleichzeitig ein Zeichen für Stones Treue zu seinem Land, die jedoch etwas Blindes, Kompromißloses besaß und in ihrer Leidenschaft und Sturheit an das Dritte Reich erinnerte.

Ein Abend bei Stone ist mir im Gedächtnis haften geblieben. Es war der 15. Oktober, der Moratorium Day, an dem die Vereinigten Staaten widerhallten von den Protestchören und Forderungen der Kriegsgegner. Ich wollte unbedingt die Nachrichten sehen, weil ich den Marsch auf Washington miterleben und wissen wollte, wie die Menschen überall im Land auf das Moratorium reagierten. Wie Ted darauf reagieren würde, war mir klar, doch ich rechnete nicht damit, daß die gewaltigste Show der Welt an diesem Abend in Teds Wohnzimmer stattfinden würde. Sobald die Nachrichten begannen, setzte Ted zu einem Monolog an, der erst abbrach, als ich mich eine Stunde später einfach empfahl und ging.

»Schau dir diese langhaarigen Bastarde an! Niemand weiß, ob sie Jungen oder Mädchen sind. Schlimmer als die Deutschen oder die Japse. Sieh dir den Hippie an, der sich die Fahne auf den Arsch genäht hat. Wenn ich dabei wär', ich würd' ihm den Arsch mit 'nem Metzgermesser absäbeln. Läuse sind das, armselige Filzläuse, Gewürm, Schlangenbrut! Auch Huntley und Brinkley sind von der Sorte. Fallen unseren Jungs in Vietnam in den Rücken. Verräter! Wie dieser Nigger Martin Luther King! Ein gottverdammter Kommunist, wenn du mich fragst. Auch J. Edgar Hoover sagt das. Himmel, das ist ein Mann. Der beste in ganz Amerika. Nennt 'nen Nigger 'nen Nigger. Schau sie dir an, diese Wanzen. Nicht mal 'n Glas Pisse würd' ich ihnen zu trinken geben, wenn sie am Verdursten wären. Und Nigger sind auch dabei. Jedesmal, wenn du das Fernsehen einschaltest, hast du die Nigger auf dem Schirm. Scheinen ihnen vorher noch eigens die Zähne zu putzen, hat man den Eindruck. Nigger! Hippies! Gottverdammte Kommunistenschweine! Starren vor Dreck, waschen sich nicht! Wir auf der Insel kriegen auch welche von diesen Hippies ab. Diese Boys aus Kalifornien sind doch nichts anderes als Hippies, denen man nur die Haare geschnitten hat, bevor sie herkamen. Alles Wanzen, Ungeziefer, Niggerfreunde! Einer wie der andere. Da! Das Weiße Haus! Sitz des Präsidenten der Vereinigten Staaten. Wallace hätte das alles nicht zugelassen. Wenn der dort säß' und das Land regierte, lägen sie jetzt mausetot in den Straßen. Flammenwerfer und Panzer hätte er gegen sie eingesetzt . . .«

Stone redete, und ich hörte zu. Es war wahnsinnig lächerlich, aber auch furchterregend. Sein Gesicht war haßverzerrt. Er hatte vergessen, daß ich da war. Er hatte Blut gerochen. Ihn erfüllte nur noch der Wunsch, die Constitution Avenue mit den Leichen der Marschierer übersät zu sehen. Er wollte ihren Tod. Sie beschmutzten, wie er es ausdrückte, den guten Ruf Amerikas in der freien Welt.

D. P. Conroy schwieg dazu. Gelähmt vor Furcht, dachte ich an die riesige Waffensammlung in Stones Diele und hütete mich, dem tobenden Mann auch nur den kleinsten Anlaß zu geben, mich mit den Demonstranten in Washington gleichzusetzen.

Als ich ging, sagte Stone zu mir, ich könnte jederzeit kommen und mir mit ihm die Nachrichten ansehen.

Am nächsten Tag badete ich nach der Schule in Stones Hafenbecken. Das Wasser wurde langsam kälter, aber seine belebende Frische schien meine Niedergeschlagenheit für eine Weile zu vertreiben. Stone kam runter zum Hafen und begann auf mich einzureden. Diesmal sprach er vom Fischen.

»'ne Menge Fische hier im Becken«, sagte er. »Hab' vorhin erst 'n paar prächtige Forellen gefangen. Und ein, zwei Lachsforellen waren auch dabei. Mein Sohn holte im vorigen Jahr sogar 'nen zehn Fuß langen Hai aus dem Becken.«

Mit drei Stößen legte ich etwa zwanzig Yard zurück und stand im nächsten Augenblick auf der Kaimauer, während mir das Blut in den Adern zu Eis erstarrte.

»Gibt es hier viele Haie?« fragte ich mit heiserer Stimme und fühlte, wie mir die Knie weich wurden.

»Ja, 'ne ganze Menge«, erwiderte er. »Kommen bis zur Hafenmauer.«

»Na, das ist ja großartig, Mister Stone. Wirklich großartig. Soll das etwa heißen, daß ich die ganze Zeit in einem Becken schwimme, in dem es von Haien wimmelt, und Sie sagen mir kein Sterbenswort davon?«

»Aber Sie wissen doch, daß Haie in Salzwasser leben.«

»Schon. Aber ich konnte nicht wissen, daß Sie auf dem Boden Ihres Hafens ein Clubhaus für Haie haben. Hätte ich das gewußt, wär' ich nicht mal mit den Zehenspitzen ins Wasser gegangen. Haie fressen Menschen, Mister Stone.«

»Nicht hier bei uns. Hab' nie davon gehört, daß hier mal jemand von 'nem Hai gefressen worden ist.«

»Well, und ich möchte ganz gewiß nicht die Ausnahme von der Regel werden.«

An diesem Tag endete mein nachmittägliches Schwimmvergnügen für alle Zeit.

*

Mehrere Freunde in Beaufort warnten mich davor, mich näher mit Zeke Skimberry einzulassen. Skimberry war der Mechaniker des Bluffton-Distrikts und gemäß einer Verfügung der Schulbehörde der offizielle technische Betreuer meines Bootes. Skimberry erregte Argwohn in mancherlei Hinsicht, vor allem aber wegen seines kriecherischen Verhaltens gegenüber Ezra Bennington. Zeke hatte zahlreiche Säuberungsaktionen innerhalb des Schulpersonals überlebt, weil er darauf gesetzt hatte, daß Benningtons Stern nicht erlöschen, sondern im Gegenteil immer heller erstrahlen würde. Er kroch dem einflußreichen Mann regelrecht in den Hintern, mähte ihm den Rasen, räumte in Mrs. Benningtons noblem Antiquitätenladen die sperrigen Möbel aus der amerikanischen Frühzeit um und fungierte als Benningtons Chauffeur, Diener und Butler, wenn die Gelegenheit es erforderte. Hinter seinem Rücken nannten ihn die Leute Benningtons Nigger. Ich fand eine ganze Menge anderer Dinge über ihn heraus.

Gleich bei der ersten Begegnung hielt ich ihn für einen der freundlichsten und sympathischsten Menschen, die ich jemals kennenlernte. Seine großen blauen Augen leuchteten ausdrucksvoll, und ständig umspielte ein Lächeln seinen Mund. Er war schlank, aber muskulös, und sein Gesicht verriet eine Intelligenz und Aufgeschlossenheit, die mich gleichzeitig überraschten und begeisterten.

Zeke hatte es von Kalifornien an die Ostküste verschlagen, nachdem er einer unglücklichen Ehe den Rükken gekehrt hatte. Er wechselte von Job zu Job, ergab sich dem Whisky und schlug sich von einem Staat zum anderen durch, bis er Ida McKee, einer blonden Kassiererin in einem Kaufhaus in Bluffton, South Carolina, begegnete und sich in sie verliebte. Zeke umwarb sie stürmisch, fuhr mit ihr nach Georgia, heiratete sie vor einem geldgierigen Friedensrichter und kehrte mit ihr nach Bluffton zurück, um dort in einer völlig neuen Umgebung den zweiten Akt seines Lebens zu beginnen. Während seiner vierzehn Jahre in Bluffton hat er zwei Söhne gezeugt und es fertiggebracht, sich so in Benningtons Dasein einzuschleichen, daß er für diesen völlig unentbehrlich wurde. Solange Bennington in Amt und Würden war, war Zekes Position beneidenswert. Doch nun, da Benningtons Laufbahn ihren Höhepunkt überschritten hatte, verspürte Zeke erneut den Druck der Ungeschütztheit.

Meine Bekanntschaft mit Zeke und seiner Familie entwickelte sich langsam und anfänglich durch das Gerede der Leute etwas kritisch. Sie intensivierte sich jedoch im Laufe des Jahres. Man mußte ihn einfach mögen. Er machte gern einen Scherz, hänselte die Leute und verstand es verblüffend gut, seine Vorgesetzten nachzumachen. Bei unserer ersten Begegnung sagte er zu mir: »Die Leute hier halten Sie für verrückt, weil Sie an dieser Schule unterrichten.«

»Die Leute haben recht«, antwortete ich und lachte.

»Die Leute hier sind natürlich selbst verrückt. Deshalb bedeutet es nicht viel, was sie sagen.« In seinen blauen Augen lag ein verschmitztes Lächeln. Doch dann fügte er mit großem Ernst hinzu: »Es hätte für die Nigger auf Yamacraw schon längst etwas geschehen müssen. Ich bin sicher, Sie können für diese Niggerkids was tun.«

Das Faszinierendste an Zeke Skimberry jedoch war seine unverwüstliche Frau Ida. Sie war eine Dichterin des Profanen, die über einen unerschöpflichen Vorrat an Vulgärausdrücken verfügte, die sich an den Wänden öffentlicher WCs durchaus hätten sehen lassen können. Im Gegensatz zu den meisten Frauen, die ich kannte, legte sie keinen Wert darauf, als höflich oder vornehm zu gelten. Als ich in der ersten Septemberwoche an einem Sonntagnachmittag auf ihren Hof fuhr, schrie sie mir von der Veranda ihres kleinen Hauses zu:

»Was, zum Teufel, haben Sie hier zu suchen?«

»Ma'am, ich suche Zeke Skimberry, den Hausmeister.«

»Er ist kein gottverdammter Hausmeister, wie ihn alle schimpfen. Er ist Mechaniker, Himmelarschundzwirn! Und Sie? Wer, zum Henker, sind Sie, Mann?«

»Ich bin Pat Conroy, Ma'am. Ich bin Lehrer auf Yamacraw Island. Man sagte mir, ich solle mich mit Ihrem Mann in Verbindung setzen, Mrs. Skimberry.«

»Er ist im Augenblick nicht hier. Kommen Sie rein, und nehmen Sie sich 'ne Tasse Kaffee.« Ich stieg aus dem Wagen, und sie entsetzte mich erneut, als sie sagte: »Heiß wie 'ne Nutte heute, wie?«

»Ja, Ma'am, das kann man sagen.«

Meine Mutter mit ihrer vornehmen und feinen Erziehung hatte mich in keiner Weise auf die Ida Skimberrys dieser Erde vorbereitet. Die Kaffeekanne, die auf dem Herd einen immerwährenden Ehrenplatz innehatte – wie ich später feststellte –, war der unbestreitbare Mittelpunkt des kleinen Skimberry-Universums, und im Laufe des Jahres leerten wir Gallonen des dampfenden, heißen Gebräus, während Zeke von der Eigenart seiner Beschäftigung faselte oder über die Ungesichertheit seiner Stellung lamentierte. Ida dagegen fluchte wortgewaltig über den Mangel an Geld, den fehlenden Ehrgeiz ihres Mannes oder die eigene Unfähigkeit, einen vernünftigen Job zu finden.

An den Wochentagen stellte ich meinen VW in Skimberrys Hof ab – unter Idas wachsamen Augen. Als ich am zweiten Wochenende, nach einem ausgiebigen Plausch und mehreren Tassen Kaffee in meinen Wagen stieg, konstatierte ich erstaunt, daß Ida ihn gewaschen hatte. Auch das Wageninnere blitzte vor Sauberkeit, und der Beutel schmutziger Wäsche, den ich auf dem Rücksitz liegen hatte, war verschwunden. Statt dessen fand ich einen Pappkarton mit meinen gewaschenen und sauber gebügelten Sachen vor.

Ich war überwältigt von so viel Freundlichkeit und dankte ihr gerührt. Doch alles, was sie sagte, war: »Scheiße, die verdammte Karre hatte es nötig, und deine Wäsche stank ja wie die Pest.«

Dann erschien auf ihrem Gesicht, das hart sein konnte wie eine Schwiele, ein wundervoll warmes Lächeln, und sie erklärte: »Macht mir einfach Spaß, den Leuten 'nen Gefallen zu tun.«

Es dauerte nicht lange, bis ich mich mit diesen Menschen angefreundet hatte. Und so, wie ich mich auf Yamacraw in eine neue, unbekannte Welt begeben hatte, betrat ich jedesmal ein neues unbekanntes Territorium, wenn ich die Schwelle zu Zekes und Idas Haus überschritt.

Aufgrund meiner Herkunft kannte ich keine Leute, die mit viertausend Dollar im Jahr auskommen mußten, die über kein Service aus Chinaporzellan für besondere Anlässe, keine diversen Silberbestecke und keinen akademischen Grad verfügten. Ich war nie in Berührung gekommen mit Menschen, die den Besuch eines Ringkampfes als den Höhepunkt der Woche ansahen. Die Skimberrys entstammten einer anderen Gesellschaftsschicht als ich, und eine der größten Offenbarungen meines Yamacraw-Jahres war die Begegnung mit Menschen, die so lebten wie sie, und außerdem die Tatsache, von ihnen so vollständig und bedingungslos akzeptiert zu werden. Ihnen verdankte ich eine völlig neue Sicht des sozialen Gefüges in Amerika. Ich lernte zum erstenmal die Männer an der Spitze aus der Froschperspektive und mit den Augen von Menschen zu sehen, die ganz unten waren.

Ich lernte, die Skimberrys wirklich zu lieben, treu und

hingebungsvoll, denn ohne einen Grund und ohne jeden Hintergedanken nahmen sie mich in ihrem Haus auf, vertrauten mir ihre Träume und Enttäuschungen an, teilten mir ihre intimsten Geheimnisse und verborgensten Wünsche mit. Sie legten ihr Inneres vor mir bloß, einfach weil sie ohne Falsch und ohne jede Arglist waren. Ich war ein Teil ihres Lebens, was für die Yamacraw-Story wichtig werden würde, als sich gewisse Dinge ereigneten und die Umstände sich völlig veränderten. Und für immer werden mir die zahllosen Morgenstunden und Nachmittage unvergeßlich bleiben, da mich Idas rauhe Stimme beim Betreten des Hauses mit den Worten empfing: »Pat, du altes Warzenschwein, nimm dir was Kaffee!«

*

Die Stadt Bluffton sah ich mit Zeke Skimberrys Augen. In aller Herrgottsfrühe, noch bevor das Summen der Insekten im Wald bei seinem Haus erstarb, saß Zeke schon in seinem Lieblingssessel, schlürfte kochendheißen Kaffee aus einer dicken cremefarbenen Tasse und erzählte über die Stadt. Er war der geborene Geschichtenerzähler, der den Geist eines Ortes zum Leben erwecken konnte, indem er längst vergessene Geschehnisse aufleben ließ oder Leichen ausgrub, die jeder am liebsten in ihren Gräbern gelassen hätte. Zeke kannte die Ladeninhaber, die Betrüger, die Einsamen, die Schizophrenen, die Gesunden, die Geisteskranken, die Scheinheiligen, die Schwarzen, die Rednecks und die Guten. Er kannte sie alle, und von jedem in der Stadt hatte er die genaue Biographie zur Hand. Er wußte, wer mit wem schlief, wer mit wem schlafen wollte und wer mit wem schlafen würde. Er konnte jeden Mord aufzählen, der in den vergangenen zehn Jahren geschehen war, wußte, wieviel Blut dabei geflossen war und wo das Einschußloch oder die Einstichwunde gesessen hatte. Er kannte den Grad der Leichenstarre im Augenblick der Entdeckung durch die Behörden. Er kannte die Behörden, ihre sämtlichen Fehler und Schwächen, ihre Kungeleien und Affären.

Bei einer Tasse Kaffee erfuhr ich alles über Zeke und Ida und schloß sie mehr und mehr ins Herz. Ihr Haus war erfüllt mit Freude, Lachen, Geldsorgen und Gerede über die Leute. Ihr Haus war gemütlich, voller Atmosphäre und Kaffeeduft. Und beide liebten es, über ihre Stadt zu reden.

Bluffton liegt oberhalb der Biegung des von den Gezeiten beherrschten May River. Silberreiher fischen an den Ufern des Flusses, und Flotten von Flachbooten erforschen die toten Flußarme und Bäche auf der Suche nach ergiebigen Austernbänken.

Bluffton ist eine Stadt von unvergleichbarer Ruhe, eine Stadt voll leuchtender Magnolienbäume, gewaltiger Eichen, mit Wasserrosen überwucherter grüner Teiche und verwitterter, aber bemerkenswert stattlicher alter Häuser. Eine Holzkirche steht nahe beim Fluß. Nicht weit davon entfernt erhebt sich ein Gebäude von faszinierender Schlichtheit und mit klaren, eleganten Linien, das von Sklaven erbaut wurde. Dort residiert die Säule der Stadt, der Dekan der Dekane, Ezra Bennington. Bluffton ist verschlafen, erfüllt von feierlicher Stille und wird in jedem Frühjahr mit einer unvorstellbaren Blumenpracht gesegnet. Aber es ist auch eine Stadt, die viele Narben und

Verkrampfungen aus der Zeit des alten Süden zurückbehalten hat.

Da gab es die Geschichte von Thomas, einem hünenhaften Schwarzen, an dem Zeke und ich oft auf dem Weg zur Tankstelle vorbeikamen. Thomas saß inmitten einer Gruppe heiterer Schwarzer auf den Stufen eines halbzerfallenen Hauses. Er war unglaublich groß, ein Mammutbaum unter kleineren Tannen.

»Das ist ein verdammt riesiger Nigger, nicht wahr?« sagte Zeke.

»Ja«, antwortete ich.

»Hat ein hartes Leben hinter sich, der alte Thomas. Als er noch ein Junge war, so fünfzehn oder sechzehn, brachte er das Eis von Tür zu Tür. War die Zeit, in der's noch keine Kühlschränke gab. Wenn du von 'nem Eisschrank sprachst, meintest du 'nen Schrank mit 'nem mächtigen Stück Eis drin. Und weil der alte Thomas so'n riesiger Hundesohn war, war er wie geschaffen dazu, sich die Blöcke auf die Schulter zu hieven und sie von Tür zu Tür zu schleppen. Eines Tages ging er zu 'nem Haus am Alljoy Beach und klopfte an die Tür. Ein weißes Mädchen machte ihm auf. Well, der alte Thomas tat sich schwer mit dem Reden, und so war er ziemlich nervös und fragte das weiße Mädchen, ob sie 'n Stück will, was heißen sollte, ob sie 'n Stück Eis für den Eisschrank wollte. Well, das Mädchen verstand Thomas falsch. Weißt du, sie glaubte, er meinte mit dem Stück seinen Schwanz. Sie schrie und kreischte, bis jeder weiße Mann in der Stadt sie hörte. Du hast ja inzwischen 'ne Vorstellung, wie diese Stadt ist, nicht wahr? Also weißt du, was alle gedacht haben? Der riesenhafte Nigger Old Thomas hat versucht, einem kleinen weißen Mädchen an die Wäsche zu gehen. Er konnte froh sein, daß sie ihn nicht auf der Stelle gelyncht oder ihm die Eier abgeschnitten haben. Aber natürlich kam er vor Gericht. Sie brachten ihn für zwanzig und etwas mehr Jahre hinter Schloß und Riegel. Und die ganze Zeit saß Thomas in seiner Zelle und murmelte, daß er dem Mädchen doch nur etwas Eis verkaufen wollte. Das schlimmste an der Geschichte aber war, daß das Mädchen 'ne Macke hatte und reif war für die Klapsmühle. Einen Monat nach dem Prozeß drehte sie völlig durch und verbrachte den Rest ihres Lebens in einer Heilanstalt.«

»Mein Gott, Zeke, was für eine gottverdammte Horrorgeschichte!«

»Ja, und sie beweist mal wieder, daß ein Nigger den Leuten scheißegal ist und sich kein Aas drum kümmert, was mit ihm geschieht. Die Menschen hier sind voller Vorurteile gegen Nigger. Möchten am liebsten, daß sie alle krepieren. Oder daß man sie auf Schiffe verfrachtet und nach Afrika zurückbringt. Ja, das möchten sie, diese guten Christenleute!«

»Diese guten Christenleute«, war der schlimmste Schimpfname in Zekes Wortschatz. Er und Ida waren einmal sehr rührige Mitglieder der örtlichen Baptistengemeinde gewesen, bis die Gläubigen dafür stimmten, die Kirche zu schließen, sollte ein Nigger jemals versuchen, an einem Gottesdienst teilzunehmen. Zeke und Ida verließen unter Protest die Versammlung und ließen sich danach nie wieder dort sehen.

»Stell dir das vor, Pat! Eine Gruppe von Christen hindert die andere Gruppe von Christen daran, zu beten.

Kannst du dir denken, daß Jesus an der Kirchentür sitzt und sagt: ›Hey, ihr Scheißnigger, ihr könnt hier nicht rein. Geht in eure Niggerkirche!‹ Nein, ich kann's mir nicht denken.«

Zeke und Ida artikulierten die lokalen Vorurteile gegen die Schwarzen unablässig, und gleichzeitig glaubten sie trotz einer gewissen Selbstkritik ganz selbstverständlich an jede abgegriffene Redensart, die sich auf die Schwarzen im Süden bezog. Das hinderte sie jedoch nicht daran, alle Schwarzen, die ich mit zu ihnen brachte, voller Herzlichkeit in ihr Haus einzuladen. Sie boten ihnen Kaffee an und behandelten sie mit Achtung und Freundlichkeit. Später sagte Ida dann zu mir:

»Das war wirklich ein netter Niggermann, den du heute morgen bei dir hattest. Ich hoffe, du bringst ihn mal wieder mit.«

Ich vermochte diesen Zwiespalt in ihrem Verhalten nicht zu begreifen. Ich verstand nicht, wie selbstverständlich und unkritisch sie das Wort Nigger benutzten, sagte mir jedoch zu guter Letzt, daß Zeke und Ida eben so waren und daß ich sie akzeptieren mußte, wie sie waren. Sie liebten einfach alle Menschen, aber sie waren nun einmal in einer Welt aufgewachsen, in der man die Schwarzen haßte und verachtete.

Mehrere Gespräche mit Ida genügten, um mich davon zu überzeugen, daß alles Reden der Welt die Glaubenssätze nicht erschüttern konnte, welche die dreiunddreißig Jahre in Bluffton in ihr gefestigt hatten.

Eines Tages im Frühjahr kam ich vom Fluß, und Ida sagte:

»Pat, ich glaub', ich hab' heut' 'nen entsetzlichen Mist

gebaut. Little Eddie hat mal wieder Probleme mit seinen Lymphdrüsen, und deshalb hab' ich 'nen Spezialisten in Savannah angerufen, damit er sich ihn mal anschaut.«

»Mit solchen Sachen geht man am besten zum Spezialisten, Ida.«

»Yeah, deshalb hab' ich ja angerufen. Nun, dieser Doktor kam ans Telefon und sagte mir, ich soll am Donnerstagmorgen Punkt zehn mit Eddie bei ihm vorbeikommen.«

»Sehe nicht, was du falsch gemacht hättest, Ida.«

Ida schüttelte den Kopf, senkte die Stimme und sagte:

»Ich glaube, Pat, ich hab' 'nen gottverdammten Niggerdoktor angerufen.«

»Nein«, rief ich und zuckte in gespieltem Entsetzen zurück.

»Das ist nicht witzig. 'türlich, für 'nen dämlichen Bastard wie dich spielt es keine Rolle. Aber Himmelarschundzwirn, ich schleppe meinen Jungen doch nich zu 'nem Niggerdoktor hin.«

»Wie kommst du dazu, anzunehmen, daß der Doktor ein Schwarzer ist?«

»Er quasselt wie 'n Nigger«, gab sie zur Antwort. »Du kennst doch die ulkige Art, wie die Nigger reden. 'nen Nigger erkennst du auf zwanzig Meilen, sowie er nur das Maul aufmacht. Außerdem hab' ich mir im Telefonbuch seine Straße angesehen, und ich hab' noch nie was von 'ner Straße mit so 'nem Namen gehört, Pat. Du etwa?«

Ich sah mir die Adresse an und gestand Ida meine Ahnungslosigkeit.

»Nur 'n Niggerdoktor kann 'ne Adresse in 'ner Straße haben, von der noch kein Schwein je was gehört hat«, fuhr sie fort. »Ich glaube, die Telefongesellschaft sollte einem sagen, wer 'n Niggerdoktor is und wer nich.«

»Vielleicht ist er genauso gut wie ein weißer Arzt, Ida«, gab ich zu bedenken.

»Zur Hölle mit dir, Pat! Manchmal hab' ich das Gefühl, du bist selbst schon 'n halber Nigger. Sag mir lieber, was ich tun soll. Meinst du, ich kann ihn noch mal anrufen und ihm sagen: ›Hallo, ich hab' morgen 'nen Termin bei Ihnen, aber ich hatte keine Ahnung, daß Sie 'n Niggerdoktor sind! Also, ich will Sie nich beleidigen und bin Ihnen auch sehr dankbar für Ihre Freundlichkeit, ich hab' nur das Gefühl, daß jeder zu seinesgleichen gehen soll!‹ Meinst du, das würd' genügen?«

»Das genügt völlig, Ida. Vielleicht fragt er dich, ob du mit ihm bumsen willst.«

»Und ich werd' ihm 'nen Tritt in seinen gottverdammten Arsch geben, wenn er's tut!« fauchte sie.

Das war Ida, die in ihrer Familie als unverbesserlicher Freigeist galt. Dann und wann schauten, wenn ich noch da war, ihre Mutter und ihre Schwester bei ihr herein, um den neuesten Tratsch auszutauschen. Es war ein echtes Vergnügen, dabei den Zuhörer zu spielen. Es war das Rassenthema, das ihnen einen ebenso leidenschaftlichen wie unerschöpflichen Gesprächsstoff lieferte.

»Sollte eine dieser Niggerlehrerinnen mein Kind jemals anfassen, bring' ich sie um. Ich mach' sie kalt, sag' ich euch – so kalt wie die Hölle! Ja, ich werd' sie umbringen, ich schwör's bei der Bibel, daß ich sie umbringe«, sagte eine von Idas Schwestern.

»'türlich bringst du sie um«, erwiderte eine andere.

»Wenn eine dieser Niggerweiber mein Mädchen auch

nur schief ansieht, reiß ich ihr den Arsch auf!« schwor eine dritte Stimme.

»'türlich machst du das, Honey.«

Die Drohungen steigerten sich, aber mittendrin wandte sich Idas jüngste Schwester plötzlich an ihre kleine Tochter und sagte sanft:

»Was bist du, Sugar?«

Und das kleine Mädchen entgegnete theatralisch:

»Ich bin ein kleines Gotteskind und hab' das süße Jesulein lieb.«

Und alle antworteten im Chor:

»'türlich hast du das Jesulein lieb, Honey. Wir alle lieben es.«

Ja, alle liebten Jesus. Ida ausgenommen. Sie formte mit den Lippen das Wort »Bullshit« und zwinkerte mir zu.

Dann wurden die Hetztiraden am anderen Tischende fortgesetzt.

»Ich rate keinem dieser Niggerweiber, mein Kind in der Schule zu schlagen. Wenn eine das macht, schlag' ich ihr den Schädel ein.«

»'türlich tust du das, Honey.«

Dann schockte Ida die Versammlung mit der Bemerkung:

»Hölle, ich hab' Eddies Lehrerin geraten, ihm den Teufel aus 'm Leib zu prügeln, wenn er Dummheiten macht. Sie ist 'ne verdammt tüchtige Lehrerin, und außerdem mag ich die Lady. Ich möcht', daß sie meinem Jungen was hinter die Löffel gibt, wenn er sich danebenbenimmt. Wie soll sie ihm sonst auch was Vernünftiges beibringen?«

»Himmel, Ida, du redest dir vielleicht manchmal 'nen Stuß zusammen!«

»'türlich tut sie das, Honey.«

»Du würdest zulassen, daß 'ne Niggerin den armen kleinen Eddie schlägt?«

»'türlich würd' ich das, verdammt!« sagte Ida.

In diesem Moment griff Idas jüngste Schwester ein, um Öl in die Wunden zu gießen, die der Wortstreit gerissen hatte. Anbetend schaute sie ihrem Töchterchen in die Augen und sagte:

»Was bist du, Sugar?«

Und der dicke kleine Saccharinengel antwortete affig:

»Ich bin ein kleines Gotteskind und hab' das süße Jesulein lieb.«

Und Ida formte mit den Lippen erneut das Wort »Bullshit« und zwinkerte mir verschmitzt zu.

*

Ende September, ein Monat, der die Ausmaße der Ewigkeit angenommen zu haben schien, verließ ich meine Ecke im Klassenzimmer und bezog die geräumigen Zimmer des Buckner-Hauses. Alles in allem wohnte ich äußerst ungern in der Schule. Denn konkret hieß das: rasieren ohne Spiegel und mit kaltem Wasser, kochen mit Töpfen, in die eine halbe Kuh hineingepaßt hätte, und schlafen auf einem Feldbett, auf dem ständig eine dünne Schicht Kreidestaub lag. Kreidestaub hat die Eigenart, sich einen Raum völlig zu erobern, und wenn ich morgens aufwachte, kam ich mir vor wie ein Schmetterlingsflügel oder eine gepuderte Mädchenwange. Das aber hatte ich langsam satt. Und außerdem hatte ich es satt, an dem Platz zu schlafen, an dem ich arbeitete. Die ganze Situation war inzwischen unerträglich für mich geworden.

Meine Frustration hatte ihre Ursache zum größten Teil bei mir selbst. Als ich mir anfangs meinen Job auf der Insel ausmalte – ein edler Menschenfreund inmitten von ungebildeten Schwarzen, arbeitend unter Bedingungen, die das Herz Henry Thoreaus entzückt hätten –, berücksichtigte ich zu wenig mein elementares Bedürfnis nach Freunden und anregenden Gesprächen. Ich mag Menschen und sammle Freunde, wie andere Münzen oder exotische Pfeifen sammeln. Insofern hatten mich die Leute auf der Insel mit ihrem ewigen »Yassuh« buchstäblich in den Tod getrieben. Ich war der weiße Prinzipal. Eine Respektsperson, der man natürlich nicht trauen konnte. Die Weißen waren ausnahmslos Anhänger der Zurück-nach-Afrika-Lösung, glaubten an die Kleinhirntheorie und waren von einem Mißtrauen beseelt, wie ich es nie für möglich gehalten hätte. Jedem Inselbewohner, der mir über den Weg lief, zeigte ich also das zähneblekkende Lächeln, die überschwengliche Freundlichkeit und das trunkene Benehmen eines Menschen, der sich verzweifelt um Freundschaft bemüht. Doch nach einem ganzen langen Monat war es mir nicht gelungen, auch nur eine einzige Beziehung aufzubauen.

Oft genug hatte ich mir eingebildet, der Welt größter unentdeckter Dichter zu sein, der in der Verborgenheit lebt und geduldig darauf wartet, bis die Saat seines Könnens aufgegangen ist und die Menschen nach seinen Gedichten hungern wie nach Brot.

In meinem ersten Monat auf Yamacraw versuchte ich, diese Gedichte zu Papier zu bringen. Und ich versuchte in der Tat, nicht nur Gedichte, sondern auch andere Dinge zu schreiben. Doch mein Geist war so geschwächt durch das Wissen um den Zustand meiner Schüler, und mein eigenes Leben war so verunsichert und richtungslos geworden, daß ich nichts anderes hervorbrachte als kümmerliche Knüttelverse und eine Prosa von außergewöhnlich zotiger Färbung. Der Monat September war ein mißglückter Monat, und ich war ein mißglückter Mensch.

Es gab noch einen weiteren Grund, weshalb ich das Schulhaus verlassen wollte. Eines Nachts, während ein Sturm über die Insel hinwegfegte und der Donner drohend über den Himmel rollte, lag ich auf meinem Feldbett und las. Die Nacht war kohlpechrabenschwarz – bis auf die wenigen Augenblicke, in denen die Blitze zuckten und die Landschaft taghell erleuchteten. Ich hatte das Kissen unter meinen Kopf geschoben, und da mein Bett nahe beim Fenster stand, konnte ich nach draußen auf den Schulhof schauen.

Plötzlich überkam mich ein seltsames Gefühl der Furcht. Ich blickte auf und sah das grinsende Gesicht eines Schwarzen, der eine Mütze auf dem Kopf trug und durch das Fenster in den Raum blickte. Er war nicht weiter als zwei Fuß von mir entfernt. Augenblicklich war ich starr und gelähmt vor Angst und Entsetzen. Mein Gesichtsausdruck spiegelte offensichtlich meine Empfindungen wider, denn der Mann wandte sich jäh ab und verschwand, so schnell er konnte, im Wald. Während er davonrannte, zerriß ein markerschütterndes tierisches Heulen die Dunkelheit. Das Heulen wurde schwächer, je weiter er sich entfernte. Ich massierte mir das Herz und versuchte es wieder in einen rhythmischen Schlag zu bringen. Das Gesicht hatte mir einen Schreck eingejagt, das Heulen mich gelähmt. Das Gesicht, umrahmt vom

Fenster des Klassenzimmers und abgehoben gegen den Hintergrund des nächtlichen Unwetters, erschien mir als ein Symbol des Irrsinns – ein leeres Gesicht mit einem leeren, verständnislosen Grinsen.

Ich war völlig entnervt. Ich schaltete das Licht aus und versuchte festzustellen, ob das Wesen noch in der Nähe war. Ich nahm einen Baseballschläger und schlich von Fenster zu Fenster, um einen Blick auf meinen unheimlichen Besucher zu erhaschen. Da es keine Rollos an den Fenstern gab, hatte ich keine Möglichkeit, mich vor unerbetenen Blicken zu schützen. Hätte ich diesen Unbekannten noch einmal gesehen, wie er mit den Augen eines Besessenen und dem Lächeln eines Dämons zu mir hereinschaute, ich bin sicher, ich wäre gestorben vor Angst. Der Baseballschläger schlief in dieser Nacht neben mir. Ein unbequemer, aber tröstlicher Bettgenosse. Ich schlief schlecht. Als endlich der Morgen graute – o gesegnete Dämmerung, o heiliges Licht, o geliebte Sonne! – und ich Mrs. Brown berichtete, was geschehen war, erklärte sie mir, daß ich Auge in Auge Mad Billie gegenübergestanden hätte.

Ich lernte Mad Billie nach diesem Zwischenfall näher kennen. Er war der Inseldepp, der einheimische Quasimodo, der sich seinen Lebensunterhalt damit sicherte, daß er von allen für verrückt gehalten wurde. Alle nannten ihn Mad Billie, den verrückten Billie, ob er dabei war oder nicht. Er hackte Holz, schlug Bäume, schleppte Lasten und übermittelte Botschaften für die Leute auf der Insel, gleichgültig, ob es Schwarze oder Weiße waren.

Die Stones erklärten mir zuverlässig, daß Billie verrückt, aber harmlos sei und keiner Fliege etwas zuleid tun könne. Mrs. Brown verjagte ihn jedesmal, wenn er sich auf dem Schulgrundstück sehen ließ. Sie sagte, er sei geistig zurückgeblieben und könne die Mädchen belästigen. Billie ließ immer dann die Maske des Deppen fallen, wenn er mit mir über Mrs. Brown sprach. Er haßte sie, und der meistgebrauchte Schimpfname, wenn er von ihr sprach, war »Scheißarsch«. Billie redete, als lebte er in einer Traumwelt, was vielleicht auch der Fall war. Er fluchte unflätig, lächelte unablässig und ausdruckslos, sprach meist mit sich selbst und machte den Eindruck, als wäre er mit seiner Rolle als Inseldepp rundherum zufrieden.

Billie schien immer zu wissen, was auf Yamacraw vor sich ging. Er schien auf der Insel allgegenwärtig zu sein. Plötzlich tauchte er, eine Axt in den Händen, aus dem Wald auf, oder er rannte wie von Furien gehetzt über eine der Inselstraßen. Er war wieselflink und bewegte sich nur im Laufschritt, wohin er auch ging. Meist stieß er dabei dieses unheimliche Heulen aus, mit dem er mich in jener Sturmnacht geschockt hatte. Dieses Heulen war sein Markenzeichen, seine persönliche Erkennungsmelodie.

Eines Tages im Oktober ging ich mit Billie zum Strand. Urplötzlich rannte er los, ließ sein höllisches Geheul hören und verschwand im Wald. Da ich inzwischen an seine Eigenarten gewöhnt war, setzte ich meinen Weg zum Wasser fort. Doch Billie ließ mein Inneres erneut zu Eis gefrieren, als sein Geheul plötzlich aus einem Baum genau über mir erscholl. Als er mich zusammenzucken sah, brach er in sein gesetzlich geschütztes Wahnsinnslachen aus. Mad Billie war schon ein verrücktes Haus!

Wegen Billie war ich heilfroh, aus der Schule ausziehen zu können. Doch eigentlich verdankte ich meine neue Unterkunft einer Tragödie.

Viola Buckner, eine Matriarchin der Insel und ein wichtiges Verbindungsglied zwischen Schwarzen und Weißen auf Yamacraw, verließ ihr Haus im Sommer wegen eines Krankenhausaufenthaltes. Sie kehrte nie wieder dorthin zurück. Als die Ärzte ihren Magen öffneten, stellten sie fest, daß sie total verkrebst war. Viola starb wenige Tage später.

Ihr Haus war ein solides Schindelgebäude inmitten einer Wildnis von Blumen, Weinreben und Sträuchern. Im Innern gab es eine zusammengewürfelte Fülle verschiedener Holzpaneele und ein buntes Wirrwarr von Dingen. Ich betrat ein Haus im Zuckerbäckerstil voller sich beißender Farben und Muster, kitschig und verrückt bis zum Geht-nicht-mehr. Doch es besaß etwas, das es zu einem Palast auf Yamacraw machte: es besaß eine glattgeflieste, glänzende Toilette, eine Einrichtung von unschätzbarem Wert. Eine Erfindung, welche die Erfindung des Rades noch in den Schatten stellt, wenn man ihre Notwendigkeit für die Bequemlichkeit und Zufriedenheit des Menschen bedenkt. Da ich eine Anzahl von Yamacraw-Aborten kennengelernt hatte, entzückte mich das Vorhandenseins dieser Toilette über alle Maßen. Der Gestank von menschlichem Kot und urindurchtränktem Holz hatte auf meinen Geruchssinn noch nie eine besonders angenehme Wirkung ausgeübt, und mein bürgerlicher Lebensstil hatte mich nicht darauf vorbereitet, ohne dezent duftendes Toilettenpapier auszukommen.

Dieses Klosett war ein ganz besonderes Stück. Viola benutzte wie alle schwarzen Bewohner der Insel ihr ganzes Leben lang das Plumpsklo hinter dem Haus. Doch Viola hatte Träume. Und so wurde das Klosett wenige Monate vor ihrem Tod installiert. Den Nachbarn erzählte sie, wenn sie es auch nur ein einziges Mal benutzen könne, hätte sich die teure Anschaffung für sie gelohnt. Ich starrte auf Violas Klosett und verneigte mich dankbar vor Viola und ihrem Traum.

Eine ungeübte Hand hatte das Badezimmer in einem wüsten Pink gestrichen. An einer Wand hing ein Kalender. Er warb für ein Abführmittel und für Frauenpillen, die »an den kritischen Tagen wirkliche Hilfe garantierten«.

Das Wohnzimmer war klein und vollgestellt mit dunkelbraunen massiven Möbelstücken. Ein Bild des Auferstandenen, umgeben von Engeln, nahm den Ehrenplatz über dem Ölofen ein. Zahlreiche gerahmte Fotos säumten die Wände. Fotos haben mich immer schon melancholisch gemacht. Hier, in Violas Haus, kam es mir wie ein Sakrileg vor, die alten Fotografien namenloser Schwarzer zu betrachten, die schon längst gestorben waren. Die faltigen Gesichter lächelnder Menschen, von der Kamera eingefangen in einem kurzen, flüchtigen Augenblick ihres Lebens, hatten etwas Überzeitliches in ihrer vergilbten Pracht.

Eines der Fotos zog meine besondere Aufmerksamkeit auf sich. Nicht nur wegen seiner Andersartigkeit, verglichen mit den übrigen Denkwürdigkeiten, sondern wegen seines geradezu quälenden Bezugs zu meinem Leben. Es zeigte eine Corsair, ein gedrungenes Kampfflugzeug, das seine Glanzzeit in den frühen Fünfzigern erlebte. Mein Vater, ein Berufssoldat, war damit oft über unser Haus hinweggeflogen, als ich noch ein Erstkläßler gewesen war. Wir waren auf den Hof hinausgelaufen und hatten mit klopfendem Herzen und staunenden Augen zu ihm hochgeschaut. In meiner Jugend, als Flugzeuge für mich die Symbole grenzenloser Macht und Freiheit darstellten und mein Vater für mich der Bändiger dieser großen schwarzen Vögel war, die er steuerte, wurde die Corsair zum Sinnbild der Vergangenheit. Als Junge schwärmte ich für das Marine Corps, seine Maschinen und seine Piloten. Ich baute Modellflugzeuge und träumte von dem Tag, an dem ich zum erstenmal selbst am Steuerknüppel einer schwarzen Corsair in den Himmel aufstieg. Doch die Sechziger mit ihren Unruhen, ihren sozialen Umbrüchen und dem unheilvollen Gegenwärtigsein des Krieges in Asien zerstörte meine Träume vom Fliegen und vom Soldatentum. Aus der Asche der Corsair erhob sich der leidenschaftliche Weltverbesserer.

Hier, an Violas Wohnzimmerwand, inmitten einer Welt bunt zusammengewürfelter Gegenstände, flog eine Corsair, der dunkle Schatten meiner Kindheit.

Warum die Corsair?

Ich würde es nie erfahren.

Mein Schlafzimmer glich einer engen Höhle. Bei geschlossenen Fensterläden und gelöschtem Licht konnte ich die Finger nicht vor den Augen sehen. Ich war bei mir selbst. Ich selbst war mein Zuhause. Meine Depressionen hatten nichts mit meiner Behausung zu tun – sondern mit mir.

Die Leute auf der Insel waren Fischer. Gute Fischer. Gut, weil sie gut sein mußten. Der Fluß war ihr Supermarkt, ihr Laden an der Ecke, ihr größter Garten. Bei meinen nachmittäglichen Wanderungen kam ich manchmal an einer schweigenden Gruppe von Männern und Frauen vorbei, die am Rand des Hafenbeckens saßen und eine Angel in der Hand hielten. Andere Männer fischten Krabben, indem sie eine abgehäutete Beutelratte als Köder benutzten. In einem Baum nahe beim Fluß hing das Skelett eines Fischadlers, der den Fischern im Sommer zuvor in die Quere gekommen war. Es mußte ein riesiger Vogel mit prachtvollem Gefieder gewesen sein, doch sein Skelett hing da wie eine Warnung für seine Artgenossen. Und mich erinnerte es daran, daß die Männer auf Yamacraw nicht nur wegen der Nahrung töteten, sondern auch aus reiner Lust am Töten.

Sie fischten im Rhythmus der Gezeiten. Sie lasen die Botschaft der Gezeiten so selbstverständlich wie ein Pendler sein Morgenblatt. Ich merkte dies schon bald, denn ab und zu ging ich runter zum Hafen, um ihnen beim Fischen zuzuschauen. Dabei passierte es mir oft genug, daß ich keinen einzigen von ihnen antraf. »Nicht die richtige Zeit«, erklärte man mir. Und wenn die Zeit nicht richtig war, ließ sich kein einziger Fisch sehen. Und wenn keine Fische da waren, waren auch keine Menschen da. Ich hockte dann allein an der Kaimauer, das Skelett des Fischadlers im Rücken, und starrte ins Wasser.

Ich versuchte die Zeichen der Gezeiten zu entziffern, um herauszufinden, wann die Fische kamen. Es gelang mir nicht. Nur eins wußte ich sicher: Die Leute und die Fische kamen immer zusammen, als ob eine höhere Macht sie rufen würde. Und es schien immer in den Zwischenzeiten zu sein, wenn die Wasserbewegung träge wurde und stillzustehen schien. Dann eilten alle herbei mit ihren Reusen und Angeln. Sie fischten zu Beginn oder am Schluß der Gezeiten, nie in der Mitte von Ebbe oder Flut. Und die Fische schienen sich an diese Regeln zu halten.

Bei meinen Spaziergängen traf ich viele der schwarzen Inselbewohner. Sie riefen mir Tausende von »Yassuhs« zu, was mir höchst unangenehm war. Aber ich nahm es in Kauf, weil ich bei dieser Gelegenheit einige der farbigsten Figuren der Insel kennenlernte.

Tante Ruth war eine davon. Sie war achtzig, in beneidenswert guter körperlicher Verfassung und besaß das Gesicht eines gefallenen Engels. Sie unterhielt sich für ihr Leben gern und liebte es, von ihrem Dasein auf der Insel zu reden.

»Ich leben sehr lange Zeit auf Yamacraw. Ich Hebamme hier. All die Kinder auf dieser Insel meine Kinder. Ich sie holen aus ihren Müttern. Ich sie sehen, wenn sie gerade geboren. Ich entbinden viele Kinder. Über hundert. All die Kinder, die Sie im Schulhaus unterrichten. Sie alle meine Kinder. Mein Mann gewesen der Leichenbestatter, bevor er sterben. Ich bringen die Menschen auf die Welt, er zurück unter Erd'.«

Sie erzählte von ihren Erinnerungen, die bis in die Zeit reichten, als die moderne Zivilisation die Insel noch nicht zerstört hatte. Sie erinnerte sich an das erste Auto auf Yamacraw und an das erste Flugzeug, das über die Insel hinweggeflogen war. Sie war eine Art historische Fundgrube, eine Bewahrerin der Inselüberlieferungen. In ihrem Haus stellte sie fuderweise Pflaumen- und Brombeerwein her und versorgte mich während des ganzen Jahres mit beidem.

Quick Fella war ein anderes Original. Ich sah ihn eines Tages, wie er auf dem Weg zur Kirche an der Schule vorbeihastete. Die Kinder entdeckten ihn im selben Moment und riefen: »O Gott, Quick Fella haben mal wieder eilig!« Tatsächlich bewegte er sich ungewöhnlich schnell. Seine Gangart glich einem modifizierten Kurzstreckenlauf. Er lief, als wäre er von Dämonen besessen. Es war eine sprunghafte, mechanische Art der Fortbewegung mit ruckartigem Kopfnicken und rudernden Armen. Seine Gestalt war dünn und schlaksig und sein Schritt würdevoll und ehrfurchtgebietend. Er verschwand zwischen den Bäumen, eine Erscheinung, ein flüchtiger Gedanke.

»Quick Fella nie langsam«, sagte Lincoln. »Rasen immer Straße runter.«

Ich begegnete Quick Fella eines Tages, während er fischte. Ich stellte mich vor und begann ein Gespräch. Ich erfuhr zwei Dinge über Quick Fella bei diesem ersten Gespräch. Er redete immer in einer geschwollenen Sprache, die mir irgendwie elisabethanisch vorkam, und jedem, der es wissen wollte oder nicht, gab er einen äußerst detaillierten Wetterbericht.

»Sehr schön, sehr schön. So erfreut, Ihre Bekanntschaft zu machen. So erfreut, Ihnen sagen zu können, daß die Kinder Sie für einen sehr feinen Gentleman halten. Yes, einen sehr feinen Gentleman. Sehr schön, sehr schön. So sehr erfreut, Ihre Bekanntschaft zu machen.« Er hatte immer schneller gesprochen. Zum Schluß geradezu beängstigend schnell. Wir unterhielten uns über die Schule, dann machte ich eine Bemerkung über die Gewitterwolken, die sich von Osten heranschoben. »Oh yes, ich glaube, es wird einen Sturm geben. Yes, yes. Die Temperatur liegen bei dreiundneunzig Grad Fahrenheit und leicht im Fallen begriffen. Die relative Luftfeuchtigkeit liegen bei siebenundachtzig Prozent und steigen noch weiter. Vereinzelte Gewitterschauer am späten Nachmittag. Wind aus dem Osten, Geschwindigkeit bei fünfzehn Meilen pro Stunde. Warnung für kleine Schiffe. Große Schiffe okay. Und machen Sie sich keine irgendwie gearteten Sorgen.«

Ich lauschte einem Quick-Fella-Sonderwetterbericht. Es war seine Interpretation des Wetterberichts, der über den Savannah-Sender gekommen war. Oft war er damit nicht einverstanden, dann änderte er die Nachrichten gemäß seinen eigenen Wetterstudien ab. Er war ein scharfer Beobachter der Wolkenformationen und Windrichtungen. Die Inselleute glaubten seinen Prognosen und ignorierten diejenigen aus dem Radio. Natürlich gewöhnen sich alle Menschen, die auf einer Insel leben, eine gewisse Fertigkeit in der Vorhersage des Wetters an. Aber Quick Fella hatte diese Fertigkeit zu einer wahren Kunst entwickelt.

Ein weiterer Inselbewohner, der mir einen Einblick in das Inselleben gewährte, war ein Muskelpaket namens Sam. Er sagte mir seinen Namen nicht. Ich hörte, daß andere Fischer ihn so anredeten. Sam war ein finster dreinblickender, schweigsamer Mann, der keinen Hehl daraus machte, daß er an einem Gespräch mit mir nicht interessiert war. Mit einem bösartigen Blick, der einen Fischhaken hätte zum Schmelzen bringen können, starrte er mich an. Warmherzigkeit war nicht gerade seine größte Tugend. Einer seiner Füße war verkrüppelt, er trug einen orthopädischen Schuh. Meist saß er mit einer Angel auf der Kaimauer und hatte die Beine übereinandergeschlagen, damit man die Deformation nicht sah. Ich versuchte mit ihm ins Gespräch zu kommen.

»Schon was gefangen heute?« fragte ich.

Er antwortete mir mit einem seiner Fischhakenblicke.

»Beißen heute nicht, die Fische, wie? Well, es gibt eben Tage, die sind gut, und andere, die sind schlecht.« Ich ließ meinen Weisheiten weiter freien Lauf. »Man braucht eben Geduld beim Fischen, nicht wahr? Ja, Sir, Geduld zahlt sich immer aus.«

Während dieses Monologs hatte Sam nicht aufgehört, mich anzustarren. Keine menschliche Regung war in seinem Gesicht erkennbar. Meine Annäherungsversuche bewirkten keine Reaktion bei ihm. Erfreut war er keinesfalls davon. Sein Blick blieb leer, verständnislos und feindselig.

»Well, war fein, mit Ihnen zu reden. Die Unterhaltung hat mich wirklich gefreut.« Ich ging wieder.

Die Kinder in der Schule erzählten mir von Sam. Als er noch ein Kind war, ließ seine Mutter ihn allein und ging zum Trinken in den Nightclub. Während sie fort war, kletterte Sam aus seinem Bettchen und blieb mit dem Fuß zwischen zwei Latten hängen. Der Fuß brach. Der kleine Junge schrie vor Angst und Qual, aber niemand kam, um ihn zu befreien. Es dauerte eine Ewigkeit, bis seine Mutter endlich heimkehrte. Sie dachte nicht daran, einen Arzt aufzusuchen, der Sams Fuß wieder richtete. Der Bruch heilte von selbst wieder zusammen, aber in einem grotesk gekrümmten Winkel. Die Kids sagten, daß Sam nur selten einmal lachte.

Doch einmal sah ich ihn lachen. Er besaß das schönste

Pferd auf der Insel – eine graziöse Stute mit einem feingeschnittenen Kopf und einem eleganten, schlankgebauten Rumpf. Ich sah, wie Sam auf diesem Pferd die Hauptstraße hinuntergaloppierte und dabei das Tier zu einer immer noch schnelleren Gangart antrieb. Er hatte sich tief über den Hals der Stute gebeugt, schrie anfeuernd und lächelte ein strahlendes Siegerlächeln. Das Pferd war schnell, und der Mann war von der Geschwindigkeit seines Tieres und vom Wind, der ihm über den Rücken strich, wie berauscht. Sam winkte mir zu, als er vorbeiritt. Ich schaute hinter ihm her, sah, wie Mann und Pferd kleiner wurden, und war glücklich, daß es für Menschen wie Sam Pferde auf der Welt gab. Wenn Sam auf seinem Pferd saß, wuchsen ihm, dem Krüppel, Flügel. Sams Pferd war sein zweiter gesunder Fuß. Es ließ ihn lächeln.

*

Obwohl ich auf Yamacraw lebte, lebte ich nicht auf Yamacraw. Meine Versuche, mit Leuten auf der Insel Freundschaft zu schließen, wurden zwar nicht zurückgewiesen, scheiterten jedoch immer irgendwie. Ich dachte unablässig an meine Freunde in Beaufort. Bewußt suchte ich nach einem Weg, mich aus einem Job und einer Situation zu befreien, mit denen ich nicht mehr zurechtkam. Die Einsamkeit begann mir auf die Nerven zu gehen. Ich bekam Angst vor mir selbst und meiner größenwahnsinnigen Idee, eine Art Brücke zu sein zwischen den Kindern von Yamacraw und der Welt außerhalb der Insel. Ich war enttäuscht, weil es mir innerhalb eines Monats nicht gelungen war, aus Analphabeten begeisterte Anhänger der großen Klassiker zu machen. Ich war es müde, Erfolge der Art zu erringen, daß Prophet das Alphabet gelernt hatte und Sidney seinen Namen buchstabieren konnte. Auch bedrückte mich der Gedanke, daß alles, was ich den Kindern beibrachte, wertlos war. Eine nutzlose Liebesmüh, die an der Lebensqualität meiner Schüler nicht das geringste ändern würde. Was konnte ich sie lehren, was ihnen mitgeben, das den Lauf der Dinge auf Yamacraw wesentlich verändern würde? Nichts. Keine noch so kleine gottverdammte Kleinigkeit konnte ich ändern. Jeder hier war ein Gefangener einer Welt, die bestimmt wurde von einem Fluß und von einem System, das ihm die Vernichtung garantierte in dem Augenblick, da er an der Brust seiner Mutter den ersten Schrei ausstieß.

Viele Freunde nahmen mich anfangs beiseite und erklärten mir, wie sehr sie mich um die Möglichkeit zur Einsamkeit, zur Reflexion und zur gedanklichen Produktivität beneideten. Fast jeder Mensch träumt von einem Ort, an den er sich zurückziehen kann, abseits vom Lärm der Motoren, vom Quietschen der Reifen und vom Verkehrsgewühl der Städte. Doch indem ich mich selbst nach Yamacraw verfrachtet hatte, verleugnete ich meinen natürlichen Hang zur Geselligkeit, mein elementares Bedürfnis nach guten Freunden. Ich liebe das Gespräch und entwickelte hier in dem schweigsamen Haus eine ungewohnte Ruhelosigkeit. Und ebenso erging es mir in den stummen Wäldern und an den menschenleeren Stränden. Ich war eine Insel auf einer Insel. Und etwas weit Entscheidenderes geschah und ergriff in diesem September lähmend von mir Besitz, lange bevor ich mich an den Zustand des Isoliertseins und an die Sinnlosigkeit meiner Aufgabe gewöhnt hatte. Während ich noch über die traumatischste Entscheidung nachgrübelte, die ich je in meinem Leben getroffen hatte, sah ich mich mit einer neuen, völlig fremden Gefühlsregung konfrontiert, die in meinem Einjahresplan überhaupt nicht vorgesehen war.

Am 18. September 1969 geschah es, daß ich mich – was nur Gott, mir und einer dritten Person bekannt war – unsterblich verliebte. Am 10. Oktober 1969 kam es zu einer weiteren Zusammenarbeit dieses Dreigestirns. Ich heiratete Barbara Bolling-Jones.

Barbara und ich waren im Jahr zuvor Nachbarn in einem hübschen Apartmenthaus in Beaufort gewesen. Das Haus lag an einer Biegung des Beaufort River und in der Nachbarschaft eines der ältesten Häuser der Stadt. Aus zahlreichen Fenstern bot es einen wundervollen Blick auf den Fluß mit seinen vielen Schiffen und Booten und machte die Fünfzig-Dollar-Miete, die ich zu zahlen hatte, zum Geschäft des Jahrhunderts. Die Gegend, in der es lag, nannte sich »The Point«. Sie bestand aus einer Anzahl prächtiger Häuser mit eleganten weißen Säulen, die an Träume erinnerten, die ein großer Krieg und der Wandel der Zeit zunichte gemacht hatten. The Point war ein echtes Überbleibsel des alten Süden mit Schaukelstühlen auf hohen Veranden, ehrwürdigen Achtzigjährigen und deren aristokratischen Nachkommen, die immer noch an dem Mythos festhielten, der bei Appomatox längst untergegangen war.

Ich liebte dieses Viertel aus vielen Gründen: wegen der Stille, seiner engen, schattigen Straßen, der Höflichkeit und Vornehmheit seiner Bewohner, der überwältigenden Gegenwart seiner Geschichte und wegen seines fast totalen Abgeschirmtseins gegen die Hektik und Hast der Welt. Auf geradezu exzentrische Weise mieden die Menschen hier die Berührung mit den Erzeugnissen des modernen Lebens, wie Plastik, Elektrizität, Neonlicht, Billigware, Industrie und Asphalt. Ein Besucher aus dem Norden sagte mir einmal, The Point sei ein Ort des Teufels, weil seine Bewohner voller Vorurteile gegen die Schwarzen seien. »Dann verschwinde!« antwortete ich und hörte nicht auf, ihm von meiner Liebe zu diesem Ort vorzuschwärmen. Ich hätte es nicht tun sollen.

Es war in einem großen gelben Haus auf dem Point, einem Haus mit wundervoll ausgeglichenen Proportionen, in dem ich meiner Erinnerung zufolge zum erstenmal so etwas wie ein Mitgefühl für die Situation der Schwarzen bekam. Ich war sechzehn und am Anfang meiner Niggerhaßperiode, als ich Gene Norris in seinem Apartment im zweiten Stock dieses gelben Hauses besuchte. Gene galt in Beaufort als der Unheilsprophet, der am meisten beargwöhnte Mann der Stadt, der die Liebe zu allen Menschen predigte – und dies zu einer Zeit, als ein solches Handeln Gefahr für Leib und Leben bedeutete. Er machte sich der fortgesetzten Gotteslästerung schuldig, indem er seine Schüler zur Lektüre der New York Times anstatt der Charleston News and Courier hielt. Ein unverbesserlicher Radikaler, machte er seine Schüler mit dem »Fänger im Roggen« bekannt, bevor die Stadt ihre Repressionskomitees gegen ihn mobilisieren konnte. Wie viele Studenten in Beaufort, verdankte auch ich Gene Noris sehr viel. Eines Abends in meinem vorletzten Studienjahr lud er mich und mehrere meiner Kommilitonen zu sich nach Hause zum Dinner ein. Wir zogen Gene wegen seiner Liebe zu den Niggern auf. Gene holte zu einer vernichtenden Antwort aus. Dann forderte er uns auf, eine Platte anzuhören, die er an diesem Tag gekauft hatte. Er spielte »We shall overcome«, von Pete Seeger. Ich erinnere mich an jenen Augenblick mit kristallener Klarheit und betrachte ihn als einen Wendepunkt in meinem Leben. Vor mir lag mein Inneres, und ich fand es so häßlich, daß mich der Ekel über mich selbst packte. Natürlich blieb ich noch über Jahre hinweg ein Niggerhasser, aber es war der Beginn einer Reise, einer Bekehrung. Sie begann in einem Vorkriegshaus auf dem Point.

Auf diese Weise galt The Point, obwohl er an vergangene Zeiten erinnerte, an Unterdrückung und Sklaverei, für mich nicht als Ort des Bösen und der Fortschrittsfeindlichkeit, sondern als Ort des Aufbruchs. Sobald ich mein Hochschulstudium auf der Zitadelle beendet hatte, machte ich mich daher im The-Point-Viertel auf Wohnungssuche – und nur dort. Hier wollte ich leben, und hier wollte ich sterben. Mit zweiundzwanzig hatte ich beschlossen, daß es auf der Welt nichts Besseres für mich geben konnte, als in einer Kleinstadt zu leben und dort alt zu werden. Der Ruf der Großstadt stieß bei mir auf taube Ohren.

Barbara wohnte mit mir Haus an Haus, aber unsere Wege kreuzten sich nicht. Ein einziges Mal half ich ihr beim Starten ihres Wagens an einem unfreundlichen Oktobermorgen, nachdem ihre Flüche zu mir ins Schlafzimmer drangen, wo ich mich gerade rasierte. Ich ging zu ihr nach unten und brachte den Motor zum Laufen. Sie entschuldigte sich überschwenglich, als ich ihr ein Kompliment über ihre spitze Zunge machte. Damit hatte es sich.

Das einzige, was mir an ihr auffiel, war der Ehering an ihrer linken Hand. Junggesellen achten unwillkürlich auf die linke Hand eines Mädchens, das sie nicht kennen. Ohne uns einander vorzustellen, trennten wir uns.

Einen Monat später wurde ich erneut auf sie aufmerksam. Ihr Ehemann, ein Marinepilot, war in Vietnam abgeschossen und getötet worden. Eine Woche danach erfuhr ich durch Beauforts bestens funktionierenden Nachrichtendienst, daß Barbara mit ihrem zweiten Kind schwanger war. Es ergaben sich dann einige Gelegenheiten, miteinander zu sprechen. Ich sah sie oft auf ihrem Hof, wenn ich zur Schule fuhr oder von dort zurückkehrte. Ich sah, wie das Kind in ihrem Leib wuchs, und versuchte, den Tag ihrer Niederkunft auszurechnen. Melissa wurde im April geboren.

Im Mai begegnete ich Barbara auf einer Party. Wir unterhielten uns. Nach der Party ging ich mit ihr ins Haus zu einem Drink. Anfänglich fühlte ich mich unbehaglich in ihrem Heim. Ihr Ehemann war in einem Krieg gefallen, den ich für unmoralisch und ungerechtfertigt hielt. Ich konnte den Schmerz um ihren Verlust nachvollziehen. Aber die Sache, für die er starb, konnte ich nicht dulden und erst recht nicht verteidigen. Mein Lehrerberuf hatte mich vor einer Einberufung bewahrt. Die Entscheidung, in einem schändlichen, verantwortungslosen Krieg mit der Waffe in der Hand gegen andere Menschen zu kämpfen, weil mein Land das von mir forderte, war mir erspart geblieben. Daher mied ich auch das Thema Krieg und Militär. Eine Woche später reiste sie zu einem Besuch ihrer Schwiegereltern nach Norwegen, wo sie den Sommer über blieb.

Daß ich Barbara liebte, erkannte ich einfach daran, daß ich plötzlich den Wunsch verspürte, mit ihr zusammenzusein. Als sie im August nach Beaufort zurückkehrte, holte ich sie ab. Die Vorstellung, die Rolle eines Vaters von zwei kleinen Kindern zu übernehmen, jagte mir Angst ein. Und die zusätzliche Belastung, in ein Haus zu ziehen, in dem der Schatten eines Mannes, den ich nie kennengelernt hatte, in jeder Ecke und jedem Winkel gegenwärtig zu sein schien, sah ich als legitimen Grund an, an der Schwelle zur Ehe zögernd zu verharren.

Außerdem waren wir so verschieden. Barbara interessierte sich keinen Deut um die gesellschaftlichen Probleme und politischen Tagesfragen, die für mich so wichtig waren. Ihr Hauptinteresse galt dem Glück der Familie und dem behaglichen Heim, das sie den Ihren schuf. Sie war ein Mensch der Ordnung, der Cocktails, die pünktlich vor dem Dinner gereicht wurden. Sie liebte sorgfältig gefaltete Servietten und brennende Kerzen. Ich dagegen war ein Chaot, ein Wirrkopf und Prolet. Sie stimmte für Nixon, während ich für die Wahl McCarthys betete. Aber wie groß auch die Unterschiede zwischen uns sein mochten, am 10. Oktober 1969 spielten sie keine Rolle.

In Anwesenheit einer kleinen Schar von Freunden heirateten wir in der St.-Helena-Kirche zu Beaufort. Bernie war da, knuffte mir in die Rippen und grinste wie der Teufel. Big George Garbade überragte die Gäste wie ein Turm. Und überall tuschelte man, daß ich jetzt wohl nicht anders könnte, als die gottverdammte Insel zu verlassen. Gene Norris war da, das klassische Abbild eines in Tweed gekleideten englischen Professors.

Yamacraw, das vermutlich im Glanz der Oktobersonne lag, schien geheimnisvoll weit und unerreichbar – ein Traum, der unter die Oberfläche meines Bewußtseins abgesunken war und nicht das geringste mehr mit mir zu tun hatte. Alle, die ich auf Yamacraw kannte, hatte ich zu meiner Hochzeit eingeladen: die Kinder, die Eltern, Mrs. Brown, die Stones. Alle versprachen mir zu kommen, doch wegen der Entfernung, wegen der Umstände und weil niemand von ihnen mich besonders gut kannte, ließ sich keine Menschenseele blicken.

Unsere Flitterwochen verlebten wir auf Yamacraw Island. Wir hatten unsere Gründe dafür. Die Niagarafälle, die Jungferninseln oder eines der anderen Mekkas für verliebte junge Brautpaare weckten keine Spur von Begeisterung in mir. Und weil Barbara Yamacraw noch nicht kannte und es wichtig war, daß sie die Probleme der Insel und ihre völlige Isolation vom Rest der Welt verstehen lernte, beschlossen wir, unseren Honigmond dort zu verbringen.

Zeke ließ das Boot ins Wasser, zog mich mit den uralten Witzen auf, die eigens für frischvermählte Ehemänner erfunden wurden, und schaute uns winkend nach, als wir in Richtung Bull Creek ablegten. Ich steuerte das Boot und machte Barbara mit den markanten Punkten und Sehenswürdigkeiten der Reise bekannt: das Fischadlernest in der Spitze des Hochleitungsmastes auf Savage Island, die riesige Sandbank, die bei Ebbe einen ganzen Abschnitt des schiffbaren Creeks auf Bull Island blokkierte, die Tausende von toten Austern auf den morastigen Flächen entlang der Küste. Eine Tümmlerflosse durchschnitt wie eine grüne Lanzenspitze das Wasser neben uns. Die Sonne ließ den geschmeidigen Körper immer wieder aufblitzen, während er leicht und mühelos dahinglitt. Ein großer blauer Reiher flog, aufgeschreckt durch unser Boot, lässig und mit majestätischen Flügelschlägen, zu einem anderen Ruheplatz. Das Boot war ein Eindringling.

Wir blieben zwei Tage. Meine vier Wände beeindruckten Barbara nicht sonderlich. Doch das Wetter spielte mit, und sogar die Angriffe der Moskitos schienen an Heftigkeit verloren zu haben. Wir durchwanderten die Insel und genossen das Alleinsein. Barbara zog sich die Zecken aus dem Körper und nahm mit spartanischer Entschlossenheit Kaltwasserbäder. Wir hatten ihre Übersiedlung auf die Insel nie in Erwägung gezogen. Sie hatte nicht den Wunsch, ihre Kinder an einen Ort zu verpflanzen, an dem es weder einen Arzt noch ein Telefon gab. Ich würde auf der Insel bleiben und an den Wochenenden und an den Werktagen, an denen es sich machen ließ, nach Hause kommen. Das war der Plan, nach dem unser erstes Ehejahr ablaufen sollte. Barbara blieb in Beaufort, ich wohnte auf Yamacraw.

Nicht jeder wäre mit dieser Regelung einverstanden gewesen. Aber ich war jung und so unvergleichlich naiv, was unsere Verbindung betraf, daß ich in einer solchen Regelung keine ungebührliche Härte sah. Barbara hatte ein ganzes Jahr ohne Ehemann gelebt, und ein abwesender Ehemann schien ungleich besser zu sein als überhaupt kein Ehemann. Ich dachte nicht daran, meinen Job auf der Insel draufzugeben, und sie würde mit ihren Kindern unter keinen Umständen in diese Wildnis ziehen. Zurückblickend erstaunt es mich immer noch, daß keiner von uns dem anderen den Laufpaß gab und von ihm verlangte, das Ganze einfach zu vergessen.

Jedenfalls war es ein schöner Honigmond. Ich kehrte mit meiner jungen Frau nach Beaufort zurück. Das Haus, das wir gemietet hatten, besaß etwas von einem Hamburger-Restaurant: hoher Zaun, Panoramafenster, PKW-Unterstellplatz und all die anderen fragwürdigen Vorzüge eines Stadtrandbezirks. Ich haßte das Haus und die ganze Umgebung, in der es stand. The Point hatte uns ausgestoßen. Kein Haus war frei gewesen, weder zur Vermietung noch zum Kauf. Also waren wir gezwungen gewesen, uns unter die neugebackenen Hausbesitzer zu mischen, die einen Kombiwagen fuhren und Bridge spielten.

Die Woche hindurch lebte ich auf einer entlegenen Insel und am Wochenende in unmittelbarer Nachbarschaft von George Babbitt.

Nach dem 10. Oktober war ich nicht glücklich auf der Insel. Die Trennung von Barbara verstärkte mein Gefühl der Einsamkeit nur noch mehr. Ich wurde gereizt und ungeduldig im Umgang mit den Kindern in der Schule. Mrs. Brown und ihre Zurechtweisungen kamen mir weniger amüsant vor. Ted Stone begann mir auf die Nerven zu gehen. Ich vermißte Barbara und hatte den Wunsch, mit ihr zusammenzusein. Ich konnte natürlich nicht fort von Yamacraw, doch ich wollte es. Ich fühlte mich auch irgendwie schuldig gegenüber der zweijährigen Jessica, für die ich nun eine Verantwortung übernommen hatte. Was sie betraf, so war ich für sie einfach nur »Dieser Mann, Mommy!«. Daß ich Vaterstelle an ihr übernommen hatte, begriff sie noch nicht. Aber Jessica brauchte einen Vater, keinen Wochenendbesucher.

All diese Dinge nagten Mitte Oktober an mir. Ich war Vater und Lehrer, doch ich konnte mich keiner dieser beiden Aufgaben ganz widmen. Es dauerte bis Dezember, als ich mich entschloß, ein Pendler zu werden, der täglich zwischen Heim und Arbeitsplatz hin und her fuhr.

5

Bei einer Forschungsexpedition in das Innere des riesigen Wandschranks, in dem das Treibgut lagerte, das im Laufe der Zeit ins Klassenzimmer gespült worden war, entdeckte ich einen brandneuen automatischen Filmprojektor. Als ich Mrs. Brown danach fragte, erwiderte sie mir, das Ausleihen von Filmen auf die Insel habe sich als höchst schwierig herausgestellt. Es habe Ärger damit gegeben, mehr als die ganze Sache wert sei. Aus diesem Grund stehe der Projektor im Schrank. Er sei kaum benutzt worden. Weitere Durchsuchungen brachten ein SRA-Lesegerät und einen funkelnagelneuen Plattenspieler ans Licht, die allerdings in den Regalen des Wandschranks eine dicke Staubschicht angesetzt hatten.

Ich war begeistert. Schließlich bin ich ein bedingungsloser Anhänger des audiovisuellen Zeitalters. Der Projektor war eine Goldader. Von diesem Tag an sorgte ich dafür, daß der Schulraum mit Filmen aller Art ausgerüstet war. Wenigstens einmal im Monat plünderte ich das Filmarchiv des County. Da es tatsächlich schwierig war, die Filme problemlos auf die Insel und von dort wieder zurückzubringen, hatte ich die Erlaubnis, so viele Filme mitzunehmen, wie ich wollte, und sie wieder abzuliefern, wann ich wollte. Dies war zwar verboten, doch die Dame bei der Filmausgabe erwies sich als sehr flexibel.

Die Filme ließen sich in drei Gruppen einteilen: langweilige Filme, die ein bestimmtes Wissen vermittelten, das ich der Klasse nicht vorenthalten zu dürfen glaubte, interessante Filme, die sich eher zufällig unter den langweiligen befanden, und lustige Filme, deren einziges Ziel es war, zu unterhalten. Die Klasse mochte Filmvorführungen – mehr als jede andere Unterrichtsform. Und sie bestand darauf, daß ich ihr täglich mindestens einen Film zeigte. Und wenn ein Film den Kindern besonders gefiel, ließen sie nicht locker, bis sie ihn ein zweites Mal gesehen hatten. Ich unterwarf mich dem Willen der Mehrheit. Ein Streifen über das Calgari Rodeo erlebte drei Vorführungen. Bei der dritten erschien Mrs. Browns Gorgonenhaupt im Fenster. Sie winkte mich nach draußen, um mir wieder einmal deutlich die Leviten zu lesen.

»Jede Sekunde der Unterrichtszeit ist kostbar, Mister Conroy«, begann sie. »Und wir können es uns nicht leisten, wertvolle Schulstunden mit Filmvorführungen zu vergeuden. Den Kindern fehlt Grundlagenwissen. Grundlagenwissen, das ist alles, was sie brauchen.«

»Ja, Ma'am«, sagte ich.

Mehrmals während des Jahres versuchte Mrs. Brown das Filmprogramm zu sabotieren. Beharrlich warf sie mir vor, ich verschwende kostbare Zeit mit nutzlosen Dingen, anstatt die Klasse mit dem guten, alten, in Fett gebackenen und in Rührteig gehüllten Grundwissen zu füttern.

Manche Kinder sahen Filme mit einer Inbrunst, als würden sie ein Sakrament empfangen – verzaubert und wie in Ekstase.

Fred rutschte die ganze Zeit über auf seinem Platz hin und her, aber Fred würde selbst im Sarg noch herumzappeln. Lincoln redete während des Films, aber ein Großteil seines Geplappers war an die Darsteller auf der Leinwand gerichtet.

Einmal geschah es sogar, daß ein Film einen Begeisterungssturm der ganzen Klasse auslöste und achtzehn Kinder die Enge des Schulzimmers, die eisernen Regeln der Disziplin und die stirnrunzelnde Mrs. Brown im Zimmer nebenan vergaßen und aufsprangen, um sich in einem Anfall von Gruppenhysterie und in dem Wunsch nach Identifikation mit den Schauspielern dem Rausch des Tanzens hinzugeben.

Ich begann mit Walter Crondike. Walter mit seiner Stimme, in welcher der Ernst des Jüngsten Gerichts mitzuschwingen schien, kam per Film zu einem kurzen Besuch nach Yamacraw. In der Filmothek fielen mir »Die Hexenprozesse von Salem« in die Hände, ein Stück des alten »You-Are-There-Programms«, in dem Crondike den Erzähler gemacht hatte. Der Film entführte mich in eine Welt der Nostalgie und gefühlsseligen Erinnerungen. Ich kann nicht sagen, wie oft ich mir als Kind dieses Programm angeschaut habe. Als ich plötzlich das glatte, faltenlose Gesicht und die unwahrscheinliche Magerkeit des jungen Walter vor mir sah, hatte ich das Gefühl, einen guten alten Freund meiner Kindheit zu begrüßen. Ich versuchte den Kindern zu erklären, welche Rolle Walter Crondike damals für mich gespielt hatte, als ich vor dem Fernseher saß und meine Lieblingssendung über den Bildschirm flimmerte. Sie schienen mich zu verstehen.

Die Kinder mochten den Streifen und waren gepackt.

Die angeblichen Hexen beteuerten ihre Unschuld vor einem unbarmherzigen, gnadenlosen Richter. Ihre Ankläger stöhnten und kreischten in übertriebener Entrüstung. Soldaten zerrten die Menschen ungerührt zum Galgen. Die Kids wurden immer aufgeregter. »Hängt den Richter!« schrien sie. Das Übernatürliche übte eine seltsame Faszination auf sie aus. Immer wieder diskutierten sie das Thema, und irgendwie glaubten sie an die Existenz von Hexen, Zauberern, Geistern und Teufeln.

Nachher zog ich aus dem Film einige moralische Nutzanwendungen, um mit den Kindern über die Natur der Gerechtigkeit und andere derartige Dinge zu diskutieren. Sie waren auf diesem Gebiet völlig unbedarft, aber das Thema Hexen interessierte sie, wie ich bald feststellte.

Ethel meldete sich als erste.

»Ich kennen zwei Hexen in Savannah. Sie schlecht.«

»Verdammt wahr – sie schlecht«, sagte Fred zu Big C, ohne zu wissen, daß ich es gehört hatte.

»Sie nicht so schlecht wie die Hexe in Bluffton«, ergänzte Cindy Lou.

»Schlechteste Hexe in der Welt leben hier auf Yamacraw«, erklärte Frank.

»Wer von euch hat schon einmal eine Hexe gesehen?« fragte ich.

Alle Arme flogen hoch. Verdammt wahr, sie hatten Hexen gesehen.

Big C verzog sein Gesicht zu einem Fragezeichen. »Iss wahr, wenn du Hexe mit Wasser besprengen, sie verschwinden?«

Plötzlich fuhren alle Köpfe zu mir herum. Nur die Schweine, die grunzend den Schulhof umpflügten, störten die Stille, die diese eine Frage hervorgerufen hatte. Und es war etwas an der Frage selbst, etwas Uraltes, etwas, das Vergangenes weckte und Verborgenes aufspürte: die vergessene Mythologie meiner eigenen Kindheit. In mir erwachte etwas, als ich an die Regenhexe dachte. Ich spürte, daß in meinem Unterbewußtsein ein Gefühl aufstieg, das wie eine Luftblase an die Wasseroberfläche drängte. Dann hatte ich es.

»Big C, du hast den ›Zauberer von Oz‹ gesehen!«

Achtzehn Stimmen brachen in Jubel aus über den greisen Magier von Oz. Cindy Lou begann mit einer spontanen Interpretation von »Over the Rainbow«. Andere verwandelten sich in angstschlotternde Löwen. Richard sprang auf und wanderte umher wie eine Vogelscheuche, die an ihrer Stange hängt und sich im Wind bewegt. Jeder in der Klasse kannte den Filmklassiker. Jeder hatte sich ihn voller Inbrunst angeschaut, sooft er im Fernsehen gezeigt worden war, und hatte den unheimlichen Mächten, die in jenem von Geistern und Gnomen bewohnten Land hinter dem Regenbogen lebten, in seiner Phantasie neue Gestalten hinzugefügt. Und wenn die Kinder von Yamacraw Oz kannten, stand es für mich so fest wie das Amen in der Kirche, daß eine ganze Menge anderer Kinder in Amerika es ebenfalls kannten.

Seit meiner Ankunft auf der Insel hatte ich nicht aufgehört, ein Klagelied gegen das Fernsehen zu singen. Meine akademische Ignoranz über Menschen, Ereignisse und die Welt war die eigentliche Triebfeder dazu gewesen. Jetzt, in einem einzigen Augenblick, sah ich mich gezwungen, meine pauschale Verurteilung des Fernsehens zu revidieren. Es hatte nicht total, sondern nur teilweise versagt. Jedes Kind in diesem Klassenzimmer kannte die Legende von Oz in- und auswendig, die Bedeutung der gelben Backsteinstraße, das fleischgewordene Böse der Hexe von Westen und die unübertroffene Heuchelei und Scheinheiligkeit des großen Zauberers selbst. Oz, so schien es, hatte Eingang gefunden in das Bewußtsein der amerikanischen Kinder – nicht nur einiger weniger, sondern fast aller Kinder, gleich wo und wie sie lebten. Yamacraw war für mich ein Prüfstein. Wenn die Yamacraw-Kinder etwas wußten, dann konnte man sicher sein, daß die Mehrzahl der amerikanischen Kinder davon erreicht worden war. »Der Zauberer von Oz« war mit Hilfe des Mediums Fernsehen Teil der amerikanischen Mythologie geworden und besaß für die Kinder Amerikas die gleiche Bedeutung wie die Legenden Homers für die Kinder Athens.

So wirkte Big C's Frage als Initialzündung zu einem großartigen und denkwürdigen Nachmittag, zu einer jener seltenen Stunden, die der Zufall gebiert, die niemand planen kann, spontan und glückvoll, die Lehrer und Schulraum überflüssig machen und die mich glauben lassen, daß Erziehung etwas Lebendiges und Hilfreiches ist und kein verkümmerter Traum, der künstlicher Konservierungsstoffe bedarf.

Oz beherrschte den Rest des Tages. Fred brachte eine leidenschaftliche Diskussion über die Frage in Gang, ob es tatsächlich möglich sei, eine Hexe durch Besprengen von Wasser zum Verschwinden zu bringen. Prophet hielt es für Scheiße. Er sagte es Fred deutlich. Fred erklärte, er werde Prophet in den Arsch treten, wenn dieser weiter behauptete, seine Auffassung sei Scheiße. Mary murmelte hinter vorgehaltener Hand etwas von Feuer, das besser sei als Wasser. Und Saul meinte, es gäbe einfach noch keine absolut zuverlässige Methode, eine Hexe zu töten.

Cindy Lous Stimme übertönte den Aufruhr. Sie bot sich an, die anderen mit ihrer Version von König Jakobs Story bekannt zu machen.

»Okay«, sagte ich.

»Da leben doch dieses kleine Mädchen, das Gewittersturm fortgeblasen«, begann sie.

»Nein, so nich gewesen!« widersprach Jimmy ihr.

»Wie denn, du altes Rabenaas?« giftete Cindy Lou.

»Es gewesen kein Gewittersturm, Schwester!«

»Verdammt, natürlich es gewesen 'n Gewittersturm!«

»Nein, Mädchen, es gewesen 'n Tor-na-do!«

»Yeah«, stimmte die Klasse zu. »Es gewesen 'n Tornado!«

»Iss das gleiche!« schrie Cindy Lou.

»Nein, Mädchen, Tornado reißen dir Kopp ab!« verbesserte Mary sie.

»Erzählen du die Story, Mädchen?« fragte Cindy drohend.

»Nein.«

»Dann halten Maul.«

»Das Farmergirl werden vom Wind fortgeblasen, und eine schlechte Hexe lassen das Haus, in dem es drin, einstürzen, so daß es sterben. Dann gehen das Girl und sein kleiner Hund die gelbe Backsteinstraße runter, bis sie den feigen Löwen treffen, der immer so tun, als wenn er furchtbar mutig.«

»Nein«, erscholl ein vielstimmiger Chor.

»Was nein?« fragte Cindy Lou.

»Das Girl treffen kein Löwen nich«, sagte Samuel in einem seiner ersten Wortbeiträge des Jahres.

»'türlich treffen sie 'nen Löwen.«

»Nein, Mädchen, erst treffen 'ne Vogelscheuche. Du kein Hirn nich?«

»Yeah, Vogelscheuche zuerst«, stimmte die Klasse zu und fungierte als Chor in diesem Stegreifdrama.

»Dann erzählen du die Story, Doofkopp.«

»Nennen mich Doofkopp, und ich schlagen dir Schädel ein«, schrie Samuel erbost und ballte die Fäuste.

»Nennen Samuel nich Doofkopp, Cindy Lou!«

»Er wohl doof!«

»Yeah, er doof«, stimmte der Chor zu.

»Nein!« sagte ich.

»Ich schlagen allen Schädel ein«, warnte Samuel die ganze Klasse.

»Du doof!« sang die Klasse.

»Erst die Vogelscheuche«, rief Richard. »Lassen mich Story erzählen!«

»O Junge, Richard, du loslegen!«

So erzählte Richard seine Version von Oz. Dann folgte Oscar, dann Frank, dann Mary, dann Sidney. Jeder fügte seine eigene Interpretation hinzu. Und keiner hatte auch nur die kleinste Hemmung, Szenen aus dem »Zauberer von Oz« mit Szenen aus anderen Fernsehfilmen oder -stücken zu kombinieren. Sidney verirrte sich in eine Bonanza-Folge und ließ Hoss Cartwright gegen die Hexen des kardinalsroten Sehers kämpfen. Eine Aussage Oscars machte Oz und Disneyland zu Nachbarstaaten. Richard verwechselte Captain Känguruh mit dem Zauberer und Mr. Greenjeans mit der Vogelscheuche.

Ethel, eine Puristin in der Gruppe, griff zum Mikrophon und begann mit klarer, aber monotoner Stimme ein endloses Heldenlied vorzutragen, bis die Klasse merkte, daß sie sich die Geschichte aus den Fingern sog. Sie war eben so richtig im Zuge, als Top Cat aufsprang und den neuesten Song anstimmte, der gerade von Swing-man James Brown erschienen war. Er zuckte vorwärts und zurück, ließ die Hüften rotieren und machte schlingernde Tanzschritte, die er den »New Jive«, den neuen Swingstep nannte. Und die Kids klatschten in die Hände und stampften rhythmisch mit den Füßen, bis das gewaltige Haupt von Mrs. Brown im Fenster erschien. Sie rollte die Augen, wie die Römer es getan haben mochten, wenn sie den Daumen nach unten richteten, um einen Gladiator den Löwen zum Fraß vorzuwerfen. Doch obwohl die Kids erstarrten und die eingedrillte Pose der Musterschüler annahmen, tanzte Top Cat weiter, ein wie eingekerbt wirkendes Grinsen auf seinem Gesicht, die Augen vor Entzücken verdreht, als sähe er die Muse leibhaftig vor sich, die in seinem Inneren wohnte.

Als Top Cat erschöpft auf seiner Bank niedersank, setzte Prophet von der unbekannten Zunge den unterbrochenen Oz-Marathon fort. Es war ein unübersetzbares Gemisch aus Grunzlauten und Wortfetzen, interpunktiert nur von Prophets wundervoll übertriebenem Lächeln.

Als der Nachmittag vorüber war, der Bus auf dem Schulhof hielt und die Kinder die Klasse hintereinander verlassen hatten, befand sich auf meinem Tonbandgerät die Geschichte von Oz, wie sie noch nie erzählt worden war. Ein neues Oz war entstanden, ein Land, das nie von Judy Garland betreten worden war, ein Land, das an einem Dezembernachmittag geschaffen wurde von Kindern, die auf einer Insel wohnten, die von einem Fluß beherrscht wird – und vielleicht von einem anderen Zauberer, der womöglich noch glaubwürdiger ist als der Zauberer des Filmmusicals.

*

Die beiden ersten California Boys trafen Anfang Oktober auf der Insel ein. Sie waren Teil eines ungewöhnlichen College-Programms, das vom Cowell College, einer Fakultät der Universität von Kalifornien in Santa Cruz, veranstaltet wurde. Das Programm sollte ein ganzes Jahr dauern. Herman Blake, ein schwarzer Professor am College, der auf einer Insel geboren worden war, galt als treibende Kraft des Ganzen. Er hatte das Programm ins Leben gerufen, führte es durch und sorgte dafür, daß es auch am heftigen Widerspruch des Inselgewaltigen, Ted Stone, nicht scheiterte.

Stone erzählte mir von Blake, von den California Boys und ihrem Programm. »Alle sind Kommunisten, die in Havannah ausgebildet wurden. Wenn noch mehr von ihnen nach Yamacraw kommen, wird's Ärger geben. Einer ist schon nach Kalifornien zurückgefahren und hat eine Niggerin geheiratet. Ein anderer, Zach Sklar, ist ein russischer Jude.« Stone sah in dem Programm eine heimtückische Bedrohung seiner Herrschaft über die Inselbewohner und eine schleichende Einmischung in die Inselpolitik.

»Was genau haben sie denn vor, Mister Stone?« fragte ich ihn. »Können Sie mir das sagen?«

Er antwortete: »Sieht nicht so aus, als würden sie nichts tun.«

Es schien unwahrscheinlich, daß zwei kalifornische Studenten eine Reise von dreitausend Meilen unternahmen, um auf einer vom Festland fast völlig abgeschnittenen Insel unter Schwarzen zu leben und auf diese Weise ihr soziologisches Praktikum zu absolvieren. Wie dem auch sei, ich begegnete Jim Ford und Joe Sanfort in der ersten Oktoberwoche. Mit allen sechs, mit denen ich ein Jahr lang zusammenarbeitete, gab es anfangs eine Menge Schwierigkeiten. Eine Ursache dafür war meine Herkunft. Ich war ein weißer Südstaatler. Absolvent eines weißen Militär-College, langjähriger Einwohner von Beaufort und der erste weiße Lehrer, der mit dem Cowell-College-Programm in Berührung kam. Während der Ausbildungssemester, die der Reise nach Yamacraw vorausgingen, konzentrierte sich Blake darauf, seine »Missionare« mit der Mentalität der ländlichen Schwarzen vertraut zu machen. Aber er bereitete sie nicht auf den Umgang mit Weißen aus den Südstaaten vor. In ihrer vereinfachenden Vorstellung existierten sämtliche Südstaatenweißen als unverbesserliche Rassisten, die gern Hafergrütze aßen, nach Magnolien rochen und Schwarze lynchten.

Blake hatte ihnen geraten, die Stones mit überschwenglicher Freundlichkeit und viel Diplomatie zu behandeln. Ganz allgemein waren sie, bevor sie die schützenden Mauern ihres Campus verließen, angewiesen worden, sich mit niemandem anzulegen. Weder mit Weißen noch mit Schwarzen. Das Programm hatte absoluten Vorrang, es durfte durch nichts gefährdet werden.

So kam es, daß Jim und Joe mir mit äußerster Zurückhaltung begegneten, um mir und meinem weißen Überlegenheitsgefühl in keiner Weise zu nahe zu treten. Sie waren so vorsichtig in ihren Äußerungen, daß sie im Grunde gar nichts sagten. Gleichzeitig waren sie die ersten Studenten eines nicht den besten Ruf besitzenden kalifornischen College, die ich kennenlernte. Und ich bin sicher, ich war der erste Mensch, dem sie begegneten, der in seinen College-Tagen sogar beim Aufsuchen des Aborts eine Uniform trug. Am Anfang war es ein Aufeinandertreffen von Gegensätzen zweier völlig unterschiedlicher Welten. Später verlor sich unser gegenseitiges Mißtrauen, und wir wurden gute Freunde. Sie machten mich bekannt mit jenem Land der Sierras und Wellenreiter, das so fremd und vielseitig ist wie Yamacraw selbst: Kalifornien.

Jim und Joe erklärten mir das Programm an einem Abend kurz nach meiner Heirat, als wir Bier tranken und im Schein der frühen Dämmerung die Moskitos totschlugen.

In jedem Quartal wählte Blake zwei Leute für das Yamacraw-Island-Projekt aus. Die beiden verbrachten drei Monate unter den Bewohnern der Insel, sprachen mit ihnen, halfen ihnen und versuchten die Atmosphäre und die Kultur der Insel in sich aufzunehmen. Eines der wichtigsten Ziele des Programms war die Arbeit in der Schule zur Unterstützung der Lehrpersonen. An diesem Punkt erwies sich Mrs. Brown als das Haupthindernis. Jim und Joe starteten ein tägliches Erholungsprogramm während der Pausen. Praktisch hieß das, sie standen inmitten eines Gewühls von sich balgenden, schreienden und wild durcheinanderrennenden Kindern, die sich einem undefinierbaren Spiel hingaben, das einmal als Football auf der Insel eingeführt worden war, inzwischen jedoch nicht einmal mehr im entferntesten etwas damit zu tun hatte.

Jim war ein Ordnungsfanatiker. Trotz seiner langen Haare und buschigen Schnauzbarts war er erst glücklich, wenn sich auf dem Spielfeld ein Footballspiel mit der Präzision einer Militärparade entfaltete. Für Jim Ford war ein Erholungsprogramm – oder besser: sein Erholungsprogramm – etwas Heiliges. Wenn es nach ihm gegangen wäre, würde sein Programm auf Yamacraw maßgebend und richtungweisend für alle Inseln in Amerika geworden sein. Wenn ich ihn beobachtete, wie er inmitten einer Staubwolke von Kindern stand, die auf den Ball oder auch aufeinander eintraten, wie er in die Hände klatschte und vergeblich seine Befehle schrie, lauter und immer lauter, konnte ich nur lächeln und Gott danken, daß ich meine Grenzen kannte. Ich wußte, Jim war ehrgeizig. Er strebte eine Leistung an, auf die er stolz sein konnte, wenn er nach Kalifornien zurückkehrte. Und irgendwie tat er mir leid, wenn ich ihm zuschaute, wie er allein am Rand des Schulhofs vor den dunklen Eichbäumen stand, ein Mann auf verlorenem Posten, der verzweifelt mit den Armen durch die Luft ruderte und um Ruhe bat, um Aufmerksamkeit, um irgend etwas, das ihm das Gefühl gab, eine Situation unter Kontrolle zu haben, die nicht unter Kontrolle zu bringen war.

Joe, sein Kommilitone, dagegen hielt nichts von Organisation, von vorzeigbaren Leistungen oder ähnlichem

»Humbug«. Joes Zynismus imponierte mir mächtig. Er saß allein auf dem Schaukelbrett und ärgerte sich darüber, daß ein Schwarzer zwei blauäugige weiße Boys, die nur idealistischen Scheiß im Kopf hatten, auf eine Insel schickte, die sie so notwendig brauchte wie zwei Rolltreppen. Ab und zu meldete sich in Joe das schlechte Gewissen, und er fühlte sich veranlaßt zu dem Versuch, ein Softball-Spiel zu organisieren. Doch bald schon mußte er sich das Scheitern dieser Bemühungen eingestehen, und er kehrte frustriert zu seiner Schaukel zurück. Dort verfiel er in erneutes Nachdenken über den Irrsinn eines Freizeitprogramms auf Yamacraw.

Natürlich beobachtete Mrs. Brown das Spektakel nur kopfschüttelnd und mit äußerster Mißbilligung. Keine Organisation das Ganze, keine Ahnung von den Verhältnissen auf der Insel, kein Einfühlungsvermögen in die Situation der Kinder! Sobald sie ihrer Mißbilligung Luft machte, eilte Jim zu ihr hin. Beide steckten die Köpfe zusammen, palaverten voller Ernst miteinander, und schließlich kehrte Jim auf das Spielfeld zurück, klatschte in die Hände und versuchte sich lauthals Gehör zu verschaffen. Dann starrte er hoffnungslos in das immer wilder werdende Gedränge der Kinder, zuckte resigniert die Schultern, und alles begann wieder von vorne.

Gott im Himmel, taten mir die beiden leid. Schließlich beschloß ich, den Kids die Feinheiten des Football beizubringen. Sie hatten wirklich keinen blassen Schimmer davon. Wußten nicht, was ein Paß war, konnten einen Ball weder kicken noch stoppen, und sich in einer Linie aufzustellen gelang ihnen nicht einmal andeutungsweise. Ihre Auffassung von Football war der nackte, entfesselte

Wahnsinn. Wer auch immer zu irgendeiner Zeit im Ballbesitz war, wurde im nächsten Augenblick von sämtlichen anderen Spielern auf dem Spielfeld umgebracht. Hier und da kam es einmal zum Zusammenspiel von Top Cat und Oscar, den beiden größten Jungen der Schule. Dies war dann für die anderen das Signal, sich auf sie zu stürzen und sie zu Boden zu ziehen – ein Versuch, der meistens fehlschlug. Noch nie hatte ich eine solche Wildheit auf dem Spielfeld gesehen. Sam und Sidney, dürr und mickrig wie sie waren, warfen sich mit Todesverachtung zwischen Top Cats stampfende Beine. Top Cat wälzte sich über sie hinweg wie ein Schützenpanzer, um im nächsten Moment mit Richards siebzig Pfund zusammenzuprallen, der mit dem Kopf genau in seinen Magen hechtete. Alle fauchten, schrien und fluchten entsprechend. Wenn jemand stürzte, fielen alle über ihn her wie über eine Beute. Fäuste hämmerten auf Köpfe, Füße trafen Beine, Arme und Hinterteile. Ich habe nie in meinem Leben etwas so Grausames, Gefährliches und Sinnloses gesehen wie ein Footballspiel auf dem Schulhof von Yamacraw.

Also beschloß ich, ihnen Regeln der Fairneß und sportliches Verhalten beizubringen. Ich erklärte ihnen, was ein Huddle ist, welche Haltung man zum Stoppen des Balles einnimmt, wie man einen Drehstoß ausführt. Ich sprach über Spieltechnik und die Kunst des Stiffarms, mit dem man einen Gegner zur Seite stößt. Ich brauchte dazu zwei ganze Pausen. Nachdem ich überzeugt war, ihnen genügend Theorie vermittelt und ihnen die Grundzüge des Football erläutert zu haben, warf ich Lincoln den Ball zu und forderte ihn auf, einen Abstoß zu machen. Im nächsten Augenblick lag er begraben unter einer Lawine tretender, strampelnder, beißender und kreischender kleiner Teufel.

Dies war einer meiner letzten Versuche, auf der Insel die altehrwürdige und althergebrachte Form des amerikanischen Football zu vermitteln.

Jim und Joe hatten es nicht leicht auf der Insel. Sie waren dort, um den Leuten gefällig zu sein. Wenn irgendwo ein Zaun zu errichten, ein Abort zu bauen, eine Besorgung zu machen war oder es juckte irgend jemanden irgendwo – die Inselbewohner wußten, an wen sie sich wenden konnten. Dann waren die California Boys dran. Es brauchte nicht lange, bis die gewitzten Insulaner begriffen hatten, daß ihnen da quer über den Kontinent eine wundersame Arbeitskraft erwuchs, von der sie nach besten Kräften Gebrauch machen sollten. So war es bald ein vertrautes Bild, gesunde schwarze Männer bei einem Glas Scotch im Schatten sitzen zu sehen, die Jim und Joe dabei zuschauten, wie sie in der glühenden Sonne Bretter zurechtschnitten, die für den Bau eines neuen Aborts gedacht waren. Ich versuchte mich in die beiden hineinzuversetzen und wußte, daß sie hier auf Yamacraw ihren glühenden Liberalismus einer Schwertprobe unterzogen. Joe und Jim, typische Vertreter der weißen amerikanischen Mittelklasse, wagten sich in die Sümpfe und Dikkichte von Carolina und zeigten dort den Schwarzen, daß sie sogar die Kunst des Scheißhausbaus beherrschten.

Liebe Mom, Sallie May Toomer scheißt nun elegant und stilvoll, und deshalb ist mein Einsatz hier nicht vergebens gewesen.

Eines Tages fragte ich Mrs. Brown, ob die California

Boys nicht einmal in die Schule kommen könnten, um dort mit einigen Kinder das Lesen zu üben. Mir erschien es nur zu selbstverständlich, daß zwei Hochschulabsolventen hervorragend dafür geeignet waren, im Unterricht mitzuhelfen. Nicht, daß ich ihre praktischen Arbeiten herabsetzen wollte, denn inzwischen hatten sie sich im Errichten von Scheißhäusern so vervollkommnet, daß sie diese Bauten in erstaunlich kurzer Zeit hochzuziehen vermochten. Nein, ich war nur der Meinung, die beiden vergeudeten ihre Kräfte und setzten sie an der falschen Stelle ein. Eine Mitarbeit in der Schule hätte ihren Fähigkeiten mehr entsprochen. Seltsam, ich hielt den Unterricht immer noch für den großen goldenen Schlüssel zur Lösung aller Probleme. Bildung und Wissen waren für mich das Allheilmittel gegen Armut und Krankheit. Sie halfen bei der Angleichung der sozialen Unterschiede und waren geeignet, die Kinder von Baumwollarbeitern auf das Niveau der Kinder von Fürsten und Königen zu erheben. Ein Trio von strahlenden weißen Weltverbesserern hatte sich in den Strom des Insellebens gestürzt. Sie glaubten, alles, was sie brauchten, um die Ertrinkenden zu retten, wäre die Verbesserung des Leseniveaus, die Vermittlung von ein paar Mathematikkenntnissen und einigermaßen gute Noten bei der College-Aufnahmeprüfung. So beknieten mich die beiden Guys also, mit der gestrengen Mrs. Brown zu reden und ihnen die Erlaubnis für eine Art Praktikum in der Schule zu beschaffen.

»Mister Conroy, ist Ihnen klar, daß die Jungen keine Lehrbefugnis haben? Der Staat verlangt von all seinen Lehrern ordnungsgemäße Lehrbefugnisscheine. Was ist, wenn der Beamte der Regierung – den Stern auf der

Brust – hier in der Schule aufkreuzt und jeden von uns nach seinen Papieren fragt? Was sollen wir dann mit den beiden California Boys anfangen? Sie auf der Mädchentoilette verstecken? Nein, Mister Conroy, wir kommen nicht daran vorbei, uns an die staatlichen Vorschriften zu halten.«

»Mrs. Brown, alles, was die Jungen wollen, ist, tagsüber in die Klassen zu kommen, und uns ein wenig zu helfen.«

»Aber es ist nicht erlaubt. Es schadet dem Ruf der Schule und verstößt gegen die Vorschriften.«

»Wir sind nicht in Havard, Mrs. Brown.«

»Vorschrift ist Vorschrift, Mister Conroy. Wollen Sie den Staat kritisieren, der diese Bestimmungen gemacht hat?«

»Aber es gibt keine Bestimmungen, welche die Jungen daran hindern würden, täglich in die Schule zu kommen und mit den Kinder etwas zu lesen oder zu rechnen.«

»Ich bin die Schulleiterin.«

»Ja, Ma'am.«

So blieben Joe und Jim die großen Gestalter des Freizeitprogramms. Ich erklärte ihnen, daß ich gegen Mrs. Brown ziemlich machtlos sei. Das schlechte Gewissen der Weißen war schuld daran, daß ich mich nicht energisch gegen Mrs. Brown durchsetzte. In dieser Phase meines Lebens hätte mir ein Schwarzer einen Eimer Kuhpisse zum Trinken geben können, ich würde ihn ausgetrunken haben, wenn ich sicher gewesen wäre, meine Seele dadurch vom Gestank des Rassismus befreien zu können. Schwarze, die aktiv und in der Bürgerrechtsbewegung waren, hatten erlebt, wie hundert weiße Jungen und Mädchen die Köpfe in Faulbehälter steckten zum Beweis, daß sie sich von den Sünden ihrer Väter gegenüber den Farbigen distanzierten.

Ich war überzeugt, daß Mrs. Brown unrecht hatte. Doch ich besaß nicht den moralischen Mut, es ihr ins Gesicht zu sagen. Für mich waren alle Schwarzen edle Menschen, die lange Zeit gegen eine Gesellschaftsordnung der Unterdrückung kämpften und nun endlich die ersten Früchte ihrer Bemühungen ernteten. Die Weißen dagegen, ich vor allem, hatten sich der abscheulichsten und grausamsten Verbrechen gegen die Menschlichkeit schuldig gemacht.

Es dämmerte mir, daß meine Entscheidung, nach Yamacraw zu gehen, einem Trugschluß entsprungen war. Ich suchte die Läuterung, die Wiedergeburt, die Auferstehung durch gute Werke und Leiden. Ich wollte die Heilung von den Krebsgeschwüren, die wie giftige Pilze in meiner Vergangenheit wuchsen. Ich lebte zur Sühne auf der Insel, und ich glaube, der geduldige Einsatz von Joe und Jim imponierte mir deshalb so sehr, weil ich mich in ihnen wiedererkannte.

Die Ablehnung jedenfalls war ausgesprochen. Die California Boys waren aus dem Klassenzimmer verbannt. Zuerst glaubte ich tatsächlich, die fehlenden Befugnisse wären der Grund für Mrs. Browns Weigerung gewesen. Doch eines Tages meinte sie verschwörerisch:

»Wir können nicht zulassen, daß weiße junge Männer und farbige Mädchen zu viel Tuchfühlung haben. Diese Boys sind junge Stiere, die auf dieser Insel keine anderen Kühe finden als farbige. Wir können uns auf Yamacraw keine Mischlingskälber leisten.«

*

Ich hatte mir von Mrs. Brown ein Tonbandgerät geliehen, das ich in einer Ecke ihres Zimmers stehen sah – jungfräulich und unbenutzt. Nur zögernd rückte sie es heraus, während sie irgendeinen Schwachsinn erzählte, als sei das Gerät zu teuer, um es den Händen ihrer »Babys« zu überlassen. Ich schwor beim Barte des Propheten, daß ich das kostbare Stück wie ein Diadem von Tiffany's behandeln würde. Dann trug ich es in meine Klasse und überlegte, was ich damit anfangen könnte.

Mary sagte mir, daß das Gerät bereits ein ganzes Jahr ungenutzt bei Mrs. Brown gestanden habe.

»Fein«, antwortete ich, »dann werden wir es benutzen auf Teufel komm raus.«

Ich ließ alle nacheinander zu dem Tonbandgerät kommen und Name, Anschrift und Klasse ins Mikrophon sprechen. Big C war der erste. Er rollte die Augen, senkte den Kopf und nuschelte: »Mein Name is Charles Graves. Ich gehen in siebte Klasse. Ich wohnen auf Yamacraw.«

Dann spielte ich die Aufnahme ab. Als Big C's Stimme ertönte, kam ich mir vor wie ein Zauberer, der vor einer Versammlung von Kindern ein Kaninchen aus dem Zylinder zieht.

Lincoln schrie: »Allmächtiger Gott! Gütiger Himmel!«

Ah- und Oh-Rufe erschollen, wenn wieder eine neue Stimme stotternd aus dem Lautsprecher drang. Der arme Prophet durchlebte die Hölle, als seine persönliche Version von Sprache in einem unverständlichen Wust von Lauten den Raum erfüllte. Und sein Bruder Fred war so gehemmt wegen seiner Unfähigkeit, sich zu artikulieren, daß er dem Mikrophon nur ein paar Grunzer anvertraute. Oscar dagegen, die Vervollständigung der Simmons-Dreieinigkeit, war stolz über den Klang seiner Stimme. Er bot sich aus freien Stücken an, das Buch zu erzählen, das er soeben gelesen hatte. Also ließ er einen nicht enden wollenden Monolog über Moolak, einen Eskimofischer, vom Stapel. Da Oscar kein Verfechter des Mottos »In der Kürze liegt die Würze« war, beschrieb er bis in jede Einzelheit, wie Moolak einen Schwarm Salme fing, die in die Millionen zu gehen schienen. Doch während Oscar ungerührt seine Story herunterleierte, erhob sich plötzlich am Platz von Top Cat ein ohrenbetäubender Lärm.

»Top Cat singen!« trällerte Mary dazwischen. »Top Cat singen!«

Top Cat bewegte sich unter starkem Schütteln seines schlaksigen Körpers in die Mitte des Raumes, als hätte ein ganzes Dämonenorchester Besitz von ihm ergriffen. Die Klasse applaudierte, als er das Mikrophon übernahm wie ein König sein Zepter. Irgend etwas war mit Top Cat geschehen.

»Brauchst du Musik, Top Cat?« fragte ich.

»Alles, was ich brauch', iss das Mikro hier«, sagte er mit geschlossenen Augen. Seine Lippen begannen sich zu bewegen.

Nachdem ich ihm das Mikrophon gereicht hatte, ließ ich mich auf einem Stuhl nieder, um die Show zu genießen. Top Cat war ein großer Showman. Er warf den Kopf zurück, breitete die Arme aus, legte sein Gesicht in Falten, bis es einer Trockenpflaume glich, und brach in eine klassische Otis-Redding-Nummer, »Sittin' on the Dock of the Bay«, aus.

Der Junge, den ich für einen Analphabeten gehalten

hatte, kannte jedes Wort des ziemlich komplizierten Songs und verriet eine Aussprache und ein Gespür für Stimmstärke und Tempo, die beinahe perfekt waren. Während Top Cats Vortrag schwieg die Klasse ehrfürchtig und hingerissen. Als er geendet hatte, klatschte sie begeistert Beifall.

Dann brachen die Dämme.

Richard, der nun wirklich ein Analphabet war, der nicht einmal die sechsundzwanzig Buchstaben des Alphabets zusammenbekam, zwei und drei nicht zusammenzählen und seinen Namen nicht schreiben konnte, trat entschlossen ans Mikrophon. Richard war in der Klasse entsetzlich schüchtern. Er verbarg das Gesicht in den Händen, wenn ich nur in seine Richtung blickte. Außerdem hatte er einen unfehlbaren Fluchtmechanismus entwickelt. Jedesmal, wenn es so aussah, als hätte ich vor, ihn in eine Klassenaktivität zu verwickeln, hob er die Hand und bat darum, austreten zu dürfen. Eines Tages war er elfmal zum Pinkeln rausgegangen. Ich folgte ihm beim letzten Mal auf die Toilette und sah Richard am Fenster stehen und auf den Wald hinausschauen, der den Schulhof umgab. Er bekam fast einen Blutsturz, als er mich sah.

Und daß dieser Richard nun zum Mikrophon ging, ein schüchternes Lächeln um die Lippen und unzusammenhängende Worte murmelnd, war schon ein Hammer. Die Szene wurde sogar noch beeindruckender, als Old Richard zu singen begann. Denn er konnte singen wie ein Gott. Seine Stimme klang hell und klar. Er sang ein Spiritual mit großer Sicherheit und erstaunlich viel Gefühl.

Werden die Ketten
einmal fallen?
Irgendwann, Lord,
irgendwann ...

Sein Bruder Jasper übernahm das Mikrophon von Richard und trug einen Song vor, der vor allem durch seine epische Länge bemerkenswert war. Er hieß »Alabama Moonshine«. Das Lied währte endlos, vorgetragen mit monotoner Stimme und ohne jeden Ausdruck. Jasper sang wie ein Trappist, der seine Psalmen rezitiert, leiernd, gefühllos: eine nicht enden wollende Ballade mit Bergen von Versen – an Moolak erinnernd mit seinen Bergen von Salmen.

Bei Lincoln reichte es nur für »The Birds and the Bees«. Er sang gräßlich, aber es machte ihm ein solches Vergnügen, daß ich es nicht übers Herz brachte, ihn zu unterbrechen. Die Klasse jedoch erklärte ihn einstimmig zu einem miserablen Sänger.

»Lincoln, du so schlecht!« schrie Big C.

»Das sich anhören wie Scheiße«, flüsterte Saul. Aber wie immer, wenn er flüsterte, konnte man jedes Wort im Umkreis von drei Meilen verstehen.

»Saul – Schuft!« sagte Ethel.

»Schnauze, Girl«, schrie Saul wutschnaubend.

»Holen dir 'ne Kopfnuß, kleiner Mann!« drohte Ethel.

»Sagen nich kleiner Mann zu mir!« schrie Saul zurück.

»Ich sagen kleiner Mann zu dir, kleiner Mann«, erwiderte sie.

Saul begann zu weinen. Er war ungeheuer empfindlich, was seine Größe betraf, und die kleinste Bemerkung darüber verursachte eine Tränenflut. Natürlich kannten seine Klassenkameraden kein Erbarmen mit ihm. Sie fielen jedesmal mit unverminderter Grausamkeit über ihn her.

»Kleiner Mann weinen.«

»Heul, kleiner Mann!«

»Ruhe, Punks!« schrie ich.

»Selber Punk, großer Mann!« konterte Samuel.

»Sam, ich geb' dir 'ne Kopfnuß, daß du die Engel im Himmel singen hörst!« Saul reden zu hören war ein derartiges Seltenheitserlebnis, daß er mich sogar einen Dungfresser hätte schimpfen können.

»Sam zu Conrack Punk sagen!« rief einer.

»Sam jetzt sterben!«

»Sam nich sterben, Sam leben!« sagte Sam.

In der Zwischenzeit hatte Lincoln keine Sekunde ausgesetzt und keine Note ausgelassen. Er kam nun zum Schluß seines nervtötenden Vortrags von »The Birds and the Bees«.

»Du wollen, daß ich noch mehr singen, Conrack?«

»Nein, Lincoln, so viel reiner Kunstgenuß reicht mir für heute.«

»Ganz gut, he?«

»Großartig, Kid.«

Top Cat steppte ein zweites Mal in die Mitte des Klassenzimmers und tischte uns eine neue Gesangs- und Tanznummer auf, die »Cloud Nine« hieß. Nachdem er wieder Platz genommen hatte, traten Ethel und Anna zu einem Duett an, das wohl zu den schlimmsten in der ganzen Musikgeschichte gezählt werden muß. Es war so katastrophal – und sie wußten, daß es katastrophal war –, daß ich es nicht fertigbrachte, es noch einmal abzuspielen, nachdem sie damit fertig waren. Es folgte Richard, der acht kurze Worte sang, dann abbrach, weil er nicht mehr weiterwußte.

»Du können singen, Conrack?« fragte Lincoln mich.

»Ich? Natürlich kann ich singen, verdammt noch mal! Ich bin ein großartiger Sänger. Ich hab' mir mein Studium als Go-go-Tänzer und Rock-and-Roll-Sänger verdient!«

»No!« schrie die Klasse.

»Yeah«, schrie ich zurück. »Conrack ist ein so großer Sänger, daß er nur für Geld singt.«

»Wieviel?« wollte Oscar wissen.

»Wieviel hast du?«

»Drei Nickel.«

»Das ist zu wenig, Sohn. Ich bekomme gewöhnlich hundert Dollar pro Auftritt.«

»Du lügen!«

»Natürlich lüge ich, verflixt und zugenäht.« Ich habe eine Stimme wie ein Reibeisen, und nur wenn ich bombengranatenvoll bin, kann es passieren, daß ich meine akustische Zurückhaltung aufgebe und die Welt in den Genuß meiner Stimme gelangt.

Nach Schulschluß eilte Mrs. Brown in die Klasse und hielt mir eine lange Rede:

»Gesang ist Zeitverschwendung, Mister Conroy. Nichts anderes als die Verschwendung kostbarer Unterrichtsstunden. Diese Kinder lieben den Gesang. Lord, wenn Sie es zulassen, singen sie den ganzen Tag. Aber sie brauchen andere Dinge: Lesen, Schreiben, Rechnen. Stellen Sie sich vor, jemand von der Regierung kommt zu uns rüber und hört Ihre Klasse singen – man wird Sie auf der Stelle Ihres Postens auf der Insel entheben. Die Kinder haben Schulbücher. Die sollten Sie mit ihnen durcharbeiten. Wie soll sonst eine von ihnen versetzt werden? O Lord! Singen! Als nächstes werden sie tanzen, lärmen und anfangen, in der Schule zu trinken wie ihre Eltern. Sie werden genau wie ihre Eltern werden, wenn Sie nicht aufpassen. Saufen und grölen und an jedem Samstagabend herumhuren. Die Schule dient der Ausbildung. Stellen Sie den Kindern Aufgaben. Beschäftigen Sie die Klassen mit ernsthafter Arbeit. Wir sind hier nicht zu unserem Vergnügen. Wir sind hier für den Unterricht. Wir haben unsere Vorschriften, und die sind dazu da, befolgt zu werden.«

*

Eines meiner Hauptanliegen in der Zeit, die ich auf Yamacraw zubrachte, war das richtige Verhältnis meiner Schüler zu ihren Haustieren und zu Tieren im allgemeinen. Mir drehte sich der Magen um, als ich eine Kröte ohne Hinterbeine sah, die sich qualvoll die Treppenstufen zum Schulgebäude entlangschleppte. Einer der Zwillinge hatte ihr nach der Pause mit zwei raschen Schnitten die Hinterbeine abgetrennt. Der Anblick der armen Kreatur, die, eine Blutspur hinter sich herziehend, auf den rauhen Stufen davonkroch, um unter dem Schulhaus zu sterben, trieb mich zum Wahnsinn.

»Warum hast du das getan, Sam?« fragte ich.

»Einfach so, hahaha«, erwiderte Sam.

»Was würdest du machen, wenn ich dir die Beine ausreiße?«

»Totschießen, hihihi.«

»Mann, ihr Guys behandelt Tiere wie Scheiße. In meinem ganzen Leben habe ich noch nie Menschen getroffen, die so gemein zu Tieren waren wie ihr. Ich schwöre euch, nicht mal 'ne tote Flunder würde ich euch Kids als Haustier überlassen. Ihr tretet eure Hunde, laßt eure Katzen verhungern, quält Eichhörnchen, schießt auf Singvögel und verstümmelt Schildkröten. Gut, wenn ihr Tiere tötet, um sie zu essen, ist das in Ordnung. Ein Tier aus Freude zu töten ist Tierquälerei. Und wenn ich so etwas noch einmal sehe, setzt es Prügel.«

»Jesus, 'n alter Frosch«, murmelte eine Stimme, »was machen das schon?«

»Und du bist ein altes Scheusal«, schrie ich zurück.

»Frösche nich gut für nix.«

»Sie sind gut, um Insekten zu fressen«, sagte ich. »Alle Tiere sind für irgend etwas gut!«

»Oscar geschossen mein Lieblingshund tot«, flüsterte Saul plötzlich.

»No, Boy, du lügen.«

»No, du ihn totschießen!«

»Du halten Schnauze, Boy!«

»Oscar nehmen Gewehr und schießen Loch in Kopp von alter Hund.«

»Hund alt und verlaust.«

»Hund jetzt tot.« Lincoln hatte sich eingemischt.

»Er mein Hund«, schrie Saul.

»Hund jetzt tot. Gehören keinem mehr.« Lincoln kicherte.

»Oscar, es ist verdammt gemein, einen Hund zu töten!«

»Hund schlecht. Mich beißen wollen.«

»Ich wünschte, er hätte dir die Kehle durchgebissen.«

»Jemand geschossen alle Hunde von Oscar«, sagte Ethel.

»Ja, zwei Männchen, eine Hündin«, meldete sich Prophet. »Ein Hund roter Hund. Das iss mein Hund.«

»Wer hat sie totgeschossen, Prophet?«

»Jemand ihn geschossen in Kopp. Hund tot in Wald, wenn Poppa ihn finden. Jetzt keine Hunde mehr.«

»Und du hast Sauls Hund erschossen, nachdem jemand deinen Hund getötet hat, Oscar? Das ist grausam und gemein.«

Oscar fühlte sich in die Enge getrieben. Er weigerte sich, die Diskussion noch weiter fortzusetzen, und senkte den Kopf auf die Brust zum Zeichen, daß die Unterhaltung für ihn beendet war. Aber dies war nicht das einzige Gespräch, das ich mit den Kids über die Art, wie sie mit Tieren umgingen, führte. Ihr Verhalten diesen wehrlosen Lebewesen gegenüber war allgemein beklagenswert und schlecht. Ich beobachtete, wie Big C einmal eine dicke Kröte aufhob und sie gegen die Wand des Schulgebäudes warf. Eines Tages suchten die kleineren Kinder aus der Unterklasse den Schulhof nach Insekten ab. Immer wenn sie einen Käfer fanden, einen Schmetterling oder eine Heuschrecke fingen, rissen sie ihnen die Flügel aus und weideten sich am Anblick der armen Tiere, die hilflos und zuckend auf dem Boden herumtorkelten.

Ich erging mich in langatmigen Tiraden über die Gemeinheit und Vernunftlosigkeit von Menschen, die Tiere quälten. Die Klasse saß da und stimmte mir mit ernsthaftem Nicken zu. Dann gingen sie nach Hause, nachdenklich gestimmt durch die Überzeugungskraft meiner Argumente und traten auf ihre Hunde ein, bis diese jaulten vor Schmerz. Die Hunde von Yamacraw waren eine besondere Sorte. Sie waren ohne Frage die ausgemergeltsten, räudigsten, heimtückischsten und erbarmungswürdigsten Kreaturen, die ich je im Leben gesehen habe. Sie hatten sich vermehrt, gekreuzt und fortgepflanzt, bis eine Gattung völlig ohne jeden Charakter und ohne jede Rasse entstanden war. Eine Beutelratte wirkte im Vergleich zu ihnen wie ein Rennpferd. In manchen Häusern traf man Hunde, die so entkräftet und apathisch waren, daß sie einen Fremden anbellten, ohne den Kopf zu heben. Sie waren bis zum Skelett abgemagert, unterernährt und zutiefst verstört durch das Verhalten ihrer Herren, die sie abwechselnd liebten und mißhandelten. Nur Edna Graves Hunde zeigten echte Begeisterung, vor allem dann, wenn die Meute beschlossen hatte, einen unerwarteten Besucher in Fetzen zu reißen.

»Ihr solltet besser für eure Hunde sorgen, Leute. Die meisten sehen aus wie wandelnde Skelette. Füttert sie ordentlich. Macht sie glücklich. Macht, daß diese armen, elenden Viecher mal was zwischen die Rippen kriegen und wieder gesund und kräftig werden!«

»Mein Hund 'n ganzes Stück besser aussehen als dieser alte häßliche Köter von dir«, sagte Cindy Lou wütend. »Gott, 'n ulkiger Hund, ich sagen!« Sie meinte meinen Lieblingsdackel Beau, den ich einmal mit in die Klasse gebracht hatte.

»Beau ist ein herrlicher Hund – und obendrein reinrassig, Cindy«, entgegnete ich.

»Gott, Mister Conrack, dieser Hund so dünn und lang. Dieser Hund mich machen krank.«

»Beau muß so schmal und lang sein. Er ist ein Dachshund.«

»Ich keine Ahnung, was Ihr Hund für 'n Hund. Ich nur wissen, er verdammt häßlich.«

»Du aussehen wie 'n Hund!« schrie Jasper Cindy Lou an.

»Passen auf, was du sagen, Junge!«

»Sie aussehen wie Hund!« Sidney kicherte.

»Passen auf dein Maul auf, Junge!«

»Wer, sagen du, sollen aufpassen auf sein Maul, Mädchen?«

»Ich sagen, du sollen aufpassen auf dein Maul, Junge. Oder du taub?«

»Kinder, Kinder, Kinder. Bitte etwas mehr Liebe, Mitgefühl und Verständnis füreinander!« rief ich.

»Was sagen der Mann?« meldete sich Big C.

Meine Seid-nett-zu-Hunden-Aufrufe endeten stets in einem heftigen Streit mit Cindy Lou, die über meinen mißgebildeten Beau herfiel. Ich konnte ihr einfach nicht klarmachen, daß Beau so aussehen sollte, wie er aussah, und daß sein Aussehen nicht das Ergebnis eines Malheurs oder von Unterernährung war. Es war Zeke Skimberry, der schließlich den Anstoß zu einem Experiment gab, mit dessen Hilfe ich den Kids den richtigen Umgang mit ihren Haustieren beizubringen hoffte. Zwei seiner Hündinnen warfen zur gleichen Zeit, und Zeke sah sich plötzlich in der Rolle des glücklichen Besitzers von nicht nur vier, sondern von sechzehn jungen Hunden. Er fragte mich, ob einer meiner Schüler am Erwerb eines Welpen interessiert sei. Ich erklärte ihm, daß ich dies am nächsten Tag in Erfahrung bringen wolle.

»All right, Leute, hab' sehr wichtige Neuigkeiten für euch. Zeke Skimberrys geliebte Hündin Lady hat sechzehn entzückende kleine Hundebabys zur Welt gebracht, die piepsend und wimmernd nach einem guten Zuhause verlangen. Nun, ich sagte Zeke, daß niemand von euch Hunde mag oder zumindest nicht weiß, wie man sich um sie kümmert.«

»No, nich stimmen«, schrien sie. »No, Conrack!«

»Ich hab' doch gesehen, wie ihr mit euren Hunden umgeht! Himmel, keiner von euch würde von mir jemals einen Hund bekommen.«

»No, ich gut sorgen für Hund!« rief Lincoln.

»Ich auch!« beteuerte Oscar.

»Da Sauls Hund totgeschossen wurde«, sagte ich, »werde ich ihm den besten Hund aus dem Wurf mitbringen – als Ersatz für den, den er verloren hat. Und wie ist es mit den anderen? Wie viele von euch sind wirklich bereit, sich um einen Hund zu kümmern, wenn ich euch einen mitbringe?«

Die Luft starrte vor hochaufgereckten Armen. Ich verbrachte weitere zwanzig Minuten damit, ihnen darzulegen, was ich unter einer angemessenen Sorge für Hunde verstand. Dann machte Mary eine Liste, in die sie die Namen der Bewerber eintrug und ebenfalls vermerkte, welches Geschlecht die einzelnen bevorzugten.

Oscar sagte: »Mir bringen 'nen Hundemann.«

»Mir auch«, sagte Lincoln. »Ich nehmen 'nen kleinen Hundemann.«

»Mir nich mitbringen 'ne Hundefrau«, sagte Jasper.

»Ich brauchen für mich 'nen guten Hundemann, den ich mitnehmen zum Jagen.«

»Was ist, wenn ich dir 'ne Hündin mitbringe, Jasper?« fragte ich.

»Ich schießen tot«, erwiderte er.

»Das ist genau die verkehrte Einstellung, Jasper – genau die verdammte Antwort, die ich nicht hören wollte.«

Am nächsten Tag packte ich sieben Rüden und eine Hündin in einen großen Karton und schaffte sie zu ihren neuen Besitzern. Alle Empfänger machten den Eindruck, als würden sie für ihre Tiere sorgen und sie lieben. Und alle versprachen, mir von Zeit zu Zeit einen Bericht zu geben über die Fortschritte, die ihr Hund machte.

Bei der Einführung dieser zähen, gesunden Skimberry-Hunde auf der Insel hatte ich ein gutes Gefühl. Jedenfalls schien mir die Einkreuzung von frischem Blut genau im Sinne der Darwinschen Vererbungslehre zu sein. Einige Monate später ging ich an einem Haus vorbei und blieb stehen, um einen der Hunde zu beobachten, die ich auf die Insel gebracht hatte. Es war eine Enttäuschung auf der ganzen Linie. Das Tier hatte alle negativen Eigenschaften seiner Inselartgenossen angenommen. Seine Teilnahmslosigkeit und das ganze negative Erscheinungsbild ließen es mich zutiefst bedauern, daß ich diesen Hund zu einem solchen Leben verdammt hatte. Doch bevor meine Niedergeschlagenheit dramatische Formen anzunehmen vermochte, schoß der Hund, plötzlich aus seiner Apathie erwachend, unter der Veranda hervor und biß mich in den Schuh.

6

An einem Freitagnachmittag, kurz vor der Ankunft des Busses gegen drei, stand ich in der Mitte des Klassenzimmers und schwatzte mit den Kindern. Top Cat erzählte von den Samstagabenden auf Yamacraw, wenn sich alle Schwarzen in dem kastenförmigen Gebäude am West River trafen, zu der Musik von James Brown und seiner Famous Flames tanzten und bis in den frühen Morgen hinein einen neuen Typ des Jive ausprobierten.

»Es iss so lustig, Mister Conrack.«

Ich versprach, an einem Samstagabend einmal hinzukommen, allerdings nicht so bald, denn meine junge Frau wäre mit meiner Abwesenheit von zu Hause am Wochenende bestimmt nicht einverstanden.

Anna, Sauls zierliche Schwester mit dem zarten Gesicht, die selten sprach, aber einen sehr hellen Verstand besaß, war dabei, aus einem Buch eine Hexe abzuzeichnen. Die Hexe rief natürlich auf der Stelle Bilder von Halloween in mir wach. Ich mußte an jene längst vergangenen Abende meiner Kindheit denken, da ich als Geist oder Frankenstein verkleidet das Haus verließ, um mich in das bunte, aufregende Narrentreiben zu stürzen. Ich war neugierig auf die Halloween-Tradition der Insel und besonders auf die Eigenarten und Auswüchse, die sich hier im Laufe der Jahre gebildet hatten. Da die Kids so glühend und leidenschaftlich an Geister und Hexen glaubten wie ich an Chryslermotoren, war ich der Meinung, daß Halloween ihnen noch viel mehr bedeuten mußte als mir. Meine Phantasie wanderte hinaus in die Halloween-Nacht auf Yamacraw mit seinen Geistern und Friedhöfen, die zu neuem gespenstischen Leben erwachten, mit seinen Hexen, die sich in gotteslästerlichen Schwärmen am Begräbnisort längst verstorbener Seelen versammelten, die für eine kurze Nacht noch einmal zum Leben erstanden. Himmel, ich war Feuer und Flamme bei dem Gedanken, etwas über Halloween auf Yamacraw zu erfahren.

»Was macht ihr Cats eigentlich am einunddreißigsten Oktober?« fragte ich mit satanischem Grinsen.

»Nix«, antwortete Prophet, ohne mit der Wimper zu zucken.

»Komm schon, Mann! Der einunddreißigste Oktober ist ein besonderer Tag. Ein Feiertag, an dem wir von Tür zu Tür ziehen, mit Beuteln in unseren kleinen, zuckerverklebten Händen. Well, von welchem Feiertag rede ich?«

Sie starrten mich nur an mit ihren undurchdringlichen Gesichtern. Ihr Ausdruck enthielt die kollektive Aussage, daß sie wieder einmal einem Verrückten in die Finger gefallen waren, der ihnen unverständliche Fragen stellte.

Ihre Reaktion reizte mich. Jedesmal, wenn sie auf eine meiner Fragen nicht antworteten, suchte ich die Schuld bei mir. Ich hatte nicht klar und einfach genug gefragt, oder ich hatte wieder einmal genuschelt und war von ihnen akustisch nicht verstanden worden. Schließlich war es unbegreiflich für mich, daß sie das Wort Halloween nicht kennen sollten, das Hochfest des Hexentreibens und der Kinderfröhlichkeit.

Also fragte ich einfach:

»Was werdet ihr an Halloween machen?«

»Nix«, sagte Prophet.

»Nix«, echoten die anderen und nickten.

»Was macht ihr denn gewöhnlich an Halloween?«

»Nix«, kam die fast schon stereotype Antwort.

»Moment mal, wollt ihr mir etwa sagen, daß ihr euch auf Halloween noch nie als Gespenster verkleidet und irgendwelchen Schabernack getrieben habt?«

»Mann plemplem!« stellte Frank ruhig fest.

»Schabenkack?« fragte einer, der mit dem Begriff Schabernack nichts anzufangen wußte.

»Ich mich nie als Gespenst verkleiden«, sagte Cindy Lou.

»Du bist nie in einem Kostüm mit 'nem Beutel losgezogen, hast nie bei den Leuten an die Tür geklopft und dir Süßigkeiten von ihnen erbettelt?«

»No«, erwiderte Top Cat.

»Das ist doch lächerlich!« Ich war fassungslos. »Das gibt's doch nicht! Das ist ja ganz unamerikanisch und völlig lächerlich. Halloween ist einer der wirklich echten und schönen Bestandteile der Kindheit: in der Nachbarschaft herumrennen, an Fenster klopfen, riesige Taschen mit Süßigkeiten schnorren und allerhand lustigen Schabernack treiben – das sind doch die herrlichsten Kindheitserinnerungen.«

»Was er meinen?« Ethel sah Cindy Lou fragend an.

»Alles Blödsinn, Quatsch«, erwiderte Cindy Lou.

»Well, das will ich jetzt aber wissen. Ihr kennt also den Spruch nicht: Dein Herz erweich, oder ich spiel dir 'nen Streich? Gott, das Leben eines Menschen ist einfach nicht komplett, wenn er das nicht kennengelernt hat.«

Als ich an diesem Abend nach Hause kam, war Bernie da. Drei Lehrer zusammen, das kann nur heißen, daß sie über die Schule und über ihre Erlebnisse im Klassenzimmer reden. Natürlich erzählte ich sofort, ich hätte erfahren, daß keiner meiner Schüler eine Ahnung von Halloween, der großen Feier des Lebens vor und nach dem Tode, hatte.

»Warum bringst du sie zu Halloween nicht alle mit nach Beaufort rüber?« fragte Barbara.

»Natürlich! Bring sie her. Sie können zu der Halloween-Party in meiner Schule kommen. Hölle, und wenn sie früh genug hier sind, können sie auch an dem Festzug teilnehmen und auf einem der Wagen mitfahren!« Bernie hatte sich in Begeisterung geredet.

»Und wo sollen sie übernachten?« fragte ich.

»Ich besorge ihnen schon was. Meine Elternpflegschaft spurt großartig in diesem Jahr. Sie sind bereit, etwas zu tun. Die Kids können bei den Eltern meiner Schüler übernachten.«

»Bernie, du lebst nicht in Harlem. Du lebst in Port Royal, South Carolina. In einer Gegend, in der die Weißen seit Menschengedenken auf die Schwarzen – sagen wir's mal ganz neutral – hinabsehen.«

»Du vergißt eins, mein Junge. Die Leute lieben mich. Sie sind der Meinung, daß Bernie Schein ein Genie ist. Und weißt du was, Conroy?« Er senkte die Stimme und fuhr flüsternd fort: »Sie haben recht. Ich bin ein Genie.«

»Du bist ein Arschloch«, flüsterte ich zurück. »Aber deine Idee ist großartig.«

Am Montag unterbreitete ich die Jahrhundertidee den Kids. Ich malte ihnen aus, daß wir uns kostümieren würden und Beutel und Taschen mit aufgedruckten Kürbisköpfen mitnähmen. Und wir würden in jedem Haus von Beaufort Süßigkeiten schnorren. Ich weihte sie in meine persönliche Halloween-Geschichte ein, erzählte ihnen von meinen Verkleidungen: zweimal war ich als Casper, als guter Geist, gegangen, zweimal als Hobo und einmal als Frankenstein. Daß ich und mein bester Freund in einem Jahr als schwarze Minstrels mit viel Ruß im Gesicht herumgelaufen waren, verschwieg ich natürlich.

Dann erzählte ich von den Leuten, die mich am großzügigsten bedacht hatten. In Florida gab es zwei ältere Ladys mit zarten Händen und faltigen Gesichtern, die ein großes weißes Haus inmitten eines verwilderten Gartens bewohnten. Auf Halloween schenkten sie den Kindern, die an ihre Tür kamen, kandierte Äpfel. Ein Mann in Virginia, der allein lebte, überraschte uns mit Dauerlutschern, mit runden wohlschmeckenden Dauerlutschern. Halloween war die Zeit der Bonbons, der Kürbislaternen, der Erdnußbutterbecher, der Feigen und der Bubble-gums.

Ich versuchte den Kindern nahezubringen, was Halloween mir bedeutet hatte und immer noch bedeutete: ein großer Brauch der Kindheit, durch den die Welt für eine Nacht ihre Türen öffnet und ihre Schätze an Süßigkeiten, Freude und Glück verschenkt.

»Könnt ihr zu Halloween mit nach Beaufort kommen? Es ist an diesem Freitag. Wir würden eine Menge vorzubereiten haben.«

»Yeah!« Alle konnten. Es gab kein Problem.

»Okay. Jeder von euch wird sich von seinen Eltern eine Bescheinigung geben lassen mit etwa folgendem Wortlaut: ›Ich erlaube meinem Sohn, meiner Tochter – Vor- und Nachname –, zu Halloween nach Beaufort zu fahren!‹ Die Schulbehörde verlangt eine solche Bescheinigung für den Fall, daß einem von euch was zustoßen sollte. Ein Herzschlag zum Beispiel, weil die Großstadtlichter von Beaufort ihn zu sehr eingeschüchtert haben.«

»Was für 'n Boot uns hinfahren?«

»Ich hab' im Augenblick noch kein Boot. Aber ich fahre heute nachmittag zum Festland rüber, um die Bootsfrage zu klären. Ihr könnt sicher sein, ich werde schon was für euch finden.«

»Wie groß?« wollte Frank wissen.

»Nun hört zu, Leute! Ein Flugzeugträger oder ein Schlachtschiff wird's unter Garantie nicht sein.«

Später ging ich zu Mrs. Brown und setzte sie von meinem Geistesblitz in Kenntnis. Ich erwartete überschwengliches Lob, rechnete damit, daß sie mir sagte, wie vorbildlich ich meinen Job machte, und mir ihre Hilfe anbot. Ich würde in aller Bescheidenheit erröten, mit dem rechten Fuß über einen unsichtbaren Fleck auf dem Boden fahren, den Kopf senken und »Oh, Unsinn« oder etwas Ähnliches murmeln.

»Nein, das können Sie nicht machen!« erklärte sie einfach.

»Warum nicht, zum Teufel?« fragte ich ungläubig.

»Diese Kinder brauchen keine Ausflüge. Sie brauchen Grundlagenwissen, Mister Conroy. Sie brauchen Drill, Drill und nochmals Drill.«

»Mrs. Brown, das glauben Sie! Ich glaube, sie brauchen etwas anderes. Und da diese achtzehn Kinder meiner Verantwortung unterstellt sind und es meine Sache ist, zu entscheiden, was für sie am besten ist, werde ich sie zu Halloween mit nach Beaufort nehmen.«

»Ich bin die Leiterin der Schule.«

»Leiter der Schule war auch ich eine Zeitlang, und vielleicht ist es Ihnen aufgefallen, daß ich mich nie eingemischt habe. Sie haben den Unterricht gestalten und die Kinder behandeln können, wie Sie es für richtig hielten. Und vor allem habe ich Ihnen nicht in einem fort zu verstehen gegeben, daß ich der Schulleiter bin. Ich bewundere Sie sehr für Ihren Entschluß, auf dieser gottverlassenen Insel eine Lehrerstelle anzunehmen, aber ich werde diesen Kindern die Möglichkeit geben, Halloween wenigstens einmal so zu erleben, wie es alle anderen amerikanischen Kinder tun. Falls Sie vorhaben, eine Beschwerde gegen mich einzureichen, steht Ihnen dies völlig frei. Wir jedenfalls werden die Insel am Freitag verlassen. Falls Sie mitkommen und den Ausflug beaufsichtigen wollen – ich habe nichts dagegen. Es ist Ihre Entscheidung. Wenn Sie es lassen wollen, ist das ebenfalls Ihre Entscheidung.«

»Ich bin die Leiterin, und ich habe die Verantwortung für diese Schule.«

»Gütiger Jesus!«

Am Nachmittag verließ ich die Insel mit dem Boot. Ich hatte Zeke gebeten, mich um vier am Pier abzuholen. Ich hatte ihm auch gesagt, ich brauchte ein Boot, das groß genug sei, zwanzig Personen von Yamacraw zum Festland zu befördern.

Als ich in Alljoy Landing ankam, erwartete mich Zeke mit seinem Laster und dem Bootsanhänger. Auf dem Weg zu seinem Haus erzählte er mir, daß Ed Samuels, ein Schwarzer, der das örtliche Arbeitsamt leitete, ein Boot besaß, das für meine Zwecke bestens geeignet sei. Ich fuhr nach Beaufort, sprach mit Mister Samuels. Es kostete mich nur wenig an Überredung. Dann ging ich zu Bernie.

»Wie weit bist du mit den Eltern?«

»Zwei Ladys haben sich bereit erklärt, vier Kinder aufzunehmen. Drei weitere zuverlässige Zusagen habe ich in Aussicht. Verlaß dich auf Bernie Schein, guter Mann! Ich habe auch schon eine Schülerversammlung einberufen, ihnen von Yamacraw, den Verhältnissen und Problemen dort erzählt und ihnen mitgeteilt, daß die Insel-Kids zu Halloween nach Beaufort kommen.«

»Gut gemacht, Bernie. Hast du den Eltern gegenüber auch die unwesentliche Tatsache erwähnt, daß die Kinder schwarz sind?«

»Nein, sollte ich das?« Bernie schwieg sekundenlang, dann sagte er: »Na schön, das mach' ich morgen.«

»Bernie, du bist ein Idiot!«

»Natürlich hab' ich ihnen gesagt, daß sie schwarz sind. Es war das erste, was sie von mir erfuhren. Dann hab' ich an ihr gutes Herz appelliert und ihnen was von praktischem Christentum erzählt. Vergiß nicht, daß ich mal der beste Verkäufer im Südosten war, ›Top Tiger‹ des Jahres. Und ich verfügte über eine Verkaufsstrategie, die sich bestens bewährt hat. Weißt du, mir fiel nämlich ein Satz meines damaligen Gebietsleiters ein, der mir zu sagen pflegte: ›Bernie, du mußt nur genug

Scheiße an die Wand werfen, etwas bleibt immer hängen!‹ Well, so war's auch heute. Bei den Ladys blieb genug hängen.«

»Na schön, du glaubst also, die Unterkunft ist kein Problem?«

»Nein, in keiner Weise. Hast du ein Boot bekommen?«

»Es ist Punkt acht an diesem Freitag an der Pier, um sie einzuladen. Kannst du ein paar Leute besorgen, die sie in Alljoy Landing abholen?«

»Schon gemacht. Eine Gruppe VISTA-Worker wird das übernehmen.«

»Großartig! Und merk dir eins, Bernie: Sollte etwas schiefgehen, werde ich mich gezwungen sehen, physische Gewalt gegen dich anzuwenden.«

»Das wirst du nicht, weil du genau weißt, daß ich dir körperlich haushoch überlegen bin.«

*

Alles lief bestens. Die Hauptprobleme schienen bereits am Dienstag gelöst zu sein. Ich betrat die Klasse, ganz der triumphierende, uberlegene Sieger über alle Hindernisse und Schwierigkeiten.

»Wir haben genügend Familien, bei denen wir untergebracht werden, und wir haben ein Boot, das uns zum Festland bringt«, rief ich schon von der Tür des Klassenzimmers aus. »Und am Freitagmorgen brechen wir zur Reise in die große Stadt auf. Zu einem Wochenende des Hexenspuks, des Schabernacks und der süßen Gaumenfreuden. Nun, hat auch jeder die Bescheinigung von seinen Eltern, daß sie mit dem Ausflug einverstanden sind?«

Es rührte sich natürlich niemand.

»Wenn ihr die Bescheinigungen vergessen habt, werde ich jeden einzelnen von euch eigenhändig erwürgen.«

Alle Augen blickten vor sich auf den Boden. Keiner sah mich an, keiner lächelte mir zu, und keiner machte auch nur die leiseste Andeutung, daß sie den Wunsch hatten, mit mir über dieses Thema zu reden.

»Was ist, Leute? Bevor ich anfange, euch die Köpfe einzuschlagen, möchte ich wissen, was nicht in Ordnung ist.«

»Wir nich gehen«, sagte Frank.

»Was soll das heißen: ›Wir nicht gehen‹? Natürlich geht ihr. Wir gehen alle. Und wir werden einen wahnsinnigen Spaß haben und neue Erfahrungen machen. Es wird einfach großartig sein.«

»Nich gehen nirgendwohin«, sagte Mary.

»Bleiben hier«, meinte Cindy Lou bedauernd.

»All right, Leute, hört zu!« Endlich hoben sie die Köpfe ein wenig. »Wie ihr wißt, bin ich die Art nicht gewöhnt, wie die Dinge hier auf dieser dämlichen Insel laufen. Richtig?« Sie nickten. »Gestern waren alle noch ganz begeistert von der Idee, nach Beaufort zu ziehen und dort Süßigkeiten zu schnorren, und ich hatte das Gefühl, ihr wärt ganz wild darauf, eine Stadt auf dem Festland kennenzulernen und eine Nacht fernab von Yamacraw zu verbringen. Und jetzt sieht plötzlich jeder von euch so aus, als hätte er letzte Nacht seine Mutter beerdigt. Was ist passiert? Redet schon!«

»Kann nich«, sagte Sallie Ann schließlich.

»Kann nich«, sagte Saul.

»Kann nich«, sagte Cindy Lou.

»Was, zum Teufel, meint ihr damit: ›Kann nich, kann nich‹? Natürlich könnt ihr. Und verlaßt euch darauf, wir werden fahren. Ihr wollt mir also klarmachen, daß eure Eltern nicht bereit sind, euch die Erlaubnis zu dem Ausflug zu geben. Stimmt's? Dazu kann ich nur sagen: Bullshit!«

»Conrack fluchen«, sagte Sidney.

»Meine Großmutter nur lachen, wenn ich sagen, wir gehen«, erklärte Frank.

»Deine Momma ist die Köchin, Saul. Sie mag mich. Ich werde Teller für sie waschen.«

Ich stürmte wie ein Racheengel in die Küche und konfrontierte Mrs. Wyler mit der Anschuldigung, sie behindere den reibungslosen Fortgang der schulischen Ausbildung. Dies sei unverantwortlich von ihr. Es sei unverantwortlich und strafbar, ihre Kinder Saul und Anna um den seelischen Gewinn zu bringen, den eine Reise und die damit verbundenen neuen Erfahrungen einem Kind vermitteln.

»Yassuh«, sagte sie, »sie können gehen!«

»Bitte, nennen Sie mich nicht Yassuh, Mrs. Wyler! Nennen Sie mich Pat!«

»Yassuh, Mister Pat.«

»Jesus, Mrs. Wyler, nur Pat!«

»Okay, Pat.«

Ich lief zurück, um Saul und Anna zu verkünden, daß ich die Erlaubnis ihrer Mutter erhalten hätte.

»No«, sagte Saul, »Sie dir das nur sagen. Sie uns nich gehen lassen.«

»Aber sie hat mir gerade versichert, daß ihr gehen könnt.«

»Sie das nur sagen, damit du sie in Ruhe lassen.«

Ich tigerte zur Küche zurück, fauchend wie ein Lindwurm, unfähig, das Spiel zu durchschauen, das hier gespielt wurde, unfähig, wirklich zu begreifen, was geschah.

»Mrs. Wyler, Saul sagte mir eben, daß Sie nur in den Ausflug eingewilligt haben, um mich loszuwerden. Ist das wahr?«

»Yassuh.«

»Pat, Mrs. Wyler! Pat, bitte! Wie ist es also: Dürfen Saul und Anna mit nach Beaufort kommen? Ja oder nein?«

»Nein, Sir.«

»Natürlich kommen sie mit nach Beaufort. Sie werden sich dort herrlich amüsieren, und es wird ein einmaliges Erlebnis für sie sein. Es wird ihnen Spaß machen, mit anderen Leuten zusammenzusein. Um alles in der Welt, nennen Sie mir einen Grund, weshalb sie nicht nach Beaufort gehen sollen! Es gibt keinen!«

»Sie nich gehen, weil ich sage, sie nich gehen.«

»Das ist einleuchtend«, gab ich zu und schwieg, während ich überlegte, wie ich das Problem auf andere Weise in den Griff kriegen konnte. »Und was ist, wenn ich Ihnen verspreche, Sie windelweich zu schlagen, falls Sie die beiden nicht gehen lassen?«

»Dann mein Mann Sie umlegen.«

»Ah, eine ausgezeichnete Antwort. Na schön, dann laß ich das besser. Aber erlauben Sie mir eine Frage, Mrs. Wyler: Was muß ich sagen oder tun, damit Sie die Einwilligung geben, daß Ihre Kinder zu Halloween mit nach Beaufort dürfen.«

»Nix. Sie hier bleiben. Keins der Kinder auf der Insel wird gehen.«

»Ich werde euch Leuten die Hölle heiß machen, Mrs. Wyler. Ich werde nicht eher Ruhe geben, bis ich diese Kids von der Insel runtergeholt hab'. Wir werden zu Halloween nach Beaufort gehen. Und wenn sie sich alle hier auf den Kopf stellen!«

Wütend und frustriert kehrte ich in die Klasse zurück und befahl Saul, nach Hause zu gehen, sich mitten in der Küche auf den Fußboden zu setzen und so lange zu schreien, zu toben und zu heulen, bis seine Mutter ihm die Erlaubnis für die Fahrt nach Beaufort gegeben habe. Ich erklärte den Kindern, daß ich mich vom Widerstand ihrer Eltern nicht beeindrucken ließe. Für mich gebe es jetzt nur eins, daß sie nach Hause gingen und ihren Eltern das Leben zur Hölle machten, bis diese in ihrer Verzweiflung keinen anderen Ausweg mehr sähen, als sie am Freitag auf das Boot zu prügeln.

»Eure Eltern mögen euch meinetwegen blutig schlagen«, wütete ich. »Sie mögen euch die Seele aus dem Leib treten, euch mit Hickoryknüppeln verdreschen, sie mögen euch zu den Hühnern und Schweinen stecken, das alles ist mir gleichgültig, wenn wir am Freitag nur nach Beaufort gehen, um dort Halloween zu feiern. Also, Mary, was wirst du tun, wenn du heute abend zu eurer Tür reinkommst?«

»Ich nix tun«, antwortete sie.

»Meine Momma mich umbringen, wenn ich was sagen«, meldete sich Jasper zu Wort.

»Du's ihnen sagen, Conrack! Ich nix nich sagen!« Ethels Stimme klang entschieden.

»Okay, machen wir's so: Ich werde mit ihnen reden. In der Mittagspause werde ich jedem Haus auf der Insel einen Besuch abstatten und mit allen Eltern auf der Insel einen Talk halten.«

Ich schwieg und dachte über das nach, was Ted Stone und Mrs. Brown mir über die Leute gesagt hatten. Mrs. Brown hatte sie als Wilde bezeichnet, als die blutrünstigen Überbleibsel afrikanischer Stämme. Ted kleidete seinen Argwohn gegen die Inselschwarzen in den Spruch: »Trau keinem Nigger, wenn du ihm den Rücken kehrst!«

Ich maß diesen Äußerungen keine große Bedeutung bei. Aber die beiden hatten zumindest mehr Erfahrung mit den Inselbewohnern als ich. Tatsächlich hatte ich erst wenige Eltern meiner Schüler kennengelernt – sehr zu meiner Schande, wie ich gestehe. Ich hatte einfach nicht genügend Zivilcourage, unbekannte Leute aufzusuchen und mit ihnen zu reden. Jedesmal, wenn ich versucht hatte, mich mit einem der Erwachsenen anzufreunden, war ich gegen die unbezwingliche Wand ihres unvermeidlichen Yassuh gestoßen.

Ich fragte: »Well, Leute, wenn ich jetzt plötzlich bei euch zu Hause ankomme ... Nein, laßt es mich anders ausdrücken: Wenn ich plötzlich unangemeldet und uneingeladen ... Nein, um es ganz deutlich zu sagen: Wird man auf mich schießen, wenn ich vor eurem Haus auftauche?«

»No, Conrack«, erklärte Frank mit mildem Widerwillen. »Meine Grandma die Brown schießen tot. Aber sie nich schießen dich.«

»No«, stimmte die Klasse zu.

»Okay, ich glaube euch. Aber gnade euch Gott, wenn man mir den Hintern mit einer Ladung Schrotkörnern spickt!«

Um zwölf stürmten die Kinder auf das Spielfeld hinaus. Ich informierte Mrs. Brown so behutsam wie möglich, daß ich während der Pause unbedingt einige Eltern besuchen müsse.

»Haben Sie eine schriftliche Erlaubnis des Schulrats?« fragte sie herrisch.

»Nein, Ma'am.«

»Sie werden von der Regierung des Staates South Carolina für die Zeit der Pause genauso bezahlt wie für die Zeit des Unterrichts. Und man erwartet von Ihnen, daß Sie die ganze Zeit über den Schulbereich nicht verlassen.«

»Ja, Ma'am. Der Gedanke, das Riesengehalt, das ich beziehe, aufs Spiel zu setzen, ist mir höchst unangenehm. Aber ich muß dringend einige Eltern meiner Schüler aufsuchen.«

Sie schüttelte ablehnend den Kopf und wiederholte immer wieder, daß sie mir ohne eine Bescheinigung der Schulbehörde keine Erlaubnis zum Verlassen des Schulbereichs erteilen könne.

»Hören Sie zu, Mrs. Brown, unterhalten wir uns später darüber.«

Ich ging zu meinem Wagen, startete und fuhr zu dem Haus, in dem Frank, Big C, Samuel und Sidney unter dem eisernen Zepter ihrer Großmutter Edna Graves lebten. Edna ging ein unglaublicher Ruf voraus. Ihre Enkelkinder sprachen nur mit größter Ehrerbietung, ja Verehrung von ihr. Man sagte, daß sie den besten Gemüsegarten der Insel besaß, und die anderen Bewohner holten sich bei ihr Rat, wann sie pflanzen und ernten mußten. Es hielt sich auch hartnäckig das Gerücht, daß sie und ihr

Mann zur Zeit der Schwarzbrennerei und des Alkoholschmuggels den besten Alkohol weit und breit gebrannt hätten.

Ich suchte Edna als erste auf, weil ich wußte, daß ich die halbe Insel auf meiner Seite haben würde, wenn ich sie für meinen Plan gewonnen hätte.

Ihr Haus lag grau und idyllisch unter einer mächtigen Eiche. Schweine und Hühner stoben geräuschvoll auseinander, als ich den Hof betrat. Ich bekam Herzklopfen, als eine Meute zähnefletschender Hunde unter dem Haus hervorbrach, um den unerwünschten Eindringling in die Flucht zu schlagen. Bellend umrundeten sie mich, während ich beruhigend auf sie einzureden versuchte. »Guter Hund, schöner Hund. Beiß mir nur nicht in die Waden, du Höllenviech!« Als das nichts half, begann ich zu schreien, daß sie mir vom Leibe bleiben sollten. Einige Schritte von mir entfernt sah ich eine Wäschestange. Mit einem verzweifelten Satz sprang ich an ihr hoch und hielt mich daran fest, während die mordlüsterne Meute mich kläffend umkreiste.

Dann hörte ich Edna die Stufen der Veranda herunterkommen. Sie schwang einen Besen über dem Kopf. Ein knapper Befehl, und schon zerstreuten sich die Kläffer mit eingeklemmten Schwänzen in alle Himmelsrichtungen. Edna musterte mich durchdringend und donnerte dann mit einer mächtigen, maskulinen und unglaublich lauten Stimme: »Was du machen an dieser Wäschestange, Mann?« Sie bog sich vor Lachen. »Hahaha, wenn du wissen, wie du aussehen da zwischen Himmel und Erd'!«

Meine Autorität war mehr als angekratzt. Ich ließ mich

zu Boden gleiten und versuchte mir ein würdiges Aussehen zu geben.

»Ihre Hunde haben mich hier raufgejagt!« sagte ich ernst.

»Well, was Edna kann für Sie tun?«

»Ich möchte mit Ihnen über Ihre Enkelkinder reden. Sie sind in meiner Schulklasse.«

»O Gott!« rief sie laut.

»Was ist denn?«

»O Gott, o Gott Allmächtiger. Du iss Mister Conrack.«

»Mein Name ist Pat Conroy.«

»O Gott, Mister Conrack, meine Grands von dir reden ganze Zeit. Sie kommen nach Haus und sagen zu mir: ›Moma, du wissen, was Mister Conrack sagen heute?‹ O Gott, meine Grands lieben Mister Conrack. Das also iss er! Der weiße Schullehrer.«

»Ja, Ma'am.«

»O Gott, o Gott. Ich wollen mich feinmachen und kommen zu dir in Schulhaus. Leute sagen, du iss wundervoller Lehrer. Lord, ich hören paar mächtig nette Worte über weißen Lehrer von 'ner Menge Leute.«

»Danke, Mrs. Graves. Ich weiß das zu schätzen, wirklich. Aber ich bin gekommen, um mit Ihnen über . . .«

»O Gott, was steh'n wir hier noch rum? Du kommen ins Haus, ich machen schönen Kaffee, während wir reden.«

»Ich hab' nicht viel Zeit, Mrs. Graves.«

»Du nennen mich Edna, Mister Conrack.«

»Nennen Sie mich Pat, Edna.«

»Pat iss'n schöner Name, Mister Conrack.«

»Danke, Mrs. Graves.«

»Nun«, sagte sie und betrachtete mich aufmerksam. Sie unterzog jede Falte meines Gesichts einer gründlichen Prüfung. Sie selbst hatte ein schönes, kraftvolles, leicht faltiges Gesicht mit warmen ausdrucksstarken Augen. »Nun, Mister Conrack, was wünschen von Edna?«

»Mrs. Graves, ich möchte Ihre Enkelkinder nach Beaufort zum Halloween-Abend mitnehmen. Ich habe ein Boot für die Überfahrt beschafft. Ich habe Unterkünfte, wo sie übernachten können. Für alles ist gesorgt. Die Kinder werden die ganze Zeit in bester Obhut sein. Und sie werden eine herrliche Zeit erleben. Auch vom erzieherischen Standpunkt aus wird es ihnen guttun, neue Dinge zu sehen und neue Erfahrungen zu machen. Der ganze Ausflug ist gut vorbereitet und organisiert. Das einzige, was ich noch benötige, ist die Zusage der Eltern. Wenn Sie mir die nicht geben, ist alles umsonst gewesen, und die ganze Sache fällt ins Wasser.«

Während ich sprach, fuhr Edna fort, mich noch gründlicher zu mustern. Ihr Blick war durchdringend, und um ihre Lippen spielte ein leichtes Lächeln. Sie schien kein Wort von dem, was ich sagte, mitzubekommen.

Schließlich sagte sie: »Gott, du iss 'n gutaussehender Lehrer.«

»Was haben Sie gesagt?«

»Du iss 'n gutaussehender Lehrer, 'n gutaussehender Mann, iss nich so?«

»Edna, ich beschwöre Sie. Dies ist einer der entscheidendsten Augenblicke in meinem Leben. Ich bin hier, um Sie um Ihre Erlaubnis zu dem Halloween-Ausflug zu bitten.«

»Gütiger Himmel! Diese Kinder nich sagen, was für 'n

gutaussehender weißer Lehrer! Sie aussehen wie 'n Mann, den ich sehen im Fernsehen. Spielen in ›Love of Life‹. Und, Lord, tu' ich lieben diesen Mann! Ich sehen ›Love of Life‹ immer. Jeden Tag, Mister Conrack.«

»Das ist fein, Mrs. Graves.«

»Du auch sehen?«

»Nein, Ma'am. Ich habe zu der Zeit Schule.«

»O Gott, nun Linda weg von Edward. Lassen ihn allein und gehen mit diesem Kerl von Doktor – Steve. Steve iss so nice. Gott, er iss 'n hübscher Mann. Edward trinken 'n bißchen viel und sich rumtreiben mit Betty. Bettys Mann elend gestorben 'n Jahr davor. Steve versuchen, ihn gesund machen. Aber er schon zu todkrank, und nich wieder gesund werden. O Lord, diese Leute alle bis zum Hals in Schwierigkeiten. Und mit Linda auch mächtig schlimm werden.«

Ich betrachtete Edna, während sie mir die Seifenoperhandlung ihrer Lieblingssendung im Fernsehen erzählte. Plötzlich kam mir der Gedanke, daß es noch eine ganze Reihe anderer Menschen gab, die an dem rührseligen Schicksal von Linda und Doktor Steve Anteil nahmen und deren Geschichte packender fanden als die von Hamlet und Ophelia. Die Erkenntnis, daß »Love of Life« für die Massen des zwanzigsten Jahrhunderts die Funktion der Shakespeare-Dramen übernommen hatte, faszinierte mich so sehr, daß ich meinen Ärger und meinen Unmut vergaß, die mich hierhergetrieben hatten.

Schließlich gelang es mir, Edna zu unterbrechen und wieder auf mein Anliegen zurückzukommen.

»Mrs. Graves, würden Sie mir den Grund sagen, weshalb Ihre Enkel nicht mit nach Beaufort gehen dürfen?«

Ihre Augen wurden plötzlich hart. Sie rutschte auf ihrem Stuhl hin und her und stieß ihren langen, knochigen Zeigefinger in meine Richtung.

»Weil ich Fluß kennen. Weil ich drei Kinder im Fluß verlieren. Sie fallen ins Wasser und sinken wie 'n Stein auf Grund. Wenn sie hochkommen, sie aufgedunsen wie Krötenfische. Ich leben auf Yamacraw siebzig Jahre und noch sieben dazu. Und ich werd' nich verlieren keinen Enkel an diese Fluß. Du iss jung, du nich kennen Fluß. Ich alt und wissen, was er kann tun. Diese Fluß kann verschlingen Mann. Keins von meine Kinder werden mit Conrack gehn.«

»Nun endlich verstehe ich, wo das Problem liegt, Mrs. Graves. Ich bin froh, daß Sie mir gesagt haben, was es ist. Wovon ich Sie überzeugen muß, ist dieses: den Kindern wird nichts zustoßen. Ich verspreche es Ihnen. Ich gebe Ihnen mein Wort, daß nichts passieren wird. Sie werden die ganze Zeit in meiner Nähe sein, und ich übernehme die Verantwortung für sie. Ich nehme sie unter meine Fittiche. Die Kinder werden sich so gut amüsieren wie noch nie in ihrem Leben.«

»Was für 'ne Art Boot du beschaffen? Mit Boot von dir sie nich fahren.«

»Ich hab' ein großes Boot besorgt und einen Fischerbootkapitän, der es steuert.«

»O Gott, das iss gut.«

»Dürfen sie also mitkommen?« fragte ich hoffnungsvoll.

»Nein«, sagte sie mit einer gewissen Endgültigkeit in der Stimme.

Dann lächelte sie wieder. Ein geheimnisvolles, rätselhaftes Lächeln, das voller Weisheit war, voller Love of Life und vielleicht auch voller Schmerz. »Gott, iss du 'n gutaussehender Lehrer.«

»Sagen Sie das nicht ständig, Edna. Es stimmt nicht. Sie sagen das nur so.«

»Du so 'n hübsches Gesicht für 'nen weißen Lehrer.«

»Um Gottes willen, Edna, bitte vergessen Sie es! Ich komme mir auf den Arm genommen vor.«

»Lord, Lord! Vielleicht lass' ich die Älteren mitgehen – Frank und Charles.«

»Und was ist mit Sidney und Samuel?«

»Nein! Großer Lord, nein!« Sie stampfte mit dem Fuß auf den Boden. »Sie böse Kinder. Sie zu schlecht, um gehen auf Ausflug.«

»Warum?«

»Weil sie schlecht.«

»Aber Frank und Charles können gehen?«

»Wenn Wetter iss gut.«

»Es wird prächtig sein. Würden Sie mir eine Erlaubnis schreiben?«

»Was?«

»Könnten Sie mir bitte eine Bescheinigung geben, die ich Mrs. Brown zeigen kann?«

»Dieses verdammte Weib!«

»Wie bitte?«

»Verdammte Farbige in Schulhaus. Sie iss Satan selbst.«

»Mrs. Brown ist eine nette Frau, Edna. Sie müssen sie nur kennen.« Ich hatte diese heftige Verurteilung meiner Kollegin nicht erwartet, und ich wußte auch nicht, wie ich das Thema wechseln sollte, ohne die alte Lady zu kränken.

»Du nich kennen dieses Teufelsweib. Brown wissen Bescheid. Sie setzen kein Fuß auf dieses Grundstück, weil wissen, daß ich gebrauchen Betsy, wenn sein müssen.« Edna hatte sich plötzlich in eine Furie verwandelt.

»Ah, wer ist Betsy, wenn ich fragen darf?«

»Betsy meine gute Freundin, Mister Conrack. Sie mächtig laut werden, wenn Edna wütend.«

»Well, ich glaube nicht, daß wir Betsy brauchen, Edna. Bestellen Sie ihr schöne Grüße, wenn Sie sie sehen. Und überlegen Sie, ob Sie nicht auch die Zwillinge mitgehen lassen. Sie würden wirklich viel Freude haben.«

»Nein, sie zu schlecht. Gott, iss das 'n gutaussehender weißer Mann!«

Diese Äußerung ging mir langsam an die Nerven, und schließlich erwiderte ich scharf: »Gott, sind Sie eine gutaussehende Frau, Edna! Eine wirklich hübsch aussehende Frau.«

»Lord, du übertreiben. Du übertreiben, Mister Conrack.«

Die kläffende Meute umkreiste uns wieder angriffslustig. Edna bahnte uns einen Weg zum Wagen, indem sie den Besen ergriff und den Hunden damit drohte.

Eine Stunde hatte ich gebraucht, um Edna zu überreden, ihre Enkel – zumindest zwei von ihnen – mit nach Beaufort gehen zu lassen. Indem ich Edna für meine Idee gewonnen hatte, hatte ich die ganze Insel gewonnen. Alle Eltern, mit denen ich anschließend sprach, zögerten, zeigten sich unentschlossen und unsicher, erklärten sich jedoch schließlich bereit, ihre Kinder mitfahren zu lassen, falls das Wetter gut wäre.

Natürlich war das Wetter miserabel. Am Freitagmorgen, kurz vor sieben, nachdem ich mit Bernie die letzten Vorbereitungen getroffen hatte, half mir Zeke beim Ablegen. Es nieselte bereits. Der Himmel war wolkenverhangen und unheilvoll. Kleine weiße Schaumkronen tanzten auf dem Wasser. »Mist!« fluchte ich, als das Boot in den Bull Creek einbog. Ich blickte zum Himmel und verlangte von Petrus wenigstens etwas Fairneß. Je näher ich Yamacraw kam, um so schlimmer wurde das Wetter.

Barbara und ich waren am Abend zuvor in einem Kaufhaus gewesen und hatten Masken für meine Schüler ausgesucht. An den Tagen, die unserem Exodus von der Insel vorausgingen, hatte ich die Kids in einen Taumel der Begeisterung versetzt. Sie konnten den Freitag kaum noch erwarten. Halloween würde das größte Ereignis der Weltgeschichte werden. Wir würden einen Heidenspaß haben. Alle Engel im Himmel und alle Teufel der Hölle würden uns beneiden.

Die Masken, die Barbara ausgesucht hatte, reichten von komisch bis makaber. Einige stellten Vampire dar, andere Monster, wahnsinnige Wissenschaftler oder Ghouls. Barbara kaufte auch achtzehn riesige hexengeschmückte Halloween-Beutel, um die Süßigkeiten aufzunehmen. Alles war perfekt geplant. Der D-Day hätte nicht perfekter vorbereitet sein können. Während ich an diesem Morgen nach Yamacraw übersetzte, war in mir eine ohnmächtige Wut. Das gottverdammte Wetter machte mir einen dicken Strich durch die Rechnung.

Als ich mich der Anlegestelle näherte, sah ich die ganze Klasse, die sich unter einer Eiche zusammendrängte, die bei den Schuppen stand, in denen die Inselleute ihre Fischer- und Angelausrüstungen aufbewahrten.

Joe und Jim eilten herbei, um mir beim Festmachen des Bootes zu helfen. Mrs. Brown, die am Tag vor dem Ausflug ihren Widerstand aufgegeben und ihren Unterricht mit der Begründung abgesagt hatte, daß sie als Schulleiterin laut Regierungsbeschluß jeden von der Schulbehörde genehmigten Ausflug zu begleiten habe, stand majestätisch am Kai und hielt die Kinder zusammen, als wären sie eine Herde störrischer Schafe. Miß Glover, die körperbehinderte Lehrerin mit vierzig Dienstjahren, hatte mich am Dienstag zuvor gefragt, ob sie als Begleiterin mitkommen könne. Ich hatte ihr geantwortet, daß ich ihr sehr dankbar wäre, wenn sie mitkäme. Wir hatten uns inzwischen sehr gut miteinander angefreundet, und das trotz all der Warnungen, daß sie ihre Kräfte der Finsternis gegen mich mobilisieren werde, bevor das Jahr vorbei sei. Als ich nun zum Kai hinaufstieg, sah ich, wie Miß Glover ihre erklärte Todfeindin Mrs. Brown mit haßglühenden Blicken verfolgte.

Einige Eltern standen in der Nähe der Kinder. Sie blickten besorgt zum Himmel und schüttelten mißbilligend die Köpfe. Das Wetter schien sich von Minute zu Minute zu verschlechtern. Eine der Mütter sagte zu ihrem Kind: »Denk nich, du mußt Ausflug mitmachen. Wetter nich gut!«

»Das Wetter ist prächtig!« mischte ich mich ein. »Und es wird noch besser werden. Hab' heute morgen den Wetterbericht gehört, und der sagte, daß gegen zehn die Sonne durchkommen wird. Relative Luftfeuchtigkeit etwa um achtundfünfzig Prozent. Temperatur sehr gute und zufriedenstellende siebzig Grad Fahrenheit. Idealer können wir uns das Wetter überhaupt nicht wünschen. Wird schon alles gutwerden, Leute!«

Dann verteilte ich Masken und Beutel an die Kinder. Noch bevor ich damit fertig war, versetzte Richard Lincoln einen Hieb in den Magen, weil Lincoln ihm die Vampirmaske entrissen hatte und damit verschwinden wollte. Es kam wegen der Masken noch zu einigen anderen Scharmützeln dieser Art, doch schließlich hatten sich alle beruhigt, und es herrschte Ruhe an allen Fronten.

Nur drei Kinder waren nicht gekommen: Samuel, Sidney und Prophet. Es tat mir leid, doch ich hatte in dieser Stunde nicht die Zeit, um die zu trauern, die zurückbleiben mußten. Ich war verdammt nervös und machte mir Sorgen wegen des Bootes, das uns zum Festland bringen sollte. Der Kapitän hatte mir versprochen, sein Schiff Punkt acht an der Hafenmauer von Yamacraw festzumachen.

Es wurde neun, bis das Boot um die Biegung des Ramshorn Creek bog. Die ganze Versammlung stöhnte bei seinem Anblick auf. Das Boot sah aus, als wäre es während des Peloponnesischen Krieges konstruiert und gebaut worden. Es ächzte und keuchte auf die Anlegestelle zu wie ein von Arthritis geplagter Greis. Es ließ auf ein Dieselasthma schließen, das unheilbar zu sein schien. Der Kapitän, den ich noch nicht kannte, blickte zuversichtlich auf uns nieder. Ich starrte immer noch auf das Boot, das mich an einen Seelenverkäufer erinnerte, an das armselige Stück einer Geisterflotte, an ein Schiffswrack, das die Sturmflut von einer Sandbank losgerissen hatte. Der Kapitän befahl, die Kinder in den Schiffsladeraum zu bringen. Er gab sich keine Mühe, die Tatsache vor uns zu verbergen, daß er eigentlich Wichtigeres zu tun hatte und daß dieser Ausflug für ihn nur unnötige Zeitverschwendung war. Ich führte die Meute schnell in den schmutzstarrenden, abgasverseuchten Laderaum und schickte ein stummes Gebet zum Himmel, daß keines der Kinder während der Überfahrt an Kohlenmonoxydvergiftung sterben möge. Mrs. Brown schrie wütend auf die Ärmsten ein. Sie zog sie an den Ohren und stieß sie in den engen Durchgang, der ins Schiffsinnere führte. Im Laderaum hatten vier Personen bequem Platz. Mrs. Brown brachte fünfzehn Schüler darin unter.

»Hier unten keine Luft, Conrack!« schrie Lincoln.

»Müssen kotzen, Conrack«, drohte ein anderer.

»Lord, wir alle sterben!« heulte Mary.

Joe und Miß Glover gingen an Bord. Jim und ich sprangen in mein Boot und legten nach Bluffton ab, wo Zeke uns in Empfang nehmen würde. Einen Teil der Kinder würde ich in meinem Wagen transportieren, und ich hoffte verzweifelt, daß die Leute von der VISTA an dem vereinbarten Treffpunkt auf dem Hilton Head waren.

So weit laufen die Dinge einigermaßen glatt, dachte ich. Das Unternehmen mußte sauber hinhauen, denn der kleinste Unfall, das kleinste Mißgeschick würde katastrophale Folgen haben. Es würde mir vor allem nie wieder gelingen, die Eltern zu bewegen, die Kinder ein weiteres Mal meiner Obhut zu überlassen, um sie von der Insel zu entführen. Ich blickte zurück, sah, wie das Boot ablegte und die Eltern ihm winkend nachschauten. Die erste Phase der brisanten Operation war erfolgreich abgeschlossen. Meine Schüler hatten die Insel verlassen.

Für sie hatte ein Abenteuer begonnen, das vielleicht das größte ihres ganzen Lebens sein würde.

Dann jedoch verwandelte sich das große Drama, das ich so brillant inszeniert hatte, in eine Farce. Das erste, was Zeke mir sagte, als ich Bluffton erreichte, machte mir klar, daß die obersten Bosse der County-Schulbehörde über meinen Ausflug Bescheid wußten.

»Bennington hat einen Bus bestellt, der die Kids nach Beaufort bringt. Er schickt den Bus runter zur Anlegestelle.«

»Wie kommt er dazu, Zeke?«

»Ich glaube, Ted Stone hat sich über Funk mit ihm in Verbindung gesetzt und ihm gesagt, daß du keine Transportmittel für die Kids hast.«

»Denkt er, wir würden die dreißig Meilen nach Beaufort zu Fuß laufen?« fragte ich.

»Ich weiß es nicht, Pat. Weiß nur, daß Old Foxy in zehn Minuten einen Bus herschickt.«

»Wir müssen diesen verdammten Bus abfangen, Zeke.«

Wir luden mein Boot in aller Eile auf den Anhänger. Zeke jagte den blauen Kleintransporter mit heulendem Motor die Alljoy Road hinunter.

»Ich bin auf dieser Strecke schon hundert gefahren«, sagte Zeke beiläufig.

»Klasse, Zeke.«

Vor dem Gebäude der Bluffton High-School kamen wir mit quietschenden Bremsen zum Halten. Früh genug, denn der Bus und ein ziemlich ratloser, nervöser Fahrer warteten vor dem Eingang. Der Bursche war über fünfzehn. Er schüttelte den Kopf, weil man ihn zu einem so kurzfristig angesetzten und schlecht organisierten Unternehmen rausgeschickt hatte. Erwähnenswert an South Carolina ist die Qualität seiner Schulbusfahrer. Voraussetzung für den Erwerb einer Buslizenz ist das Erreichen des Pubertätsalters und die Fähigkeit, das Alphabet ohne Stottern aufsagen zu können. Dieser Junge erklärte mir nun, Mr. Ezra habe in seiner Schule angerufen und dem Direktor befohlen, einen Schüler freizustellen, damit er die Yamacraw-Kinder zu ihrem Zielort in Beaufort bringe. Zitternd vor Wut sagte ich dem Fahrer, er solle Bennington ausrichten, daß er sich den Zielort in den Hintern stecken solle. Er möge sich gefälligst um seine Aufgaben als Schulrat kümmern und seine Nase aus meinen Angelegenheiten raushalten.

Mein Wagen stand auf dem Skimberry-Grundstück. Ida machte mir und Jim eine heiße Tasse Kaffee, während Zeke ein paar Bennington-Anekdoten zum besten gab. Jim und ich brachen bald wieder auf und fuhren zum Yachthafen auf Hilton Head hinüber, wo die VISTA-Leute das Boot mit den Kindern in Empfang nehmen sollten.

Als ich um die Kurve zum Yachthafen bog, sah ich mit einem Blick, daß der Seelenverkäufer planmäßig angelangt war, die Kinder und ihre Begleitung sicher an Land gegangen waren und kein einziges Mitglied der Reisegesellschaft über Bord gefallen, ertrunken oder im Laderaum erstickt war. Mit einem zweiten Blick stellte ich ebenso rasch fest, daß kein einziger der VISTA-Leute erschienen war.

Mrs. Brown umschrieb die Lage sehr treffend, als sie sagte: »Wir haben keine Räder unter den Füßen, Sohn.«

Ich suchte eine Telefonzelle auf und rief meinen guten, durch nichts zu erschütternden Freund Bernie Schein an.

In ruhigem, beherrschtem und sachlichem Ton stellte ich Bernie die einfache Frage: »Wo, zum Teufel, stecken diese VISTA-Leute, du gottverdammter Hurensohn?«

Bernie, der anerkannte Meister einer jeden Lage, dessen Kaltblütigkeit, Geistesgegenwart und Weitblick ihm allseitige Bewunderung einbrachten, erwiderte mit ruhiger, gemessener Stimme: »Diese Bastarde haben mir fest versprochen, da zu sein.«

Irgendwo an der Atlantikküste standen vier Regierungsfahrzeuge, gesteuert von idealistisch gesinnten jungen VISTAS, und hielten vergeblich Ausschau nach dem Boot von Yamacraw Island. Auf diese Weise gab es nach den gigantischen Planungsvorbereitungen der letzten Woche eine logistische Panne beim Überlandtransport.

Mrs. Brown sagte: »Sicht nicht so aus, als wäre der Ausflug besonders sorgfältig vorbereitet worden.«

Ich sprang wieder in meinen Wagen und fuhr zornbebend zu der schwarzen High-School zurück, zu welcher der von mir verschmähte Fahrer gehörte, und stürmte in das Zimmer des Schulleiters. Dort verlangte ich zu wissen, weshalb für die armen Kinder von Yamacraw kein Bus bereitstehe. Kein Geringerer als Ezra Bennington persönlich, der große Patriarch von Bluffton, habe Anweisung gegeben, daß ein Bus die Kinder an der Anlegestelle abholte. Wieso, fragte ich, sei dieser Bus nicht pünktlich zur Stelle?

»Sie haben ihn doch selbst weggeschickt«, antwortete mir die Sekretärin fassungslos.

»Ein monumentales Mißverständnis. Meine Schuld, natürlich. Aber ich muß unbedingt einen Fahrer haben.«

»Ich werde ihn holen lassen, Sir.«

Die Sekretärin warf mir einen Blick zu, wie ich ihn manchmal bei Fremden beobachte. Von Natur aus bin ich nervös und lebhaft, aber wenn mir etwas danebengeht, verwandle ich mich in einen Besessenen. Das Ganze ist harmlos und höchstens ein wenig schizoid, aber den Leuten jagt es meist einen fürchterlichen Schrecken ein.

Als der Fahrer, der wundervolle, bezaubernde Märchenprinz von einem Fahrer, das Vorzimmer des Schulleiters betrat, hetzte ich ihn sofort zu seinem Bus und befahl ihm, mir zu folgen. Erneut befand ich mich auf dem Weg von Bluffton nach Hilton Head Island. Der Fahrer, dessen Name Robert war, schien die Dringlichkeit der Situation begriffen zu haben und jagte zum Yachthafen, so schnell die altersschwache Kiste es erlaubte.

Beim Yachthafen angelangt, fielen alle über mich her. Sie schrien, kreischten und heulten, so daß ich in dem Höllenlärm nicht verstand, was los war. Schließlich gelang es Joe Sandford, mir mitzuteilen, daß Mary auf dem Asphalt gefallen war und sich das Knie verletzt hatte. Ich rannte zu der Stelle, wo Mary auf einer Bank saß.

»Ein paar Kratzer am Knie sind kein Beinbruch, Mary«, sagte ich. »Du lebst nun mal auf dieser Insel, auf der es keine asphaltierten Straßen und keinen Beton gibt.« Mary bedeckte das Knie mit der Hand. Dunkles rotes Blut quoll zwischen ihren Fingern hervor. Ich bat sie, die Hand fortzunehmen, damit ich sehen könnte, wie schlimm die Verletzung war. Ich war entsetzt beim Anblick von Marys blutverschmierter und doch elfenbeinweißer Kniescheibe. Die Haut hing in einem großen Lappen herunter und gab ein Stück des Knochens frei.

»Dieses Mädchen hat einfach kein Fleisch auf den Knochen, deshalb sieht die Wunde so gefährlich aus«, intonierte Mrs. Brown. »Lord, wenn es einen Sturm geben sollte, müßten wir Mary beschweren. Wir müßten Steine in ihre Taschen füllen, damit sie nicht weggeblasen wird.«

Ich wußte, daß Mary außergewöhnlich empfindlich war, was ihr Gewicht anging. Sie war sehr schnell gewachsen, und ihr Körper hatte nicht genug Fleisch angesetzt. Fast so groß wie ich und mit einem wundervollen Gesicht, würde sie eines Tages eine phantastische Frau werden. Doch jetzt, mit ihren dreizehn Jahren, haßte sie es, wenn sich jemand über ihr Gewicht lustig machte. Sie bedachte Mrs. Brown mit einem Blick, der die Lehrerin hätte zu Eis erstarren lassen können.

Der Bus fuhr vor. Die Kids mit ihren Begleitpersonen stiegen ein. Die Kinder trugen ihre Masken und schlugen ausgelassen auf ihre Taschen. Ich erklärte dem Fahrer den Weg zu Bernies Schule. Dann fuhren Mary und ich zum Arzt. Ihr Knie mußte unverzüglich behandelt werden, und es bedurfte keines Fachmanns, um zu erkennen, daß die Wunde genäht werden mußte. Zum sechsten Mal an diesem Tag donnerte ich über die Bluffton Road.

Wir fuhren zur Praxis von Dr. Wohlert. Mary kannte und vertraute ihm. Er war der einzige Arzt im Umkreis von dreißig Meilen und galt als die umstrittenste Persönlichkeit in South Carolina. Ein Jahr zuvor hatte Dr. Wohlert einen medizinischen Artikel publiziert, in dem er zu der schockierenden Feststellung kam, daß viele der Low-Country-Schwarzen, die er behandelte, von Würmern befallen waren und an Unterernährung starben. Unmittelbar danach waren die amerikanischen Magazine voll mit Berichten über Darmparasiten und Hungersnot im Beaufort County. Die Aufmerksamkeit der Nation richtete sich auf Beaufort, und die weißen Bürger schäumten vor selbstgerechtem Zorn, als immer mehr Statistiken den Blätterwald füllten und nachgewiesen wurde, daß der Arzt mit seinen Behauptungen recht hatte. Erbarmungslose Angriffe der lokalen Presse auf ihn waren die Folge gewesen. Ich hatte den Mann nie kennengelernt. Aber viele meiner weißen Freunde bezeichneten ihn als einen bösartigen Tumor der Gesellschaft, als einen Verrückten, einen Drogenabhängigen, einen medizinischen Stümper und politischen Abenteurer. Für sie war er ein unverbesserlicher Lügner, dem man die Eier abschneiden und sie als Trophäen im Gebäude der Landwirtschaftskammer aufhängen sollte. Bei so viel angelsächsischer Wut, mit der die »anständigen« Bürger des County, die Schwarze und Schimpansen nur allzu schnell in einen entwicklungsgeschichtlichen Topf warfen, den Arzt verfolgten, stand für mich fest, daß Wohlert ein verdammt guter Mann sein mußte.

Die Schwarzen auf Yamacraw liebten ihn. Ted Stone nannte ihn einen Kommunisten, in Havannah ausgebildet. Wie dem auch sei, ich fand es außergewöhnlich, daß er in einem County, das so viel unternommen hatte, ihn zu quälen und in Mißkredit zu bringen, immer noch seinem Arztberuf nachging. Ich fragte mich, wie er den öffentlichen Druck ertrug, den man auf ihn ausübte. Ich wäre dabei im Irrenhaus gelandet. In der Tat gab es ein Gerücht über ihn, das wissen wollte, daß er von einer Heilanstalt in die andere wanderte.

Dr. Wohlerts Wartezimmer war nicht mit Patienten gefüllt, sondern mit humorlosen jungen Männern und Frauen, die höchst seltsam reagierten, als ich eintrat und nach Wohlert fragte. Die Männer hatten lange Mähnen, und die Gesichter der Frauen waren blaß und ungeschminkt, mit harten Augen und verkniffenen Lippen. Ich begriff dann sehr rasch, daß es sich um eine Art Leibwache handelte. Niemand kam zum Doktor, ohne daß er sich erst einmal einer Sicherheitskontrolle unterziehen lassen mußte.

»Wer sind Sie?« fragte mich einer der Guys.

»Wer sind Sie?« fragte ich zurück. »Hören Sie, ich bin Lehrer auf Yamacraw Island. Eine meiner Schülerinnen hat sich das Knie aufgeschlagen. Die Wunde muß genäht werden.«

Eine Schwester erschien. Eine sehr wohltuende Erscheinung mit einem gütigen, liebenswürdigen Lächeln.

»Bringen Sie das Mädchen herein«, sagte sie. »Der Doktor wird sich gleich um sie kümmern.«

Ich ging zum Wagen und half Mary in das Ordinationszimmer. Die Leibwächter entspannten sich, als sie Marys Knieverletzung sahen. Die Schwester führte uns in einen rückwärtigen Raum, wo ich Mary auf einen Tisch setzte. Ich versuchte sie ein wenig aufzuheitern. Sie machte mir Sorgen, denn seit dem Unfall hatte sie kein Wort gesprochen.

»Mary, während des Punischen Krieges war ich Sanitäter. Da sind mir mehrere Verletzungen dieser Art untergekommen.« Mit professioneller Gefühllosigkeit blickte ich auf die Wunde. »Meiner Ansicht nach wird Doktor Wohlert nicht daran vorbeikommen, dir das Bein abzunehmen.«

Mary schaute entsetzt auf.

»Ein Scherz, Mary, ein Scherz«, fügte ich hastig hinzu.

Mary strafte mich mit hoheitsvollem Schweigen und gab mir so zu verstehen, daß sie meine Scherze überhaupt nicht amüsant fand.

Im nächsten Moment betrat Dr. Wohlert den Raum. Seine Bewegungen wirkten gehetzt, die Augen unruhig und blutunterlaufen, seine Gesten nervös und unkontrolliert. Er war ein schmächtiger Mann von vogelhafter Zerbrechlichkeit. Seine Brillengläser waren dick, die Haare zerwühlt und unordentlich, aber der Kopf, den sie umrahmten, verriet eine erstaunliche Intelligenz. Als er mich anblickte, hatte ich das Gefühl, einem Märtyrer gegenüberzustehen. Die öffentliche Hexenjagd, die er erlitt, hatte deutliche Spuren in seinem Gesicht hinterlassen. Ohne daß er ein Wort davon erwähnen mußte, sah ich dem Doktor an, daß er durch eine Hölle gegangen war.

Er drückte mir die Hand, als hätte ich ihm einen zwei Wochen alten Hering gereicht – keine Wärme, keine Kraft, ein unverbindlicher Händedruck. Ich sah ihm an, daß er zwischen Mary und mir keine Verbindung herstellen konnte. Mit kurzen Worten erklärte ich ihm, daß ich auf Yamacraw unterrichtete und wir uns auf einem aus dem Ruder laufenden Schulausflug befanden. Marys Knie habe die Dinge noch weiter kompliziert, indem es sich bei einem Sturz durch die Haut geschoben hätte.

Mary sagte die ganze Zeit über kein Wort. Sie blickte nur sehr benommen und apathisch drein. Eine Kreatur, die sich zu stillem Leiden durchgerungen hatte. Als der Arzt sie fragte, ob sie Schmerzen habe, nickte sie nur. Seine Praxis war kein Musterbeispiel an Sauberkeit und Ordnung, doch er fand, was er brauchte, überraschend schnell, pumpte das Knie voll mit Novocain und begann die Haut zu nähen.

Als er fast fertig war, stellte er mir eine Frage, die ich seltsam und zugleich besorgniserregend fand.

»Haben die Rednecks versucht, Sie zu schnappen?«

»Noch nicht, Doktor.«

»Das ist gut. Ich hoffe, sie lassen Sie in Ruhe.«

Ich dankte ihm, half Mary vom Tisch herunter und ging ins Vorzimmer, wo ich die Schwester bat, die Rechnung an das Beaufort County Board of Education zu senden. Ich dachte mir, die Schulbehörde hätte mehr Geld als Marys Eltern.

Die dreißig Meilen von Bluffton nach Port Royal legten wir in Rekordzeit zurück. Der Bus mit den anderen war vor einer halben Stunde eingetroffen. Eine Atmosphäre freudiger Erregung lag über dem Spielplatz neben der Schule. Jedes Yamacraw-Kind war umgeben von fünf lächelnden, temperamentvollen weißen Kindern aus Bernies ungewöhnlicher Schule in Port Royal.

Bernies Schule lag in einer völlig weißen Nachbarschaft, durchsetzt mit Wohnwagenkolonien und bewohnt von Leuten, die bei der Präsidentschaftswahl 1968 alle für George Wallace gestimmt hatten. Dennoch war es meinem Freund gelungen, das ganze Viertel für die Idee des Yamacraw-Besuchs zu begeistern. Ich glaube, die guten Leute von Port Royal hatten erwartet, daß die Yamacrawner mit dem Einbaum herüberpaddeln würden, fremdartige Lieder an den Windgott auf den Lippen. Mehrere der Sechstkläßler, mit denen ich im Laufe des Tages sprach, brachten ihre Enttäuschung darüber zum Ausdruck, daß meine Schüler keinen Elfenbeinschmuck in der Nase trugen und keine Speere in der Hand hielten, um die Feinde abzuwehren, die ihnen den Rückweg zur Insel abschneiden wollten. Doch wir schrieben das Jahr 1969, und Bernie hatte die weißen Eltern derart hypnotisiert, daß sie bereit waren, fünfzehn schwarze Kinder bei sich aufzunehmen.

Bernie löste sich aus einem Schwarm kichernder Mädchen, als er mich sah, hob grüßend seine Zigarre und eilte auf meinen Wagen zu.

»Du hast es verpaßt, Junge. Du hast den größten Empfang seit Cäsars Heimkehr nach Rom verpaßt.«

»Was ist geschehen, Bernard?«

»Ich war in der Klasse und versuchte zu unterrichten, während ich mir schreckliche Sorgen machte, du würdest nie wieder auftauchen. Dann fuhr draußen vor der Schule der Bus vor. Ein Kind kam in die Klasse gerannt und rief: ›Sie sind da!‹ Well, Junge, der Satz war noch nicht ganz zu Ende, als sämtliche Kinder dieser Schule aus ihren Klassenzimmern stürmten, ihre Lehrer niedertrampelten und schreiend, jubelnd und Beifall klatschend den Bus umringten. Sie waren so glücklich, daß deine Kids es geschafft hatten. Die Yamacraw-Kids machten ein Gesicht, als wären sie einer Bande von Irren in die Hände gefallen. Ich schritt durch die Menge – du kennst mich ja – wie ein Gott inmitten sterblicher Menschen, bestieg dann den Bus und hielt die offizielle Begrüßungsansprache. Anschließend geleitete ich Mrs. Brown und Mrs. Glover nach draußen. Meine Sechstkläßler führten die Yamacraw-Kids auf mein Geheiß in den Lunchroom. Ich darf noch einmal in aller Bescheidenheit betonen: Es war die größte spontane Ovation, der gewaltigste nichteinstudierte Begeisterungssturm, den ich jemals erlebt habe.«

Offensichtlich hatten meine Schüler sich die Herzen ihrer Gastgeber im Sturm erobert. Ich sah Oscar und Big C, die auf brandneuen Fahrrädern über das Basketballfeld kurvten. Eine Gruppe anderer Jungen zeigte den Festland-Kids soeben die völlig pervertierte Version von Basketball, wie sie auf der Insel gebräuchlich war. Die Mädchen halfen beim Schmücken der Festwagen, die in Bernies Halloween-Umzug mitfahren würden. Der Geist der Menschenliebe und des guten Willens schien von den Kindern Besitz ergriffen zu haben. Ein Summen fröhlicher Kinderstimmen hing in der Luft und erinnerte an den Fetten Dienstag. PTA-Mütter mit wohlgerundeten Hinterteilen und freundlichen Gesichtern versahen den Dienst an den Festbuden. Saul stolzierte mit einem Jo-Jo auf mich zu.

»Ich dafür treffen zwei Ballons«, prahlte er.

»Du triffst nicht mal einen Ballon, Saul.«

»Doch, ich treffen zwei Ballons – mit zwei Pfeilwürfen.«

Lincoln kreuzte mit einer Jesusstatue aus Plastik auf, die er an einem Stand gewonnen hatte, wo man mit einem Baseball auf Milchflaschen werfen mußte.

Cindy Lou stürzte sich auf mich und rief: »Dieser Mann Bernie verrückt. Lord, er so verrückt! Strecken mir sein alt' häßlich Zung raus!«

»Dann streck du ihm doch ebenfalls dein alt' häßlich Zung raus!« riet ich ihr.

Das war also das große Halloween-Fest. Bernie hatte seine Schüler bestens gedrillt. Sie behandelten die Yamacraw-Kinder wie Besucher eines Königshauses. Später kam mir der Gedanke, daß Bernie und ich so etwas wie eine Arena zur Verbesserung des Rassenklimas errichtet und dabei wohl in erster Linie an uns selbst gedacht hatten – weniger an die Leute von Port Royal und die Kinder von Yamacraw. Es war jedenfalls ein Unternehmen zum Vorzeigen, etwas, worauf wir stolz sein konnten. Wir hatten etwas zur Steigerung der Lebensqualität der Menschen im Süden getan. Wir liebten dieses Land, das uns hervorgebracht hatte, und es drängte uns, einen Beitrag zu leisten zur Verwandlung seines so mißhandelten und verunstalteten Opferleibes.

Ich war ein Zyniker, der sich verzweifelt wünschte, an die Erlösung des Menschen glauben zu können. Bernie war ein Optimist, der immer neue Beweise dafür fand, daß seine Philosophie der Freude und des Triumphs des Geistes nicht die Illusion eines grinsenden menschenverachtenden Schicksals war. Gott, wir hatten ein Anliegen, und es gab viele Dinge, die uns krank machten: Kriege, Vorurteile, soziale Ungerechtigkeit, Analphabetentum. Wir waren unerträgliche, sendungsbewußte, selbstgerechte Verkünder der Eucharistie, Pipelines zum Allmächtigen. Wir konnten uns nicht irren, denn wir waren jung. Wir hatten den Kopf voll humanistischer Ideen – und voll gequirlter Scheiße.

Doch an diesem Tag sah es so aus, als wären Bernie und ich auf etwas gestoßen, das unser persönliches Anliegen überstieg. Frank, Top Cat, Jasper, Ethel, Richard, Lincoln, Jimmy Sue und der Rest der Festlandbesucher aus Yamacraw würden sich an diesem Tag ganz himmlisch amüsieren. Ich konnte es sehen, und sie sagten es mir auch immer wieder.

Als ich den Motor des Lasters aufheulen ließ, der mit roten und lilafarbenen Papiergirlanden geschmückt war und einen Anhänger mit dem Boot darauf zog, kletterten meine Schüler hinauf und suchten sich irgendwo auf der Ladefläche, dem Führerhaus oder im Boot einen Platz. Ihre Gesichter waren verborgen hinter halbaufgeweichten Masken, die Beutel tropfnaß vom Nieselregen, der an diesem Tag nicht einmal für Minuten ausgesetzt hatte. Top Cat schaute durchs Fenster ins Führerhaus und sagte: »Hi, Barbara, Mrs. Conrack!« Der Port-Royal-Halloween-Festzug hatte begonnen. Die Tambourmajorin setzte sich in Bewegung, die Trommeln dröhnten, die Zuschauer, die dem Regen trotzten, winkten begeistert. Jessica saß auf meinen Schoß, und Oscar bearbeitete hingebungsvoll seinen Lärmmacher. Das Ganze war eine riesige surrealistische, nebelgraue, schreiend bunte Parodie auf ein Traumland, das mit Yamacraw nicht das geringste zu tun hatte.

Nach dem Festzug traf ich mich kurz mit der Gang, wünschte ihnen viel Spaß beim Schnorren und Streichemachen und ermahnte sie, freundlich zu ihren Gastgebern zu sein. Dann erinnerte ich sie daran, daß ich ihnen die Seele aus dem Leib prügeln würde, wenn sich einer von ihnen verletzte, verlorenging oder sonst was Schlimmes anstellte. Ich bleute ihnen ein, daß ich sie morgen um neun vollzählig vor der Schule erwartete. Außerdem hätte jeder von ihnen mir die Hälfte der Süßigkeiten abzuliefern, die er in der Halloween-Nacht einsammeln würde.

»No, Conrack, du nich kriegen nix!« sagte Cindy Lou.

Am nächsten Morgen stand eine schnurgerade Reihe von fünf Wagen vor dem Eingang der Port Royal Elementary School. Nach und nach trafen meine Leute ein. Das Wetter war nicht gut. Um jede Form von Bildsprache zu vermeiden und mich genau an die Tatsachen zu halten: Das Wetter war so, wie es die Götter an einem Tag wie dem ersten November für die Inseln vor South Carolina als angemessen betrachteten. Mit anderen Worten: Beaufort würde einen leichten Hurrikan erleben, sintflutartige Regenfälle die Straßen überfluten und Sturmböen die Bäume erfassen und sie zu Boden drücken wie alte Männer. »Das Wetter wird sich aufklaren«, erzählte ich allen.

Als wir in Hilton Head eintrafen, hatte sich das Wetter weiter verschlechtert.

Oscar, der bei mir im Wagen mitfuhr, beugte sich zu Frank hinüber und flüsterte: »Schei-ße, Wellen so hoch!«

Den Bootskapitän mußten wir aus seinem Haus holen, das in der Nähe des Hafens lag. Er begann von dem Sturm im Jahr 1959 zu erzählen. Das Garnelenboot war dabei gesunken, und sechs Männer mit ihm. Dann erwähnte er den großen Sturm von 52, der Schiffe aus Eisen zertrümmert hatte, so daß die Wrackteile einen Küstenstreifen von fünfzig Meilen Länge bedeckten.

»Das ist alles sehr schön, Captain, aber können Sie mir sagen, ob Sie diese Kinder sicher und wohlbehalten nach Yamacraw bringen können?«

»Oh, ich glaube schon«, antwortete er. »Doch warum warten wir nicht ein bißchen? Ich glaube bestimmt, daß sich das Wetter bald aufklart. Tatsache ist, daß ich es in meinen Knochen spüre.«

»Großartig, Captain, ich muß diese Kids nämlich noch heute auf der Insel abliefern – oder ihre Eltern bringen mich um.«

»Es wird bald besser werden.«

Zwei Stunden später hatte sich das Wetter bedrohlich verschlechtert. Riesige, haushohe Wellen klatschten über die Kaimauer. Auch Jesus hätte diesen Fluß nicht überqueren und Moses ihn nicht teilen können. Kein Wunder wäre mächtig genug gewesen, um die tosenden Wasser so rasch zu beruhigen, daß die Kids noch früh genug vor Einbruch der Dunkelheit nach Hause gekommen wären.

Ich rief Bennington an, schilderte ihm die Lage und fragte ihn, wo ich die Kids unterbringen könnte. Nur mit Mühe verkniff ich mir die Bemerkung, ich könnte die ganze Bande doch rüberbringen, damit sie in seinem luxuriösen, walnußgetäfelten und säulengeschmückten Haus am Fluß übernachteten.

Bennington gab sich sehr aufgeschlossen am Telefon und sagte, wir könnten in der Hilton Head Elementary School auf Ruhematten schlafen. Ich rief dann den Sheriff an und bat ihn, Ted Stone per Funk zu bitten, daß er den Eltern Bescheid sagte, den Kindern gehe es gut und sie würden hoffentlich am nächsten Tag nach Hause kommen.

Die Kinder bezogen die Turnhalle der Schule. Einige Feuerwerkskörper krachten. Alle aßen eine Unmenge Halloween-Süßigkeiten. Mary saß ein wenig abseits von den anderen auf einem Stuhl, das Gesicht schmerzverzerrt. Ich schwor mir, daß dies das letzte Seeabenteuer war, an dem ich teilnahm.

Und draußen rauschte der Regen.

*

Alle meine Zweifel und Ängste bezüglich elterlicher Repressalien wegen der um einen Tag verschobenen Rückkehr ihrer Sprößlinge lösten sich in Wohlgefallen auf, als ich am Montagmorgen das Klassenzimmer betrat. Fast alle Münder kauten Double-Bubble-gum, Popcorn oder Milchkaramellen. Die schmatzenden Geräusche lutschender und kauender Münder erfüllten den Raum.

»War's schön zu Halloween?« fragte ich.

»O Gott, wir so viel Spaß haben«, antwortete Lincoln als erster.

»Stadt iss der schönste Ort auf der Welt«, fügte Ethel hinzu. »Alles, was tun müssen, iss klopfen an Tür. Leute stecken Kopf raus und geben Süßigkeiten.«

»Yeah, das iss so 'ne schöne Stadt«, stimmte ihr Carolina zu.

»Leute so nett, geben uns gutes Essen, und alle so freundlich.«

»Du wissen, was Lincoln sagen zu weiße Lady, wo wir wohnen?« kicherte Oscar.

»Du halten Maul, Boy!« schrie Lincoln.

»O Gott, so lustig, was Lincoln sagen!« rief Top Cat.

»Du Satz heiße Ohren!« drohte der verärgerte und sehr verlegene Lincoln.

»Weiße Lady sprechen komisch irgendwie«, begann Oscar.

»Ich dir zerkratzen fieses Gesicht«, drohte Lincoln.

»Selber fieses Gesicht«, schrie Oscar zurück. »Weiße Lady sprechen so komisch und sagen: ›Lincoln, wie dir gefallen Festzug und Party in der Fort Royal School heute?‹ Fettes, fieses Selbst von alte Lincoln essen gerade Kartoffelbrei mit Soße, wenn Lady mit ihm sprechen, und er nich aufgucken, nich jetzt. Er nur sagen: ›Yes, Ma'am, mir gefallen gut. Iss fein Dinner. Yes, Dinner mir schmecken prima!‹ Lord, Mister Conrack, ich mich lachen kaputt, wenn das hören. Sie ihn fragen nach Festzug, und er sagen, daß Dinner prima!«

Die ganze Klasse kicherte und zeigte mit dem Finger auf Lincoln, der sich sichtlich unbehaglich fühlte. Verlegen blickte er zu mir herüber. Dann brach er urplötzlich in sein patentrechtlich geschütztes schrilles Lachen aus. »O Gott, Lady so komisch sprechen!«

Jasper meldete sich zu Wort und sagte: »Saul mich bringen so zum Lachen. Er gehen zu große weiße Mann mit Zeitung und sagen: ›'tschuldigung, aber können ich irgendwo Füße waschen?‹ Der Mann ihn ganz komisch angucken!«

»Du lügen!« schrie Saul.

»Du wissen, daß wahr, was ich sagen«, entgegnete Jasper.

Ethel rief, sie möchte der Klasse erzählen, was sie und die beiden Mädchen, die bei ihr waren, in einem Haus gesehen hätten. »Mann kommen an Tür. Aber sehen aus wie Frau. Tragen Fischnetzstrümpfe und Mädchenkleider. Haben Perücke an und Nase gepudert. Tragen Perlen an Hals und Stöckelschuhe.«

»War so?« fragte Frank.

»War so, wenn ich dir sagen, war so!«

»Irgendwelche Klagen über das Wochenende – abgesehen vom Wetter?« fragte ich. »Waren alle nett zu euch?«

»Alle außer dieser große dicke Junge in Schule«, sagte Top Cat.

»Er schlecht«, sagte Saul.

»Er groß und schlecht. Er sagen, wir bleiben weg von ihm und sein Fahrrad. Ich so Angst.« Top Cat nickte bestätigend zu seinen eigenen Worten.

»Hast du Bernie davon erzählt?«

»No, ich Angst, dicke Junge mich allemachen, wenn ich sagen zu jemand.«

»Dieser Junge gemein, C'roy.«

»Alle anderen Kinder nett«, sagte Carolina.

Den Morgen verbrachten wir damit, die Erlebnisse auf unserem Ausflug nach Port Royal auszutauschen. Ich ließ die älteren Kinder einen kleinen Aufsatz über ihre Eindrücke schreiben. Dann verfaßten wir kurze Dankbriefe an Bernie und die Familien, bei denen die Kinder gewohnt hatten.

Dann, als wollte sie dem Traum ein Ende machen und die Freude über die gelungene Überfahrt hin und zurück ersticken, steckte Mrs. Brown ihren Kopf durch die Tür.

»'tschuldigung, ich hätte gern ein kurzes Wort mit Ihren Babys gesprochen, Mister Conroy.«

Ich hatte zwar das Gefühl, daß Mrs. Brown eine Gemeinheit im Schilde führte, wußte jedoch nicht, wie ich sie daran hindern konnte. Und so zuckte ich die Schultern und machte mich auf das Schlimmste gefaßt.

»Jungen und Mädchen, ihr alle seid meine Babys, nicht wahr?«

»Yes, Ma'am«, kam die prompte Antwort.

»Nun, ihr wißt, daß in der Nacht, in der wir in der Elementary School geschlafen haben, einer von euch Jungen die Schlafmatte naßgemacht hat.«

Die Jungen senkten die Köpfe und kniffen die Lippen

zusammen. Mrs. Brown schien es nicht zu bemerken. Doch ihr inquisitorisches Verhör endete, bevor es noch begonnen hatte. Weder durch Schmeichelei noch durch Drohung hätte sie die Bruderschaft, die sie nun befragte, zu einem Bekenntnis oder einem Verrat bewegen können.

»Nun, Babys«, fuhr sie fort. »Jeder Mensch muß urinieren. Ist das so?«

»Yes, Ma'am«, antwortete die Klasse erneut pflichtschuldig, aber argwöhnisch.

»Und es ist nichts Schlimmes, wenn ein Mann u-riniert, nicht wahr?«

»No, Ma'am!« Die Stimmen wurden leiser und zorniger.

»Aber ein Mann sollte wissen, wann er uriniert und wann nicht. Ist das richtig so, Mister Conroy?«

»Yes, Ma'am.« Rückgratlos hatte ich mich dem griechischen Chor angeschlossen.

»Nun, derjenige, der die Ruhematte naßgemacht hat, hat höchstwahrscheinlich auch in das Bett gemacht, in dem er die Nacht davor geschlafen hat. Nun, Matratzen in den Wohnungen der Weißen kosten manchmal zwischen fünfzig und hundert Dollar. Manchmal auch hundertfünfzig und manchmal sogar zweihundert Dollar. Ihr könnt eine Matratze verderben, indem ihr darauf uriniert. Jeder von uns weiß, daß Urin aus Säure besteht, und ihr könnt euch vorstellen, was Säure bei einer Zweihundert-Dollar-Matratze anrichten kann. Sie frißt sich regelrecht hinein. Aber wer immer der Übeltäter war, er braucht sich deswegen nicht zu schämen. Es gibt viele schwache Blasen auf der Welt. Eine Blase ist so was wie ein Muskel. Manche Muskeln sind schwach, manche stark. 'ne Menge Leute nässen das Bett. Wer immer es also war – und er weiß, daß er's war –, sollte jetzt zu mir kommen und sagen: ›Mrs. Brown, ich hab' 'ne schwache Blase, und es tut mir sehr leid.‹ Ist das richtig, Klasse?«

Diesmal herrschte Schweigen an der Stelle, an der sonst das unterwürfige »Yes, Ma'am« erscholl. Mrs. Brown wurde wütend. Sie drohte, den Übeltäter nicht in die nächste Klasse zu versetzen, wenn er seine gräßliche Tat nicht auf der Stelle gestand.

Die Szene war unerträglich. Aus der Reaktion der Kinder konnte ich erkennen, wer der Verursacher des Säureschadens war. Alle hatten die Köpfe von dem Täter abgewendet, niemand blickte in Sauls Richtung. Das völlige Übersehen seiner Anwesenheit sollte ihn schützen. In Wirklichkeit aber verrieten sie ihn dadurch noch deutlicher, als wenn sie aufgesprungen wären und mit dem Finger auf ihn gezeigt hätten. Doch Mrs. Brown kochte so sehr vor Wut, daß sie von alledem nichts bemerkte. Sie hatte sich an das von ihr geschaffene Spitzelsystem gewöhnt, das ihr eine gottähnliche Allwissenheit verlieh.

Seitdem ich den Kindern meiner Klasse verboten hatte, ihr Nachrichten zuzutragen, die einen Klassenkameraden in Schwierigkeit bringen konnten, hatte Mrs. Browns Allwissenheit gewaltige Risse bekommen. Nur ein einziger meiner Schüler versorgte sie noch einigermaßen regelmäßig mit brandheißen Neuigkeiten. Doch in diesem speziellen Fall war ihr zuverlässigster Informant gleichzeitig auch das verabscheuungswürdige Ungeheuer, das die Zweihundert-Dollar-Matratze der weißen Gastgeber besudelt hatte. Saul war zu allem Unglück nicht nur Mrs. Browns Hauptnachrichtenlieferant, was die sonderbaren und himmelschreienden Geschehnisse in meinem Klassenzimmer betraf, sondern auch ein Bettnässer. Als sie erkannte, daß keines der Kinder bereit war, ihr zu verraten, was sie wissen wollte, zog sie tödlich beleidigt von dannen – nicht ohne vor sich hinzumurmeln, daß dies der Ruin der schulischen Disziplin auf Yamacraw sei.

Die nächste Stunde verbrachte ich damit, die Erregung und Empörung einzudämmen, die nach Mrs. Browns Besuchen in der Klasse unvermeidlich aufbrachen. Ich dankte den Kindern, daß sie Mrs. Brown nicht verraten hatten, daß ich es gewesen wäre, der die Ruhematte durchnäßt hätte. Aber selbst mit diesen Scherzen vermochte ich nicht, sie zu beruhigen. Ich erzählte ihnen, daß auch ich einmal mit dem Problem des Bettnässens zu tun gehabt hatte, und schilderte ihnen meine Ängste, Einladungen zu Übernachtungen anzunehmen, weil ich immer unter dem Alptraum litt, mitten in der Nacht von einem Freund aufgeweckt zu werden, weil ich ihm das Bein vollgepinkelt hatte.

Diese Geschichte schien sie ein wenig aufzuheitern. Frank wollte wissen, wie alt ich gewesen sei, als ich mit dem Bettnässen aufhörte.

»Vergangene Nacht hab' ich damit aufgehört, Frank.«

»Was du da sagen?«

»Vergangene Nacht hab' ich damit aufgehört, als Barbara mir mitteilte, sie habe eine Zweihundert-Dollar-Matratze gekauft. Was ich damit sagen will, Kids, ist, daß man euch den Säurefluß schon abgewöhnt, wenn ihr bei diesen weißen Leuten lebt.«

»Hihi«, kicherte Cindy Lou, »Conrack albern!«

Es gelang mir, die Wirkung von Mrs. Browns Worten zumindest an der Oberfläche zu entschärfen, aber ich konnte nie sicher sein, wie groß der Schaden war, den sie unter der Oberfläche anrichtete – da, wo es eigentlich schmerzte, im Wesenskern, in den Tiefen der Seele. Und es gelang mir auch nicht, Mrs. Brown ihren Zynismus und ihre menschenverachtende Art im Umgang mit den Kindern zu verzeihen. Kein Mann und keine Frau hat das Recht, Kinder zu erniedrigen und zu demütigen, nicht einmal im Namen der Erziehung. Niemand hat das Recht, Kinder mit Lederriemen zu schlagen, nicht einmal mit Zustimmung und unter der Schirmherrschaft sämtlicher Schulbehörden der Welt.

Ich wußte, daß mein High-Noon, meine Auseinandersetzung mit Mrs. Brown unausweichlich war. Der alte Dämon »Schuldkomplex der Weißen« konnte mich noch eine Weile davor zurückhalten. Doch ein bestimmter Wesenszug in Mrs. Browns Charakter wurde mir immer deutlicher bewußt, und je stärker er mir bewußt wurde, um so eindeutiger enthüllte sich mir eine befreiende, allgemeingültige Wahrheit: Die Tatsache, daß ein Mensch schwarz ist, bedeutet nicht notwendig, daß er auch schwarz denkt oder stolz ist, ein Schwarzer zu sein. Mrs. Brown wünschte, sie wäre weiß, was man als Armutszeugnis für unsere Gesellschaft auslegen konnte. So weit, so gut. Doch weil die Gesellschaft Mrs. Browns Bild vom schwarzen Menschen zerstört hatte, konnte es für mich nicht heißen, daß ich untätig zusah, wie sie meine Schüler mit ihrer Krankheit ansteckte. In ihrer eigenen Einschätzung war Mrs. Brown davon überzeugt, daß sie den Kindern Werte vermittelte, wie es ihren versoffenen, tanzwütigen, vergnügungssüchtigen und ungebildeten Eltern niemals möglich gewesen wäre. Für mich jedoch war sie die unbeirrbare, brutale Befürworterin eines weißen Sittenkodex', weißer Wertvorstellungen und weißer Grundhaltungen. Für mich stand fest: Das Ganze lief auf eine Konfrontation der Standpunkte hinaus.

*

Meine Integration in den Lebensstrom der Insel beschleunigte sich nach dem Halloween-Ausflug, obwohl mir das zu der Zeit noch nicht bewußt war. Obwohl eines der Kinder eine verhältnismäßig ernste Verletzung erlitten und ich die Klasse vierundzwanzig Stunden später als vorgesehen nach Yamacraw zurückgebracht hatte, machte die einmütige, begeisterte Unterstützung des Wagnisses durch die Kinder jede eventuelle Ablehnung, jedes eventuelle Widerstreben der Eltern zunichte. Tagelang konnte meine Klasse von nichts anderem reden als von Port Royal.

»Ehrlich, Mister Conrack, ich die Stadt da drüben lieben!« gestand Jasper. »Du brauchen nur an Tür klopfen, sofort jemand stecken Kopf zur Tür raus und geben Süßigkeiten.«

»Ich würde es allerdings nicht an jedem beliebigen Tag des Jahres versuchen, Jasper. Besonders nicht in dem Viertel, in dem du warst.«

Als die Briefe der Port-Royal-Kids eintrafen, las jedes Kind, das einen Brief bekommen hatte, ihn der Klasse vor – vorausgesetzt, es war dazu imstande. Carolina, Ethel und Cindy Lou überzeugten mich davon, daß sie für immer die Liebe und Bewunderung ihrer Gastgeberfamilien errungen hatten.

»Lord, die Leute mich so lieben, Conrack. Sie glauben, ich so'n anständiges Mädchen.«

»Das kommt daher, daß sie dich nicht besser kennen, Cindy.«

»Das kommen daher, daß du nich kennen nix!« gab sie empört zurück.

»Die Lady, bei der du gewohnt hast, sagte zu mir, wenn dieses Mädchen, Cindy Lou, nicht bald die Klappe hält, wird sie es den Klo runterspülen.«

»Das nich wahr!«

»Ehrenwort, ich will auf der Stelle tot umfallen, wenn's nicht stimmt!«

»O Gott, der Mann iss lebensmüde!«

Das Echo auf den Ausflug war hervorragend. Es wirkte sich lange Zeit äußerst stimulierend auf die Aufmerksamkeit und Mitarbeit der Kinder aus. Aber ich wußte immer noch nicht wirklich, wie die Reaktion der Eltern auf das Konzept des Schulausflugs als Unterrichts- und Erziehungsmittel war. Was ich wußte, war, daß Mrs. Brown und auch Miß Glover den Unterricht in der festumrissenen Umgebung des Klassenzimmers befürworteten, daß beide einen deutlichen Unterschied zwischen Unterricht und Erholung machten, daß beide der Überzeugung waren, Unterricht und Lederriemen gehörten zusammen wie Topf und Deckel, und daß beide den Ausflug für einen willkommenen Ferientag hielten, nicht aber für eine Erfahrung von erzieherischem Wert.

Was die Verwendbarkeit meiner Unterrichtsphilosophie in bezug auf die Yamacraw-Kinder betraf, war ich noch ziemlich unsicher. Sie würden nicht für ein Rhodes-Stipendium taugen, nachdem sie unter meiner wachsamen Anleitung ihr Schuljahr absolviert hatten. Keines dieser Kinder würde Schriftsteller werden oder einen bemerkenswerten Beitrag im Bereich der schönen Künste leisten. Die fünf Analphabeten, die man mir zu Beginn des Jahres wie Horsd'œuvres serviert hatte, würden sich erst recht nicht zur Mitgliedschaft in dieser erlauchten Gruppe qualifizieren. Ich lernte allmählich, die Bedeutung der kleinen Siege zu verstehen, ihre Wichtigkeit zu akzeptieren.

Tatsächlich kam ich zu dem schmerzlichen Schluß, daß sich alle meine Siege winzig und trivial ausnahmen, gemessen an meinen Erwartungen zu Beginn des Jahres.

Ich war stolz auf Sidney und Samuel, die inzwischen ihren Namen einigermaßen leserlich zu Papier bringen konnten. Ich war stolz auf Prophet, der bis zehn zählen, und stolz auf Richard, der in der einfachsten Schulfibel lesen konnte. Ja, und Samuel hatte gelernt, nicht gleich loszuheulen, wenn die anderen über ihn lachten. Allmählich begriff ich, daß keine Bemühungen und keine Anstrengungen des Lehrers die Last und den übermächtigen Einfluß einer zweihundertjährigen Vergangenheit aufzuheben vermochten. Die Kinder von Sklaven konnten sich nicht messen mit den Kindern von Pflanzern, den Nachfahren von Londoner Anwälten, den Abkömmlingen eines aufstrebenden, fortschrittlichen weißen Amerikas. Und Sklaverei war immer noch eine Realität im Leben meiner Schüler, wenn man bedachte, daß keiner von ihnen in einer Familie aufwuchs, in der Bücher gelesen, geistige Ideen ausgetauscht und ständig über Gott und die Welt diskutiert wurde.

Wie konnte ich meine Kindheit mit dem Heranwachsen auf Yamacraw vergleichen oder in Beziehung setzen! Die Vorlesestunde meiner Mutter vor dem Einschlafen war eine Verherrlichung der Sprache und der Tradition gewesen, das Verweilen in der Welt von Mother Goose mit ihren Kinderreimen, in denen Bobby Shaftoe zur See fährt und junge, furchtlose Kämpfer auf brennenden Schiffsdecks große Heldentaten vollbringen. Meine Jugend war eine Überflutung mit Worten, eine Zirkusmanege voller Ideen, inszeniert von Eltern, die den Ehrgeiz besaßen, aus der Kinderschar, die sie in die Welt gesetzt hatten, Akademiker und Gelehrte zu machen. Meine Jugend besang die Schönheit des geschriebenen Wortes. In ihr erklangen Psalmen von der Herrlichkeit des Reisens, der Begegnung mit neuen Gesichtern, der Disney-Welt und ihren Wundern, der Jahrmärkte und des Eis am Stiel. Es gab darin Geschichten vom Krieg, erzählt von einem Vater in Fliegeruniform, Geschichten über die Nächstenliebe und Geschichten von Jesus, erzählt von einer blauäugigen Mutter, einer abtrünnigen Baptistin, übergetreten zur katholischen Kirche, einer Magd des Herrn. Und all die Erinnerungen, die ich an unsere Reisen hatte! Zweibahnige Highways, die mitten durch Sümpfe und dunkle Zypressenwälder führten und eine Marinebasis mit der anderen verbanden. Der Kombiwagen, voller Kinder und mittendrin ein schwarzer Hundemischling, noch lange nach Mitternacht unterwegs: verschlafene Ortschaften, die Lichter einer Verkehrsampel hinter regennassen Scheiben, das knackende Geräusch beim Wechseln der Gänge, das Brummen des Motors, der Druck von Daddys Fuß aufs Gaspedal, die schlafenden Geschwister und das Radio, das Nachrichten brachte oder Musik, bis Entfernung und atmosphärische Störungen einen Sender nach dem anderen undeutlich machten.

Meine Vergangenheit hatte keine Ähnlichkeit mit meiner Gegenwart – bis auf die Tatsache, daß ich eine direkte Verbindung zwischen der Erziehung meiner Eltern und der Erziehung ihrer Kinder, den Träumen meiner Eltern und den Träumen ihrer Kinder feststellte, so wie es diese Verbindung auch zwischen Eltern und Kindern auf Yamacraw gab. Alle Dinge vollzogen sich in Kreisen, in engen, unentrinnbaren Kreisen. Irgendwie war ich gezwungen, mich in diesen Kreis einzuschalten oder ihn zu unterbrechen. Ich mußte meine eigene Vergangenheit einbringen in die Gegenwart meiner Schüler. Umgekehrt jedoch konnte ich von meinen Schülern nicht das gleiche verlangen. Wenn ich sie aus ihrem Milieu herausriß, sah ich schon das Ghetto irgendeiner Stadt vor mir, in der es keine Hoffnung für sie gab. Einer Stadt, die sie rasch, gnadenlos und unentrinnbar verschlingen würde. Also mußte ich sie lassen, wo sie waren, und aus einem kollektiven Unterbewußtsein tief in mir hörte ich eine weiße Stimme sagen: »Sie kennen es nicht besser. Sie sind glücklich so!« Doch wenn ich um mich blickte, sah ich die grinsenden Gesichter meiner Schüler und erkannte darin die Spuren eines Verbrechens von unvorstellbaren Ausmaßen – das Verbrechen der Verdammung durch eine ganze Gesellschaft. Ja, diese Kinder trugen die Runen einer verdammten Nation auf ihren

Gesichtern. Sie hatten nicht die kleinste gottverdammte Chance, an dem unglaublichen Reichtum und Überfluß des Landes teilzuhaben, als dessen Bürger sie galten – eines Landes, das ihnen in keiner Weise gerecht wurde, eines Landes, das Befreiung brauchte, sie aber nicht verdiente.

Dies waren die düsteren Gedanken, die ich manchmal wie Schwärme krächzender Raben aus meinem Kopf vertreiben mußte. Ich war zu sehr Pragmatiker und zu ungeduldig, um mich von solchen Gedanken lähmen zu lassen, doch ich brauchte eine handfeste Philosophie, die mir als Richtschnur für mein Tun dienen, an der ich gleichsam wie an einem Haken meinen Hut aufhängen konnte.

Nach dem Halloween-Ausflug begann eine solche Theorie in mir Gestalt anzunehmen, ohne daß ich es merkte. Und als ich mir ihrer schließlich bewußt wurde, war sie bereits ein Teil meines Denkens und Handelns: Das Leben ist gut, aber hart; wir würden uns auf die Begegnung mit ihm vorbereiten, und wir würden die Zeit der Vorbereitung genießen.

7

Daß die Kinder Mrs. Brown aus tiefster Seele haßten, bemerkte ich in den ersten zwei Monaten meines Aufenthalts auf Yamacraw eigentlich kaum.

Die Erkenntnis kam allmählich, und als sie schließlich da war, machte ich die Feststellung, daß die Kinder mit ihrem Haß nicht einfach nur ihre Enttäuschungen durch eine Autoritätsperson abreagierten, sondern daß ihr Haß begründet und gerechtfertigt war.

Am Anfang nahm ich die Ansprachen von Mrs. Brown an die Kinder nicht ernst, weder das Gemecker darüber, daß sie schlecht rochen oder geistig zurückgeblieben waren, noch die Drohungen, daß sie als Alkoholiker oder Nichtsnutze enden würden wie ihre Eltern. Ich nahm Mrs. Browns Reden erst ernst, als mir bewußt wurde, wie ernst die Kinder sie nahmen, wie sie litten unter den ständigen Demütigungen und wie ohnmächtig sie sich fühlten, weil sie den Angriffen auf ihre Würde und Selbstachtung nichts entgegenzusetzen hatten. Sie haßten diese Frau, und sie fürchteten sie. Mit ihrer Körpergröße war sie imstande, jede Aggression von physischer Gewalt abzuwehren. Sie trug immer zwei Lederriemen bei sich. Einen davon nannte sie Dr. Discipline, den anderen Professor Medicine. Die Schläge, die sie damit verabreichte, waren kein Vergnügen.

Ich hörte täglich, wie sie in dem Klassenzimmer nebenan ihre Schüler prügelte. Ihre eigentliche Unterrichtsmethode war ihr ununterbrochenes Schreien. Sie schrie ihren Schutzbefohlenen unablässig Befehle zu. Sie steigerte dabei Tempo und Lautstärke, bis schließlich – als akustische Ergänzung ihrer Stimme – das Geräusch klatschender Schläge ertönte, das seinerseits vom herzzerreißenden Weinen eines Kindes verstärkt wurde. Ich hörte dies jeden Tag. Und jedesmal, wenn es geschah, sah ich, wie sich meine Schüler auf ihren Plätzen versteiften und gespannt den Lauten des Dramas lauschten, das sich im Nachbarzimmer abspielte.

Ich glaubte nicht an die erzieherische Wirksamkeit körperlicher Züchtigung, doch ich fühlte mich nicht berechtigt, Mrs. Brown wegen ihrer den Unterricht flankierenden Maßnahmen zur Rede zu stellen. Doch dann – infolge einer Reihe von Ereignissen – dämmerte es mir endlich, daß meine Schüler diese Frau haßten. Es war kurz bevor ich selbst mitten in diesen Krieg hineinmanövriert wurde und die Seite zu wählen hatte, auf der ich stehen wollte.

Ich glaubte anfangs, ich wäre noch nie einem Menschen begegnet, der soviel Sinn für Humor besäße wie Mrs. Brown. Ihre Art, zu reden und die Stimme zu verstellen, bewirkte oft, daß ich in schallendes Lachen ausbrach. Nie zuvor hatte ich mit einer schwarzen Lehrperson zusammengearbeitet, und mir gefiel ihre Sicht des weißen Mannes und seiner Welt.

»Man muß sich eben nach dem Mann richten«, pflegte

sie zu sagen. »Man muß den Mann bei Laune halten, dann läuft alles ganz gut.« In den ersten sechzig Tagen waren wir – wenn auch widerstrebend – Bundesgenossen. Ich war gegen den Riemen, mochte ihre beleidigenden Ansprachen an die Kinder ebensowenig wie ihre ständige Kritik an meiner Unterrichtsmethode. Doch ich liebte den Frieden und wollte keine Feindseligkeiten zwischen uns. Als ich ihr erklärte, daß sie die Rektorin sei und nur ein Mißverständnis ihrerseits mich in das Amt des Schulleiters eingesetzt habe, ging eine Verwandlung mit ihr vor, die erkennbar war wie der erste Frost. Von dem Augenblick an gab Mrs. Brown mir keine Empfehlungen mehr, sondern stellte mir ein Ultimatum nach dem anderen. Sie äußerte mir gegenüber keine Meinung mehr. Sie erteilte Befehle, Anweisungen und Aufträge. Die meisten konnte ich mit einem Scherz übergehen. Ich weigerte mich nach wie vor, den Riemen zu benutzen, durch die Schulfibel zu rasen, die die Kinder sowieso nicht lesen konnten, oder ihnen Hausaufgaben zu geben, an denen sie stundenlang erfolglos gesessen hätten. Ich hörte auch nicht auf, den Kindern Musik vorzuspielen, ihnen Filme zu zeigen oder mit ihnen über alle möglichen Dinge zu reden. Ich besaß Erfahrung im Umgang mit allzu beschissenen und linken Behörden, und obwohl ich mir sagte, daß sie der Boß war und ich ihre Weisungen zu befolgen hatte, wollte ich verflucht sein, wenn sie es fertigbringen sollte, aus einem Lehrer einen Mann »in Übersee« zu machen. Als sie begann, mich mehr und mehr unter Druck zu setzen, stand für mich fest, daß es bald zwischen uns zum Knall kommen würde. Die Zeit arbeitete gegen mich.

Eine der Ansprachen, die sie den Kindern hielt, war so häßlich und gemein, daß diese zum erstenmal gegen sie aufmuckten.

»Kann ich ein kurzes Wort an Ihre Klasse richten, Mr. Conroy?« fragte sie mich eines Morgens.

»Natürlich, Mrs. Brown.«

»Es ist mir zu Ohren gekommen, daß sich einige Leutchen nicht die Zähne putzen. Nun, schmutzige Zähne riechen schlecht, und wenn wir uns nicht den Kopf und den Körper waschen, dann wird der Geruch so schlimm, daß es einen Prediger aus der Kirche treiben könnte. Körpergeruch in der Schule wird nicht geduldet. Ich hab' die Leute satt, die in der Schule stinken.«

»Besser, nich sprechen so laut!« sagte Cindy Lou.

»Was hast du gesagt, Mädchen?« fragte Mrs. Brown drohend.

»Sie sagen: Vorsicht!« sagte Mary fast unhörbar.

»Flüstert nicht so! Sprecht laut und deutlich, damit Mister Conroy und ich hören können, was in euren Köpfen vorgeht!«

»Du nich wissen werden, was in mein Kopf!« sagte jemand.

Sie sprachen leise, und alle hielten die Augen vor sich auf die Bänke gerichtet, so daß ich nicht erkennen konnte, wer sprach. Und Mrs. Brown konnte es auch nicht.

Ich lotste Mrs. Brown zur Tür, dankte ihr für die schmeichelhafte Ansprache und versprach ihr, die Flüsterer streng zu bestrafen. Dann setzte ich selbst zu einer Ansprache an.

»Leute, diese Vorträge von Mrs. Brown kennt ihr doch inzwischen. Weshalb regt ihr euch so verdammt auf deswegen? Hört doch gar nicht hin, wenn sie spricht! Denkt an was anderes! Wenn sie meint, ständig große Reden schwingen zu müssen, laßt sie doch! Laßt sie quasseln, soviel sie will, aber haltet um Gottes willen den Mund und macht keine Bemerkungen.«

»Du ja nich gemeint!« sagte Frank. Er war ein Hitzkopf, und Mrs. Browns letzte Rede hatte ihn in einen gereizten Stier verwandelt.

»Das stimmt, Frank. Aber sie meint euch, und mich macht es fertig, wenn ich mit ansehen muß, wie sie euch beleidigt. Vielleicht glaubt ihr mir das nicht. Vielleicht vertraut ihr mir nicht. Aber es ist die Wahrheit, wenn ich euch sage, daß ich stocksauer bin, wenn ich höre, wie Mrs. Brown mit euch spricht. Möglich, daß ich nichts dagegen tun kann, aber ich werde versuchen, sie aus diesem Klassenzimmer fernzuhalten.«

»Sie kein Recht, so mit uns sprechen!« sagte Cindy Lou.

»Hexe!« sagte Richard.

»Yeah, Hexe«, erfüllte das Echo den Raum.

»Ich wette, hinter meinem Rücken nennt ihr mich genauso«, behauptete ich in dem Bemühen, die haßerfüllte Atmosphäre zu entschärfen.

»No, Conrack!« sagte Fred.

»Aber ich nenne euch Hexe und Bastard, wenn ich wütend auf euch bin.«

»Gott, allmächtiger Jesus!« rief Lincoln aus.

»Jeder ärgert sich schon mal. Aber wir müssen lernen, wann es besser ist, seinen Ärger nicht zu zeigen und eine Faust in der Tasche zu machen. In Wut zu handeln könnte den Tod für euch bedeuten!«

»Für Brown Tod bedeuten!« warnte Ethel.

»Für Brown Tod bedeuten heut' nacht!« erklärte Sidney.

»Für Conroy Tod bedeuten heute nachmittag«, fügte ich hinzu.

»Wie?« fragte Ethel.

»Wenn die Brown euch reden hört . . .«, begann ich.

»Sie Maul zu weit aufreißen!« sagte Mary.

Tatsächlich fing Mrs. Brown in diesem Moment im Nebenraum laut zu toben und zu schreien an, was bei den Kindern ein Grinsen hervorrief und mich in die Lage versetzte, das Thema zu wechseln.

An diesem Tag erkannte ich zum ersten Mal, wie gewaltig die Saat der Feindschaft aufzugehen drohte, und zum erstenmal beschloß ich, mein Augenmerk darauf zu richten, wie Mrs. Brown eigentlich zu den schwarzen Bewohnern der Insel stand und welche Beziehung sie wirklich zu den Kindern hatte.

Noch am Nachmittag bat ich sie, weniger scharf zu sein, wenn sie sich an die Kinder wandte; ich bat sie, etwas diplomatischer vorzugehen, stärker auf deren Gefühle Rücksicht zu nehmen.

Ihre Antwort war lang, weitschweifig, feindselig und gereizt. Sie beendete das Sperrfeuer mit den Worten: »Ich bin Leiterin der Schule! Ich bin die Leiterin dieser Schule!«

Ich antwortete sarkastisch: »Dann bin ich der stellvertretende Leiter der Schule!«

Trotz dieser seltsamen Härte und Verbohrtheit besaß Mrs. Brown einen unerschütterlichen Humor, der mich oft genug milde gegen sie stimmte. Es war die Art, wie sie etwas sagte – mehr noch als der Inhalt –, die mir gefiel. Ich weiß nicht, ob sie sich überhaupt der Tatsache bewußt war, wie witzig und humorvoll sie manchmal sein konnte. Wenn nicht, dann hatte sie Momente, in denen sie die größten komischen Naturtalente, die ich kannte, in den Schatten stellte.

Eines Tages ging ich in die Toilette der Jungen und fand Prophet, der an dem Wassertank über dem Pissoir der Jungen hing. Der Wassertank befand sich etwa zweieinhalb Meter über dem Fußboden. Zunächst sah ich nur einen einzelnen schwarzen Arm, der aus keinem erkennbaren Grund von dem Tank herunterhing. Ich ging um die Abtrennungswand herum und erkannte Prophet. Er sah mich an, grinste und blieb an dem Tank hängen. Ich fixierte ihn mit meinem strengen, aber wirkungslosen Blick und wußte nicht recht, was ich sagen sollte. Mrs. Brown kam an der Tür vorbei, sah Prophets Arm über der Trennwand und setzte der Notwendigkeit eines Eingreifens meinerseits ein jähes Ende. Sie donnerte in die Toilette und zerrte Prophet von seinem Tank herunter. Da sie der Meinung war, daß ich es in Situationen wie diesen an Härte fehlen ließ, begann sie Prophet nach Strich und Faden zusammenzustauchen, mit dem Ziel, mir zu beweisen, wie ich in Zukunft mit derartigen Krisen fertig werden könnte.

»Boy, was hängst du an dem Pissoirtank da oben rum? Glaubst du, wir haben Süßigkeiten darin versteckt?«

»No, Ma'am«, antwortete Prophet. Er war erschrocken.

»Boy, denkst du, wir haben Weihnachtspäckchen in diesen Tank da gesteckt, damit ein Esel wie du sie dort finden soll?«

»No, Ma'am.«

»Well, mein Junge, es muß aber doch einen Grund geben, weshalb du dich jedesmal, wenn du pinkelst, an diesen Wasserbehälter hängst. Was ist los, Junge? Ist dein Pinky so groß, daß du dich am Tank festhalten mußt, weil du Angst hast, er könnte dir in die Brühe reinkommen?«

Sekundenlang verstand ich sie wörtlich. Ich dachte, sie meinte tatsächlich Prophets kleinen Finger. Daher überlegte ich, worauf sie wohl hinauswollte. Doch dann wiederholte sie ihre Frage und fuhr fort:

»Prophet, du beantwortest mir jetzt sofort meine Frage, Junge! Ist dein Pinky so riesig? Kriegst du das Übergewicht wegen dieses riesigen alten Pinkys zwischen deinen Beinen? Bisher hab' ich noch nicht festgestellt, daß du über den Schulhof wankst, wenn du gehst. Und ich hab' auch noch keinen anderen von den Jungs sagen hören, daß Prophets Pinky so riesig ist, daß er ihn als Baseballschläger benutzen könnte.«

In diesem Augenblick stand ich kurz vor einem Lachkrampf. Das Blut war mir in den Kopf gestiegen, weil ich mich verzweifelt bemühte, nicht herauszuplatzen. Was Mrs. Brown selbst betraf, so blieb sie ernst und stoisch wie ein Reverend bei der Leichenrede. Für sie war diese Angelegenheit nicht zum Lachen.

»Dieses Pissoir ist Staatseigentum, Junge. Wenn das kaputtgeht, sind Mister Conroy und ich verpflichtet, den Schaden zu ersetzen.«

Inzwischen war Prophet in Tränen ausgebrochen. Sie rollten ihm in breiten Rinnsalen über die Wangen.

Mrs. Brown fuhr, an mich gewandt, ungerührt fort: »Mister Conroy, ich werde diesen Raum jetzt verlassen.

Ich möchte, daß sie sich Prophets Pinky ansehen, um festzustellen, ob er wirklich so gewaltig ist, daß er sich an dies dem Wasserbehälter festhalten muß, wenn er pinkelt.«

Sie verschwand. Prophet öffnete den Reißverschluß seiner Hose, um mir einen Blick auf seinen Pinky zu ermöglichen. Ich faßte ihn am Arm und befahl ihm, nicht weiterzumachen. Nachdem einige Sekunden verstrichen waren, ging ich ebenfalls hinaus und teilte Mrs. Brown mit, daß der Jüngling Prophet nach meinem Dafürhalten keinen anormalen Pinky besaß, sondern einen Pinky ganz normalen Ausmaßes.

Dies ist die lächerlichste Szene, in die du jemals in deinem Leben hineingeraten bist, sagte ich zu mir. Nachdem ich diese Information übermittelt hatte, ergriff Mrs. Brown Professor Medicine, ihren bevorzugten Lederriemen. Sie stürmte in die Toilette und prügelte Prophet die Seele aus dem Leib. Ich bin nie dahintergekommen, weshalb Prophet am Wassertank hing. Vielleicht aus dem gleichen Grund, weshalb manche Leute auf den Mount Everest klettern. Weil er eben da war.

Ich glaube, Mrs. Brown war ernstlich davon überzeugt, daß ein Kind von Zeit zu Zeit Prügel brauchte, um Gehorsam und Respekt vor der Autorität zu lernen, nicht die Schule zu schwänzen und in seine Pflichten als Staatsbürger hineinzuwachsen. Sie schlug die Kinder aus einer Art Pflichtbewußtsein.

Wir hätten vielleicht nie die Klingen gekreuzt, wenn sie mir im Klassenzimmer nicht ständig dazwischengefunkt und meine Kids in Ruhe gelassen hätte. Sechs Monate arbeiteten wir zusammen – oder besser gesagt nebeneinander – in einem Burgfrieden, der auf sehr unsicheren Füßen stand. Dann brach plötzlich in dem zweiklassigen Schulhaus der Insel der totale Krieg aus.

Schon vorher gab es gewisse Geschehnisse, die mir sagten, daß zwischen Mrs. Brown und den anderen Schwarzen auf Yamacraw nicht alles in Ordnung war. So hatte ich eines Abends meinen Schlüsselbund mit den Schlüsseln des Schulgebäudes in Beaufort liegenlassen. Ich wohnte noch im Klassenzimmer, und ich brauchte die Schlüssel, um mir in der Küche, wo ich meine Lebensmittel aufbewahrte, etwas zu essen zu holen. Es war bereits dunkel, als ich zum »weißen Schulhaus« hinüberfuhr, wo Mrs. Brown wohnte. Die Lichter der Wagenscheinwerfer schwenkten in ihren Hof. Ich hielt unter einem Baum, stieg die Stufen hinauf und klopfte an ihre Tür.

Eine aufgebrachte Stimme erscholl im Haus: »Wer sind Sie? Ich halte eine Waffe direkt auf Ihren Kopf gerichtet.«

Ein wenig entsetzt rief ich: »Ich bin's, Mrs. Brown, Pat! Verdammt, schießen Sie nur nicht auf mich!«

Sie öffnete einen Spaltbreit die Tür, musterte mich mit einem Auge und sagte dann: »Sohn, ein Mann, der nachts zu einem fremden Haus kommt, kann leicht getötet werden.«

»Es wird nicht wieder vorkommen. Ich verspreche es Ihnen. Ich bin nur hergekommen, weil ich den Schlüssel zur Küche brauche. Ich muß etwas essen, Mrs. Brown.«

»Was ist denn mit Ihren Schlüsseln?«

»Ich hab' sie in Beaufort gelassen.«

»Da gehören sie nicht hin. Diese Schlüssel sind Staatseigentum.«

»Ich weiß, tut mir leid. Aber ich hab' Hunger und muß unbedingt was essen.«

»Yes, Sir. Ein Mann muß essen.« Immer noch gewährte sie mir nur den Blick auf ihr eines Auge, das mich durch die Dunkelheit hindurch groß und drohend anstarrte.

»Auf dieser Insel, Mister Conroy, gibt es einige Leute, die schießen Sie mausetot, wenn Sie sich ihrem Haus nähern.«

»Weiße?«

»Nein, Farbige. Hier auf der Insel leben nämlich einige der gefährlichsten und brutalsten Individuen, die auf der Welt herumlaufen. Deshalb trage ich ständig eine Feuerwaffe bei mir. Und diese Typen wissen, daß Mister Achtunddreißig ständig in meiner Nähe ist für den Fall, daß ich ihn benötige. Wenn Sie klug sind, schaffen Sie sich ebenfalls ein Schießeisen an.«

»Ich hätte nur gern die Schlüssel, Mrs. Brown, wenn's Ihnen nichts ausmacht, Ma'am.«

Sie schloß die Tür und verschwand aus meinem Blickfeld. Dann öffnete sich die Tür wieder, und ein mächtiger brauner Arm hielt mir einen Schlüsselbund, der an zwei Fingern baumelte, unter die Nase.

»An Ihrer Stelle würde ich mitten in der Nacht nicht mehr um fremde Häuser schleichen, Mister Conroy!«

»Machen Sie sich keine Sorgen, Mrs. Brown.«

Ich sah Mister Achtunddreißig nicht wieder. Doch die Vorstellung von einer geladenen Waffe, mit der eine Frau, die glaubte, die Menschen auf Yamacraw hätten es auf sie abgesehen, auf meinen Kopf zielte, war mir ganz schön auf den Magen geschlagen. Ich fragte mich, wieso

Mrs. Brown auf die Idee kam, daß die Menschen auf der Insel sie haßten – zumindest die Schwarzen. Denn Ted Stone war in ihren Augen erste Sahne, und von Ezra Bennington glaubte sie, daß er ohne Erbsünde empfangen wäre. Verdammt, irgend etwas stimmte nicht an der Tatsache, daß eine Schwarze im Jahr 1969 auf weiße Männer setzte, die mit ihren Ansichten und Handlungen in das Jahr 1869 gehört hätten.

Im Verhalten von Mrs. Brown, der Schulleiterin, mehrten sich die Anzeichen, daß eine Auseinandersetzung zwischen uns unausweichlich war. Die Scharmützel wurden immer häufiger, dennoch sollte es bis zum Ausbruch des Krieges noch einige Zeit dauern.

Eines Tages im November verließ ich die Insel früher als gewöhnlich, weil die Spitzen der Schulhierarchie von Mrs. Brown ein Formular oder Dokument angefordert hatten. So unglaublich es scheinen mag, die schwarze Lady war im Ausfüllen von Fragebögen und im Anfertigen von Berichten ineffizienter als ich. Immer wenn ich mich bei der Schulbehörde im County-Gebäude sehen ließ, schimpften die Sachbearbeiter über sie und wünschten ihr alle Mächte der Unterwelt auf den Hals, weil die schwarze Lady ihre Anfragen nicht beantwortete und ihnen nicht die angeforderten Aufstellungen lieferte. Das seltsame war, daß Mrs. Brown jede Mitteilung der Schulbehörde mit geradezu religiöser Inbrunst in Empfang nahm und sie behandelte, als wären es die steinernen Gesetzestafeln mit den Zehn Geboten, die Moses aus dem brennenden Dornbusch erhielt. Gleichzeitig beklagte sie die ständig wachsende Papierflut aus dem County-Haus, stöhnte unter Arbeitsüberlastung und der nervenaufreibenden Tätigkeit des Unterrichtens. In solchen Momenten war sie immer sehr gereizt und unleidlich, und ich hielt mich dann ganz bewußt auf Distanz. Worüber ich mich jedoch wunderte, war die Tatsache, daß sie sich so wenig Mühe mit den Verlautbarungen und behördlichen Mitteilungen gab, obwohl sie diese gleichzeitig mit einer Hingebung verehrte, als wären es die Schriften des Alten und Neuen Testaments.

Jedenfalls rief sie mich eines Tages in ihr Zimmer, reichte mir einen Umschlag, der ziemlich offiziell aussah, und beauftragte mich, ihn über das stürmische Meer zu den Gewalten in Beaufort zu bringen. Unterwürfig wie ich war, erklärte ich mich bereit, den Brief zu besorgen. Ich ließ die Klasse mit einer Aufgabe zurück, von der ich glaubte, sie würde den Kids Spaß machen. Wir hatten immer schon davon gesprochen, daß wir einmal eine riesige Collage gestalten wollten, die die gesamte Fläche des Schwarzen Bretts bedeckte. Nachdem ich ihnen erklärt hatte, was eine Collage ist und wie man sie anfertigt, schleppte ich einen Stapel Illustrierte in die Klasse. Ich wies die Kids an, Bilder darin zu suchen, die ihnen gefielen oder irgendeine Bedeutung für sie hätten, und sie auszuschneiden. Kunst um der Kunst willen, l'art pour l'art. Freude am Leben.

»Also, stürzt euch ins Vergnügen, und wenn ich morgen wiederkomme und das Klassenzimmer betrete, will ich an der Wand ein Kunstwerk sehen, das mich mit seiner unvergleichlichen Brillanz und in seiner schockierenden Aussagekraft regelrecht umhaut!«

»Okay, okay«, murmelten sie, jedes Kind bewaffnet mit einer dieser billigen Grundschulscheren, die nicht einmal einen Zwirnfaden sauber durchzuschneiden vermögen. Während ich mich langsam aus dem Raum zurückzog, blätterten alle emsig in den alten Illustriertenexemplaren, die ich mit auf die Insel gebracht hatte. Der Zwilling mit der Warze auf der Nase hatte die Seite mit der Abbildung eines großen grünen Cadillacs aufgeschlagen. Er sah, daß ich ihn von der Tür aus beobachtete, und rief mir zu:

»Ich werd' mir 'nen riesigen Schlitten rausholen!«

Mary schnippelte an einem Mannequin in einem Brautkleid herum.

Am nächsten Tag stand Mrs. Brown in der Eingangstür zum Schulhaus, die Arme über der Brust verschränkt und diesen Ich-hab'-mit-dir-noch-ein-Hühnchen-zu-rupfen-Ausdruck im Gesicht. Da sie jede Aktivität meiner Klasse als Zeichen einer drohenden Verschwörung oder Revolution ansah, schwante mir schon, daß während meiner Abwesenheit am Vortag etwas schiefgelaufen war.

Ich betrat das Klassenzimmer. Mein erster Blick ging natürlich zum Schwarzen Brett, weil ich sehen wollte, was die Kids zustande gebracht hatten. Das Schwarze Brett war leer. Mrs. Brown war inzwischen ins Gebäude gekommen und winkte mich mit ihrem dicken Zeigefinger zu sich in die Halle.

Wie ein wohlerzogener Spaniel trottete ich zur Tür.

»Mister Conroy«, begann sie dröhnend, »wissen Sie, was Ihre Babys gestern angestellt haben?«

»Nein, Ma'am.«

»Well, ich werde es Ihnen sagen.« Sie seufzte schwer, als brächte sie es nicht übers Herz, mir die grausige Untat zu schildern. »Sie haben die Bilder von nackten Frauen an die Wände geheftet. Von nackten Frauen, Mister Conroy, nackten Frauen! Sie hefteten Bilder von weißen Frauen, die so nackt waren wie junge Eichelhäher, an die Wände!«

»Das verstehe ich nicht, Mrs. Brown«, antwortete ich. »Unter den Illustrierten, die ich ihnen gab, befand sich kein einziges Herrenmagazin.« Dabei zitterte ich innerlich bei dem Gedanken, der Teufel könnte dennoch einen vereinzelten Playboy unter den Stapel geschoben haben.

»Weiß nichts von irgendwelchen Magazinen. Weiß nur, daß ich in den Raum kam und mir fast die Augen aus dem Kopf gefallen sind. Sehe ich doch vor mir die unbedeckte Va-gi-na einer Frau am Schwarzen Brett. Eine unbekleidete, entblößte Va-gi-na. Mußte da drinnen gestern eine Menge Schläge austeilen. Ich fand heraus, wer es war, und setzte einige Ärsche in Flammen.«

»Well, das hätten Sie nicht tun sollen, Mrs. Brown. Ich war es, der den Kindern diese Aufgabe stellte, und es ist meine Schuld, wenn sie nicht damit zurechtkamen.«

»Sie wußten, daß es Sünde war. Sie wußten, daß es gegen Gottes Willen verstieß.«

»Aber, Mrs. Brown, es sind noch Kinder!«

»Mann, Sie können von Glück reden, daß der Prediger nicht zur Tür reinkam. Er hätte glauben müssen, Jezabel unterrichtete in dieser Schule.«

»Zum Teufel, Mrs. Brown, vielleicht wäre er sogar hingegangen und hätte sich das Magazin gekauft.«

»Oh, ich würde mich schämen, so über den Prediger zu sprechen. Wir sollten ihm dankbar sein, weil er uns das Wort Jesu verkündet.«

»Yeah, er ist ein Mordskerl.«

»Und was wäre geschehen, wenn ein Administrator uns mit seinem Besuch überrascht hätte? Ich bin die Rektorin und verantwortlich für diese Schule.«

»In dieser Jahreszeit wagt sich keiner der Jungs zu uns rüber, Mrs. Brown. Es ist verdammt kalt auf dem Fluß, und ich versichere Ihnen, solange das Wetter nicht besser wird, lassen die sich hier nicht blicken.«

»Aber Frauen – pudelnackt. Nackte Frauen! Nackte Frauen in meiner Schule!« Sie wiederholte diese Worte immer wieder. Dann hielt sie plötzlich inne und blickte sich verstohlen um, als wenn sie einen der Administratoren zwischen den Bäumen vermutete. Sie holte aus dem Seitenfach ihres Notizbuchs mehrere gefaltete Illustriertenseiten, hielt sie vorsichtig an spitzen Fingern und übergab sie mir.

Ich entfaltete die Blätter und warf einen Blick darauf. Dann legte ich den Kopf in den Nacken und lachte schallend.

Irgendein künstlerisch veranlagter Schüler hatte in einem Life-Magazin einen Artikel über Picasso entdeckt.

Es handelte sich in der Tat um nackte Frauen.

»Das ist Picasso, Mrs. Brown!«

»Das sind nackte Frauen!«

»Wenn das hier Originale wären, wären wir steinreich!«

»Was würde der Prediger dazu sagen? Aber die Babys spielen nicht noch einmal mit diesen schmutzigen Bildern! Sie haben's mit dem Riemen bekommen!«

Ich überließ Mrs. Brown ihrer moralischen Entrüstung und ging zu meinen Kindern in die Klasse. Sie waren in keiner guten Stimmung. Der strafende Lederriemen von Mrs. Brown am Tag zuvor hatte zu viele Hinterteile »in Brand gesetzt«. Als ich sie danach fragte, gaben sie mir keine Antwort. Irgendwie waren sie der Meinung, ich hätte sie zur Schlachtbank geführt.

»Wie viele von euch Burschen schauen sich gern nackte Frauen an?« fragte ich.

Niemand hob die Hand, niemand sprach ein Wort.

»Ich mache jede Wette, es gibt hier ein paar Guys, denen es Spaß macht, eine nackte Frau zu sehen.«

»No«, ertönten einige Jungenstimmen.

»Well, Jungs. Wißt ihr was? Mir geht's genauso wie euch. Auch ich sehe gern eine nackte Frau.«

»Conrack gern nackte Frauen sehen«, sagte Richard.

»Wißt ihr auch, warum?«

»No.«

»Weil sie nackt sind.«

»Yeah«, sagten die Jungen.

»No«, sagten die Mädchen.

Dann erklärten mir die Jungen, daß es die Mädchen waren, die die Bilder ans Wandbrett gehängt hatten.

*

Meine eigene Vorstellung von Disziplin war von Anfang an sehr unterentwickelt und setzte auch während des Jahres nur wenig Fleisch an. In der ganzen Zeit war ich auf der Suche nach dem, was für die Kinder auf Yamacraw richtig war: nach der magischen Formel zur Rettung eines kindlichen Verstandes, der verkümmert war, weil man ihn brachliegen ließ. Nach der Formel, mit deren Hilfe man das Leseniveau eines schwarzen Kindes von Yamacraw auf Appalachische Höhen anheben konnte. Die Suche war ein Irrtum, weil ich nicht wußte und nicht wissen konnte, wie unwiderruflich meine Ansichten von Erziehung schon bald erschüttert, zertrümmert, widerlegt und verändert werden würden. Und meine ganze Humanitätstheorie von Disziplin auch. Obwohl ich immer noch das Recht für mich beanspruche, die Humanitätstheorie als die einzig richtige im Bereich der schulischen Disziplin anzusehen, mußte ich meine Auffassung modifizieren, daß ein Lehrer niemals auch nur mit dem kleinen Finger ein Kind berühren dürfte. Eine solche Ansicht stimmt für die Beaufort High-School mit Schülern, die mehr oder weniger verständig geworden und mit Worten und Argumenten zu beeinflussen sind. Anders die Kinder von Yamacraw. Sie hatten zu lange den Lederriemen zu spüren bekommen, um noch imstande zu sein, sich vom drohenden Klang einer menschlichen Stimme lenken zu lassen. Wenn Lincoln sich also über sein Pult beugte, um Fred zu ohrfeigen, wenn Fred sich dann umdrehte, um Saul für die Schläge zur Rechenschaft zu ziehen, und Saul jämmerlich zu heulen begann und mit seinem Lineal auf Fred eindrosch, während Jasper einen Bleistift nach Cindy Lou warf, ja, dann fühlte ich mich einfach gezwungen, irgend etwas zu unternehmen.

»All right, Leute, jetzt reicht's aber!« sagte der Vertreter der Humanitätstheorie. »Hör zu, Fred, es ist nicht fair von dir, immer auf Saul herumzuhacken. Er ist kleiner als du!« Die Folge davon war, daß Saul noch lauter heulte, denn ein Wort über seine Größe traf ihn empfindlicher als die Kopfnüsse und Ohrfeigen von Fred. »Komm schon, Saul, beruhige dich. Nimm's nicht so tragisch, geh in den Waschraum, wasch dir das Gesicht, und vergiß deinen Ärger!«

In diesem Augenblick hatte Fred entdeckt, daß es Lincoln war und nicht Saul, der ihm die Kopfnuß verpaßt hatte. Er sprang auf und versetzte Lincoln einen Tritt in den Hintern. Lincoln war nämlich gerade abgelenkt, weil er sich gegen die wutentbrannte, furchterregende Cindy Lou zur Wehr setzte. Lincoln wirbelte herum und jagte hinter dem flüchtenden Fred her, der auf dem Weg zu seinem Platz gegen mehrere Bänke stieß und sich den Unwillen des jeweiligen Bankinhabers zuzog. Aber die schlugen nicht nur auf Fred ein, sondern auch auf Lincoln, der diesen verfolgte. Dann rannte Cindy Lou hinter Lincoln her und kniff ihn gnadenlos ins Hinterteil. Oscar versuchte vergeblich, Fred ein Bein zu stellen. Auch bei Lincoln und Cindy Lou blieb er erfolglos. Der Lärmpegel im Raum hatte inzwischen die Marke von fünftausend Dezibel erreicht. Alle schrien frenetisch, feuerten die Kämpfer an, die sich einen Weg durch die Arena bahnten, und der mitleidige, verständnisvolle Erzieher turnte beschwörend und händeringend hinter seinen tobenden Schutzbefohlenen her, gewappnet mit seinen Theorien über Humanität, die ihn wie ein Panzer zu Boden zogen.

Bald darauf erschien Mrs. Brown in der Tür, den Lederriemen in der geballten Faust, tödliche Drohung in den kalten braunen Augen. Sie bändigte den Aufruhr mit einem einzigen eiskalten Blick. Daraufhin wandte sie sich gebieterisch zu mir um und sagte: »Sie werden mit diesen Kindern ohne Riemen nicht fertig. Ich weiß, der einzige, auf den sie hören, ist Doktor Medicine!«

Danach verließ sie den Raum, und ich konfrontierte die Klasse mit der Wut eines Mannes, der soeben tief erniedrigt worden war.

»Nun, meine Freunde, ich frage mich die ganze Zeit, weshalb ihr nicht hört, wenn ich euch bitte, ruhig zu sein und euch hinzusetzen, und weshalb ihr auf Mrs. Brown hört, sobald sie auch nur mit ihrem Lederriemen in der Tür erscheint.«

Tiefes, unergründliches Schweigen breitete sich aus. Der Anhänger der humanen Erziehungsmethode fuhr mit seinem Monolog fort: »Ich bin immer dagegen gewesen, daß man Kinder in der Klasse schlägt. Ich glaube nicht an die Wirksamkeit der Prügelstrafe. Und ich werde nie daran glauben. Auch ihr werdet mich nicht davon überzeugen oder dazu bringen, daß ich meinen Standpunkt ändere und euch schlage. Oder wünscht jemand von euch, daß ich mir einen dicken Ledergürtel zulege und ihn benutze, um euch ruhig zu halten?«

»No«, erfolgte die einstimmige Antwort.

»Nun, Lincoln, dann würde ich gern wissen, weshalb du Fred geschlagen hast?«

»Ich den Jungen nich geschlagen, C'roy.«

»Aber ich hab' gesehen, wie du ihn geschlagen hast, Lincoln.«

»No, C'roy. Der Junge schlagen mich zuerst.«

»Was du sagen, Junge?« rief Fred wütend. »Du hüten deine Zunge, Mann!«

»Wer mir sagen, daß ich hüten Zunge?«

»Ich dir sagen, Junge!«

Fred hatte noch nicht ausgesprochen, als er schon mit

wirbelnden Fäusten auf Lincoln einschlug. Das Festival der Gewalt begann aufs neue.

Während der ersten drei Monate meines Aufenthalts auf der Insel kam es täglich zu diesen Scharmützeln. Eine Zeitlang forderte ich jeden Jungen, der ein größeres Chaos anrichtete, zum Armdrücken auf. Vermochte er meinen aufgestellten Arm in die Waagerechte zu zwingen, konnte er mit seinen Störmanövern fortfahren. Wenn nicht, hatte er Ruhe zu geben. Die Jungen nahmen das Armdrücken äußerst ernst, obwohl sie eigentlich keine Chance gegen mich hatten. Selbst Oscar und Top Cat, die Größten in der Klasse, schafften es nicht, obwohl es sie wild danach gelüstete, den einzigen weißen Arm in der Schule in den Zustand der Unterwerfung zu zwingen. Der einzige, den ich gegen mich gewinnen ließ, war Saul. Saul ergriff meine Hand, stemmte seinen Ellbogen fest gegen die Pultplatte, bog sein Handgelenk leicht und drückte meinen Arm mit zusammengebissenen Zähnen und unter lautem Stöhnen nach links. Sobald meine Fingerknöchel Holz berührten, richtete Saul seinen Blick mit dem Ausdruck leichten Widerwillens auf die größeren Jungen und sagte: »Hab' ihn geschlagen!« Die anderen riefen: »Schiebung!«, und dann schwor ich, daß Saul die stärksten Arme von ganz Yamacraw hatte. Prompt versuchte es dann natürlich Oscar mit dem Kleinen und brach ihm jedesmal fast die Hand, bis er sie auf das Pult gedrückt hatte.

Die Methode des Armdrückens hatte eine ausgezeichnete Ventilfunktion. Dennoch reichte sie nicht aus, um die Streitereien zu verhindern, die in der Klasse ein- oder zweimal am Tag ausbrachen. Die Mädchen ließen sich einigermaßen bändigen, indem man sie an ihre Würde als angehende junge Frauen erinnerte. Todsicher funktionierte die Masche allerdings auch nicht. Eine wutentbrannte Mary oder Cindy Lou war nicht zu stoppen. Höchstens durch sanftes Kneifen oder durch Abordnung zum Küchendienst.

Aber mochten meine Methoden, mir Autorität in der Klasse zu verschaffen, auf noch so schwachen Beinen stehen, für mich stand fest, daß ich die Kids niemals mit einem Riemen oder Stock oder sonst was schlagen könnte. Es war einfach gegen meine Natur – von der weltanschaulichen Hemmung gar nicht zu reden. Doch Mrs. Browns unablässige Vorträge über die erzieherische Wirksamkeit des Lederriemens und ihr ständiges Eingreifen bei den täglich aufflammenden Unruhen belehrten mich, daß ich einen Weg finden mußte, um mit den Kids schnell und lautlos fertig zu werden.

Es war irgendwann im Dezember, als ich mich daran erinnerte, wie man eine Ratte melkt.

Eine Ratte melken war eine Art Sport aus meiner Kindheit. Der beste Rattenmelker in der Straße besaß den gleichen Rang wie der beste Murmelspieler, der beste Schläger und der schnellste Läufer beim Baseball. Ein Junge, der die Technik des Rattenmelkens beherrschte, konnte den größten Rabauken dazu bringen, daß er in Sekundenschnelle winselnd vor ihm auf die Knie ging. Er konnte einen Samson kahlköpfig und einen Goliath hilflos machen. Ganze Nationen wurden von Rattenmelkern der Spitzenklasse erobert.

Zum Melken einer Ratte preßt man mit dem eigenen Daumen den Fingernagel eines Gegners. Der Zeigefinger drückt dabei gegen die Innenseite des gegnerischen Fingers, und zwar genau hinter dem unteren Fingergelenk. Der auftretende Schmerz ist deshalb so heftig, weil alle drei Gelenke der Finger des anderen gegen ihn aktiviert werden. Das Rattenmelken ist ein Griff, der sich in Worten eigentlich kaum beschreiben läßt. Es ist – wie schon erwähnt – außergewöhnlich schmerzhaft, und die Schmerzstärke läßt sich durch den auf den Daumen ausgeübten Druck genau regulieren.

Als ich mich an diese Methode der Verteidigung gegen die Rowdys in der Nachbarschaft erinnerte, stieß ich einen begeisterten Schrei aus. Ich verkündete der Klasse: »Freunde, ich hab's. Ich weiß jetzt, wie ich eure beschissenen Schlägereien, ohne Blutvergießen und ohne die Stimme zu erheben, beenden kann. Come on! Einer von euch Guys schlägt Radau oder stellt sonst etwas an!«

Ich ging auf Oscar zu, der dem Unterricht wieder einmal auf seine Weise zu folgen pflegte und träumend aus dem Fenster starrte. Ich schnappte mir seine Hand und molk ihm die Ratte. Er schrie schmerzgepeinigt auf, sprang aus seiner Bank und fiel vor mir auf die Knie, dann rollte er die Augen, schnellte wieder hoch und sank erneut auf die Knie.

Ich ließ Oscar los. Dann zeigte ich jedem Jungen in der Klasse, wie man eine Ratte melkt, und legte allen, so gut ich konnte, dar, wie wirkungsvoll diese Methode war, um mir in der Klasse Respekt zu verschaffen.

Die Jungen probierten den Griff natürlich auf der Stelle miteinander aus, während ich noch einmal die Grundregeln erläuterte. »Mit dem Daumen pressen, Frank. Und mit deinem Zeigefinger einen Gegendruck auf die Innenseite des gegnerischen Fingers ausüben. – Ja, so ist's richtig. Genau da, wo der Finger in die Hand übergeht. Lerne, wie man eine Ratte melkt, und die Welt gehört dir.«

Die Klasse war begeistert. Alles, was mit Gewalt, Kampf und Steigerung ihrer Geschicklichkeit als zukünftige Straßenfighter zu tun hatte, fand den uneingeschränkten Beifall der Jungen. Den Rest des Tages verbrachte ich damit, die Ratten der Jungen zu melken, die den Unterricht störten, indem sie die Ratten ihrer Klassenkameraden molken.

8

Mein Haus auf der Insel gab ich Ende Oktober aus drei Gründen auf. Ich wollte bei meiner Familie wohnen, fand es blödsinnig, die Miete für zwei Häuser zu zahlen, und außerdem hatte ich Angst vor Ratten. Der letzte Grund bedarf einer Erklärung. In der Nacht war es in dem Buckner-Haus so ruhig und dunkel wie in einem Mausoleum. Sobald ich die Lichter löschte, um zu Bett zu gehen, beschlich mich ein Gefühl der Furcht vor dem Ausmaß der Dunkelheit, die mich umgab. Es war die Dunkelheit des Mutterleibes, die pränatale Dunkelheit, die ein Embryo umfängt und die zwar ein wenig unbehaglich war, mir jedoch einen tiefen und erholsamen Schlaf schenkte.

Mitte Oktober kam der Mann, der auf der Insel als offizieller Grasmäher arbeitete, um mit dem einzigen Traktor auf Yamacraw das Gras vor meinem Haus zu mähen. Ich war darüber sehr froh, weil ich immer noch einen Heidenrespekt vor den Klapperschlangen hatte, die es auf der Insel gibt. Was ich nicht bedachte, war der Umstand, daß das hohe Gras einer Vielzahl von Mäusen Schutz gewährte. Nachdem der Pflug tiefe Furchen in den Boden gezogen und zahlreiche Mäusenester vernichtet hatte, verlagerten deren vertriebene Eigentümer ihre Wohnsitze in meine vier Wände. Nun sind Mäuse aber – mögen sie noch so klein und harmlos sein – für mich so etwas wie Ratten: quietschende, spitzzähnige Hafenbeckenbewohner, deren Bisse den Schwarzen Tod bringen. Ratten sind die Überträger tödlicher Krankheiten, und der alte Conrack hat eine Todesangst vor ihnen.

Nachdem sie ihre Jungen und ihre Habseligkeiten in mein Haus geschafft hatten, stand für mich fest, daß meine Tage dort gezählt waren – es sei denn, es gelänge mir wie dem Rattenfänger von Hameln, sie aus meiner Residenz herauszulocken und zu überreden, sich den Lemmingen gleich ins Meer zu stürzen.

Ted Stone empfahl mir ein Gift, das wirksam genug war, um eine Herde Mammuts zu töten, und es sah so aus, als wäre es mir gelungen, den größten Teil der Rattenpopulation zu vernichten. Aber einige ganz zähe Exemplare krochen immer noch herum. Nachts verließen sie ihre Löcher und machten mir klar, daß sie nicht im Traum daran dachten, das Feld zu räumen. Die kleinen runden Kötel waren überall im Haus. Ich empfand sie als Herausforderung – wie Schläge mit der Faust mitten ins Gesicht.

Ich hätte die Schlacht vielleicht gewonnen, hätte es nicht diesen außergewöhnlichen und taktischen Stellungswechsel eines meiner unheimlichen Mitbewohner gegeben. Ob die Ratte nun um meine krankhafte Angst vor ihrer Art wußte oder nicht – ich werde es nie erfahren –, aber sie verhielt sich so, daß sie mich beinahe an den Rand eines Herzinfarkts trieb.

Es geschah eines Nachts. Die Luft war ziemlich kühl, und ich schlief tief und fest. Der Raum war finster wie eine Höhle, es herrschte Totenstille, und ein kaum wahrnehmbarer Schimmelgeruch aus den Tagen des Nichtbewohntseins schwebte in der Luft. Ich fühlte etwas an meinem Fuß, etwas Lebendiges, Atmendes, Schweres. Ohne mich zu bewegen, überlegte ich, was zu tun war. Ich konnte meine fünf Finger nicht vor den Augen sehen, also streckte ich ganz langsam die Hand aus und zog an der Lampenschnur. Ich sah eine huschende Bewegung und beobachtete eine Ratte, die blitzschnell das Zimmer durchquerte und durch dic Tür in die Diele verschwand. »Die Ratte war in meinem Bett!« schrie ich laut. »Diese gottverdammte Ratte saß auf meinem Fuß – in meinem Bett auf meinem Fuß!« Dann stellte ich mir vor, daß sie sich genauso leicht auf mein Gesicht hätte setzen können. Im selben Moment zuckte in meiner Erinnerung eine Szene aus George Orwells »1984« auf: Eine halbverhungerte Ratte fraß sich in eine der Augenhöhlen des Helden hinein. Eine Ratte hatte sich in meinem Bett niedergelassen! Ich hatte das Bett mit dem Tier geteilt, das ich am meisten fürchtete!

Dies war die letzte Nacht in Mrs. Buckners Haus. Ted Stone war beunruhigt. Vermutlich weil er seinen Anteil an der Miete verlor. Ich sagte ihm nichts von dem Zwischenfall mit der Ratte, denn er war der Typ des rauhen Naturburschen, der nicht einmal zusammengezuckt wäre, wenn er eine Boa Constrictor in seinem Bett entdeckt hätte. Meine Furcht vor Mäusen und Ratten hätte ein schlechtes Licht auf meinen Mannesmut werfen können.

Er kam, drei Tage nachdem ich ihm meinen Entschluß auszuziehen mitgeteilt hatte, um das Haus abzunehmen.

Ich hatte alle meine Habseligkeiten in die Schule geschafft. Nur noch ein paar Bilder und Poster hingen an den Wänden. Während Ted das Haus mit einem verächtlichen Naserümpfen und dem Gehaben eines Corporals inspizierte, blieb er plötzlich vor einem der Poster stehen und starrte darauf. Das Poster zeigte Steve McQueen in dem Film »The Great Escape«. Er saß auf einem deutschen Motorrad, das er den Deutschen gestohlen hatte.

»Was machst du mit einem Bild von diesem Nazi?« zischte Stone.

»Was für ein Nazi?« fragte ich.

»Der Nazi da. Ich werd' doch wohl einen Nazi erkennen, wenn ich ihn sehe. Hab' schließlich genug von ihnen umgelegt.«

»Mister Stone, das ist zufällig Steve McQueen.«

»Mir scheißegal, wer das ist. Er sitzt auf einem Nazi-Motorrad.«

»In einem Film, Mister Stone. In dem Film, in dem Steve McQueen ein Nazi-Motorrad stiehlt, um den Nazis zu entfliehen.«

»Für mich sieht er aus wie ein Nazi. Er hat genau das blonde Haar der Nazis.«

»Er ist Amerikaner, waschechter Amerikaner. Es ist Steve McQueen, Mister Stone. Ein Filmschauspieler. Ein ganz bekannter amerikanischer Filmschauspieler in einem amerikanischen Film, in dem er den Nazis ein Motorrad stiehlt, um damit zu fliehen.«

»Ich hab' vom D-Day an gegen die Nazis gekämpft, die ganze Strecke von der französischen Küste bis nach Deutschland rein. Ich hab' 'ne Menge Nazis umgelegt. Ich mag keine Nazis oder Nazi-Motorräder!«

»Mister Stone, ich bin nur froh, daß es nicht das Poster eines Sklaven von der Schwarzen Lagune ist. Vermutlich würden Sie dann durchdrehen.«

»Ich mag lediglich keine Nazis.«

»Da bin ich mit Ihnen einer Meinung. Ich mag auch keine – ehrlich!«

Zwei Wochen später wurde ich ein Pendler.

*

Mit dem Boot nach Yamacraw zu fahren wurde zu einem Erlebnis besonderer Art. Es war eine Zeit, in der ich den Wechsel der Gezeiten begriff, der sich in Übereinstimmung mit dem gewaltigen Uhrwerk des Universums vollzog. Eine Zeit des bleichen, sichelförmigen Mondes am frühen Morgenhimmel und des letzten Sterns, der am Firmament verblaßte, weil die Sonne über den smaragdgrünen Wassern aufging. Es war eine Zeit, da ich die Tage maß nach den Vogelschwärmen, die südwärts flogen, und nach der Zahl der Tümmler, die neben meinem Boot dahinglitten und mir ihre unvergleichlichen Wasserballettvorführungen darboten. Ich beobachtete die Silberreiher, die, zu schlanken, anmutigen Standbildern erstarrt, die Küste säumten, und bereute mein Eindringen, wenn sie beim Brummen meines Bootes die Schwingen hoben und mit ruhigen, majestätischen Flügelschlägen davonflogen, um sich stillere Fischgründe zu suchen.

Es war eine wundervolle Zeit, denn nie war ich den Jägern in die Wälder oder den Fischern den Fluß hinauf gefolgt. Und noch nie hatte ich das weite, schilfbedeckte Schweigen der unablässig im Wind atmenden Sumpflandschaft kennengelernt. Im Winter war mein Boot das einzige auf dem Fluß. Das einzige Fahrzeug, das die stahlgraue Unendlichkeit der Wasserfläche entweihte. Im Januar und Februar war das Tuckern meines Motors wie eine Blasphemie für die Stille des Schilfs. Im Winter wirkten die Sümpfe einsam, schwermütig und brütend, die Anwesenheit des Menschen erschien unpassend und unerwünscht. Doch ich liebte das Wissen, auf dieser unermeßlichen Weite des Wassers der einzige Fremdling zu sein, der einzige Hinweis auf die Zivilisation in der leise schwindenden Dunkelheit des Morgens.

Morgen für Morgen ließ Zeke mein Boot zu Wasser, jeder Atemzug eine kurze, rasch verpuffende Wolke, seine Hände blau und mit hervortretenden Adern, sein Gesicht ausgemergelt und vertrocknet wie die Tundra, seine Stimme die einzige in einem Ort, der noch nicht zum Leben erwacht war.

An Tagen, wo die Flut hinreichend hoch war, steuerte ich das Boot zum Cannon Creek, einer windungsreichen, engen Abkürzung durch das Herz der Sümpfe. Und dann erlebte ich auf dem Creek, inmitten der braunen, schwimmenden Inseln aus totem Schilfrohr, den Sonnenaufgang, die jähe Auferstehung nach den ehernen Gesetzen eines ewigen Kreislaufs, und die Überflutung des Landes mit dem unglaublichen Farbenreichtum des frühen Morgens.

Ich saß zusammengekauert in meinem Boot und zitterte in der kalten Luft, die außerhalb des Steuerplatzes scharf und schneidend wie ein Schwert war. Doch gleichzeitig genoß ich die einsame Fahrt, die wundervolle Abgeschiedenheit und das Wissen, daß ich das Glück hatte, diesen Anblick zu genießen, den Anblick der Sümpfe, den Anblick eines unberührten Teils der Schöpfung, den der sinnlose Barbarismus der Menschen noch nicht zerstört hatte. Natürlich war dies eine Illusion, denn an klaren Tagen sah ich den Rauch, der in den Himmel über Savannah emporstieg. Große Säulen weißen Rauchs, elegant und fast feminin wirkend, die sich wie Götzenbilder über dem Horizont erhoben. Von meinem Boot aus waren sie nur die obszönen Zeugen dafür, daß der Mensch alles besudelt, womit er in Berührung kommt. Der Mensch jagte seinen Schmutz ins All. Die phallischen Rauchsäulen über Savannah bewiesen es. Und dennoch vermochten die Fabriken nicht, die scharfe Frische der Luft und die Unberührtheit der Schilflandschaft entlang dem Creek zu zerstören.

Oft war der Fluß wild, und das Boot mußte sich seinen Weg nach Yamacraw durch hohe Wellen und gegen einen steifen Wind erkämpfen. An anderen Tagen war das Wasser wie die Oberfläche eines Spiegels – hart, grün und schimmernd im frühen Licht des Morgens. Ich war allein während der kalten Monate. Der Winter verfügte die Beseitigung sämtlicher Motoren, Garnelenreusen und Fischnetze vom Fluß. Mehr als jede andere Jahreszeit betonte er die Unzugänglichkeit von Yamacraw und die Abgeschnittenheit seiner Bewohner.

Weil ich Pendler war und den Beweis dafür erbringen wollte, daß Pendeln möglich war, ließ ich keinen einzigen Unterrichtstag aus. Ich mußte mich nie fur mein Fernbleiben von der Schule wegen der herrschenden Wetterverhältnisse entschuldigen. Barbara machte sich Anfang November auf zu einem ungewöhnlichen Großeinkauf und kehrte mit so vielen warmen Wintersachen heim, daß man damit einen Gletscher hätte zum Schmelzen bringen können. Sie kaufte gefütterte Socken, Jacken, Handschuhe und Stiefel. Sie erstand außerdem eine bunte Wollmaske, die den ganzen Kopf einhüllte, außer den grün eingefaßten Löchern für Augen, Mund und Nase. Diese Ausrüstung schien geeignet, auch den härtesten Wetterverhältnissen, die ein südkarolinischer Winter zu bieten hat, zu trotzen. Im vollen Ornat meiner Winterbekleidung glaubte ich, den Pinguinen zu ihren heimatlichen Brutplätzen folgen zu können.

Den ganzen Dezember hindurch kam ich mir richtig behaglich vor in der nur mäßig kalten Morgenluft. Doch in der ersten Woche des Januars erfaßte eine Kältewelle die Küste von South Carolina, wie es sie – laut Ted Stone – strenger und heftiger seit 1952 nicht mehr gegeben hatte. In dieser einen Woche wandelte sich mein Respekt vor dem Fluß in ehrfürchtige Scheu und vielleicht sogar in so etwas wie Furcht. Denn in dieser Woche machte ich die Bekanntschaft von Väterchen Frost, vom großen alten Mann Frost, vom Inquisitor Frost und vom Papst Frost – sie alle hockten bei mir im Boot, um meine Überfahrt nach Yamacraw zu beaufsichtigen.

Es begann wie immer bei Zeke. Der Duft von Kaffee erfüllte den Hof vor dem Haus. Zeke saß in seinem Lehnstuhl, rauchte eine Zigarette und lauschte dem näselnden Gesang eines Country-Sängers im Country-Musik-Sender von Savannah. Ida, verfroren und übellaunig, sobald das Thermometer unter fünfzig Grad Fahrenheit sank, hatte die Heizung so hoch gestellt, daß man sich in die Sahara versetzt fühlte, sobald man die Wohnung betrat. Im Schlafzimmer hörte ich die regelmäßigen Schnarchlaute der beiden Jungen. Die Hunde winselten und kratzten an der Haustür.

»Kalt wie die Titten einer Hexe«, sagte Zeke, als ich das Wohnzimmer betrat. »Der Wetterbericht sagt, daß es heute morgen bis auf dreizehn Grad runtergeht.« Ich legte einige Lagen meiner Kleidung ab, um mein Überleben in Idas improvisiertem Dampfbad sicherzustellen. Ida schlurfte währenddessen in die Küche, griff blind nach ihrer Tasse und goß sich Kaffee ein. Dann nahm sie auf dem Sofa Platz und behauptete unentwegt, daß sie sich zu Tode frieren würde.

»Und ich schwitze mir die Arschbacken ab, Ida«, sagte Zeke und blinzelte mir zu.

»Schadet dir gar nichts. Du Hurensohn würdest doch am liebsten in 'nem gottverdammten Kühlhaus wohnen!« Ida ließ einen Knurrlaut hören und schlürfte ihren Kaffee.

Zeke schaute mich an und sagte: »In dieser Woche wirst du beweisen können, ob du ein Kerl bist! Mich bekämen bei diesem Wetter keine zehn Pferde auf den Fluß.«

»Sei vorsichtig, Pat!« fügte Ida hinzu. »Ich mach' mir wirklich Sorgen um dich, wenn du auf diesem Fluß rumhängst! Du hast doch keine Ahnung, wenn's um Boote geht.«

Wir fuhren zur Anlegestelle. Zeke ließ das Boot vom Anhänger ins Wasser. Der Wind pfiff bösartig vom Fluß her, die Wellen rollten über den Anhänger, Zeke stand bis zu den Knien im Wasser und schob mein Boot vom Ufer. Es war in dieser Woche, daß ich aufhörte, Zeke Skimberry nur zu mögen. Ich begann ihn zu lieben. Er ließ mich bei Tagesanbruch ins Wasser und wartete bis zum Sonnenuntergang nachmittags um fünf auf mich, um mich wieder an Land zu ziehen. Das letzte, was ich sah, bevor ich die Wollmaske übers Gesicht streifte, war Zeke, der neben dem Fahrerhaus seines blauen Kleinlasters stand und mir lächelnd nachwinkte.

»Bis um fünf!« schrie er hinter mir her. »Hol dir keinen Sonnenbrand!«

Ich preßte das Gesicht gegen die Windschutzscheibe, um mich vor dem mörderischen Wind zu schützen, der über das Boot hinwegblies. Das Wasser war unruhig, und weiße salzige Gischt bedeckte mein Boot, bevor ich den ersten windgeschützten Creek erreicht hatte. Das Wasser auf der Scheibe gefror augenblicklich und machte die Sicht fast unmöglich. Mein Atem quoll mir in kleinen Wolken aus dem Mund. Jeder Wassertropfen wurde zum Fangzahn, und meine Ohren waren wie Glas. Ich hatte jedes Gefühl in den Händen verloren, und meine Füße steckten wie abgestorben in meinen Stiefeln. Während das Boot die vertrauten Landmarken passierte, die Sandbänke und die mit kahlen Bäumen bestandenen Inseln, fiel mir die Abwesenheit der Vögel und das Fehlen jeglichen Lebens um mich her auf. Die Welt war tot, ohne Laute, im Frost erstarrt. Nichts bewegte sich mehr – bis auf mein Boot.

In dieser Woche wurden mir auch die Stones sympathisch. Jedesmal, wenn ich an ihrem Kai anlegte, befestigte ich das Boot an dem Holzsteg, obwohl meine Finger so beweglich waren wie Zaunpfähle. Dann spurtete ich hinüber zum Haus, so schnell meine gestiefelten, halberfrorenen Füße mich trugen. Ted sah mich kommen und legte ein paar frische Eichenscheite in den Ofen. Lou hielt eine dampfende Tasse Kaffee für mich bereit. Es sind Augenblick wie diese, aus denen mein Glaube an den grundsätzlichen Wert des Menschen und an das Gute in ihm seine Berechtigung schöpft. Ich habe Ted Stone nicht einmal, sondern tausendmal verflucht, doch ich werde ihm nie vergessen, wie anständig und hilfsbereit er in diesen fünf Januartagen zu mir war. Ich trat ganz nahe an den Ofen heran, hätte ihn vor Dankbarkeit am liebsten umarmt, während Ted in seinen Erinnerungen kramte und voller Wehmut von jenem Winter sprach, in dem der Fluß breite, feste Eisränder gehabt hatte.

An einem dieser fünf Tage hätte ich beinahe ein unfreiwilliges kaltes Bad genommen. Beim Aussteigen bemerkte ich die dünne Eisschicht auf der Kaimauer nicht. Ich glitt aus, landete auf dem Hintern und schlitterte über die Steine. Im letzten Moment konnte ich mich an einem Poller festhalten, jedoch nicht verhindern, daß ich auf der gegenüberliegenden Seite der Mauer mit den Füßen im Wasser landete. Ted Stone steckte mich in die Sachen seines Sohnes, als er sah, was mir passiert war.

Auch das Verhältnis zu meinen Schülern wurde in diesen Tagen enger. Sie drängten sich an den Fenstern und warteten darauf, daß mein Wagen in Sicht kam. Sobald sie mich sahen, ging Fred zum Holzstapel und warf ein paar Scheite in den Ofen. Ich betrat den Raum und steuerte sofort auf den Ofen zu, um mich aufzuwärmen. Dann zog ich die Stiefel aus und hängte meine feuchten Strümpfe in der Nähe des Ofens zum Trocknen auf.

Richard fragte mich dann: »Du kalt, Conroy?«

»Nein, Mann! Wovon denn? Ich bin die ganze Strecke hierher geschwommen. Das ist genauso wie ein heißes Bad.«

»No.«

»Du naß geworden?« fragte Mary.

»Na und? Das ist nun mal so beim Schwimmen.«

»Du nich schwimmen, Conroy.«

In diesem Moment bemerkte ich Samuel und Sidney, die sich auf die Knie schlugen und unkontrolliert zu kichern begannen. »Weißer Mann bekommen blaue Füße!« rief Sam.

Die Klasse brach in Lachen aus, und ich schob meine Füße näher ans Feuer und bewunderte ihre prachtvolle blaue Färbung. Blaue Füße waren gewissermaßen eine Berufskrankheit der Weißen. Und blaue Füße behielt ich bis Freitagnachmittag. Doch als der Freitag vorüber war, wußte Conrack auch, daß er mit dem Fluß fertig werden konnte – und das erschien ihm ungeheuer wichtig.

Der Fluß blieb launenhaft und voller Überraschungen. Nachdem ich fest daran glaubte, daß die Kälte mein grimmigster Feind wäre, wurde ich eines Morgens von einer neuen Rachegöttin bedrängt, die durch das Low-Country kroch – so gespenstisch wie ein Geist und so lautlos wie ein Silberreiher: Nebel. Nebel verursacht keinen Schmerz, sondern lediglich Blindheit, und den Schiffer zwingt er, sich nicht mehr auf seine Augen, sondern auf sein Gefühl zu verlassen. Er verwandelt das Land in grauenhafte Gleichförmigkeit. Aus Nord wird Süd, aus Ost wird Süd, und aus West wird Nord. Ich hatte keinen Kompaß und hoffte, daß die Routine des täglichen Pendelns ausreichte, um mich sicher zur Insel zu bringen.

Doch je tiefer ich in den Nebel vordrang, um so hoffnungsloser wurde meine Lage, um so mehr verlor ich die Orientierung, um so wilder würgte mich die Panik.

Ich tuckerte von Sandbank zu Sandbank, blind wie ein kahlgeschorener Samson, und hielt vergeblich nach Landmarken Ausschau, um meinen Kurs korrigieren zu können. Ich blickte auf meine Uhr und stellte entsetzt fest, daß ich auf der Suche nach der Insel nun schon seit anderthalb Stunden im Nebel umherkreuzte. Ich war vor Schreck wie gelähmt, als plötzlich das Tuten eines Ozeanfrachters an mein Ohr drang, und das schlimmste war für mich die Erkenntnis, daß ich in dem Nebel nicht einmal zu sagen vermochte, ob das Nebelhorn, das ich hörte, mehrere Meilen oder nur wenige Meter von mir entfernt ertönte. Sekundenlang glaubte ich, in die Fahrrinne der großen Schiffe geraten zu sein, die dem Savannah River folgten und dem Atlantik zustrebten. Zum Glück sah ich mit einem Mal Land und hielt auf die Küste zu. Ich fuhr auf den Strand, entzündete ein Feuer und wartete, bis sich der Nebel hob und Yamacraw sichtbar wurde. Nachdem sich der Nebel völlig gelichtet hatte, mußte ich erkennen, daß ich mich etwa fünf Meilen von der Insel entfernt hatte und ganz in der Nähe des Savannah River befand. Im Kampf mit den Elementen erwies sich der Nebel bedrohlicher als die Kälte. Später dann, im Frühjahr, lernte ich die Stürme und Gewitter kennen. Verglichen mit ihnen, erschien mir der Nebel fast wie ein Zuckerschlecken.

*

Anfang Frühjahr beschloß Bennington endgültig, eine Firma damit zu beauftragen, auf Yamacraw eine Klimaanlage einzubauen. Die Schulbehörde hatte im Sommer zuvor die Gelder dafür bewilligt. Piedmont drängte offensichtlich auf einen schnellen Einbau, denn mit der wärmer werdenden Jahreszeit erwartete man den Andrang offizieller Besucher, die nach Yamacraw kamen, um sich Informationen aus erster Hand über die Opfer der gesellschaftlichen Verhältnisse des Südens zu beschaffen. Piedmont bestand aus diesem Grund auf der Ausführung des Auftrages für Ende Februar, denn schließlich ging es dabei auch um seine Glaubwürdigkeit, nachdem er sich bereits überall damit gebrüstet hatte, auf Yamacraw Island gebe es eine der beiden Schulen, die mit einer Klimaanlage ausgerüstet seien.

Da ich keinem dieser Leute mehr über den Weg traute, was ihre Zusagen und Äußerungen betraf, amüsierte es mich, den Eifer zu beobachten, den sie plötzlich an den Tag legten, um das zweiklassige Schulhaus der Insel auf eine so widersinnige Art aufzupolieren. Nach der Installierung der Klimaanlage würden Piedmont und Bennington im Brustton der Überzeugung von sich behaupten können, daß sie keine Mühen und keinen Schweiß gescheut hätten, um den kleinen Negern das Dasein zu erleichtern.

Zeke wurde angewiesen, mit dem Techniker der Firma auf die Insel zu fahren und ihm so gut wie möglich zur Hand zu gehen. Mein Boot wurde mit Werkzeugen, Leitungen und Isoliermaterial beladen. Zeke fuhr mit mir über den Fluß. Die Sonne war bereits aufgegangen, und ihr gleißendes Licht beschien die spiegelglatte Wasserfläche, als wir die erste Sandbank umrundeten und der Bug des Bootes genau auf das feuerweiße Himmelsgestirn zeigte. Ich sagte gerade etwas zu Zeke, als wir plötzlich spürten, wie ein heftiger Ruck durch das Boot ging und wir festsaßen.

»Es ist die gottverdammte Sandbank!« rief Zeke, und er hatte recht. Die Sandbank, die ich hunderte Male sicher und ohne Schwierigkeiten umschifft hatte, machte mich in einem Augenblick der Unachtsamkeit schmerzhaft auf sich aufmerksam. Wir befanden uns nicht am Rand der Sandbank, sondern genau in deren Mitte. Und es gab keine Möglichkeit, das Boot wieder in tieferes Wasser zu bringen. Es war einfach zu schwer beladen und hatte sich zu tief in den Sand hineingebohrt. Die einzige Möglichkeit, wieder freizukommen, war die Flut.

Ich hätte mich vor Wut in den Bauch beißen können. Mein Kapitänsstolz hatte mächtig Schlagseite bekommen. Der Monteur und seine Gehilfen, die uns in einem anderen Boot folgten, feixten, als sie uns sahen. Sie versuchten uns mit Hilfe eines Taus von der Sandbank herunterzuziehen, hatten aber kein Glück. Schließlich nahm ich Zeke wie St. Christophorus huckepack und lud ihn bei den Monteuren ab. Er bot sich zwar an, bei mir im Boot zu bleiben, aber mein schlechtes Gewissen ließ es nicht zu. In mir war der Wunsch nach Selbstbestrafung, und so blieb ich allein zurück, ertrug die beißende Morgenkälte, die nassen Strümpfe und Hosenbeine und wartete auf die steigende Flut, während das Boot mit Zeke und den schadenfroh lachenden Monteuren langsam aus meinem Blickfeld entschwand.

Meine Füße erschienen mir wie die Definition des Begriffs »Frostbeule«. Es war zwar nicht mehr der grimmig kalte Winterwind, doch das Wasser hatte den nahen Frühling noch nicht akzeptiert. Ich zog die Tennisschuhe und die dicken Wollsocken aus, die Barbara mir zu Beginn des Winters gekauft hatte. Meine Füße waren blau, und ich versuchte sie in altes Zeitungspapier einzuwikkeln. Als mir das nicht gelang, zog ich meine gefütterte grüne Jacke aus und schlang sie fest um die Füße. Es war das Beste, was ich unter den gegebenen Umständen tun konnte.

Noch herrschte Ebbe. Das Wasser sank weiter, strömte zum Meer, strebte dem ewigen Rendezvous der Elemente zu, folgte in seinem Fließen unaufhaltsam dem Gesetz der Schwerkraft und der Anziehung der Erde. Die Sandbank erstreckte sich etwa eine Viertelmeile entlang dem rechten Flußufer. Der Salzsumpf war noch braun, obwohl man bei genauem Hinsehen schon deutlich die Verheißung frischen Grüns zu erkennen vermochte, das wie ein Hauch über den toten, vertrockneten Gräsern entlang dem Ufer lag.

Noch war die Zeit der Springflut nicht gekommen, die die Sümpfe völlig unter Wasser setzte, das tote Gras tonnenweise hinwegschwemmte und in großen Haufen ins Meer trug.

Der Sumpf im Übergang. In der aufgezwungenen Mußestunde konnte ich mich dem Anblick in Ruhe hingeben. Es war nicht verwunderlich, daß sich mir schon bald tiefere Gedanken aufdrängten, Gedanken über Zeit und Raum, über das Heute und Morgen, über die eigene Vergänglichkeit und die Ewigkeit der Natur und des Alls. In fünfzig Jahren würde ich fünfundsiebzig sein – ein alter

Knacker, glatzköpfig und zahnlos. Das greisenhafte Relikt der Vierziger, dessen Blut vertrocknet, dessen Jugend verwelkt und dessen Träume gestorben waren wie das Gras der Sümpfe.

Doch die tiefschürfenden Gedanken vergingen mir, als meine Füße aufs neue vor Kälte zu schmerzen begannen. Ich sah hinüber zur Bluffton-Küste und sah dort einen Mann in einer blauen Jacke neben seinem Wagen stehen und zu mir herüberspähen. Ich schaute mich nach etwas Lesbarem um. Ich fand die Aufschrift auf den Ölkannen, die Bedienungsanleitung für das Starten des Motors, die Verpackungsaufschrift mit den Ingredienzen der Kartoffelchips, die ich vor einigen Tagen gekauft hatte. Schwerer Lesestoff. Nachdem ich mich durch die Lektüre hindurchgefressen hatte und schließlich wieder bei dem Problem gelandet war, wie ich meine Füße warm bekam, entschied ich, daß ich in meiner Situation nichts Besseres tun konnte, als eine Mütze voll Schlaf zu nehmen. Nein, ich mußte erreichen, daß ich in ein richtiges Koma fiel, in einen Zustand der zeitweiligen Bewußtlosigkeit, um die Qual des Wartens, das mir auferlegt war, auszuschalten, bis die Wasser wieder zurückfluteten und die Creeks und Flüsse hinaufrasten. Also wickelte ich meine Füße aus, hängte meine Strümpfe zum Trocknen über die Windschutzscheibe und bettete mich zwischen die Benzinkanister und Ölkannen. Eines der Sitzpolster benutzte ich als Kopfkissen. Am Anfang glaubte ich, bei der herrschenden Kälte niemals einschlafen zu können, doch sobald ich anfing, darüber nachzudenken und mir deswegen Sorgen zu machen, schlief ich ein.

Einige Zeit später wachte ich auf, erschreckt von lautem Motorenlärm über mir. Ich mußte ziemlich lange geschlafen haben, denn ich hörte das rhythmische Klatschen von Wasser, das gegen den Bootsrumpf schlug. Das Knattern wurde lauter, und ich sah einen Helikopter, der genau über mir schwebte und dann einen weiten Bogen um mein Boot beschrieb. Der Pilot streckte den Kopf über den Rand des Cockpits und legte seine Maschine auf die Seite, um erneut Kurs auf mich zu nehmen. Ich konnte sein Gesicht beim Näherkommen deutlich erkennen. Es drückte Besorgnis aus.

Es muß die Langeweile gewesen sein oder eine unentschuldbare Anwandlung schwarzen Humors, die mich überfiel. Ich wußte, daß es sich bei dem Piloten um einen jungen Flugschüler handelte, der auf der nahe gelegenen Airbase von Savannah stationiert war. Er hatte mich lang ausgestreckt und scheinbar leblos in einem gestrandeten Boot liegen sehen und schien besorgt. Ich hatte diesen Jungs auf meinen Fahrten zur Insel oft zugewinkt, und manchmal waren sie so tief heruntergekommen, daß ich erkennen konnte, wie sie zurückwinkten. Jedenfalls bewegte ich mich nicht mehr, nachdem ich meinen Körper derart grotesk verrenkt hatte, daß man mich für tot halten mußte. Der Helikopter ging tiefer und tiefer. Wie ich aus schmalen Augenschlitzen erkannte, schien die Besorgnis des Piloten zu wachsen, je mehr er sich meinem gestrandeten Boot näherte. Ich lachte in mich hinein, beglückwünschte mich zu dem gelungenen Streich. Dabei wäre ich besser von den Toten auferstanden und hätte dem Piloten zugewinkt, damit er sah, daß ich noch lebte und trotz meiner Havarie wohlauf war. Doch noch während dieser Gedanke in meinem Kopf Fuß zu fassen begann, war die Maschine über mich hinweggedonnert und drehte nach Westen ab. Ich hörte das Flappen der großen Rotorblätter, aber das Geräusch entfernte sich rasch. Der Pilot lenkte seine Maschine zum Festland zurück. Trotzdem stellte ich bald fest, daß er den Schauplatz noch nicht endgültig verlassen hatte, denn ich hörte ihn immer noch. Meine Neugier besiegte den Wunsch, in der Horizontalen zu bleiben. Ich kroch langsam zum Bootsrand und hob vorsichtig den Kopf. Ich konnte den Helikopter deutlich hören. Suchend wanderten meine Augen über den Himmel. Vergeblich. Dann sah ich, daß der Pilot auf dem Strand der gegenüberliegenden Küste gelandet war und aufmerksam zu mir herüberspähte.

Unsere Augen begegneten sich, und es war für uns beide ein Schock. Ich erhob mich schnell und streckte mich, als wäre ich soeben in einer Hinterhofhängematte aufgewacht. Ich trommelte mehrmals mit den Fäusten auf meinen Brustkasten und frohlockte in der rauhen Luft des späten Morgens. Dann winkte ich dem Piloten zu. Er hatte die Tür der Maschine geöffnet, und über ihm drehten sich die Rotorblätter. Plötzlich hob er den Arm und zeigte mir die in Amerika allgemein bekannte Geste der Verachtung – den hochgereckten Mittelfinger seiner rechten Hand. Er schrie irgend etwas, riß die Tür zu und rauschte mit aufheulenden Triebwerken wütend davon. Er erinnerte mich an einen jungen Amateurrennfahrer, der nach einem Streit mit seiner Freundin die Haustür hinter sich ins Schloß wirft und mit kreischenden Pneus die Kurve kratzt.

Rasch prüfte ich den Wasserpegel und entschied, daß ich mich mit etwas Glück selbst aus meiner Sandfalle befreien konnte. Ich ergriff das Paddel, stieß es in den Sand und operierte genau im Sinne des Newtonschen Gesetzes. Das Boot bewegte sich. Ein paar Minuten später befand ich mich in der Fahrrinne. Ich zog die Anlasserschnur und setzte barfuß die Fahrt nach Yamacraw fort. Der Helikopter folgte mir eine Zeitlang mit wütendem Brummen wie eine wildgewordene Hornisse. Dann donnerte er in Richtung Savannah davon. Ich winkte ihm dankbar nach.

*

Den genauen Zeitpunkt anzugeben, an dem ich beim Verwaltungsmoloch des Beaufort County in Ungnade fiel, ist mir nicht möglich. Der Riß vollzog sich allmählich, jedoch konsequent. Er wurde beiden Seiten nicht schlagartig bewußt. Allerdings gewann die Entzweiung um so mehr an Fahrt, je öfter wir dienstlich oder persönlich miteinander zu tun hatten.

Ich habe den Brandbrief erwähnt, den ich Piedmont schrieb, nachdem ich einige Tage auf der Insel war. Später erfuhr ich, daß Piedmont seine Untergebenen gern ein wenig auf dem Bauch kriechen ließ, bevor er ihnen gestattete, einen Verbesserungsvorschlag zu machen. Deshalb drängte mein erster Brief, geschrieben mit dem Schwung und der Arroganz der entrüsteten Jugend, Piedmont in die Verteidigung. Piedmont hatte mir erzählt, daß er in seinem ersten Job als Aufseher einer Fabrik im Norden des Bundesstaates einen starken Widerwillen gegen Arbeiterprobleme entwickelt habe. Mit meinem ersten Brief an ihn war ich augenblicklich von einer Nummer in seiner Lehrerkartei zu einem Mitarbeiterproblem geworden.

Erst viele Monate später erfuhr ich, wie Piedmont vermutlich das ärgerliche Problem mit den halbgebildeten, aber hartnäckigen Arbeitern löste, die in der Nachtschicht die Webstühle funktionsuntüchtig machten und zur Rebellion gegen die kapitalistischen Besitzer aufriefen, die sie nie zu Gesicht bekommen hatten, da diese die Webereien aus der Ferne leiteten. Der stimmgewaltige, produktionsbewußte Piedmont hatte sich von diesen Kapitalisten anheuern lassen, um die gelegentlich aufflammenden Unruhen und Verstimmungen unter den Arbeitern niederzuhalten.

Meine Unkenntnis und Naivität dauerten während des Jahres an. Piedmont hatte mir bei unserer ersten Begegnung erklärt, ihm sei die Wahrheit heilig und er liebe es, auf dem Boden der Tatsachen zu stehen. Ich glaubte ihm. Und jedesmal, wenn ich ihn leicht vorgebeugt hinter seinem Schreibtisch sitzen sah, den Blick über den Rand seiner Lesebrille fest auf mich gerichtet, hielt ich mit meiner Meinung nicht hinterm Berg, daß der Zustand in der Yamacraw-Schule eine Tragödie wäre. Ein Hohn auf alle Grundsätze der Erziehung und der schulischen Ausbildung und eine Schande für das ganze County. Ich machte ihm klar, daß die Verhältnisse dort dringend nach grundlegenden, radikal neuen Ideen und Methoden verlangten. Fast immer nickte er zustimmend und hielt mir einen öligen, schmeichlerischen und hohlen Vortrag über die gute Arbeit, die ich machte, und darüber, wie ihm die Briefe gefielen, die ich ihm schrieb, und wie sehr ich ihn an den jungen Henry Piedmont erinnerte, der er einmal gewesen war – idealistisch, opferbereit und selbstlos, wenn es um das Wohl der anderen ging.

Dennoch war das Schulamt voll von den Geistern und Gespenstern des Grolls und der Verbitterung. Sein Name verbreitete Angst und Furcht unter seinen Mitarbeitern, denn in seinem Machtbereich regierte er mit eiserner Faust. Sogar Bennington zitterte, wenn Piedmonts Name fiel. Immer wieder warnte man mich vor ihm. Piedmont dulde keine Kritik, gleichgültig in welcher Form. Wehe dem Verwegenen, der es wage, das Heiligtum des Allgewaltigen durch scharfzüngige Reden zu entweihen! Ich achtete nicht darauf, und jedesmal, wenn ich im Laufe des Jahres mit ihm sprach, erklärte mir der wohlwollende Dr. Piedmont, daß es nirgendwo im Land so demokratisch zugehe wie in seinem Schulbezirk.

Anlaß zu unserer ersten Kontroverse war die Benzinrechnung für den Monat Oktober. Zu dieser Zeit hatte ich die Schulleitung an Mrs. Brown abgetreten, und die Personalstrategen im County Office hatten festgestellt, daß sich Mrs. Brown für den neuen Job nur wenig eignete. Also setzte Piedmont einen Administrator ein, der die Berichte und den Schriftkram von Mrs. Brown kontrollieren und zwischen mir und Piedmont als Puffer dienen sollte. Im November hatte Piedmont meine bissige Kritik und mein ständiges Meckern über die Zustände an der Schule offensichtlich satt. Der von ihm ernannte Administrator der Yamacraw-Schule hatte, wie Piedmont selbst, die Yamacraw-Schule nie zu Gesicht bekommen. Sein Name war Howard Sedgwick, er war der Leiter der Bluffton High-School. Er hatte sein Amt erst unlängst angetreten und dort bereits die Macht an sich gerissen. Ich hörte ihn einmal vor einer Gruppe weißer Lehrer über Schwarze reden. Das hatte mir genügt, um zu wissen, wo er ideologisch stand: irgendwo zwischen einem hinterwäldlerischen Baptisten und einem Anhänger des Ku-Klux-Klan. Jedesmal wenn ich ihn sah, regte er sich über irgend etwas oder irgend jemanden auf. Piedmont hatte ihn zum Titularrektor einer Schule ernannt, die er nie gesehen hatte. Ich mußte mich nun mit einer Schulleiterin herumschlagen, die gerne eine Weiße gewesen wäre, und mit einem Administrator, der es bedauerte, daß es Schwarze auf der Welt gab.

Die Benzinrechnung für Oktober verursachte den ersten Schußwechsel in einem von beiden Seiten erbittert geführten Krieg. Piedmont richtete einen Brief – dem Instanzenweg folgend – an Sedgwick, mit der Aufforderung einen Blick in eine »unverschämt hohe« Benzinrechnung zu werfen und ihm Vorschläge zu unterbreiten, wie die Benutzung des Bootes verbindlich zu regeln wäre. Ich erhielt dann ein Schreiben Sedgwicks, in dem er mir mitteilte, daß ich das Boot nur montags und freitags benutzen dürfe und für jede zusätzliche Fahrt selbst aufzukommen habe. In seinem Schreiben kamen sowohl seine Arschkriecherseele als auch seine totale Unkenntnis der Verhältnisse auf Yamacraw deutlich zum Vorschein. Mrs. Brown – zu dieser Zeit noch erbost über die Beschneidung ihrer Vollmachten durch einen Weißen, den sie nie gesehen hatte – schüttete mir ihr Herz aus. Ich gab ihr recht: Die Tatsache, daß man ihr Sedgwick vor die Nase gesetzt hatte, sei sehr bezeichnend, und ich versprach ihr, Beschwerde einzulegen. Ich begann meinen zweiten Brief an Piedmont im prototypischen Conrack-Stil: selbstgerecht, ärgerlich, undiplomatisch, unverfroren und empört. Colonel Conroy, das Oberhaupt meines

Clans, lehrte mich in meiner Jugend eine kompromißlose Devise. Danach war es für einen Conroy eine unverzeihliche Sünde, Süßholz zu raspeln, die Dinge nicht beim Namen zu nennen und – Schande über Schande – vor jemandem auf die Knie zu fallen oder ihm in den Hintern zu kriechen. Auch Dad verachtete die Arschlecker dieser Welt, und er gab diese Überzeugung an seinen Nachwuchs weiter.

Ich werde jetzt einen Auszug aus meinem zweiten Brief an Piedmont folgen lassen. Halten Sie dem wutschäumenden Conrack bitte seine Jugend, seine Naivität und seine Entrüstung zugute. Angetan mit meinen grünen, gefütterten Stiefeln und einem zerrissenen roten Sweater, die Augen glühend vor Selbstgerechtigkeit und Empörung, schrieb ich Piedmont einen Brief, bei dem mir sein Wahlspruch: »Die Wahrheit ist mir heilig!« als Leitstern vor Augen stand.

> *Lieber Mister Piedmont,*
> *Ihr Brief hat mich entsetzt. Doch da es ziemlich bedeutungslos ist, ob ein einfacher Schullehrer mit der Entscheidung seines Schuldirektors einverstanden ist oder nicht, werde ich Ihnen antworten, ohne auf unseren unterschiedlichen Rang Rücksicht zu nehmen. Das erste, was Sie wissen sollten, ist folgendes: Falls Sie erwartet haben, daß ich nach Yamacraw gehen würde, um die intellektuelle Dezimierung von vierzig Kindern zu betreiben, haben Sie sich den Falschen ausgesucht. Und falls Sie erwartet haben, daß ich angesichts der unerträglichen Zustände an dieser Schule den Mund halten würde, hätten Sie nicht*

mich, sondern jemand anderen dorthin schicken müssen. Selbst wenn diese Kinder das Pech haben, auf Yamacraw Island geboren zu sein, werden Sie und sämtliche Professoren der Welt nicht ausreichen, mir einzureden, daß diese Jungen und Mädchen nicht den gleichen qualifizierten Unterricht verdienen wie die Kinder in Beaufort. Sollten Sie in diesem Punkt nicht mit mir übereinstimmen, glaube ich, daß es an der Zeit wäre, Ihre Eignung für die Aufgabe des Superintendenten des ganzen County ernsthaft in Frage zu stellen.

In meinem Brief folgte nun die Rechtfertigung der außerplanmäßigen Fahrten mit dem Boot.

Das Boot beförderte Vorräte, Filme, Gastredner, Praktikanten, Lebensmittel, verletzte Schüler, die zum Festland oder zurück zur Insel gebracht werden mußten. Das Boot transportierte das Sullivan-Lese-Programm, einen Tageslichtprojektor, ein Tonbandgerät, einen Plattenspieler, einen Filmprojektor, mit deren Hilfe Yamacraw den Anschluß an das audiovisuelle Zeitalter erhielt. Das Boot brachte mich an fünf Tagen einer Woche nach Beaufort, um den Halloween-Ausflug der Kinder vorzubereiten, die nie den Satz gehört hatten: »Dein Herz erweich oder ich spiel dir 'nen Streich!« Das Boot, Dr. Piedmont, hat geholfen, Perspektiven, Horizonte und Möglichkeiten zu eröffnen, die es nie zuvor für diese Kinder gegeben hat.

Ich beendete den Brief mit der Erklärung, ich sei mir sicher, daß Piedmont ihn als eine Drohung verstehen würde und als Ausdruck einer unglaublichen und unverzeihlichen Auflehnung. Wörtlich schrieb ich dann:

> *Weder Mrs. Brown noch ich sind einverstanden mit dem letzten Memorandum. Wir werden beide zur nächsten Schulausschußversammlung des Beaufort County kommen. Ich werde über die Probleme und Sorgen auf der Insel berichten. Und ich werde auch für die Benzinkosten aufkommen, die bei dieser Fahrt entstehen werden.*
>
> *Hochachtungsvoll*
> *Pat Conroy*

Der Brief war angefüllt mit dem üblichen Bombast und Schwulst, die für meine Zeiten der Wut typisch sind. Darüber hinaus wollte ich unbedingt vor dem Schulausschuß erscheinen. Ich war überzeugt, daß man dort von der Situation auf der Insel keinen blassen Schimmer hatte, solange nur Piedmont und Bennington die Informanten waren. Der Schulausschuß war die einzige Institution, die die entsprechenden Maßnahmen ergreifen konnte, um der hoffnungslosen Lage auf Yamacraw ein Ende zu machen. Er allein besaß die Macht, den armen Lazarus wieder zum Leben zu erwecken. Und ich war entschlossen, die Frage zu stellen, ob etwa das ganze County stank vor Ignoranz und Gehirnerweichung. Ich wollte herausfinden, ob Yamacraw nur ein isoliertes Beispiel des schulischen Niedergangs darstelle oder ob dies der Standard an sämtlichen Schulen mit einer schwarzen Schülerschaft war, den man einfach – wenn auch mit Zähneknirschen – akzeptieren mußte. In mir begann etwas zu dämmern. Ein Verdacht, der mir ungeheuerlich und unaussprechbar erschien. Ich begann zu fürchten, daß die Schulen in Beaufort voll waren von schwarzen Kindern, die nicht einmal wußten, wo sie ihren Hintern zu suchen hatten. Die so entsetzlich unwissend waren, daß ihre Hirne in ihren Schädeln verrotteten, daß die Schulen als Tagesbewahranstalten für Tausende von Kindern dienten, die aus einem Buch niemals etwas anderes entnehmen würden als ein Blatt Papier, womit sie sich die Nase putzten oder den Hintern abwischten.

Ich wollte, daß die Ausschußmitglieder auf meine Frage klipp und klar antworteten. Ich wollte, daß diese Leute wußten, daß ich meinen Abschluß an einer der weißen Schulen gemacht hatte, auf der auch sie studiert hatten, und daß ich stolz auf meine Ausbildung war. Ich würde eine Erklärung von ihnen verlangen: Was ist das für eine Situation, in die ich da hineingestolpert bin? Wie kam es dazu? Und was gedachten sie zu tun, um eine Änderung herbeizuführen? Es war mir unbegreiflich, daß Menschen, die für den Unterricht und das öffentliche Schulwesen verantwortlich sind, nicht vor Wut schäumten, wenn sie mit der klaren und unumstößlichen Tatsache konfrontiert wurden, daß eine ganze Generation von Kindern ihres County hingeschlachtet in den vergessenen Winkeln ihrer Klassenzimmer lag. Ich war noch sehr jung damals. Ich glaubte wirklich daran, daß es die Leute beunruhigen würde.

Ich schrieb den Brief an einem Donnerstag und beabsichtigte, vor dem Ausschuß der Schulbehörde bei seiner monatlichen Zusammenkunft am folgenden Dienstag zu erscheinen. Mrs. Brown kam am Freitag zu mir, um mir zu sagen, daß sie keine Konfrontation wolle. Ich erwiderte ihr, daß ich sie verstünde. Ich machte mir Notizen und setzte eine Rede auf in einem klaren, kraftvollen Stil. Keine diplomatischen Weitschweifigkeiten, sondern eine klare, männliche und unverblümte Sprache. Ich plante eine Explosion, die den elfenbeinernen Turm dieser realitätsfremden Beamtenseelen vom Keller bis zum Dachboden erschüttern würde. Jedesmal, wenn mein Blick auf Sidney oder Samuel, Fred oder Prophet, Richard oder Lincoln fiel, wurde ich zorniger und erregter. Ich hatte etwas zu sagen. Und ich würde es tun – am nächsten Dienstagabend. Genau in der Mitte des Novembers würde die Bombe platzen. Dachte ich.

Punkt zehn Uhr morgens an dem besagten Dienstag im November sah ich vor der Schule einen Wagen vorfahren. Dem Wagen entstiegen Ezra Bennington, Morgan Randel, der stellvertretende Schuldirektor, und ein bulliger, glatzköpfiger Mann, den ich nicht kannte.

Mrs. Brown erblaßte, als sie die erlauchte Gruppe bemerkte. Sie ordnete hastig ihr Haar, befahl ihren Schülern Ruhe und trat hinaus, um die Herren willkommen zu heißen. Der Glatzkopf kam in meine Klasse, gefolgt von Bennington, und stellte sich mir vor.

»Ich bin Charlie Miller«, sagte er. »Ich bin Mitglied des Schulausschusses.«

»Ich bin Pat Conroy. Ich werde heute abend vor euch Guys eine Rede halten.«

Miller warf Bennington einen raschen Blick zu, dessen Augen wie Wasserkäfer im Raum umhersprangen. Im

Schulzimmer herrschte die übliche Unordnung: Papierbogen, Bücher, Illustrierte und Spiele bedeckten Pulte, Tische und Fußboden.

Miller winkte mich in die Halle hinaus. Bennington folgte dicht hinterher. Sie schlossen die Tür. Miller schaute mich mit einem Ausdruck an, den ich eindeutig als feindselig interpretierte. Dann erschien auf seinem Gesicht so etwas, das man mancherorts für ein Lächeln gehalten hätte. Er schielte zu mir herüber, räusperte sich und versuchte seiner Bulldoggenvisage den Anschein von Freundlichkeit zu geben.

»Ich sprach mit einigen der Ausschußmitglieder über Ihren Besuch, Conroy.«

»Ja, Sir?« fragte ich ein wenig eingeschüchtert angesichts der Demonstration von Macht und Autorität.

»Wir haben beschlossen, Sie nicht anzuhören. Wir haben eine Menge wichtiger Fragen auf dieser Zusammenkunft zu erörtern. Wir können uns nicht mit den Wehwehchen eines jeden Lehrers abgeben, dem gerade eine Laus über die Leber gelaufen ist.«

»Dann verweigern Sie mir also ein Erscheinen vor der Kommission?«

»So ist es, Sohn.«

Bennington hielt sich bei dieser Unterhaltung im Hintergrund, ein starres Lächeln in den Mundwinkeln. Am liebsten hätte ich die beiden zusammengeschlagen, aber der Einschüchterungsfaktor war zu hoch. Und außerdem war Mr. Randel mitgekommen.

Morgan Randel war der stellvertretende Superintendent, verantwortlich für das Verwaltungs- und Personalressort. Früher leitete er den Beaufort-Bezirk, aber dann hatte Piedmont ihn und Bennington im Zuge der Neuordnung des Schulsystems im County von ihren Spitzenpositionen verdrängt. Wer immer Mr. Randel mitgeschickt hatte, er verdiente einen Orden für sein strategisches Meisterstück. Denn Bennington und Miller hätten sich nicht wirkungsvoller gegen meine Ausfälle schützen können als durch Randels Gegenwart. Randel war mein einziger Verbündeter in der Verwaltung.

Unsere Freundschaft bestand seit dem 14. März 1962. An diesem Tag nahm ich an einem Baseballspiel gegen die Wade Hampton High-School aus dem Nachbar-County teil. Mr. Randels Sohn Randy war an diesem Tag als Pitcher aufgestellt. Randy war einer meiner besten Freunde. Wir hatten an Gene Norris' Englischunterricht teilgenommen, spielten beide Football und Basketball und wollten am Wochenende nach dem Wade-Hampton-Spiel zu seiner Großmutter nach Newberry fahren, um dort auf den Golfplatz zu gehen. Wir waren zwei unheilbare Jocks. Sport jedweder Art hieß unsere Devise.

Randy war fünfzehn Jahre alt und einsdreiundneunzig groß. Er hatte ein loses Mundwerk und war ein ausgesprochener Draufgänger. Unablässig machte er Witze, ahmte seine Lehrer und seine Klassenkameraden nach und kannte kein größeres Vergnügen, als Gene Norris während des Unterrichts aufzuziehen und auf den Arm zu nehmen. Randy war außerdem eine richtige Sportskanone. Er warf einen Football fünfzig Yards weit, fing mit monotoner Regelmäßigkeit jeden Zehn-Fuß-Hookshot und warf einen der besten Kurvbälle, die ich je gesehen habe. Alle waren sich darin einig, daß Randy der geborene Baseballspieler war, und alle waren der Überzeugung, daß der hochgewachsene, sportgestählte Randy eines Tages in der Major League, der Baseball-Profiliga, landen würde. Er war einfach unwahrscheinlich gut.

Der Tag, an dem wir gegen Hampton spielten, war wolkig und unfreundlich. Es war ein Tag mit dunklen Schatten und gespenstischen Lichtreflexen. Doch Randy spielte hervorragend. Seine Fastballs schienen unhaltbar, und niemand wurde mit seinen Kurvbällen mit der am Schluß gekrümmten Flugbahn fertig. Er schlug fünf der ersten sieben Batter, die gegen ihn antraten. Kein einziger der Hampton-Spieler erreichte die erste Base. An diesem Tag wirkte Randy sehr ernst während seiner weitausholenden, disziplinierten Wind-ups. Dann warf er den Ball mit unglaublicher Geschwindigkeit in den Fanghandschuh des gegnerischen Catchers. Die Zuschauer feuerten ihn an und wurden immer erregter, sooft ein Hampton-Spieler »aus« machte. Sein Vater spornte ihn von der Tribüne aus mit lauten Rufen an.

Beim vierten Spieldurchgang warf Randy einen harten, schnellen Ball. Der Schiedsrichter entschied auf Strike. Plötzlich schwankte Randy auf dem Wurfmal, taumelte vorwärts und stürzte zu Boden. In diesem Moment – obwohl keiner von uns es wußte, keiner es wahrhaben wollte und keiner es jemals verstehen würde – war Randy tot. Mehrere Trainer rannten zu Randy hin. Der Trainer von Wade Hampton wurde regelrecht hysterisch. Mit einer vor Entsetzen zitternden Stimme rief er: »Der Junge stirbt, der Junge stirbt!«

Ich sah Mr. Randel über die Absperrung springen und zum Wurfmal rennen. Er war ein kräftig gebauter, gutaussehender Mann mit einem strengen, intelligenten Gesicht. Obwohl ich sicher war, daß er rannte, schienen seine Bewegungen wie in Zeitlupe abzulaufen. Die ganze Welt hatte sich in einen quälend langsamen, bizarren Tanz verwandelt. Die Schreie der Frauen und Männer, die den Jungen nicht wieder zum Leben erwecken konnten, drangen wie durch Watte an mein Ohr. Ich beobachtete Mr. Randel, als er in das Gesicht seines Sohnes blickte, nach dem Schlag seines Herzens fühlte und die Hand seines Sohnes hielt. Und in diesem Augenblick wuchs in mir die furchtbare Erkenntnis, daß das Leben zu guter Letzt jeden Menschen zerbricht, doch auf verschiedene Art und zu verschiedener Zeit. Ich sah, wie Mr. Randels energisches Gesicht buchstäblich zerfiel und sein Ausdruck, der sonst so viel Kraft verriet, sich in blankes Entsetzen wandelte. Ich sah sein Gesicht in der Sekunde, da er seinen Sohn auf den Boden sinken ließ und die Erkenntnis des bitteren Verlustes wie ein Nagel in seine Seele getrieben wurde. Jäh mußte er begriffen haben, daß sein Ältester tot war und nichts jemals wieder so sein würde wie vorher. Die Stärke wich endgültig aus Mr. Randels Zügen, seine Kinnlade sank nach unten, und ein Ausdruck von Qual überzog sein Gesicht wie ein Ausschlag. Mir war, als erlebte ich einen zweiten Tod.

Ein Ambulanzwagen fuhr auf das Feld. Ein Arzt stieg aus und stieß Randy die Nadel einer Adrenalinspritze direkt ins Herz. Aber da war kein Herz mehr – keine Seele, keine Bewegung, kein Lachen, kein Lächeln. Mr. Randel wandte das Gesicht ab, als könnte er den Anblick von Randys Leiche nicht ertragen. Langsam verließ der Ambulanzwagen das Infield. Randys Füße hingen aus dem Rückfenster. Als ich die Füße durch meinen Nebel hindurch beobachtete, warf ich mich auf die Knie und flehte, Randy möge irgendwie verschont bleiben. Aber die grotesk baumelnden Füße meines Freundes – das war die Verlorenheit. Die totale Verlorenheit des Todes.

Randy also war der Grund, weshalb ich mich mit Bennington und Miller nicht anlegen konnte. Ich konnte es nicht, weil Mr. Randel bei ihnen war. Ich war bei Randys Beerdigung dabeigewesen, hatte seinen Vater und seine Mutter gesehen, gelähmt und versteinert vor Trauer inmitten des Blumenmeers, das den Sarg umgab. Nach der Beerdigung besuchte ich sie, um ihnen ein Gedicht zu geben, das ich auf Randy geschrieben hatte. Es war mein erstes Gedicht überhaupt. Ein Gedicht, in dem ich Randy Gott befahl, obwohl ich im stillen nicht einzusehen vermochte, wieso ein Gott es für nötig hielt, eine Familie auf diese Weise heimzusuchen und sie mit einem solchen Schicksal zu strafen.

Jahre vergingen, ich wurde ein Teil der Randel-Familie und versuchte unbewußt, der Ersatzsohn für den verlorenen Randy zu werden. Julia, Randys schöne, sanfte Mutter, weinte jedesmal, wenn ich sie besuchte, und ich weinte mit ihr. Als ich auf die Zitadelle ging, gewährten mir die Randels für das erste Jahr ein Stipendium, das sie im Gedenken an Randy errichteten. Während meines Studiums schrieben wir uns häufig, und ich sah sie oft in den Ferien. Und an jedem Elterntag besuchten sie mich auf der Zitadelle.

Und als nun Mr. Randel in Begleitung von Bennington und Miller an diesem Tag nach Yamacraw kam, brachte ich es einfach nicht übers Herz, ihnen zu sagen, was ich dachte und was mich beschäftigte. Zwischen Mr.

Randel und mir bestand ein ungeschriebenes Gesetz, daß wir dienstlich niemals die Klingen miteinander kreuzten. Unsere Freundschaft war einfach zu tief und zu persönlich, als daß ein fruchtloser Kreuzzug auf beruflicher Ebene ihr den Glanz hätte nehmen dürfen. Er hatte nie gewollt, daß ich auf diese verdammte Insel ging. Ich spürte seine Verlegenheit, daß man ihn zu dieser Mission hinzugezogen hatte. Im Vorbeigehen blinzelte er mir zu, und wenig später sprachen wir vor dem Schulgebäude über Basketball.

Nachdem sie gegangen waren, begriff ich, daß Piedmonts Imperium nicht so leicht zu erschüttern war. Ich begriff ferner, daß ich noch zu jung war, um den Blitzkrieg auszuhalten, den sie gegen mich in Gang gesetzt hatten. Ohne Kampf akzeptierte ich Millers Ultimatum. Ich ließ mich mitsamt der Schule von diesen Kerlen einfach sang- und klanglos unter den Teppich kehren.

*

Piedmont glaubte blind und unverbrüchlich an jenes alte, zeitraubende Relikt aus dem Paläolithikum, das da Instanzenweg heißt. Die schwerste aller Sünden in seinem Verwaltungssündenkatalog war das Überspringen einer Instanz. In meinem Fall hatte jemand, der rangmäßig tief unter ihm stand, die Unverschämtheit besessen, sich über zahlreiche Instanzen hinwegzusetzen und sich unmittelbar an ihn zu wenden oder – was noch schlimmer war – eine Beschwerde direkt an den Ausschuß der Schulbehorde zu richten. Dies war der Grund, weshalb mir die Ehre einer Demonstration der Stärke zuteil wurde. Weshalb man den Amtsbizeps vor meinen Augen spielen ließ und mir die Krallen der Macht zeigte. Gemäß den steinernen Tafeln der Verwaltungsspielregeln hätte ich meine Beschwerde an Mrs. Brown richten müssen. Die hätte sie an Mr. Sedgwick weitergegeben, der mehrere Wochen darüber gegrübelt hätte und sie dann dem alten Bennington anvertraut haben würde. Bennington endlich wäre befugt gewesen, sie voll ehrfürchtiger Scheu auf dem Altar von Piedmonts Schreibtisch niederzulegen.

Piedmont glaubte, der Instanzenweg sei die zweitbeste Einrichtung nach der organisierten Frömmigkeit, auch Religion genannt. Ich hielt ihn für die unwirksamste Erfindung nach der Erfindung des Steinrads. Er funktionierte einfach nicht. Im November fragte ich Mrs. Brown um Erlaubnis, mit meiner Klasse im Frühjahr einen Ausflug machen zu dürfen. Sie sagte nein. Darauf bat ich sie, meine Bitte an Sedgwick weiterzuleiten. Sie sagte wiederum nein. Ende des Instanzenweges. Aber Piedmont hatte einige Bücher über Verwaltungstechnik von irgendwelchen Professoren der Columbia-Universität gelesen. Alle diese Bücher stimmten in der Erkenntnis überein, daß der erfolgreiche Schuldirektor die strikte Einhaltung des Instanzenweges von seinen Untergebenen zu verlangen hat. Auf meinem Instanzenweg hatte die Brown Angst vor Sedgwick. Der wiederum zitterte vor dem Zorn des unerbittlichen Bennington, der seinerseits davor zurückschreckte, Piedmont zu belästigen. Piedmont hatte keine Ahnung, daß seine Mitarbeiter ihm die gleichen Empfindungen entgegenbrachten wie russische Bauern seinerzeit Iwan dem Schrecklichen. Piedmont begriff auch nicht, daß ich ihm Briefe schrieb und dabei die Instanzen unter ihm einfach überging. Also konnte er mir diese Handlungsweise auch nicht verzeihen. Doch ungeachtet seiner Härte oder der Tatsache, daß er etwas von einem Hurensohn an sich hatte, Piedmont bekam die Dinge wieder in die Reihe.

Mitte Dezember schrieb er mir und bat mich zu einer Unterredung mit ihm und Mr. Sedgwick. Bei dem Treffen würden wir über die unverschämt hohe Benzinrechnung sprechen. Ich freute mich darauf, vor allem weil ich den Plan einer Konfrontation mit dem Ausschuß aufgegeben hatte. Auge in Auge mit Piedmont hoffte ich, diesen dazu bewegen zu können, der Schule einmal einen Besuch zu machen, mit den Eltern der Kinder zu sprechen und selbst zu entscheiden, was Yamacraw brauchte. Sedgwick war seiner Pflicht als kommissarischer Schulleiter gerecht geworden, als er Ende November zu einer flüchtigen Visite auf die Insel kam. Er fegte in einem Fünf-Minuten-Sprint durch das Schulgebäude, belobigte mich, weil ich das Sullivan- und SRA-Lese-Programm benutzte, und verschwand, so schnell er konnte, wieder von der Bildfläche. Ein pflichttreuer Mann, konnte Sedgwick seinem Superintendenten wieder frei und offen entgegentreten und ihm mitteilen, er habe sich die Lage in Yamacraw mit eigenen Augen angesehen, nachdem er das Wagnis einer Überquerung des Salzsumpfes mutig eingegangen sei. Es war sein erster und einziger Besuch, solange ich auf der Insel unterrichtete. Und er beleidigte Mrs. Brown tödlich, indem er ihre Gegenwart völlig übersah. Natürlich hatte ich nicht den Ehrgeiz, derjenige zu sein, der ihr verriet, daß der alte Sedgwick etwas gegen Nigger hatte.

Piedmont, Sedgwick und ich würden also ein seltsam gegensätzliches Trio bilden, wenn wir zusammenkamen, um über die Zukunft der Yamacraw-Schule zu reden. Sedgwick wählte einen Freitag im Januar für das Konklave. Ort: sein Office in Bluffton. Der Freitag fiel zufällig mit dem letzten Tag meines Härtetests auf dem Fluß zusammen – mit dem letzten Tag jener schrecklichen Winterwoche entlang der Küste. Ich war nicht in der Stimmung, auf die Empfindlichkeiten eines Administrators Rücksicht zu nehmen, der auf meine Kosten den starken Mann spielen wollte. Und ich hatte auch keine Lust, wegen meiner Pendlerfahrten einen Krieg vom Zaun zu brechen. Ich war nicht mit der Insel verheiratet, und ich kam mir auch nicht als Bigamist vor, weil ich meine Nächte mit Barbara verbrachte. Ich hatte noch von keiner Schulbehörde in Amerika gehört, daß sie die Autorität besaß, einen Lehrer zu zwingen, sich an einem bestimmten Wohnort aufzuhalten. Daher war ich also entschlossen, mein Recht zu pendeln gegen Piedmont mit Zähnen und Krallen zu verteidigen.

Aber Piedmont erschien gar nicht. Er schickte Bennington an seiner Stelle. Bennington und Sedgwick hatten das Treffen durchzuführen und Piedmont über das Resultat zu unterrichten. Ein Hoch auf den Instanzenweg!

Ich betrat Sedgwicks Büro, angetan mit meiner Winterausrüstung – die Stiefel klatschnaß, die Handschuhe in den Taschen der Jacke, den Hut verwegen auf dem zerzausten Haar. Von Zeke wußte ich bereits, daß Bennington bei dem Treffen anstelle von Piedmont den Vorsitz führte. Von Zeke wußte ich auch, daß ich für den Unterhalt des Bootes selbst aufkommen sollte.

»Woll'n wir wetten, Zeke, ich bin ein cleveres Kerlchen!«

»Ich sag' dir ja nur, was ich gehört hab'. Wenn ich du wäre, würde ich den Job so schnell quittieren, daß ihnen die Augen tränten.«

Bennington begrüßte mich überschwenglich, als ich das Office betrat. Er lächelte sein listiges und scheißfreundliches Lächeln und fragte mich, wie ich in dieser Woche die Kälte überstanden hätte. Sedgwick war offensichtlich der Meinung, dies wäre der große Augenblick in seinem Leben, die nie wiederkehrende Chance, seinen Vorgesetzten zu zeigen, wie man mit den brenzligen Problemen auf der Plantage fertig wurde. Er wirkte nervös und kratzte sich gedankenverloren das Kinn, während er auf ein Blatt Papier auf seinem Schreibtisch starrte. Immer wieder schüttelte er angeekelt den Kopf, als wäre das Stück Papier eine Kotprobe, die man ihm zur Analyse vorgelegt hätte. Aber Bennington, das Führungsmaultier in dem sonderbaren Gespann, eröffnete die Diskussion, indem er Piedmonts Fernbleiben entschuldigte. Er machte dafür den allerorts anzutreffenden Prügelknaben des Erziehungswesens in den südlichen Staaten verantwortlich: das Ministerium für Gesundheit, Erziehung und Sozialhilfe.

»Mister Piedmont hat mich beauftragt, ihn heute abend zu vertreten und Sie seine Einstellung in dieser Angelegenheit wissen zu lassen.«

»Nun, Mister Conrack, dann schlage ich vor, wir schreiten gleich in medias res«, begann Sedgwick und räusperte sich vernehmlich. »Also diese Benzinrechnung ist indiskutabel. Der Betrag ist einfach zu hoch.

Fünfunddreißig Dollar, soviel ich weiß. Man kann nicht von uns erwarten, daß wir für den Kraftstoff aufkommen, den Sie benötigen, um morgens zum Dienst zu kommen.«

»Doch, das kann man«, antwortete ich und hoffte, es klang nicht unfreundlich.

»Wir bezahlen keinem Lehrer die Auslagen, die er hat, um morgens zur Schule zu kommen.«

»Wie viele Lehrer fahren denn im Boot zur Schule?« fragte ich.

»Darum geht es nicht. Das County kennt keine Fahrtkostenerstattung für Lehrer. Sie nehmen keinen Sonderstatus ein.« Es war Bennington, der sich in die Debatte einschaltete.

»Das ist Scheiße«, antwortete ich.

Unser Streitgespräch hatte den Punkt erreicht, an dem der alte Conroy-Zorn wie eine Luftblase an die Oberfläche strebte. Und wie immer, wenn ich im Begriff war, die Beherrschung zu verlieren, begann meine Oberlippe zu zucken. Ich war kaum noch imstande, auch nur das einfachste Wort hervorzubringen.

Bennington sagte dann: »Wir sind hergekommen, um Ihnen zu sagen, daß wir nur Ihren Kraftstoffverbrauch für die Fahrt zur Insel am Montag und für die Fahrt von der Insel am Freitag zahlen werden. Nicht mehr und nicht weniger. Und wir werden in keinem Fall für irgendwelche sonstigen Fahrten aufkommen, falls Sie weiter zu pendeln gedenken.«

Meine Oberlippe flatterte wie ein Schmetterlingsflügel.

»Okay, Guys«, sagte ich. »Vielen Dank für das Treffen. Ich habe kapiert. Wenn ich möchte, daß es zu irgendeiner Lösung kommt, werde ich mit Piedmont reden müssen. Bis dann mal wieder.«

Ich war aufgestanden.

»Aber Sie können jetzt nicht einfach gehen«, keuchte Bennington, als hätte ich vor seinen Augen in den Gralskelch gepinkelt.

»Und wie ich das kann, lieber Mann. Diese Woche war so verdammt kalt und dieses Jahr so verdammt lang, daß ich mich mit Ihnen nicht noch weiter wegen dieser lausigen Spritrechnung herumärgere. Schließlich läuft's ja doch darauf hinaus, daß Piedmont und ich die Sache auskämpfen. Ihr Jungs macht sowieso nur das, was er euch sagt. Ihr habt nicht die Vollmacht, irgendeinen Kompromiß mit mir zu schließen.«

Ich wandte mich zur Tür. Sedgwick stieß zusammenhanglose Worte hervor, und Bennington machte den halbherzigen Versuch, mir den Weg zu verstellen.

»Sie können jetzt nicht fort! Nicht einfach fort!« Der alte Bennington war tatsächlich beunruhigt wegen meines plötzlichen Aufbruchs. »Sie sind der unvernünftigste junge Mann, mit dem ich jemals zu tun hatte.«

»Ich bin nicht unvernünftig«, konterte ich mit bebender Lippe. »Ich bin nur nicht mit dem einverstanden, was ihr Jungs mir hier auftischt. Und deshalb empfehle ich mich.«

»Aber Sie können doch nicht einfach gehen. Schließlich haben wir über einige Dinge zu reden.«

»Natürlich kann ich.«

»Setzen Sie sich wieder, junger Mann«, sagte Bennington. »Bitte, nehmen Sie Platz. Ich habe noch nie an einem

Treffen teilgenommen, das so geendet hat. Es ist nicht korrekt.«

»Wir können uns doch arrangieren«, sagte Sedgwick.

»Gott, genau das wollte ich hören!«

Ich kehrte zu meinem Stuhl zurück und setzte mich.

»Gentlemen, alles, was ich von Ihnen will, ist, daß Sie weiter für meinen Sprit und den Unterhalt des Bootes aufkommen. Ich will auch gern weiter den Stauer machen, den Fremdenführer, den Fährbootkapitän und alles andere, wozu mich das County in bezug auf das Boot einzusetzen wünscht. Ich möchte, daß Sie in dem Boot so etwas wie eine Rettungsleine für die Insel sehen. Fünf Tage in der Woche – am Morgen und am Abend – werde ich zwischen Insel und Festland hin- und herfahren. Mister Skimberry machte den Vorschlag, ich solle täglich frische Milch für die Kinder auf die Insel schaffen, damit sie nicht mehr dieses ekelhafte aufgelöste Milchpulver trinken müßten.«

»Hört sich gut an«, sagte Sedgwick.

»Ich weiß auch, wie wir an preiswerteren Kraftstoff kommen könnten«, sagte Bennington.

Die Diskussion kam in Gang und wurde immer detaillierter. Schließlich wurde beschlossen, daß ich weiter den Pendler machen sollte, weil es eine hervorragende Möglichkeit war, den Notwendigkeiten und Bedürfnissen der Insel gerecht zu werden, und daß unverzüglich ein Frischmilchprogramm eingeführt werden sollte.

Als ich das Office verließ, schüttelte ich Bennington und Sedgwick die Hand, entschuldigte mich für meine Unbeherrschtheit und erklärte ihnen, daß das kalte Wetter meinen Nerven ziemlich zugesetzt habe.

Sedgwick gab mir zu verstehen, daß er es mochte, wenn Lehrer sich in ihrem Job einsetzten. Bennington stimmte ihm zu. Aber in seinen Augen war etwas, das mir sagte, daß ich mir die Feindschaft eines Mannes zugezogen hatte, der mir meine Aufsässigkeit nie verzeihen und nicht eher ruhen würde, bis die Wölfe mir von hinten die Flanken aufgerissen hatten. Er lächelte mir zu, und es war das erste Mal, daß ich erkannte, ein Lächeln konnte auch Haß signalisieren. Und ich erkannte auch, daß keiner der beiden den Mut aufbringen würde, Piedmont davon zu berichten, daß ich vorgehabt hätte, sie einfach stehenzulassen.

9

Die älteren Jungen spielten in den Pausen fast jeden Tag Basketball. Der Korb war nur zwei Meter hoch, und das Spielfeld bestand aus reinem Sand. Die Spiele dienten den Boys als erregungsdämpfende Rituale, bei denen die kräftigeren und größeren sich abreagieren und gegen die kleineren und schwächeren kämpfen konnten, ohne daß es zu Katastrophen kam.

Oscar war der anerkannte Star der Gruppe, der Golden Boy der Inselathleten. Er setzte seine Größe und sein Gewicht ein, um jeden Liliputaner, der seinen Herrschaftsanspruch in Frage stellte, Mores zu lehren. Ich habe den Kampfgeist bereits erwähnt, der die Kids bis an die Grenze der Selbstzerstörung beseelte. Diese Basketballspiele in den Pausen waren eine todernste Angelegenheit, die manchmal in regelrechte Gewaltausbrüche ausarten konnten, wobei ein Spieler auf dem anderen hockte und dessen Kopf blindwütig mit den Fäusten bearbeitete. Der Yamacraw-Basketball hatte erschreckende Varianten und Abarten.

Da Oscar der Größte war, konzentrierte sich das Spiel naturgemäß um ihn. Er war das Angriffsziel Nummer eins für die Giftzwerge der Klasse, die ihn wie wütende

Hornissen umschwärmten. Es war kein ungewöhnliches Bild: Oscar unter dem Korb, zum Wurf ausholend, vor ihm Frank, der ihn in den Magen boxte, und hinter ihm Fred, dessen Fäuste sich auf Oscars Nieren konzentrierten. Im allgemeinen gelang es dem Starspieler stets, den Ball in den Korb zu bringen. Danach nahm er sich seine beiden Widersacher vor und drosch auf Frank und Fred ein.

Saul war der Out-man, der Spieler im Abseits. Da er der kleinste und zerbrechlichste von allen war, stand er am Rand des sich balgenden Knäuels unter dem Basketballkorb und wartete darauf, daß sich ein Ball in seine Richtung verirrte. Passierte dies, versuchte er ihn zu fangen und einem seiner Mannschaftskameraden zuzuwerfen, bevor die donnernde Herde ihn unter ihre Hufe nahm und niedertrampelte. Und wehe, er hielt den Ball auch nur einen Sekundenbruchteil zu lange fest, dann fielen sie über ihn her, entrissen ihm den Ball und schleuderten den kleinen Kerl wie eine Puppe zur Seite.

Da der Schulhof eine Sanddecke besaß, stellte das Spiel eine Mischung aus Basketball und Football dar. Der durch die Luft fliegende Gegner war einer der bevorzugten Tricks der Verteidigung, ebenso wie die Crossbody-Sperre und der fliegende Keil. Dribbeln war zu gefährlich. Es führte zu schnell zum Ballverlust. Deshalb arbeitete der geschickte Spieler mit Finten, Scheinangriffen und Täuschungsmanövern, oder er nahm den Ellbogen zur Hilfe und kämpfte sich nahe genug an den Korb heran, bis er werfen konnte. Allerdings warf man auch, wenn man nicht nahe genug an den Korb herankam. Irgendeinen Wurf brachte man immer an. Die Art der

Würfe hing von der Einbildungskraft des einzelnen ab. Fred hatte das interessanteste und vielseitigste Repertoire anzubieten. Er warf den Ball in hohem Bogen über die hochgereckten Armee hinweg, die seinen Wurf stoppen wollten. Fred ließ sich zu Boden fallen, fing gleichzeitig den Ball aus der Luft und warf ihn im nächsten Moment in Richtung Korb. Wenn der Ball danebenging – was fast immer der Fall war –, drehte er beim nächsten Mal dem Korb den Rücken zu und schleuderte den Ball über den Kopf nach hinten. Auch das ging meist daneben. Fred traf überhaupt kaum einmal den Korb, aber es war faszinierend, ihm zuzuschauen.

Als ich das erste Mal versuchte, etwas System und Ordnung in diesen Wahnsinn zu bringen, hörten die Kids mir respektvoll zu, spielten danach jedoch genauso weiter wie immer. Jedesmal, wenn ich mich bemühte, das Chaos in der Spielauffassung meiner Schüler ein wenig zu ordnen, schauten sie mich an, als hätte ich den Verstand verloren. Sie liebten ihr Spiel leidenschaftlich und hätten mir nie erlaubt, es durch ein Wirrwarr von Regeln zu ruinieren.

Im März las ich in der Zeitung, daß die Globetrotters nach Charleston kämen. Ich dachte, es müßte ein Mordsspaß sein, meine Basketballstars zu einem Spiel mitzunehmen. Ich fragte die Jungs, ob sie die Trotters schon mal auf dem Bildschirm erlebt hätten. Mann, sie liebten diese schwarzen Heroen. Da es kein Schulausflug werden würde und ich nicht den Schweiß auf mich zu nehmen brauchte, Mrs. Brown um Erlaubnis zu fragen oder schriftliche Einverständniserklärungen der Eltern einzuholen, sagte ich den Jungen, sie sollten alles tun, um ihre

Eltern weichzuklopfen. Ich erklärte ihnen, daß ich mich diesmal nicht in den Kampf mit den Eltern einmischen würde, weil ich meine Kräfte für die großen Schlachten schonen müsse, die bevorständen. Was die Eltern anging: sie trauten mir inzwischen zum größten Teil. Manche Kinder durften sogar schon mal ihr Wochenende bei uns zu Hause verbringen.

Top Cat durfte mit, ebenfalls Oscar der Große, Fred der Hakler und Lincoln der Unfaire. Frank erzählte mir von seinem mutigen Versuch, Edna zu einer Erlaubnis zu überreden, aber ihre Angst vor dem Wasser war größer gewesen. Als es soweit war, stiegen wir zu acht ins Boot – fünf der Jungen, Chuck und Al, die zwei California Boys, und ich – und traten die lange, beschwerliche Fahrt nach Bluffton an. Mein armer Kahn tuckerte mit der atemberaubenden Geschwindigkeit einer Seekuh dahin. Ich brauchte anderthalb Stunden bis Bluffton, doppelt so lange wie normal.

Von dort fuhren wir nach Beaufort. Chuck und Al nahmen einige der Jungen mit, Bernie, Barbara und ich luden den Rest in unseren Wagen. Kurz vor Charleston unterbrachen wir die Fahrt bei einem McDonald-Restaurant zu einem Hamburger. Ich amüsierte mich köstlich, den Guys zuzusehen, wie sie nach ihrem Geld angelten und versuchten, die großen Bosse zu spielen, die es gewohnt waren, in Fünf-Sterne-Hotels zu dinieren. Sie bestellten sich solche Unmengen zu essen und trinken, daß man die halbe Stadt damit satt bekommen hätte.

Die Globetrotters spielten in der County Hall von Charleston, einer riesigen, sterilen Arena, die aussah wie ein architektonischer Rückgriff auf die längst vergangene

Zeit des Römischen Reiches. Die Plätze waren schon fast alle besetzt, als wir ankamen. Die Zuschauer selbst bildeten eine bunt zusammengewürfelte Menge. Die meisten waren Weiße, die Schwarzen in der Unterzahl. Doch bei einem Eintrittspreis von vier Dollar wunderte mich das nicht. Dicke Cops patrouillierten, Kaugummi kauend, durch die Gänge und schienen sich tödlich zu langweilen. Frauen, die nach High-Society aussahen, saßen steif aufgerichtet auf ihren Plätzen und versuchten vornehm auszusehen in einer Atmosphäre aus ranzig gewordenem Popcorn und abgestandenem Schweiß.

Wir brauchten geraume Zeit, um gute Plätze für uns zu finden, und landeten schließlich ganz in der Nähe des Umkleideraumes der Globetrotters, von wo aus wir einen passablen Blick auf das Spielfeld hatten. Bernie und Saul gelang es, einen Platz neben der Gasse zum Spielfeld zu ergattern.

Ein Aufschrei der Menge verriet uns, daß die Globetrotters den Umkleideraum verlassen hatten. Sie liefen direkt an uns vorbei auf das Spielfeld, und einer von ihnen, Meadowlark Lemon, der größte der Globetrotters, errang sich für alle Zeiten einen Ehrenplatz in meinem Herzen. Als er an Bernie und Saul vorbeikam, streckte er die Hand aus und gab Saul einen Klaps aufs Hinterteil. Mit dieser schlichten Geste machte Meadowlark den Hintern des kleinen Saul unsterblich – zumindest für eine Woche.

Danach kletterten wir auf ein Musikpodium und hatten einen idealen Blick auf die gesamte Spielfläche. Die Jungen genossen jede einzelne Minute des Spiels. Mit leuchtenden, vor Staunen tellergroßen Augen verfolgten sie Curey Neals phantastische Dribblings, und sie hielten den Atem an, wenn diese hünenhaften schwarzen Athleten in die Höhe sprangen und den Ball zielsicher in den Korb plazierten. Sie lachten über jeden Spaß und bejubelten jedes Kunststück. Manchmal blickten sie sich an und grinsten ungläubig. Sie merkten sich viele Tricks, um sie bei ihren blutigen Kämpfen auf der Insel anzuwenden. Von diesem Abend an wurden das Zuspielen hinter dem Rücken und der zwischen den Beinen hindurchgeworfene Grätschpaß zu Charakteristika des Basketballspiels auf Yamacraw. Ja, das war Basketball, Mann! Und ich war zufrieden.

Nach dem Spiel gingen wir zum Wagen zurück, eingezwängt in die aus dem Stadion herausflutende Menge. Es gab kein anderes Thema für uns als die Trotters. Und während wir uns gegenseitig die Szenen schilderten, die uns am meisten beeindruckt hatten, blieb Saul am Straßenrand stehen und entleerte vor aller Welt seine Blase. Bernie beobachtete ihn entsetzt und wartete auf eine Erklärung. Aber es kam keine. Als Saul fertig war, zog er den Reißverschluß wieder hoch und setzte den Weg zum Wagen fort, als wäre nichts gewesen. Mir kam der Gedanke, daß die Boys das auf der Insel wohl alle so machten: Sie gaben dem Drang nach, wie es die Not erforderte. Und Saul hatte keine Notwendigkeit gesehen, sich in Charleston anders zu verhalten als auf Yamacraw. Ich sagte nichts zu alledem. Auf der Heimfahrt begriff ich, daß diese Reise nach Charleston die größte war, die irgendeiner der Guys jemals unternommen hatte. So weit war noch keiner von Yamacraw Island fort gewesen.

*

Nachdem ich meine Lehrerstelle auf der Insel angetreten hatte, wollten viele meiner Freunde unbedingt einen Trip nach Yamacraw machen. Am Anfang hatte ich keine Lust, einen Fährdienst zwischen der Insel und dem Festland einzurichten, doch ich änderte meinen Sinn sehr rasch nach den ersten umwälzenden Tagen, die ich damit verbrachte, die Leere zu erforschen, die meine achtzehn Schüler erfüllte. Sehr bald kam ich zu der Überzeugung, daß jeder Mensch, der nicht von Geburt an lebendig auf Yamacraw begraben war, in meinem Klassenzimmer eine Wissenslücke ausfüllen und wertvolle Erfahrungen vermitteln konnte. Darüber hinaus sagte ich mir, daß es gar nicht so schlecht wäre, wenn meine Freunde auf die Insel kämen und etwas von der Kultur der Inselneger kennenlernten und im Gegenzug den Kindern der Insel etwas von ihrem Leben und ihrer Kultur mitgeben würden.

Im September, als ich begann, mich ernsthaft für Barbara zu interessieren, traf ich bei ihr zwei ihrer Freunde, Dick und Marie Caristi. Dick war Dentist bei der Navy und in Beaufort stationiert. Außerdem war er ein leidenschaftlicher Amateurfotograf, und meine Schilderungen von der Insel ließen sein Nikon-Herz höher schlagen. Eine Woche später wurde er mein erster offizieller Besucher. Dick verstand es, die unsichtbaren Schranken, welche die Kinder in der ersten Zeit gegen Fremde errichteten, niederzureißen. Durch ihn lernten sie einen anderen Teil Amerikas kennen, bekamen einen anschaulichen Begriff von der Größe und Mannigfaltigkeit unseres Landes. Dick stammte aus Boston. Sein Akzent war so stark und breit wie Bunkerwände. Ich setzte ihn vor das Tonbandgerät und ließ ihn über sich erzählen, über seine Arbeit als Dentist, über gesunde Zähne und die Stadt Boston. Wir ließen das Gesagte wieder ablaufen. Wir analysierten seine Stimme, seine Sprache, sein stummes R, seine Artikulation und schließlich seine Redegeschwindigkeit. Dann spielte ich etwas ab, was Cindy Lou am Tag zuvor in ihrem Inseldialekt ins Mikro gesprochen hatte – einen Vortrag, bei dem man die Ohren anlegte, so raste sie, ohne Atem zu holen, vom ersten bis zum letzten Wort.

»Gott, das Mädchen sprechen so schnell!« Ethel lachte.

»Du halten dein Maul«, warnte Cindy Lou.

Dann traten wir an die Karte und suchten Boston. Dick hob die Bedeutung der Stadt im Revolutionskrieg hervor, und dies brachte uns schnell auf eine schwindelerregende Anzahl neuer Themen. Da die Kinder weder von Boston noch von Massachusetts, weder von Neuengland noch von England etwas wußten und auch noch nie vom Revolutionskrieg gehört hatten, mußten wir den Fragenkomplex zwangsläufig beschränken. Gemessen an den Kindern von Yamacraw, stellte jeder, den ich mit auf die Insel brachte, ein Kompendium an Ideen, Wissen und Erfahrungen dar. Das einzige Problem, das sich für die Leute im Klassenzimmer ergab, war die Vereinfachung und Auswahl des Materials, das sie den Kindern vorzusetzen wünschten. Dies war auch das größte Problem, das ich selbst hatte. Was wußten die Kinder? Und was von dem, was sie nicht wußten, sollte ich ihnen beibringen?

Dick war der erste in einer langen Reihe von Besuchern. Sein Erfolg an diesem ersten Tag überzeugte mich davon, daß die Begegnung mit möglichst vielen Menschen für meine Schüler ein Gewinn sein würde. Bis zum Ende des Jahres unternahmen etwa vierzig Leute die Fahrt nach Yamacraw. Manchen war nur ein mäßiger Erfolg beschieden bei dem Versuch, etwas von ihrer Persönlichkeit, ihrem Leben, ihrem Wissen in der Klasse zurückzulassen. Und manche machten überhaupt keinen Eindruck auf die Kids. Ein Mann – es war keiner von meinen Freunden – behandelte die Kinder regelrecht verächtlich und sprach zu ihnen wie zu einer Gruppe von Kretins. Aber unter den Besuchern waren auch einige, deren Namen und Persönlichkeit sich für immer in das Gedächtnis der achtzehn so beeindruckbaren Kinder einprägten.

Einer dieser Gäste war meine Schwester. Carol Ann machte ihr viertes Studienjahr auf dem College und war für eine Woche nach Beaufort gekommen, um Barbara und die Kinder näher kennenzulernen. Natürlich wollte sie auch die Insel sehen. Es war ein kalter, stürmischer Freitag im Dezember, als Zeke uns in den Fluß ließ. Bevor wir ins tiefe Wasser gelangten, beobachtete ich, wie Carol eine machtvolle Beschwörung gegen die Beherrscher des Salzwasserreiches, die Haie, sprach. Carol war immer eine Art Hohepriesterin in unserer Familie gewesen, ein grimassenschneidendes und ausdrucksstarkes Orakel, das sich mit östlicher Philosophie beschäftigte und versuchte, das Wissen, das sie aus der Lektüre einschlägiger Literatur bezog, in Unterrichtsstunden für die Angehörigen des ganzen Haushalts umzumünzen. Der einzige, dessen Interesse sie nicht zu gewinnen vermochte, wenn sie ihre Vorlesungen über die Lehren Wischnus hielt, war Dad, der die White-Sox-Spiele im Fernsehen bevorzugte.

Mir gefiel der Gedanke, Carol meinen Schülern vorzustellen. Und sie enttäuschte die Kids nicht. Neben meinem Vater ist sie eines der größten unentdeckten Schauspielertalente, die es in der Welt gibt. Alles, was sie sagt oder tut, ist bühnenreif. Ihr größter Wunsch ist es zu schreiben. Ein Stück, in dem sie selbst die Hauptrolle spielt. Ein Stück, in dem die Heldin die Nüchternheit einer Scarlett O'Hara, den Witz des Falstaff und die Hingabebereitschaft der Ophelia in sich vereinigt. Bis es soweit ist, profitierten nur ihre Familie und ihre Freunde von ihrer dramatischen Begabung.

Nach unserer Ankunft auf der Insel betrat sie das Klassenzimmer, begrüßte die Kinder und unterhielt sich mit ihnen. Dann erklärte sie mir, sie sei bereit für eine Vorstellung. Ihre schauspielerische Leistung an diesem Tag war einmalig. Sie trug Gedichte aus unserer Kindheit vor, Balladen, Szenen aus Theaterstücken. Sie tat dies mit der für sie typischen ausdrucksstarken Geste, mit dem für sie typischen Charisma. Ihre Augen glühten, ihre Stimme schwoll an und ab, sie schrie und flüsterte, krächzte und lockte. Die Kids saßen da wie gebannt, verzaubert. Sie lächelten nicht, sie applaudierten nicht, sie wagten nicht, sich zu rühren. Noch nie hatten sie etwas Derartiges erlebt.

Erfreut über das völlig hingerissene Publikum gab Carol ihre Interpretation der Hexenszene aus Macbeth zum besten. Sie tat es mit einer so makabren Inbrunst, mit einer solchen Ausdruckskraft, daß selbst mir das Blut in den Adern gefror. Und die Kids starrten sie mit weit aufgerissenen Augen und offenen Mündern an. Carol saß mitten im Klassenzimmer auf dem Fußboden, ihren Blick auf einen imaginären Kochkessel gerichtet, ihre Lippen zitterten, ihre schlanke Gestalt erbebte immer wieder, verkrampfte sich schmerzvoll, als läge sie in Wehen, und ihre Hände beschrieben teuflische Figuren, während sie sich über das unsichtbare Feuer beugte, das in der Mitte des Raumes brannte. Es war eine gute Darbietung. Diese Szene hatte sie oft vor einer begeisterten Familie gespielt, wenn wir in den Ferien alle zu Hause waren. Doch die Schüler vermochten die relativ wichtige Tatsache nicht zu begreifen, daß das Ganze eine theatralische Darbietung war und nicht die Äußerungen einer Wahnsinnigen, die ich ihnen vorführen wollte. Um die Sache noch weiter zu komplizieren, vollführte Carol anschließend ein paar Zaubertricks, da sie glaubte, auf diese Weise die Atmosphäre wieder ein wenig lockern zu können.

Sie war natürlich glücklich, als sie feststellte, welche Wirkung sie bei den Kids erzielt hatte. Ihr gefiel der Gedanke, daß ihre Darstellungskunst so echt, so glaubwürdig und überzeugend gewesen war. Ich wies darauf hin, daß sie nicht gerade vor einem verwöhnten Publikum der westlichen Hemisphäre aufgetreten sei. Aber die Schauspielerin in ihr kannte keine Hemmungen. Ihr Ego schwebte hoch in den Wolken.

Die Kids bombardierten mich am folgenden Montag mit Fragen.

»Deine Schwester wirklich 'ne Hexe?« wollte Lincoln wissen.

»Natürlich nicht. Sie hat das nur gespielt.«

»No«, meldeten sich die anderen.

»Sie schlecht«, sagte Samuel.

»Sie zu mir sagen, mich verwandeln in Hoppelfrosch«, sagte Sidney.

»Sie hat dich doch nur aufgezogen. Sie hat nur so getan, als wäre sie 'ne Hexe.«

»Woher du wissen?«

»Weil sie meine Schwester ist.«

»Hexen können Schwestern sein von jemand«, gab Ethel zu bedenken.

»Hexen schlecht.«

»Sie zu mir sagen, mich Hai fressen, wenn ich fallen in Fluß«, sagte Lincoln.

»Um Gottes willen, sie redet von Haien, seit sie ein kleines Mädchen war.«

»Das Mädchen 'ne Hexe«, erklärte Jasper abschließend und endgültig.

So verließ meine Schwester das Klassenzimmer als eine im wörtlichen und übertragenen Sinn völlig intakte Hexe. Und ich konnte vor den Kindern nie wieder von meiner Familie sprechen, ohne das Bild eines rauchenden, brodelnden Kessels heraufzubeschwören, über den sich Carol beugte und in das mit Kröten angesetzte Gebräu starrte. Die Aura von Carols Vorstellung hielt sich noch lange Zeit, nachdem sie die Insel wieder verlassen hatte. Sie hatte die Phantasie meiner Schüler beflügelt und den Zauber des Theaters in die Schule gebracht. Sie hatte die Kids in ihren Bann geschlagen – einfach dadurch, daß sie ein paar Shakespeare-Verse zitierte. Sie erschloß ihnen das Wunder der Schauspielkunst, die imaginäre Welt des Dramas, in dem eine Hexe und die Schwester ihres Lehrers ein und dieselbe Person sein können.

Ein anderer unvergeßlicher Besucher fand eher zufällig den Weg zu uns.

An einem frostigen Maitag schickte Mrs. Brown die Kinder früher nach Hause, weil die Wasserpumpe aus unerfindlichen Gründen ihren Dienst versagte. Mir gab sie den Auftrag, nach Bluffton zu fahren und den schwergeprüften Zeke Skimberry um Hilfe zu bitten. Immer wenn die Pumpe einfror, war mir das recht, denn es hatte für mich etwas Melodramatisches, die lange Prozession kleiner Jungen zu beobachten, die zum Pinkelbaum in den Wald wanderten. Immer wenn die Pumpe aussetzte, kam Mrs. Brown zu uns in den Raum, hob in dramatischem Bedauern die Schultern und erklärte: »Sagen Sie Ihren Babys, daß sie in den Wald gehen müssen, Mister Conroy! Die Wasserspülung funktioniert mal wieder nicht, die Babys müssen sich an den Baum stellen.« Gegen Mittag stieg ich dann ins Boot und tuckerte in Richtung Bluffton davon.

Als der Hafen in Sicht kam und ich die letzten Vorbereitungen zur Landung traf, erspähte ich George Westerfield, einen High-School-Lehrer und regelmäßigen Teilnehmer an den Skimberry-Herrensitzungen. Er saß auf der Kaimauer, ließ die Füße baumeln, kaute Kaugummi und spie von Zeit zu Zeit ins Wasser. Links von ihm saß ein auffallender, exotischer Mann, schlank und über sechs Fuß groß. Er schaute aufmerksam meinem Boot entgegen. Der Fremde hatte kein einziges Haar auf dem Kopf.

Sie halfen mir, das Boot festzumachen, und George stellte mich seinem Collegefreund Peter Walter vor. In der nachfolgenden Unterhaltung erfuhr ich, daß Peter und George in ihrer Studienzeit an einer Universität des Südens einer Fußballmannschaft angehört hatten. Peter unterrichtete an einer Privatschule in Neuengland, hatte jedoch gerade seine Lehrtätigkeit unterbrochen und war mit dreien seiner Schüler auf einer Tour durch den Süden. Er sprach rasend schnell. Ein wahres Maschinengewehrfeuer von Worten kam aus seinem Mund, so daß man zunächst einmal unwillkürlich den Kopf einzog. Ich mochte ihn dennoch von Anfang an. Er bekundete ein echtes Interesse an der Insel und an den Kindern, die ich unterrichtete. Er fragte mich gleich nach den Methoden, die ich anwandte, um die Lesefähigkeit der Kids zu fördern. Nachdem ich ihm des langen und breiten das kabalistische Ritual meiner Geheimmethoden dargelegt hatte, erklärte er mir unverhohlen, daß diese Methoden samt und sonders in den Papierkorb gehörten.

»Weißt du, Pat, ich unterrichte nach diesem berühmten Mann, der eine todsichere Methode entwickelt hat, um Kindern das Lesen beizubringen. Er holte sich Kinder, die kein Wort lesen konnten, und innerhalb eines einzigen Jahres brachte er sie auf das Niveau von Dritt- oder Viertkläßlern.« Peter strahlte mich an.

»Komm morgen mit zur Insel, führ mir deine Methode vor«, sagte ich.

»Du nimmst mich mit? Das ist großartig. Einfach phantastisch. Können die Jungs, die bei mir sind, mitkommen? Sie würden sich wahnsinnig freuen.«

Am nächsten Morgen kamen sie an Bord: Peter, seine drei Schüler und Zeke Skimberry, der die unerforschliche Wasserpumpe reparieren sollte. Peter redete unablässig während der ganzen Fahrt. Er war beim Friedenscorps gewesen, hatte es jedoch wieder verlassen, weil er die Einmischung der Vorgesetzten in sein Leben nicht ertragen konnte. Er wechselte ins Lehrercorps über, haute jedoch schon bald aus den gleichen Gründen in den Sack. Um den Kreis zu schließen, ging er zum Job Corps und den Marines. Doch auch dort hielt er es nicht lange aus und schrieb einen ungeschminkten Tatsachenbericht über das Leben in den amerikanischen Corps. Alles, was er sagte, war mitreißend. Sein Enthusiasmus war grenzenlos, seine Schüler schwärmten für ihn. Sie lachten bei jedem Scherz, den er machte, mochte er noch so abgedroschen sein.

Als wir die Klasse betraten, ließen Peters Glatzkopf und seine hochgewachsene Gestalt meine kritische Bande in Ehrfurcht erstarren. Ich wartete darauf, daß Prophet irgendeinen reizenden Spruch zur Begrüßung von sich gab – etwa: »Mann nich haben ein Haar auf seinem Kopp.« Fehlanzeige. Die Klasse begnügte sich damit, ihn anzustarren und leise miteinander zu tuscheln, als Peter sich vorstellte.

Einer von Peters Schülern kam aus Hongkong. Ich bat ihn, an die Karte zu treten und uns sein Land zu zeigen. Dann ließ ich Peter darüber erzählen. Der Junge aus Hongkong sprach nämlich genauso gut Englisch wie ich Kantonesisch.

Peter brauchte nicht lange, um die Aufmerksamkeit meiner Schüler zu erobern. Er hatte eine Art zu reden, zu gestikulieren und umherzugehen, daß meine achtzehn Kids davon regelrecht fasziniert waren. Anfangs stießen sie sich noch mit den Ellbogen an und blinzelten sich amüsiert zu, doch schon bald hatte er sie buchstäblich verzaubert. Peter blieb der Klasse unvergessen. Er versammelte alle – mich eingeschlossen – um sich und spielte mit ihnen: Rechenspiele, Wortspiele und Erdkundespiele.

»Nimm die Zahl fünf. Zähle sieben hinzu. Ziehe zwei ab, und multipliziere mit drei! Wieviel erhältst du? Denk nach! Wir müssen lernen, beim Denken schnell auf den Beinen zu sein! Wir müssen blitzschnell und aufgeweckt sein! Lernen muß uns Spaß machen. Wir müssen aktiv sein. Ich mach's noch mal. Etwas langsamer diesmal, aber nicht zu langsam. Nimm die Zahl fünf. Zähle sieben hinzu. Zieh zwei ab, und nimm mit drei mal. Was erhältst du?«

»Erhältst nix«, flüsterte Richard.

»Erhältst dreißig«, sagte Frank.

»Großartig. Richtig. Ganz großartig! Wer bist du?«

»Frank.«

»Du bist wirklich clever, Frank. Sonst noch ein cleveres Kind unter euch? Natürlich. Jeder ist clever. Alle sind clever. Sie brauchen nur eine Gelegenheit, es zu beweisen. Sie müssen nur was finden, was ihnen Spaß macht.«

Peter machte diese Spiele etwa eine halbe Stunde lang. Die Kids ließen keinen Blick von ihm. Seine Augen bewegten sich unaufhörlich, während er sprach, und seine Hände waren sehr wichtig, denn sie unterstrichen seine Worte, verliehen ihnen Gewicht und Bedeutung. Sie waren wie zwei Taktstöcke, welche die Lautstärke und das Tempo eines Orchesters bestimmten.

Plötzlich verlangte er einen Volleyball. Oscar holte einen aus dem Wandschrank. Es war ein halb aufgepumpter, ziemlich ramponierter Ball, aber Peter meinte, er sei ganz brauchbar. Dann begann er über Fußball zu sprechen, erzählte uns, wie Fußball zum beliebtesten

Spiel in der Welt wurde, wie man dieser Popularität in den Vereinigten Staaten Grenzen setzte und wie man dieses Spiel mit Leichtigkeit auf dem Schulhof von Yamacraw spielen könne.

»Fußball spielt man mit den Füßen«, sagte er, während er auf dem Boden einige Tricks mit dem Volleyball vorführte. »Wir alle sind so sehr daran gewöhnt, beim Spielen mit einem Ball die Hände zu gebrauchen, daß es für uns sehr schwierig ist, darauf zu verzichten und nur die Füße zu benutzen. Man braucht dazu allerhand Übung. Also schieben wir die Tische jetzt mal zur Seite. Ich zeige euch, was Fußball ist.«

Wir schoben die Tische in die Ecken des Klassenzimmers, bis in der Mitte eine freie Fläche entstand, aus der nur noch der Ofen herausragte.

»So, und nun versuchen einige von euch Jungs oder Mädchen, mir den Ball abzunehmen, indem sie nur die Füße dazu benutzen.«

Natürlich stürzten alle achtzehn Schüler vorwärts und traten mit den Füßen nach dem Ball. Es hagelte Tritte gegen Peters Schienbeine, während er sich bemühte, den Ball zwischen den Kindern hindurchzubugsieren. Nachdem er von den Tritten der Kinder genug hatte, führte Peter die donnernde Herde hinaus in den Schulhof.

Mrs. Brown drehte durch, als sie sah, wie meine Babys zu einer Zeit nach draußen strömten, die von der geheiligten Schulordnung nicht dazu vorgesehen war. Ich versuchte ihr einzureden, daß Peter ein ziemlich berühmter Wissenschaftler sei, der im Land umherzog und die Kinder die Freuden des Fußballspiels lehrte. Er werde auch ihre Klasse darin unterrichten, falls sie es wünsche, worauf Mrs. Brown mir unwillig zur Antwort gab, daß ihre Kinder wichtigere Dinge als Ballspiele zu lernen hätten. »Man lernt eine Sache nicht, weil sie einem Spaß macht. Man muß arbeiten, um etwas zu lernen. Hart arbeiten!«

Inzwischen war es Peter auf geheimnisvolle Weise gelungen, die Klasse in zwei Mannschaften aufzuteilen. Lincoln stand als Torwart an einem Ende des Schulhofs, Ethel am anderen. Zwischen ihnen wälzte sich ein hoffnungslos chaotischer Haufen von Fußballneulingen hin und her. Saul trat gegen den Ball, verpaßte ihn um zwei Fuß, stolperte und wurde Sekundenbruchteile später von Sidney und Richard umgerannt. Cindy Lou versuchte den Ball zu treffen, verfehlte ihn und traf statt dessen Anna. Samuel und Sidney jagten hinter dem Ball her, traten pflichtbewußt nach ihm und fanden sich schließlich am Rande des Spielfelds wieder, wo sie blindwütig aufeinander eintraten.

»Schluß damit, Mann!« schrie ich.

»Junge mich treten?« winselte Sidney.

»Wen du nennen Junge, Junge?« erwiderte Samuel.

Wütend fuhren sie in ihrer Tätigkeit fort. Mittlerweile hatte sich Peter mit dem Ball aus der Traube gelöst und stürmte auf Lincolns Tor zu. Lincoln stellte sich in Positur, um sein Tor zu verteidigen, ließ sich aber dann von dem furchterregend näher kommenden Peter so beeindrucken, daß er es für besser hielt, sich Peters Schuß nicht mit Mut und Entschlossenheit entgegenzuwerfen. Lincoln ergriff also das Hasenpanier, und Peter schoß ein Tor.

Das Spiel dauerte eine halbe Stunde, dann pfiff Peter es ab und kehrte mit den beiden Mannschaften in die

Klasse zurück, wo er ihnen erneut seine Ballkünste vorführte. Ohne die Hände zu gebrauchen, ließ er den Ball etwa vierzig- bis fünfzigmal zwischen Fuß und Glatze hin und her wandern, wobei er einmal den rechten, einmal den linken Fuß benutzte.

Seine Geschicklichkeit war umwerfend. Doch was mich noch viel mehr begeisterte, war seine Kommunikation mit den Kindern. Sie wichen ihm den ganzen Tag nicht von der Seite. Sie faßten ihn an, redeten mit ihm, lachten über seine Scherze und versuchten seine Hand festzuhalten. Er hörte sich ihre Geschichten an, lachte über ihre Späße und antwortete auf alles, was sie ihn fragten, sorgfältig und mit großer Begeisterung. Dieser Peter war der geborene Lehrer. Ein pädagogisches Naturtalent, eines der seltenen menschlichen Wesen, das Kinder wirklich mochte und sie anzog wie ein Magnet die Eisenspäne.

Auf der Rückfahrt regnete es. Es war ein heftiger, treibender Regen, der die Sicht auf wenige Fuß beschränkte. Ich stellte erstaunt fest, daß das schlechte Wetter Peter in keiner Weise beeindruckte und er auch diesmal das ganze Boot unterhielt. Durchgeweicht bis auf die Haut und am ganzen Leib zitternd, zogen wir das Boot an Land, und Peter rief: »Was für eine herrliche Tour!«

Bei weitem der erfolgreichste Besucher – gemessen am Urteil meiner Schüler – war Richie Matta. Richie war ein untersetzter, kräftiger und dynamischer Italiener, der während des letzten Jahres, das ich auf der Beaufort High-School unterrichtete, in mein Leben trat – einem Fanfarenstoß gleich. Er platzte in eine Party hinein, die ich im Winter in meinem Haus gab, schloß gleich in der ersten

Stunde mit allen Gästen Freundschaft und übernahm in der zweiten die Leitung der ganzen Veranstaltung. Wenn eine nostalgische Band irgendeinen alten Rock-and-Roll-Hit begann und die Gäste rülpsend und bierselig mitgrölten, trat Richie vom Plattenspieler zurück und sang mit der Stimme eines volltönenden Seraphs. Er war ein Singvogel inmitten von Insekten und Fröschen. Wir zogen schließlich eine Tür weiter, wo Tim Belk, ein anderer Freund, Richie sein Piano zur Verfügung stellte und dieser uns durch die Geschichte des Rock and Roll der vorangegangenen Dekade führte. Sein Repertoire schien unerschöpflich, seine Energie grenzenlos zu sein, und er sang drei Stunden lang buchstäblich ohne Pause.

Richies Lebensgeschichte lernte ich kennen, nachdem wir in dieser Nacht zu Freunden geworden waren. Er kam häufig bei mir vorbei, um sich mit mir zu unterhalten. Er war in New Orleans aufgewachsen, wo er eine ziemlich chaotische Kindheit erlebte. Er wurde Sänger, sang in der Bourbon Street und bekam einige gute Angebote, er machte in Memphis mehrere Platten und wurde in der Delta-Region eine kleine Sensation. Dann machte das Marine Corps seiner Musikerkarriere ein Ende. Er wurde eingezogen und zum Einsatz nach Vietnam befohlen. Nach Beaufort war er mit dem Marine Corps gekommen, und nach seiner Entlassung wollte er einen akademischen Grad machen. Er beneidete Bernie, Tom Belk und mich, weil wir auf dem College waren, unsere Examen absolviert hatten und großspurig unser Fachwissen zur Schau trugen. Richie, der Nichtakademiker, konnte einen Wagen reparieren, einen Bootsmotor zerlegen, eine Decke tapezieren, ein Haus bauen und eine Arie aus

Carmen singen. Aber Richie wollte Lehrer werden. Das letzte Jahr bei dem Marine Corps war er Schiffsmechaniker gewesen. Sein Markenzeichen waren die Ölspuren unter den Fingernägeln gewesen. Er sehnte sich nach dem Leben eines Gelehrten, nach dem Studium der Antike, dem Umgang mit griechischen Vasen und Skulpturen.

Bernie und ich machten unsere Witze, wenn wir uns den behaarten, dunkelhäutigen Richie vorstellten, wie er aus einem zerbrechlichen Glas Sherry trank, in zerknittertem Tweed herumlief und aus einem schmalen Lederbändchen Lyrik vortrug. Das Bild paßte ebensowenig zu ihm wie Ballettschuhe an Attilas, des Hunnenkönigs Füßen. Wir machten uns unsere eigene Mythologie von Richie Matta zurecht.

Ich brachte Richie und seine neue Braut Aldie Ende des Winters mit nach Yamacraw. Es war genau in der Nebelperiode. Richie teilte die allgemeine Auffassung, daß ich allein nicht einmal den Reißverschluß meiner Hose bedienen könnte, geschweige denn ein Boot. Ich brannte also darauf, ihm meine Fertigkeit als Bootsführer zu zeigen, die ich mir im Laufe des Jahres erworben hatte. Ich trug meine offizielle Wintermontur: Stiefel, Wollmaske und Handschuhe. Ich buhlte um Richies Respekt und spielte während der Vorbereitungen zum Ablegen die Admiral-Nelson-Rolle. Ich tat sogar den Nebel, der immer dichter und bedrohlicher wurde, als völlig belanglos ab. Was war das schon für einen Seemann wie mich! Wir ließen Zeke zurück und fuhren hinein in diese eigenartige Welt aus Sumpf und Nebel. Nelson stand am Steuer. Aldie saß, hübsch anzusehen, auf der Bank für Passagiere, und Richie fragte mich, ob ich auch wirklich wisse, wohin ich zu fahren und was ich zu tun habe.

»Natürlich, Richie, mach nur dein großes Mundwerk zu, und laß Admiral Conroy seinen Job erledigen. Ich kenne den Weg wie meine Hosentasche.«

Wir hatten die Hälfte der Fahrzeit hinter uns, als ich völlig die Orientierung verloren hatte. Wir durchquerten eine breite Wasserrinne, bogen ab, als wir eine bekannte Austernbank erreichten, und liefen auf eine Sandbank, die an der Stelle eigentlich nicht vorgesehen war. Richie zog uns wieder herunter. Ich fuhr den Weg zurück, entdeckte meinen Fehler, steuerte das Boot in eine andere Richtung und lief ein zweites Mal auf die Sandbank auf.

»He, Admiral Conroy!« sagte Richie spöttisch.

»Okay, Richie. Sag bitte nichts, ja? Vor allem – erzähl Bernie nichts davon, und versuch den ganzen Vorfall einfach aus deinem Gedächtnis zu löschen. Ich hab' mich halt geirrt.«

Schließlich fanden wir die richtige Küstenlinie und folgten ihr bis zu Ted Stones Hafen. Auf der Fahrt zur Schule fragte ich Richie, welchen Song er singen werde.

»Jeden, den sie hören wollen, Sohn. Ich kenne sie alle.«

Seine Darbietungen an diesem Tag waren wirklich bemerkenswert.

Top Cat flüsterte: »O Gott!«, nachdem Richie »Dock of the Bay« von Otis Redding und »Proud Mary« gesungen hatte. Ein Lied folgte dem anderen. Richie sang eine ganze Stunde: Soul und Folk, Traditional und Rock. Zwischendurch erzählte er von New Orleans, von seinen Auftritten in den Clubs, von der Unterwelt und den vielen kleinen Gaunern in der Stadt. Kurz kam er auch auf seine Erlebnisse in Vietnam zu sprechen. Die meiste Zeit jedoch sang er. Als er feststellte, daß die Kinder Gospelmusik mochten, trug er »Down by the Riverside« vor. Ethel antwortete mit dem Song »Blue Burrying Ground«, begleitet von Anna und Cindy Lou. Bald machte die ganze Klasse mit, klatschend, stampfend, singend. Mrs. Brown zeigte ihr Gesicht hinter dem Fenster. Ein Bild des Mißfallens, eine Grimasse der Wut. Richie bemerkte sie nicht, und Sekunden später stand sie in der Tür – genau in dem Augenblick, als er die höchste Note des Tages sang. Mrs. Brown wich entsetzt zurück, die Kids tobten, und ich flitzte hinter ihr her in die Halle, um mich bei der tiefgekränkten Schulleiterin untertänigst zu entschuldigen.

Später verteilte Richie Schallplatten, die er in Memphis aufgenommen hatte, an die Kinder. Eine davon legte ich auf den Plattenspieler, und wir lauschtem dem jungen Richie, der mit viel Schmalz in der Stimme den Tophit seiner so jäh zu Ende gegangenen Karriere sang: »Time Out for Love.«

Nach Richies Besuch versammelten sich die Mädchen täglich in der Pause um den Plattenspieler und tanzten zur Stimme von Richie Matta. Einer der California Boys fragte eines der Mädchen einmal, ob sie schon mal den Namen James Brown gehört habe.

Sie erwiderte: »Yeah. Du schon hören von Richie Matta?«

»Nein.«

»Er singen ›Time Out for Love‹«, erklärte sie ihm.

Natürlich nahm ich Richies Auftritt auf Band auf, und immer, wenn einmal Langeweile aufkam, spielte ich einen seiner Songs und holte einen seiner großen Augenblicke auf Yamacraw Island zurück.

»Lord, der Mann singen gut.«

»Nicht so gut wie ich, Saul«, sagte ich.

»Still, Mann«, rief Oscar. »Du singen wie Frosch.«

»Oh, der Junge sagen, Conrack singen wie Frosch!« gurrte Ethel.

»Ich singe hervorragend!«

»Du singen so schlecht, Conrack! Ich lachen so laut, wenn du singen.«

»Mann tun meinen Ohren weh!« behauptete ein anderer.

»Time out, time out for love«, sang ich krächzend.

»Gott, du aufhören, Conrack!«

»Gott, das klingen so schlecht«, sagte Cindy Lou. »Mann sterben.«

»Ich hab' Richie doch das Singen erst beigebracht!«

»Das nich so«, sagte Frank ernst.

Dann setzten wir uns hin und lauschten andächtig Richies Vermächtnis an die Klasse. Es war zugleich der Dank für eine Hörerschaft, die in der Welt ihresgleichen suchte. Richie Matta, dessen Stern strahlend aufging und verblaßte, als er das Delta verließ, schaffte sein Comeback. Er schaffte es ganz großartig vor achtzehn Kindern auf Yamacraw Island.

*

Es war Lincoln, der mich erneut zwang, zum Thema Tierliebe Stellung zu nehmen. Er tat es, als er mir erzählte, daß er seinen Hund jeden Sommer an allen vieren fesselte, um ihm die Zecken zu entfernen. Wieder einmal zog ich zu Felde gegen die Bastarde von Tierbesitzern, die nicht richtig mit ihren Vier- und Zweibeinern umgehen konnten oder wollten. Verdammt, warum hielten sich solche Teufel überhaupt ein Tier? Lincoln kicherte und sagte, er werde den Hund im nächsten Sommer wieder fesseln – und im übernächsten auch. Es geschah oft, daß meine Worte auf taube Ohren stießen. Die Kids begriffen mein Mitgefühl für Tiere nicht. Sie liebten ihre Hunde und Katzen, behandelten sie jedoch mit einer Grausamkeit, die ich abstoßend fand. Ethel lieferte mir den Schlüssel zum Verständnis für dieses Verhalten, als sie mir von ihrem Onkel erzählte. Ich begriff, daß die Grausamkeit gegenüber Tieren ein Bestandteil des Insellebens und der Inselkultur war.

Ethels Onkel hieß Charlie. Er war auf der Insel als ziemlicher Säufer bekannt. Ethel wußte folgende Geschichte von Charlie und ihrer Tante zu berichten: »Sie hatten diese alte Katze. Lord, die gewesen verfressen. Alles, was du rausstellen, diese Katze schnappen es sich, bevor du hinsehen können. Eines Abends Charlie sagen: ›Mann, diese Leber, die ich kaufen, richtig gut aussehen. So rot und frisch. Honey, du legen sie in Salz, damit ich sie morgen mittag essen!‹ Meine Tante legen Leber in Salz und lassen auf Tisch liegen. Am Morgen sie aufwachen, nach Leber sehen und nich finden nirgends im Zimmer. So sie sagen zu Charlie: ›Du Leber schon essen? Ich sie nich finden!‹ Charlie sagen: ›Nein, ich nich essen. Gottverdammte Katze müssen fressen sie in der Nacht.‹ Dann er rufen: ›Hier, Kitty, hier Little Kitty, du wollen gutes Fressen?‹ Kitty hören Charlie. Kommen unter Bett hervor und mit Charlie gehen nach draußen. Da Charlie nehmen Beil und hacken Kitty Kopp ab.«

Über diese herrliche Pointe brach die Klasse in hysterisches Lachen aus. Ich stand da und hoffte, mir würden ein paar angemessene Worte einfallen.

Dann sagte Ethel: »O Gott, was die Katze fressen!«

Und Oscar sagte: »Katzen fressen nich, wenn Kopp ab.«

Angestachelt durch den Erfolg ihrer Geschichte von der Enthauptung der Katze, fuhr Ethel gutgelaunt fort: »Einmal Charlie wütend auf kleinen Hund, der Hühner fressen. Hund sich oft von Kette losmachen und beißen tot ein, zwei und drei Hühner, ehe wir ihn fangen und wieder an Kette legen. Einmal er fressen vier Hühner, bis wir ihn sehen. Charlie laufen hin, aber Hund laufen weg und verkriechen unter Haus. 'n paar Minuten später Hund strecken Kopp raus, und Charlie ihn packen beim Nacken. Dann fassen Hühnerbeißer am Schwanz, sich mit ihm drehen und ihn schleudern mit Kopf an Baum. Schädel kaputt, Augen stehen raus. Hund tot, wenn Charlie ihn loslassen.«

»Was für eine hübsche Geschichte, Ethel«, sagte ich.

»Hund schlecht«, stellte Prophet fest. »Er fressen Hühner.«

»Würdest du einen Hund töten, der Hühner frißt, Prophet?« fragte ich.

»Ich totschießen«, antwortete er.

»Ich schießen in Kopp«, ergänzte Oscar.

»Hund, der Eier auslecken, auch schlecht«, erklärte Jasper. »Ich totschießen.«

»O Gott, Hund, der Eier auslecken, schlecht«, sagte

Lincoln ergänzend. »Müssen totschießen, sonst keine Eier mehr kriegen.«

»Ei ganz auslecken«, sagte Cindy.

Ich brauchte lange Zeit, bis es mir auffiel, aber dann merkte ich sehr rasch, daß die Leute auf der Insel eine unterschwellige, durchgehende Neigung zu Gewalttätigkeiten besaßen. Gewalttätigkeit war ein Teil ihres Lebens, und in periodischen Abständen brach sie während des Jahres auf und beeinflußte die Kinder meiner Klasse. Ihr Zuhause und ihre Familie kannte ich nur oberflächlich, und es dauerte einige Zeit, bis ich dahinterkam, daß Niedergeschlagenheit oder Ausgelassenheit in der Klasse darauf schließen ließen, daß die Väter wieder einmal zuviel getrunken hatten oder die Mütter im Club versumpft waren.

Um damit zu beginnen: Die Insel glich einem Waffenarsenal. Jedes Haus, jede Familie, ob schwarz oder weiß, enthielt und besaß genügend Feuerwaffen und Munition, um die Insel vierzehn Tage erfolgreich gegen einen ganzen Zug Marineinfanteristen zu verteidigen. Die Menschen ergänzten ihre Fleischvorräte mit allem möglichen Wildbret: Eichhörnchen, Hasen, Opossum, gelegentlich einem Reh. Die Jungen in der Klasse brüsteten sich immer wieder mit ihren Schießkünsten und ihrer Treffsicherheit. Feuerwaffen waren auf der Insel so lebensnotwendig wie Angelruten und Krabbenreusen.

Die eindrucksvollste Sammlung von Gewehren auf der Insel besaß Ted Stone. Bei einem seiner weitschweifigen Vorträge über das Thema, was gut und was schlecht für Yamacraw sei, deutete er an, seine furchterregende Anhäufung von Schießeisen jeglicher Art stelle für ihn eine zusätzliche Sicherheit dar und verhindere, daß die Schwarzen sich je uneingeladen bei ihm sehen lassen würden. Seine Waffenschränke waren gefüllt mit weittragenden, großkalibrigen Karabinern und kurzen, schweren Schrotflinten. »Ich kann mit jedem Problem auf der Insel fertig werden. Mein einziges Problem sind die Agitatoren von außerhalb. In Havannah ausgebildete Kommunisten. Niggerfreunde, die rüberkommen, um Stunk zu machen.« Ich dachte damals, er spielte auf die California Boys an, glaubte aber später, daß dies als Warnung an meine eigene Adresse gemeint gewesen war.

Alkohol beschleunigt Gewaltausbrüche, steigert sie noch. Trinken gehörte zum Leben auf der Insel. Männer wie Frauen nahmen große Mengen Spirituosen und Bier zu sich. Sie betranken sich von Zeit zu Zeit bis zur Bewußtlosigkeit. Natürlich konnte ich verstehen, weshalb die Leute auf Yamacraw tranken. Es war die Eintönigkeit der Unterhaltung, das gesellschaftliche Milieu, das die Menschen miteinander verband. Sie kannten kein anderes Vergnügen, das Saufen kennzeichnete die Höhepunkte des Lebens auf der Insel. Und Alkohol bringt armen Bauern und Krabbenfischern die gleiche Entspannung wie Kaisern und Edelleuten; sein besonderer, rasch vergehender Rausch konnte wenigstens zeitweilig das Elend der eigenen Existenz vergessen machen. Vergessen machen, daß man arm war, arbeitslos, einsam und verzweifelt. Aber letzteres war für die Menschen eigentlich zweitrangig. Auf Yamacraw trank man, weil Alkohol heiter machte, leicht und euphorisch. Er machte immun gegenüber den Sorgen des Daseins.

Man vergaß, daß man keinen Job hatte, keine Kleidung für die Kinder, kein Geld für Lebensmittel.

Eines der jüngeren Kinder flüsterte mir eines Morgens zu, daß auf Annas Großmutter in der vorausgegangenen Nacht geschossen worden sei. Als ich mich erkundigte, wie es geschehen war, erntete ich lediglich ein Grinsen. Immer wenn die Insel von einer Katastrophe heimgesucht wurde oder es irgendwelche Zusammenstöße unter den Menschen gab, kamen die Kinder nie direkt zu mir, um über das Geschehene zu berichten. Sie ließen Andeutungen fallen, ließen mich Bruchstücke der Unterhaltung mitbekommen, bis ich mir die Geschichte zusammenreimen konnte.

Und so kam ich durch das Zusammenfügen von vielen Teilen und Fragmenten dahinter, daß ein Betrunkener zu Annas Haus kam, auf dem Grundstück hin und her schwankte, mit einer Pistole herumfuchtelte und Radau schlug. Das Ende vom Lied war, daß Annas Großmutter von einer Kugel in die Seite getroffen wurde. Ob der Schuß ein Unfall war oder versuchter Mord, habe ich nicht erfahren – und dies war wohl auch nie beabsichtigt. Was die Kids mich wissen lassen wollten, war lediglich, daß man auf eine Frau geschossen hatte. Schluß, basta! Einzelheiten der Tat und der Name des Mannes, der den Schuß abgefeuert hatte, gingen mich nichts an.

Ich fragte Anna, ob sie Hilfe brauche, ob ich für sie und ihre Großmutter etwas tun könne. Aber ich unterließ es bewußt, etwas von dem Schuß zu erwähnen. Anna schüttelte nur den Kopf und lächelte ihr schönes, unergründliches und stilles Lächeln.

Einige Monate danach betrat ich eines Morgens das

Klassenzimmer und traf die Kids auffallend schweigsam an. Das war ungewöhnlich zu dieser Tagesstunde und erregte meinen Verdacht. In solchen Fällen nahm ich zunächst an, daß Mrs. Brown mal wieder ein Hinterteil in Brand gesetzt hatte. Doch an diesem Morgen war das Schweigen irgendwie anders. Drei der Jungen hatten die Köpfe auf die Bänke gelegt und weinten – Oscar, Fred und Prophet. Ich ging zu ihnen und fragte: »Hat sie euch geschlagen?« Die Kids schüttelten die Köpfe. »Was zum Teufel ist dann passiert?« wollte ich wissen. Immer noch keine Antwort. Sekundenlang überlegte ich und wußte dann, daß es fürs erste auch keine Antwort geben würde. Die Geschichte würde im Laufe des Tages Stück für Stück enthüllt werden. Und ich wußte auch, daß es nicht Oscar, Fred oder Prophet sein würden, die sie mir erzählten. Und so war es auch.

In der Pause hörte ich einige Kinder flüstern, laut genug, daß ich es verstehen konnte: »Ihre Momma geschossen worden.« Dann erwähnte eines der Kinder, daß sie in den Fuß getroffen worden war. Lincoln schlich hinter mir her und ließ mich wissen, daß sie bald wieder aufstehen könne. Eines der Mädchen verriet mir, daß es Oscars Vater war, der geschossen hatte. Carolina informierte mich, daß er betrunken gewesen war. Mit Hilfe dieser eher beiläufigen Kommunikationsmethoden entwickelte sich im Laufe des Tages die ganze Story und nahm mehr und mehr Gestalt an. Der Vater war betrunken gewesen und ziemlich ausfällig geworden. Die Mutter war ebenfalls betrunken gewesen und hatte gereizt reagiert. Dann war es zu einem regelrechten Kampf gekommen. Die Kinder kauerten im hinteren Schlafzimmer, bis sie einen Schuß hörten. Sie rannten in die Küche und fanden ihre Mutter, die heftig blutete. Die Szene muß entsetzlich gewesen sein. Sie hatte bei den Jungen ein Trauma hinterlassen. Sie brauchten einige Wochen, um es wieder loszuwerden. Noch Tage nach dem Vorfall weinten sie immer wieder, und es brach mir fast das Herz. Fred litt besonders. Seine Konzentration, die normalerweise schon sehr schwach war, sank auf Null. Während einer Tonbandübung brach Fred plötzlich in Tränen aus, weil Jasper sich über seine Sprechhemmung lustig machte. Er lief zum Waschraum, wohin ich ihm folgte. Ich fand ihn mit dem Kopf auf dem Waschbecken, und er heulte, als wäre tief in seinem Innern ein Damm gebrochen. Ich legte ihm den Arm um die Schultern und riet ihm zu weinen, soviel er wolle. Auch einem Mann sei manchmal zum Heulen, und danach gehe es ihm wieder besser.

Fred weinte eine ganze Stunde lang.

Der Unfall bewirkte, daß ich mich etwas näher mit Prophet befaßte. Die Kinder hatten mir gesagt, daß niemand es wage, sich mit Prophet einzulassen – nicht einmal die Jungen in der Klasse, die größer waren als er. Prophet sehe rot, wenn er wütend sei. Er würde jeden töten, der ihm dann in die Quere käme. Ein Fünftkläßler, der tötet, dachte ich ungläubig. Der lächelnde, spitzbübische Prophet, den ich vom Unterricht her kannte, schien zu den Gewalttätigkeiten nicht fähig zu sein, die seine Klassenkameraden ihm zutrauten. Er war ein harter, rauflustiger Bursche, ja, aber kein Killer. Oscar, sein Bruder, erzählte mir jedoch eines Tages nach der Schule die Geschichte von Prophets Gewaltausbrüchen.

Einmal hatte Oscar Prophet verprügelt, was das Geburtsrecht jedes älteren Bruders ist. Stunden später war Prophet plötzlich mit einem Backstein in der Hand aufgetaucht und hatte ihn Oscar mitten auf die Stirn gepflanzt. Man sollte also Zurückhaltung üben gegenüber Prophet. Ihn zu reizen schien tatsächlich gefährlich zu sein. Bei einer anderen Gelegenheit hatte Prophet einen viel älteren seiner Brüder dazu gebracht, ihn winselnd und heulend um sein Leben anzuflehen. Prophet trieb ihn durchs ganze Haus, indem er ihm eine geladene Pistole an die Schläfe hielt und damit drohte, ihm jeden Moment das Hirn auszupusten. Frank erzählte mir: »Der Junge durchdrehen, wenn er Eisen in der Hand.« Ich glaube, danach habe ich Prophet für den Rest des Jahres nicht einmal mehr scheel angesehen.

In den letzten Gewaltausbruch auf der Insel wurden ich und die Klasse sogar direkt verwickelt. Es war im Frühling. Der Wald um die Schule zeigte sein erstes Grün, und an den Straßenrändern blühten die Wildblumen. Es war später Morgen, als jemand an die Tür des Schulgebäudes klopfte: Ethels Mutter Lois.

»Können ich bitte Ethel sprechen, Pat?« fragte sie.

»Natürlich, Lois«, antwortete ich und spürte, daß etwas nicht stimmte. »Ist was nicht in Ordnung? Sie sehen aus, als wären Sie verletzt.«

»O Gott, dieser verdammte Mann von mir! O Gott, er mich schlimm verletzen.«

»Was ist passiert, Lois? Wo sind Sie verletzt?«

»Im Rücken«, antwortete sie. »Er mich in den Rücken geschlagen.« Sie lehnte sich gegen die Tür. »Es fehlte nich viel, und er mich umgebracht!«

»Womit hat er sie geschlagen?«

»Mit einem Stuhl. Er einen Stuhl auf meinem Rücken zerschlagen. Er versuchen, mich zu töten. Der Stuhl gehen kaputt, als er auf mich einschlagen. Ich denken, er brechen mir Rückgrat, als er mich schlagen.«

»Mit einem gebrochenen Rückgrat würden Sie nicht herumlaufen können.«

»Oh, aber etwas gebrochen«, jammerte sie. »Ich wissen, etwas gebrochen.«

Inzwischen war Ethel aus der Klasse herausgekommen und stand neben ihrer Mutter mit dem Ausdruck völliger Gelassenheit auf dem Gesicht. Keine Spur des Mitgefühls huschte über ihre Augen oder bewegte ihre Lippen. Gleichgültig, welcher Sturm von Empfindungen in ihrem Innern tobte, für mich und die übrige Welt war nichts davon zu bemerken.

»Du okay, Mama«, sagte sie ruhig.

»O Ethel, ich haben solche Schmerzen. Er mich mit dem Stuhl geschlagen. Er zerbrechen ihn auf meinem Rücken.«

»Wir werden ihm zurückzahlen, Mama«, sagte Ethel leidenschaftslos.

»Sie mich nach Hause fahren, Pat? Ich haben da was Geld versteckt. Ich nich wollen, daß er in die Finger kriegen.«

»Ich weiß nicht, Lois. Wenn John noch unten ist, zerschlägt er mir vielleicht einen Stuhl über meinem verdammten Schädel.«

»Oh, er iss nich mehr da. Iss zum Club runter, um sich besaufen. Nein, er nich mehr im Haus.«

»Bist du sicher, Lois? Bist du wirklich sicher?«

»Ganz sicher, Pat.«

Es war Mittagszeit. Also stiegen Ethel, Lois und ich in den Wagen und fuhren rüber zum Haus von Edna Graves. Edna war Franks Großmutter und die erste Lady, die ich wegen des Halloween-Ausflugs angesprochen hatte. Und wie sich jetzt herausstellte, war sie auch Lois' Mutter. Lois wollte, daß ich sie zu Edna fuhr, damit sie über ihr jüngstes häusliches Mißgeschick mit jemandem reden konnte, dessen Mitgefühl sie sicher war. Doch Ednas Reaktion auf den Bericht ihrer Tochter war weniger Mitgefühl als mörderischer Zorn. Als sie hörte, daß John ihre Tochter mit einem Stuhl verprügelt hatte, kochte sie vor Wut.

»Du sagen diesem Dreckskerl, wenn er sich hier noch mal blicken lassen, Old Edna ihn totschießen. Tot, ich sagen! Haben das alle gehört? Ich werden Betsy aus dem Haus holen, laden, halten Betsy an seinen Kopp und knallen ihn nieder. Und kein Wort mehr sprechen mit diesem Hurensohn. Schluß mit der Rederei. Betsy werden von jetzt an das Reden mit ihm besorgen. Und wenn Betsy mit Reden fertig, dieser Hurensohn nich nix können mehr hören, gar nix!« Edna war außer sich. Sie zitterte vor Erregung am ganzen Körper, und ihr Zeigefinger unterstrich jede ihrer Drohungen mit Entschiedenheit und Nachdruck. »Er schlagen meine Tochter! Prügeln meine Tochter! Schuld, daß meine Tochter weinen! Nun, er werden mir büßen. Edna und Betsy gehen und ihm geben in Arsch. Ihr mich hören? Ihm geben in Hintern und geben ihm gut.«

»Oh, Mama!« sagte Lois.

»Hör auf mit ›Oh, Mama‹, Mädchen! Du holen deine Sachen und deine Kinder und kommen und verlassen

Hurensohn. Kommen zu diesem Haus. Du hören auf mich! Verlassen ihn, bevor er töten dich oder Betsy ihn.«

Einem Weltverbesserer und mitleidigen Optimisten, wie ich einer war, mußte die ganze Szene unglaublich exotisch, wild und atavistisch vorkommen. Ethels Reaktion verriet mir, daß ihre Großmutter diese Rede nicht zum ersten Mal hielt und daß dieser blutige Gewaltausbruch zwischen ihrem Vater und ihrer Mutter keine neue Erfahrung für sie bedeutete. Ich kannte inzwischen eine Menge Inselklatsch und wußte daher, daß John und Lois Säufer waren und ihre Ehekräche, die sie im Suff inszenierten, an Heftigkeit und Wildheit kaum zu überbieten waren. Die Familie besaß eine eindrucksvolle Geschichte der Gewalttätigkeit. Eingeschlagene Köpfe und Blumenkohlohren waren beinahe an der Tagesordnung. John hatte sich bei einem Kampf sogar ein blindes Auge zugezogen. Als er seine Frau mit einem Knüppel schlug, schüttete sie ihm einen Eimer mit glühender Asche ins Gesicht. Auf dem rechten Auge war er seitdem blind. Es war eine sehr handgreifliche Familie.

Nachdem Edna ihre Rede beendet hatte, fuhren wir weiter zu Lois' Haus. Auf dem Weg dorthin verfolgte mich die Furcht, John könnte noch dort sein. Er war linksseitig gelähmt, doch ich wußte, daß meine Schnelligkeit mir nicht helfen würde, wenn John auf mich schoß. Ethel saß neben mir auf dem Beifahrersitz. Im Fond hatte sich ihre Mutter breitgemacht und jammerte über die Schmerzen in ihrem Rücken. Zwischendurch bekräftigte sie immer wieder ihren Entschluß, ihn endgültig und für immer zu verlassen. Ich drehte den Kopf zu Ethel, um ihr etwas Beruhigendes zu sagen. Dabei fiel mir auf, daß sie einen blitzenden Gegenstand zwischen den Fingern hielt: Es war eine Rasierklinge.

»Was, zum Teufel, hast du damit vor, Ethel?« fragte ich sie.

»Iss nur zum Schutz.«

»Du brauchst das Ding nicht. Steck es sofort weg!«

»No!«

»Ethel, ich bin dein Lehrer. Andere Kinder in anderen Schulen hören auf ihren Lehrer. Sie tun, was er sagt.«

Das schien sie zu erheitern, denn sie lächelte. Dann sagte sie: »Ich es weg tun, aber ich wieder hervorholen, wenn er da.«

»Du brauchst keine Angst zu haben«, sagte ich mutig, »ich bin ja da.«

»Er dich auch schlagen«, sagte sie und bestätigte meine schlimmsten Befürchtungen.

»Well, was wirst du mit diesem Ding da tun, wenn er da ist?« fragte ich.

»Ich ihm Hand zerschneiden«, antwortete sie, ohne zu lächeln.

»Oh, wie nett«, erwiderte ich und verspürte den Wunsch, mich unter die Räder meines Wagens zu werfen.

Schließlich kam das Haus in Sicht. Ich lenkte den Wagen langsam in den Vorgarten. Ich stieg aus und rief mit einer Stimme, die männlich klingen sollte, jedoch einem ängstlichen Krächzen glich: »John, John. Ich bin's, dein Freund Pat.« Als ich sah, daß er nicht da war, ging Lois ins Haus, holte ihr Geld aus dem Versteck und kam zum Wagen zurück.

Anschließend fuhr ich Lois nach Bluffton zu Dr. Wohlert. Er machte eine Röntgenaufnahme von ihrem Rükken und stellte fest, daß die Verletzungen nur aus Schürfungen und blauen Flecken bestanden. Er gab ihr ein paar Medikamente mit. Die Nacht verbrachte sie bei Barbara und mir und kehrte am nächsten Tag auf die Insel zurück. Sie lebte einige Tage bei ihrer Mutter und zog dann wieder zu ihrem Mann. Das seltsame war, daß John und Lois sich wirklich mochten.

*

Barbara lud die ganze Klasse zu einer Valentinsparty in unser Haus ein. An dieser Party würde auch ihre Klasse von der Beaufort Elementary teilnehmen, und ich glaubte, es wäre vielleicht eine schöne Geste, die beiden Gruppen einmal zusammenzubringen.

Barbara gestaltete eine schöne Einladungskarte, die ich an das Schwarze Brett heftete. Aber nur die Mädchen nahmen die Einladung zu der Party an. Die Jungen blickten argwöhnisch auf die Spitzenverzierung und das riesige rote Herz und kamen zu der Überzeugung, daß diese Zusammenkunft bei den Conracks etwas ausgesprochen Feminines hätte und für sie deshalb nicht in Frage käme. Sie erklärten, sie würden statt dessen lieber auf Jagd gehen und im Wald Tiere töten. Die Mädchen hüpften vor Freude, als feststand, daß sie den Ausflug ohne die garstigen Jungen machen würden. Also fuhren vier Mädchen mit mir am Freitag in der Valentinswoche bei kabbeliger See nach Bluffton und von dort weiter nach Beaufort.

Es war das erste Mal, daß die Mädchen uns in unserem neuen Haus besuchten. Wir hatten es kürzlich gekauft. Es war ein zweistöckiges, siebzig Jahre altes Haus auf dem Point. Wir brachten die Mädchen in dem Schlafzimmer im Erdgeschoß unter, und sie baten uns um die Erlaubnis, zusammen schlafen zu dürfen. Erst später erfuhr ich, warum. Mary hatte die Anwesenheit von Geistern gespürt – von dem Moment an, da sie das Haus gesehen hatte. Sie hielt mit ihrer Befürchtung vor den anderen Mädchen nicht zurück, und bei Anbruch der Nacht kauerten sich die vier im Wohnzimmer eng aneinander und fuhren ständig zusammen, weil sie eingebildete Geräusche und Tritte im dunklen Treppenhaus hörten und sie hinter den Fensterscheiben bleiche, grimassenhaft verzerrte Gesichter erkannten. Ich war mir bisher nie bewußt gewesen, wie real und handgreiflich die Geisterwelt für sie war. Und selbst als ich sah, welche Angst sie hatten, war ich eher amüsiert denn alarmiert.

»Sie haben Geist in diesem großen Haus, Mister Conroy«, murmelte Mary.

»Wir hören Geister auf Treppen«, sagte Jimmy Sue.

»Ich nich bleiben in diesem alt' Schreckenshaus«, erklärte Cindy Lou.

»O Gott, ich so bange«, gestand Carolina. »Ich nich wollen, daß kein Geist mich holen!«

Also machte ich etwas ganz Dummes. »Mädchen«, sagte ich, »ich möchte nicht, daß ihr darüber redet. Aber ihr habt recht. Wir haben einen Geist im Haus. Barbara und ich wollten euch nur nicht beunruhigen.«

»O Gott, ich es wissen«, jammerte Mary. »Ich es fühlen. Ich es fühlen ganze Zeit.«

»Es ist kein mächtiger Geist. Eher ein Zwerg, ein kleiner Kerl. Er brachte seine Frau mit einer Axt um und wurde am Hals aufgehängt, bis er tot war. Jetzt wandert er nachts um das Haus herum und sucht seine ermordete

Frau. Ich sehe ihn dann und wann. Er hat lange Fingernägel, fast wie die Krallen eines Adlers. Seine Zähne sind ebenfalls lang und sehr spitz und weiß. Manche Leute behaupten, er saugt Blut, aber nur eine bestimmte Sorte davon. Das Blut von jungen Mädchen, die auf Yamacraw Island leben.«

»O Jesus!«

»O Gott, ich verlassen das Haus sofort!«

»Blödsinn, ich mache doch nur Spaß, Kinder«, sagte ich. »War alles nur ein dummer Scherz. Es gibt keine Geister.«

»Du verrückt. Ich sehen Geist auf Yamacraw.«

»Du noch nie einen Geist gesehen?« fragte Cindy Lou.

»Nein«, erwiderte ich. »Und zwar deshalb nicht, weil es so etwas wie Geister nicht gibt. Sie existieren nicht. Es hat sie nie gegeben, und es wird sie nie geben.«

»Wenn du noch nie sehen keinen Geist, woher du dann wissen, daß keine Geister geben?« fragte Cindy Lou.

»Ihr glaubt also, daß in diesem Haus ein Zwerggeist lebt?« fragte ich.

»Yeah«, stimmten sie zu.

»Wißt ihr denn auch, wo er lebt?« fragte ich sie.

Sie schüttelten die Köpfe.

»In eurem Schlafzimmer«, sagte ich mit der Stimme eines Totengräbers.

Sie schrien entsetzt auf und liefen umher wie aufgeschreckte Hühner. Dann drängten sie sich auf dem Sofa zusammen.

Ich nahm ihre Angst noch immer nicht ernst und dachte darüber nach, wie ich ihnen diesen Unsinn ein für allemal austreiben könnte. Ich begriff nicht, daß ihre Geisterfurcht nichts mit Unsinn zu tun hatte, sondern mit ihrer Gedanken- und Gefühlswelt. Mit ihrer Geschichte, mit einer Art Religion. Ich war entschlossen, sie auszulachen wegen ihres Glaubens an das Übersinnliche, und so nahm ich mir vor, etwas zu inszenieren, was sehr unpassend, untauglich und äußerst gefühllos war – eben ein typisches Conroy-Drama.

»Ich werde jetzt sofort in euer Schlafzimmer gehen und sehen, ob ich den Zwerggeist nicht finde. Ich werde es tun, um euch zu beweisen, daß es überhaupt keine Geister in diesem Haus gibt. Ich werde keine Lampen anzünden und kein Licht einschalten, sondern allein im Dunkeln dorthin gehen.«

Ich trat in die Halle hinaus und ging den Korridor entlang, der zum Schlafzimmer führte, in dem es angeblich spukte. Ich schloß die Schlafzimmertür hinter mir und verhielt mich völlig ruhig. Die Mädchen wurden immer nervöser und aufgeregter, je mehr Zeit verging. Schließlich begannen sie meinen Namen zu rufen und flehten mich an, herauszukommen. Ich rührte mich nicht. Sie wurden noch unruhiger und beschlossen, nachzusehen.

Dicht aneinandergedrängt traten sie in die dunkle Halle hinaus und näherten sich flüsternd und tuschelnd dem Korridor. Schließlich waren sie vor der Tür angelangt und drückten die Klinke nieder. Im selben Augenblick stieß ich die Tür von innen auf und ließ mich wie ein Toter der Länge nach in den Korridor auf den Läufer fallen. Ich stöhnte schmerzgepeinigt und murmelte, daß der Geist mir die Drosselader durchgebissen und mir das Blut ausgesaugt habe.

Ich redete natürlich längst nur noch mit mir selbst,

denn die Mädchen rannten bereits schreiend und kreischend zu Barbara.

Mary war halb wahnsinnig vor Schreck. Die anderen verbargen ihre Gesichter unter den Sofakissen oder kauerten hinter den Sesseln. Es dauerte mehrere Stunden, bis wir die Kinder wieder beruhigt hatten. Mit diesem Unfug hatte ich nicht nur die Inselmädchen in Angst und Schrecken versetzt, sondern auch Jessica, meine drei Jahre alte Tochter. Sie war in der Halle gewesen, als mein kraftloser Körper auf dem Fußboden aufschlug. Sie war völlig hysterisch und ließ mich nicht näher als drei Fuß an sich heran. Barbara, die beim Ausbruch dieses Weltuntergangs herbeigeeilt war, warf mir strafende Blicke zu. Ich versuchte ihr zu erklären, daß ich mich doch nur bemüht hätte, die Kinder mit einer Art Roßkur von ihrem Aberglauben zu kurieren. Doch keiner in dem von Verzweiflung und Furcht erfüllten Raum fand einen verständnisvollen Blick für mich.

Durch diesen Vorfall erkannte ich zum erstenmal, wie ernst die Kinder das Übernatürliche nahmen. Während unserer Planungsgespräche für den Halloween-Ausflug hatten wir über Geister, Hexen und Zauberei gesprochen, aber es geschah in einer fröhlichen, aufgelockerten Stimmung. Außerdem hatten wir über diese Dinge gesprochen, während es hell war. Die Erfahrung am Valentinstag zeigte mir, daß die Mythologie meiner Kindheit für die Kinder von Yamacraw erschreckende Wirklichkeit war. Sie glaubten tatsächlich an Geister, die in Häusern spukten, an Dämonen, die den Menschen an einsamen Wegen und hinter umgestürzten Bäumen auflauerten. Ich sprach in der Klasse mit ihnen darüber. Etwas klüger geworden nach dem Zwerggeist-Fiasko, lauschte ich den Geschichten der Kinder von Geistern, die nachts auf der Insel umherirrten. Und ich machte mich nie wieder über solche Erzählungen lustig oder tat die Ängste der Kinder als Aberglauben ab. Es wäre dasselbe gewesen, als ob ich einem religiös erzogenen Kind klarzumachen versuchte, daß es nicht an Gott, sondern an ein Märchen glaubte.

Jeder auf Yamacraw hatte schon Geister gesehen und kannte jemanden, der Geister gesehen hatte.

Die Geister waren oft die Seelen von Leuten, die kürzlich auf der Insel verstorben waren. Ein solcher Geist schweifte Monate nach seiner Beerdigung auf der Insel umher. Dann wurde er des Umherirrens müde und kehrte in sein Grab zurück. Mary erzählte von ihrem Vetter, der einem Geist begegnet war.

»Er gehen im Dunkeln Straße runter. Er allein, wenn er gehen an Zaun entlang, der am Cooper River zu Ende. Er aufschauen und sehen Mann, der durch Zaun hindurchgehen. Der Geist haben sein Kopp in der Hand und gehen einfach durch Zaun durch. Mein Vetter sein so erschrocken. Er schreien, doch Geist weiter auf ihn zukommen. Kopp machen schreckliche Geräusch, wie Toter in Hand von Geist. Vetter rennen ganzen Weg bis zu sein Haus. Er schreien so laut. Dann er werden krank. Bleiben krank viele Tage und fast sterben.«

Danach erzählte Saul von einem Geist, den seine Mutter auf dem Weg zum Club gesehen hatte. »Sie gehen zum Club. Sie sehen rüber zu 'nem Baum. Sie sehen, sich was bewegen. Dann sehen 'nen Geist. Doch Geist haben nur Beine. Nix als nur Beine. Beine anfangen zu laufen, direkt auf meine Mama. Sie schreien und davonrennen. Beine kommen, um sie zu holen, aber sie rennen zu schnell.«

»Hat sie jemals herausgefunden, wessen Beine es waren, Saul?« fragte ich.

»Beine von toter Mann«, antwortete er voller Überzeugung.

»In dem Fall wäre ich auch losgerannt wie der Teufel.«

Top Cat räusperte sich, um seine Geistergeschichte loszuwerden. »Eine Nacht ich draußen. Ich so Angst. War so dunkel. Ich nich sehen können nix. Ich rennen schnell nach Haus, weil ich wissen, Geister in der Nähe. Dann ich sehen es. Geist kommen schnell auf Pferd. Es Adam. Mann, der ertrinken einige Tage vorher. Er galoppieren, ich große Angst. Ich fallen hin und warten, bis Adam vorbei. Er vorbeireiten, nich anhalten. Er reiten, bis er verschwinden. Ich nach Haus laufen so schnell.«

Alle im Raum spürten die Gegenwart des Übernatürlichen, und jedes Kind glaubte an die Existenz von Geistern. Niemand bezweifelte auch nur eine einzige Geschichte, die sein Mitschüler erzählte. Alle lauschten den Schilderungen mit einer Aufmerksamkeit und Faszination, die sich schwer beschreiben läßt. Geister ohne Köpfe, ohne Leiber, ohne Hände, ohne Füße. Geister in weißen Kleidern, schwarzen Kleidern oder unbekleidet. Geister aller Größen und Formen, Geister, die schweben, die gehen, die laufen, die reiten – auf Kühen oder Pferden. Frank war mal einem Geist begegnet, der neben ihm auf einem Karren saß. Sein Pferd war plötzlich stehengeblieben und hatte sich geweigert, weiterzugehen. Er warf einen Blick nach links und sah den Geist neben sich sitzen – eine seltsame, unheimliche Gestalt, die starr und steif sitzen blieb, als Frank zu schreien begann. Das Pferd stand wie versteinert, versteinert vor Angst. Frank blieb nichts anderes übrig, als klugerweise die Flucht zu ergreifen.

Als die Kinder mit ihren Erzählungen über die Geister, die auf der Insel lebten, fertig waren, versuchte ich von dem Gnom zu erzählen, der in meinem Haus lebte. Aber sie wollten nichts davon hören und schrien mich nieder.

*

Im März gab es einen Todesfall auf der Insel. Wie die meisten Todesfälle auf Yamacraw, erfolgte er mit unvorhersehbarer Plötzlichkeit – ohne langwieriges Krankenlager oder vorausgegangenes Siechtum. Ein Herzanfall streckte Blossom Smith an einem Samstag nieder. Ein Inselbewohner lief zu Ted Stones Haus. Stone rief per Funk den Rettungshubschrauber aus Savannah herbei. Blossom wurde auf ein freies Feld in der Nähe des Nightclubs getragen, wo die halbe Insel sich jammernd und betend um sie versammelte. Dann erschien der Hubschrauber, landete, nahm die reglose Blossom an Bord, und der schwarze Engel mit den rotierenden Flügeln erhob sich in einem Wirbel aus Luft und Staub gen Himmel. Er entschwand hinter den Baumgipfeln. Alles geschah sehr schnell, sehr wirkungsvoll und sehr – nutzlos. Noch in der Nacht starb Blossom in Savannah, umgeben von lauter Fremden und inmitten des Ammoniakgeruchs eines überfüllten Krankensaals.

Ein Todesfall bedeutete die Einstellung sämtlicher Tätigkeiten auf der Insel, und obwohl keine Ferien waren, erschien am Tag der Beerdigung kein Kind zum Unterricht. Trotz der Trauer, die die Menschen befiel, war der Tod auf Yamacraw stets auch ein gesellschaftliches Ereignis. Verwandte, die in Savannah oder Hilton Head lebten, mieteten ein Ausflugsboot, das die Trauergäste zur Insel brachte. Die nächsten Anverwandten wurden unterstützt und getröstet. Die alten Frauen versammelten sich am Sarg und sprachen über die längst vergangenen Tage ihrer Kindheit. Sie überlegten laut, wer wohl als nächster zu Gott heimgerufen werden würde.

Am Dienstagmorgen gingen einige Männer in aller Frühe auf den Farbigenfriedhof, um ein Grab auszuheben. Zwei Angestellte eines Beerdigungsunternehmens begleiteten den Leichnam auf dem Ausflugsdampfer von Savannah zur Insel. Der ganze Vorgang vollzog sich nach den Regeln eines perfekt einstudierten Rituals. Jeder Teilnehmer wußte genau, was von ihm erwartet wurde, und jeder kannte den Part, den er zu spielen hatte. Auf der Fahrt zum Friedhof war ich überrascht von den vielen Trauergästen, die auf die Insel gekommen waren. Die Straße, die zum Friedhof führte, war bevölkert von lauter gutangezogenen schwarzen Leuten, die langsam und würdevoll zu dem offenen Grab hinauswanderten, das Blossom als letzte Ruhestätte dienen sollte.

Viele meiner Schüler waren schon versammelt, als ich eintraf. Sie wirkten ein wenig verwirrt von all dem Pomp und dem feierlichen Ernst, der über der Trauergemeinde lag. Die Prozession der Leidtragenden durch den Wald, der den Friedhof umgab, schien nicht abzureißen. Viele unterhielten sich angeregt, lachten gedämpft und genossen ganz offensichtlich das Schauspiel unter den Bäumen.

Manche Verwandte fielen sich in die Arme und küßten einander unter Tränen. Doch sie alle wurden stiller und schweigsamer, je mehr sie sich dem tiefen Loch näherten, das man zu Füßen einer riesigen Tanne ausgehoben hatte. Drei junge Birkenstämme lagen quer über dem offenen Grab. Daneben, das Gesicht gepudert und geschminkt, den Leib in ihr kostbarstes Kleid gehüllt und die Hände im Schoß gefaltet, ruhte Blossom Smith in einem mit üppigen weißen Seidenrüschen ausgelegten Sarg.

Hinter der hohen Tanne erstreckte sich weites grünes Sumpfgebiet bis zum Fluß. Magnolienbäume wuchsen auf dem Friedhof, verwandelten ihn in ein Blütenmeer und verliehen ihm eine fast aufdringliche Schönheit. Yamacraws einziger Diakon, ein bebrillter Mann namens William Brown, neigte feierlich das Haupt und begann mit der Zeremonie. »Jesus nahm dich von uns. Er nahm dich zu sich.« Seine Stimme klang salbungsvoll, beschwörend und schwer vor Trauer. Seine Ansprache war fast ein Schmerzensschrei, der die Sinnlosigkeit des Todes nicht zu begreifen vermochte und ihn doch verstand als Ruf des Schöpfers an sein Geschöpf, als Manifestation einer größeren, unfaßbaren, geheimnisvollen und doch liebenden göttlichen Gegenwart im Universum.

Anschließend gingen alle Anwesenden am offenen Sarg vorbei und nahmen Abschied von Blossom. Ein Chor älterer Frauen sang ein Spiritual mit Stimmen, in denen sich alles Leid der Welt auszudrücken schien. Die Schlange bewegte sich nur langsam vorwärts, da jeder Trauergast einen beschaulichen Blick in das Angesicht des Todes warf. Manche streckten die Hand aus und berührten sanft Blossoms Wangen oder Stirn. Andere schauten auf sie nieder, schlossen die Augen und brachen in Tränen aus. Manche sprachen laut zu ihr und sagten ihr Lebewohl, als wäre es nur ein Abschied für kurze Zeit. Einige wurden sogar ein wenig hysterisch. Sie schienen getröstet werden zu müssen von einer Gruppe Frauen, die eigens zu diesem Zweck bereitstanden. Wieder andere riefen laut den Namen Jesu, starrten dann stumm auf die tote Blossom und gesellten sich wieder zum Chor der Trauernden, deren Stimmen bei jedem Atemzug mächtiger anschwollen.

Blumen türmten sich neben dem Sarg. Die meisten davon waren aus Plastik. Ein beredtes Beispiel für den Einzug des zwanzigsten Jahrhunderts auf Yamacraw. Tante Ruths Ehemann war der Totengräber der Insel gewesen, bevor er starb. Er hatte Tannenholzsärge in einer Werkstatt neben seinem Haus hergestellt. Bei ihm gab es nicht diese schäbigen Totenkisten, wie sie fabrikmäßig gefertigt und von den öligen Beerdigungsunternehmern in Savannah angeboten wurden. Der Tod auf der Insel war sauberer und weniger künstlich, als er noch lebte. Die Plastikblumen mit ihrem sinnlosen Anspruch auf Unsterblichkeit gaben der Feier etwas Häßliches, das nicht zu beschreiben war.

Während ich noch über die Plastikblumen nachgrübelte, stürzte ein gutaussehender Gentleman auf den Sarg zu. Er ergriff eine Handvoll Plastikblumen und trug sie zu einem fünfzig Yard entfernten Grab. Die Menge stieß ein entsetztes Murren aus, und eine dramatische Sekunde lang hatte es den Eindruck, als würden einige der Männer hinter dem dreisten Dieb herrennen, um ihn für seine Grabschändung zur Rechenschaft zu ziehen. Doch dann blieb der Mann mit den gestohlenen Blumen stehen und legte sie behutsam auf das Grab, vor dem er haltgemacht hatte. »Es ist seine Mama«, flüsterte jemand. »Er liebt seine Mama immer noch und vermißt sie sehr.« Alle waren sichtlich gerührt von dieser Kundgebung kindlicher Anhänglichkeit. Nur einer der Männer rief laut: »Warum kaufen dieser Kerl nich seine eigenen Blumen?«

Nachdem jeder der Trauergäste am offenen Sarg vorbeigezogen war und vor Blossoms leblosem Leichnam seiner Trauer Ausdruck verliehen hatte, löste sich eine alte Lady aus der Menge, die ein etwa drei Jahre altes Mädchen an der Hand hielt. Fassungslos sah ich, wie die Frau das Kind über den Sarg hinweg einem Mann reichte. Das Kind blickte in Blossoms starres Totengesicht und begann zu schreien. Dreimal wurde es über Blossoms Leiche hin und her gereicht, und jedesmal wurde sein Geschrei lauter und verzweifelter. Ich war entsetzt, hatte jedoch nicht das Gefühl, daß man mir begeistert applaudieren würde, wenn ich hinstürzte und das Mädchen aus den Händen seiner Peiniger befreite. Ich schien der einzige zu sein, der an diesem Ritual Anstoß nahm. Später erfuhr ich, daß die Kleine Blossoms Enkeltochter war, die bei ihr gelebt hatte. Um das Kind vor Blossoms Geist zu schützen, der aus dem Grab zurückkehren könnte, mußte es dreimal über das Grab gehoben werden. Immer noch weinend, aber gegen Blossoms Geist gefeit, verschwand das Kind wieder in der Menge.

Kurze Zeit später brach der Gesang ab. Das Schluchzen wurde schwächer, und die beiden Leichenbestatter gaben sechs Männern, die als Sargträger fungierten, ein

Zeichen. Die sechs hoben den Sarg hoch und setzten ihn auf die drei schmalen Baumstämme, die quer über dem Grab lagen. Dann nahmen sie die Enden der drei Seile, die unter dem Sarg hingen und hoben diesen ein wenig an. Drei andere Männer zogen die Birkenstämme unter dem Sarg weg, der danach in die Grube hinabgelassen wurde. Vier Männer näherten sich mit Schaufeln und begannen das Grab zuzuschaufeln.

In diesem Augenblick ging eine Bewegung durch die Trauernden. Eine Zwergpalme am Rande des Sumpfgebiets bog sich raschelnd und zitternd wie unter einem heftigen Windstoß, obwohl sich die übrigen Bäume nicht bewegten und kein Lüftchen zu spüren war. Alle zuckten augenfällig zusammen, um die Bedeutung des Augenblicks hervorzuheben. Einige Frauen schluchzten laut. Ich suchte nach einer Erklärung für dieses Naturereignis, dessen Zeuge ich war, aber ich fand keine. Die Zwergpalme hatte aufgehört sich zu schütteln, und das raschelnde Geräusch war verklungen. Hinter mir hörte ich jemanden sagen, so als ob er betete: »Das iss Blossom. Sagen uns, daß sie noch unter uns weilen.«

*

Als Conrad, Gordon und Bean von Cap Kennedy aus zu ihrem ersten Flug ins Weltall starteten, werden sie alles mögliche gedacht und überlegt haben. Aber eins wird ihnen ganz sicher nicht in den Sinn gekommen sein, daß nämlich auf Yamacraw achtzehn schwarze Kinder und ihr weißer Lehrer die letzten zehn Zahlen des Countdown schrien und begeistert applaudierten, als die Rakete abhob und sie die erste Etappe auf ihrer Reise zum

Mond antraten. Nachdem unser Beifall verklungen war, schob Mrs. Brown ihren großen Kopf durch die Tür und erinnerte mich daran, daß die Regierung mir gutes Geld dafür zahlte, daß ich mich an den Lehrplan hielt und den Kindern die Dinge beibrachte, die im Schulbuch standen.

»Wir sind gesetzlich dazu verpflichtet, nach dem Schulbuch vorzugehen, Mister Conroy. Gesetzlich dazu verpflichtet. Wenn wir das nicht tun, kann man nicht wissen, ob wir nicht am Ende des Jahres die Rechnung dafür präsentiert bekommen.«

»Ja, Ma'am, ich wollte soeben damit beginnen. Also, ihr Punker, holt eure Bücher hervor!«

Pflichtschuldigst griffen die Kinder unter die Bänke und holten aus den staubigen Schubladen die vernachlässigten Schulbücher hervor. Sie legten sie vor sich hin. Dies schien Mrs. Brown zufriedenzustellen, denn sie zog sich auf ihre Seite der Höhle zurück.

»So, und nun nehmt diese verstaubten Schwarten, diesen wertlosen Schund und legt ihn wieder in die Schublade!«

Alle diese Schulbücher waren nutzlos. Ich hatte noch keins gefunden, das ich in der Klasse hätte gebrauchen können. Sie waren zu schwierig, zu ungeeignet, um Schüler damit zu quälen, die längst die Opfer jenes Leistungssystems geworden waren, das durch die Schulbücher verkörpert wurde. Um mir Mrs. Brown von der Pelle zu halten, würde ich mir allerdings noch einiges einfallen lassen müssen, wenn ich nicht eines Tages schrecklichen Ärger bekommen wollte.

»So, meine lieben Kinder von Yamacraw, jetzt fliegen

also drei sehr tapfere Männer hinauf zum Mond. Ihre Namen sind Conrad, Gordon und Bean.«

»Sie nich fliegen zum Mond«, erklärte mir Frank.

»Natürlich tun sie das. Wir haben doch gerade gehört, daß sie gestartet sind.«

»Sie nich fliegen.« Oscar hatte energisch Franks Standpunkt eingenommen.

»Habt ihr Guys im Sommer nicht gesehen, wie Armstrong und Collins auf dem Mond waren?«

»Yeah.« Alle nickten zustimmend.

»Habt ihr nicht im Fernsehen die Bilder vom Mond gesehen?«

»Yeah«, stimmten sie erneut zu.

»Nun, dann wißt ihr doch, daß Menschen auf dem Mond waren.«

»No«, sagte Lincoln. »Sie nich fliegen zum Mond. Sie verbrennen, wenn fliegen zum Mond.«

»Das ist die Sonne, von der ihr sprecht. Der Mond ist nicht heiß.«

»Sie trotzdem nich fliegen zum Mond«, sagte Ethel.

»Warum glaubst du das?« fragte ich.

»Weil's so iss«, erwiderte Ethel.

»Sie fliegen irgendwo rum. Dann kommen zurück und erzählen Leute, sie gewesen auf Mond«, behauptete Big C.

»Leute! Als euer Lehrer, als derjenige, der von der Regierung dazu bestellt wurde, eure durchlässigen kleinen Hirne mit Wissen zu spicken, befehle ich euch zu glauben, daß diese Männer zum Mond fliegen.«

»No, Conrack«, sagte Sidney.

»Männer Leute nur zum Narren halten«, fügte sein Zwilling Samuel hinzu.

»Mond zu weit weg, Mister Conroy.«

»Mond zu heiß.«

»Mond zu kalt, Mädchen, nicht zu heiß!« konterte ich.

»Halten Sie Mund! Ich sagen: Mond zu heiß.«

»Mond hat schon Mann«, sagte Prophet.

»Den Mann im Mond, Prophet?« fragte ich.

»Ich ihn nachts sehen«, fuhr Prophet fort.

»Morgen nacht wird es auf dem Mond wirklich einige Männer geben.«

»O Conrack!« sagte Cindy Lou. »Du glauben auch alles, was Radio sagen. Diese Männer fliegen nirgendwohin.«

»Warum glaubst du das, Cindy?«

»Einfach so. Und aufhören, mich mit Fragen zu löchern!«

10

Irgendwie schienen meine Tage auf der Insel gezählt zu sein, und eine seltsame Ruhelosigkeit und Ungeduld erfaßte mich beim Gedanken an den schleppenden Fortgang des Unterrichts im Klassenzimmer.

Ich hätte aus den Zwillingen so gerne brillante Leser und Schreiber gemacht, aber jedesmal, wenn ich hörte, wie sie stotternd und stöhnend selbst mit einsilbigen Wörtern rangen, krampfte sich mir schmerzhaft der Magen zusammen. Ich wünschte mir, daß Richard eine auswärtige Schule besuchte und vor seinen Altersgenossen mit seinem Wissen und seiner Intelligenz glänzte. Ich wünschte mir, daß er Bücher nur so verschlang, aufrüttelnde Briefe an den Kongreß schrieb, vor Rotary-Clubs Vorträge hielt und wie ein Stern über seiner vergessenen Insel erstrahlte. Ich hätte gern Prophet und Fred die Zunge gelöst, sie redegewandt und sicher im Auftreten gemacht. Saul hätte ich gern zu körperlicher Größe verholfen und Richard zur Gabe der Schlankheit. Ich wünschte, daß sich Mary ihrer Schönheit bewußt würde und Anna des Zaubers ihres Lächelns.

Ich habe zahlreiche Bücher von Lehrern gelesen, die von sagenhaften Erfolgen mit Hilfe einer bestimmten Unterrichtsmethode berichteten. Am Morgen betrat ich die Schule mit klopfendem Herzen, weil ich glaubte, den Stein der Weisen gefunden zu haben. Am Nachmittag war ich enttäuscht und fand die Idee, mit der ich glaubte, die Welt verändern zu können, absurd und schwachsinnig. Oder: Dinge, die mir im Herbst wie eine Offenbarung der Götter vorgekommen waren, erschienen mir im Frühling banal, abgedroschen und sinnlos. Was die Phantasie meiner Schüler in der einen Woche beflügelte, langweilte und nervte sie in der nächsten. So ergab sich also die ständige Notwendigkeit einer Verlagerung und Umschichtung in bezug auf den Unterrichtsstoff, die Lehrmethode und die Stimmungslage. Mein eigentlicher und ständiger Feind war die Langeweile, und wann immer sich dieser zeigte, gab es nichts Wichtigeres, als auf der Stelle das Ruder herumzuwerfen und etwas anderes zu tun. Wir tanzten, sangen, machten Ring- und Boxkämpfe oder melkten Ratten. Aber immer sprachen wir über die Welt jenseits des Flusses: über die Städte mit ihren Autos und ihrem Menschengewühl, mit ihren riesigen Kaufhäusern, ihren Baseballteams und ihren verborgenen Gefahren. Die Kinder stellten mir Fragen über Fragen.

»Was iss New York für eine Stadt? Erzählen uns davon!«

Ich erzählte ihnen von meiner ersten Reise in die Stadt der gewaltigen Steinschluchten, und sie berichteten mir von Briefen ihrer Verwandten, die in die Stadt gezogen waren, die voller Musik war, voller Trinker, voller Arbeitsloser und voller Gnadenlosigkeit. Und immer wieder sprachen wir von dem Augenblick, da sie Yamacraw verlassen würden, um die unbekannte, verheißungsvolle und bedrohliche Welt kennenzulernen, die durch die gewaltigen Wasser des Flusses von der Insel getrennt war.

Mein großes und einziges Ziel, das ich mir schon vor meiner Ankunft auf Yamacraw gesetzt hatte und das ich nie aus den Augen verlor, war es, die Kinder auf jenen Tag vorzubereiten, da sie die Insel verlassen würden, um für immer zum anderen Ufer hinüberzufahren. Ihre Geschicklichkeit im Treiben von Ochsen, im Ausnehmen von Fischen und Fangen von Krabben reichte einfach nicht aus als Vorbereitung auf das Leben in den Straßen der Großstädte.

Alles, was mir in dieser Beziehung wichtig erschien, hatte Platz im Klassenzimmer. So konnte Jimmy Sue den Sears-Roebuck-Katalog durchblättern, ohne den Tadel ihres Lehrers befürchten zu müssen. Und Saul konnte ungehindert sein Pult mit zwei Bleistiften bearbeiten, weil er davon träumte, einmal Schlagzeuger in einer Jazzband zu werden. Doch ich habe den Verdacht, daß ich diese Dinge mehr nach dem Gefühl als mit Logik betrieb. Ich wäre gewiß arg in Verlegenheit geraten, wenn man eine Erklärung von mir verlangt hätte, weshalb ich die Zwillinge Lehm formen ließ, obwohl ihre Lese- und Schreibfertigkeiten wahrhaftig ernsten Anlaß zur Sorge gaben.

Während des Winters kreisten diese Gedanken im Klassenzimmer wie ungebetene Vögel. Wir kamen uns während der kalten Monate wie eingesperrt vor, denn in der schlechten Jahreszeit erlaubten die Eltern niemandem, ihre Kinder über die Wasser aufs Festland zu entführen. Also schufen wir uns – gefesselt an unsere Sitze und gefangen in den engen Schulwänden – eine Traumwelt und warteten sehnsüchtig auf die Zeit, in der wir wieder etwas unternehmen konnten.

In unseren Gesprächen zeigte es sich bald, daß die Kinder von der Vorstellung, die Insel zu verlassen, andere Menschen und andere Orte kennenzulernen, begeistert waren. Und ich versprach ihnen, daß wir auf Tour gehen würden, sobald das Wetter wieder wärmer wäre. Es war mitten im Winter, einer Zeit, da uns eine lethargische Unzufriedenheit erfaßt hatte, als ich den Brief fand, der die Initialzündung zum größten und unwahrscheinlichsten Unternehmen gab, das wir jemals durchführten.

Der Brief stammte von einer Lady in Fall Church, Virginia, namens Judy Hanst. Er war bereits ein Jahr alt und an Mrs. Brown adressiert. Er lag zwischen einem riesigen Stapel von Katalogen und Illustrierten, die Mrs. Brown während meines kurzen Zwischenspiels als Schulleiter bei mir abgeladen hatte.

Mrs. Hanst hatte in den Unterausschüssen des Senats, die zur Untersuchung des Hungers in Amerika gebildet worden waren, von der Insel gehört. Das hatte sie angeregt, an Mrs. Brown zu schreiben und ihr Unterstützung anzubieten. Der Brief verriet die Ernsthaftigkeit seiner Schreiberin. Sie hatte Freunde, die bereit waren, finanziell oder geistig zu helfen. Der Brief war ein Blankoscheck, eine Freifahrkarte, ein Angebot der Großzügigkeit. Etwas an der Art, wie er abgefaßt war, überzeugte mich davon, daß die unbekannte und bisher ohne Antwort gebliebene Judy Hanst die Insel nicht aus dem Gedächtnis verloren haben würde und immer noch entschlossen war zu helfen.

Ich blickte von meinem Pult auf und sagte: »Hört zu, Leute! Eine Hot-dog-Botschaft: Wir fahren nach Washington, D.C.«

Ich schrieb Mrs. Hanst unverzüglich. Ich erklärte ihr, wie ihr Brief den Weg aus dem chaotischen Dunkel meiner Schreibtischschublade ans Tageslicht gefunden hatte und wie wahnsinnig es mich freute, daß jemand, der ganz in der Nähe von Washington lebte, den Kindern von Yamacraw seine Unterstützung anbot. Dann verstreute ich einige Adjektive auf dem Bogen, mit denen ich die Isolierung und die Armut der Kinder umriß, die dringend einer Erweiterung ihres Horizonts bedurften und sich nichts Schöneres vorstellen konnten, als einmal in ihrem Leben Washington zu sehen. Ich unterschrieb meinen Brief mit aller Sorgfalt und überzeugte mich davon, daß er bewegend genug war, um das Herz eines jeden menschlichen Wesens, das an einem der Ufer des Potomac wohnte, zu rühren. Wie sich herausstellte, wäre dies keinesfalls nötig gewesen, denn diese großartige Entdekkung Judy Hanst stieg noch höher in meinem Ansehen, als eine Woche später ihre Antwort eintraf, in der sie mir mitteilte, sie und ihre Freunde schätzten sich glücklich, unsere Reise nach Washington zu finanzieren.

Mrs. Brown, deren vornehmste Aufgabe darin zu bestehen schien, den Part der diensttuenden Pessimistin zu übernehmen, war entschieden gegen meinen Plan.

»Diese Kinder haben ihren Spaß gehabt«, erklärte sie streng. »Nun gilt es zu arbeiten. Die Zeit des Vergnügens ist vorbei. Jetzt ist die Zeit des Lernens. Sie müssen lesen lernen, schreiben lernen, rechnen lernen. Das ist es, was sie brauchen, nicht Washington, D.C. Die Regierung verlangt von uns, daß wir das Lehrbuch durchnehmen. Sie schlagen es nicht einmal auf, schauen es nicht einmal an!«

»Das ist richtig Ma'am«, antwortete ich. »Doch ich möchte klarstellen, daß ich die Kids unter allen Umständen mit auf diese Reise nehmen werde. Selbst wenn ich gezwungen wäre, bis zur Schulbehörde zu gehen, falls Sie auf Ihrer Ablehnung bestehen sollten.«

»Nein!« Sie bestand hartnäckig auf ihrem Verbot.

Der März verging mit der Ausarbeitung zahlloser Details der Reise. Die Frage der Beförderung nahm dabei den größten Raum ein. Fliegen schied aus, denn nur mit der Bullpeitsche hätte ich die Kinder in ein Flugzeug bekommen. Ein Bus schien noch am praktischsten zu sein, doch als ich mich nach dem Preis erkundigte, sträubten sich mir die Haare. Schließlich entschied ich, daß der PKW noch das billigste Transportmittel wäre. Die beiden California Boys, Frank Smith und John Richford, stellten sich spontan als Fahrer und Aufsicht zur Verfügung. Father John Becker, ein Priester aus dem Norden, der in den Süden gekommen war, um in einem wärmeren Weinberg Gottes zu arbeiten, bot mir seinen großen Station Wagon an. Er spendete außerdem 150 Dollar für Sprit, Nahrung und unvorhergesehene Ausgaben. Barbara und ich würden die Kosten der Reiseversicherung übernehmen, die sich auf 40 Dollar beliefen. Barbara ließ mich auch wissen, daß sie, Jessica und Melissa uns nach Washington begleiten würden – falls nichts dazwischenkäme. Barbara hatte mir nämlich gerade erst verraten, daß sie mit einem unbekannten Menschlein schwanger sei, das sich später als unsere dritte Tochter Megan entpuppte. Aus diesem Grund haftete ihren Entscheidungen ein gewisser Vorläufigkeitscharakter an.

Im April klapperte ich sämtliche Eltern meiner Kinder ab, schilderte ihnen die Wunder Washingtons in glühenden Farben und bat sie um die Unterzeichnung eines Formulars, das ich ihnen vorlegte. Nach dem Erfolg beim Halloween-Ausflug rechnete ich mit einem Sieg auf der ganzen Linie und war um so erstaunter, als alle Eltern, die ich um ihre Zustimmung bat, mir einen Korb gaben. Ich fragte die Kinder, weshalb, in drei Teufels Namen, ihre Eltern das gleiche Theater wie vor dem Halloween-Trip veranstalteten. Alle senkten traurig den Blick, und Lincoln sagte:

»Wir nich gehen zu keinem Washington.«

»Hölle und Teufel, natürlich gehen wir!«

Ich intensivierte meine Hausbesuche, um die unentschlossenen Eltern zu bearbeiten, mir doch endlich ihre Erlaubnis für die Reise der Kinder zu geben.

Carolines Vater, Alvin Pinckney, benutzte mein Kommen weniger, um mit mir zu diskutieren, als um mit mir zu quatschen.

»Well, Mister Con-roy, ich lass' mein Mädchen mitfahren, weil's 'n gutes Kind iss. Ihre Momma war genauso. Ganz verrückt auf diese Bücher. Hat sie regelrecht verschlungen. Was mich betrifft, bin auch ganz schön rumgekommen. Bin in All-Benny, Joe-gia, geboren. Schon mal gehört? War die meiste Zeit außerhalb von Yamacraw. Erst wieder hier, als Geld knapp. Wenn im Sommer noch Fische kommen, ich gut verdienen. Jetzt nur noch wenig Fische. Nicht mehr viele. Kein Fisch mehr kommen. Wenn kommen, ich fangen. Gehen nach Savannah und verkaufen. Sie verstehen. Damit Geld für Essen. Beschissener Kram, total beschissen.

Was Ausflug betrifft: Carolina kann mitfahren. Hab' aber kein Geld, das ich ihr mitgeben. Aber sie kann mitfahren.«

Kurz danach hatte ich seine Unterschrift und anschließend die Einwilligung sämtlicher Eltern mit Ausnahme von Cindy Lous Mutter und von Edna Graves, der starrsinnigen Erdmutter. Edna, die über das Wohl und Wehe von Frank, Big C und den Zwillingen bestimmte. Cindy Lous Mutter war im achten Monat schwanger. Sie hielt sich in Savannah auf, wo sie auf die Geburt ihres Kindes wartete. Da Tante Ruth, die Hebamme, ihre Tätigkeit aufgeben mußte, waren die schwarzen Frauen gezwungen, in die Stadt zu gehen, um ihre Kinder zur Welt zu bringen. Cindy Lou teilte mir traurig mit, daß sie bis zur Rückkehr ihrer Mutter für ihre Brüder und Schwestern sorgen müsse. Als ich sie fragte, ob ihre Großmutter dies nicht für eine Woche übernehmen könne, sagte Cindy, das wisse sie nicht.

Cindys Großmutter war eine gedrungene, schrullige Frau, die mir ein Bier anbot, kaum daß ich in ihrer Küche Platz genommen hatte. Ich akzeptierte. Als ich den ersten Schluck nahm, fragte sie:

»Was machen Calyfornya?«

»Wie bitte, Ma'am?«

»Wie's in Calyfornya iss?«

»Ich bin keiner der California Boys. Ich bin Cindys Lehrer.«

»O Gott! Sie der weiße Lehrer. O Gott, geben mir das Bier wieder her!«

»Warum? Ich möchte es trinken.«

»Du der weiße Lehrer. Ich denken, du einer der Boys.«

Sie machte eine Pause. Dann fuhr sie fort. »Du werden es trinken?«

»Ja.«

»Lehrer trinken?«

»Ja.«

»Das iss gut. O Gott, das iss so gut. Ich schütten dir was Gin in den Pappbecher da, wenn du fertig mit Bier.«

Mrs. Barnwell und ich wurden auf der Stelle Freunde. Sie versprach mir, Cindys Brüder und Schwestern zu versorgen und bei Cindys Mutter ein gutes Wort für mich einzulegen. Sie verlangte lediglich von mir, daß ich nach Savannah fuhr, um mit Cindys Mutter zu reden – was ich auch tat –, und versicherte mir, daß ich mir keine Sorgen zu machen brauchte.

»Kind sollen ruhig mal nach diesem Washington kommen«, fügte sie hinzu.

Edna Graves war schwieriger, das genaue Gegenteil von Mrs. Barnwell. Ihre Hundemeute überfiel mich zum zweitenmal, sowie ich den Fuß auf das Anwesen setzte. Und während sie die Hunde mit einem Besen davonjagte, schrie sie:

»Besser, du fahren die Straße gleich wieder runter, die du raufgekommen, weil ich keins von meinen Kindern nich mitlassen. Keins von ihnen nich mitfahren nach Washington. Du mich hören, Mann? Du hören, was Edna sagen? Einmal schon zuviel. Zu Halloween sie schon von der Insel fortgehen, und sie nich fahren hundert Meilen weit nach keinem Washington. Es sind meine Enkel. Keiner sie nich mitnehmen über keinen Fluß und mit ihnen hundert Meilen weit Straße rauffahren!«

Leichtfüßig strebte ich zum Haus, weg von der zähnefletschenden, knurrenden Höllenmeute. Ich brachte mich in Ednas Küche in Sicherheit. Ihr Zeigefinger drohte mir wie einem guten alten Freund. Sie baute sich gewaltig vor mir auf, und ihre Stimme wurde lauter und grollender, je länger sie sprach.

»Gott, diese Blagen lassen mir den ganzen Tag keine Ruh'. ›Dürfen wir nach Washington gehen? Dürfen wir mit Mister Conroy auf Fahrt gehen?‹ Und ich sagen: ›Hölle, nein! Keiner gehen mit niemand nirgendwohin!‹ Du hören, was Edna sagen? Du hören, was ich sagen?« Die letzten Worte hatte sie regelrecht geschrien.

»Ich kann Sie nicht verstehen, Edna«, flüsterte ich.

»Hahaha«, donnerte sie. »Hahaha!« Dann machte sie eine Pause und fuhr, ihre Standardredensart aufgreifend, fort: »Gott, du iss 'n gutaussehender Lehrer. 'n gutaussehender weißer Lehrer.«

»Jesus, Edna. Nicht schon wieder! Sie haben mir versprochen, damit nicht mehr anzufangen!«

»Ja, du iss 'n gutaussehender Mann. 'n gutaussehender Lehrer.« Sie grinste mich an. Ihre Augen funkelten teuflisch.

»Im College hat mal jemand zu mir gesagt, ich hätte eine Schweinsnase, Edna.«

»No«, schrie sie. »Du hüb-sche Nase. Gott, Schweinsnase sehen so häßlich aus.«

»Er sagte, meine Nase sähe genau wie eine Schweinsnase aus.«

»Der Mann verrückt! Wenn ich sehen Mann, ich sagen, er verrückt.«

»Dürfen die Kids mit nach Washington, Edna?« fragte ich unvermittelt.

»Hahaha, nein, zum Teufel. Ich sagen ganz klar. Ich sie nich gehen lassen, weil ich meine Enkel nich verlieren wollen. Gott, wenn Frank was zustoßen! O Gott, ich nich wissen, was tun. Er iss mein Junge, verstehen? Ich ihn haben, seit er kleines Baby. Wenn Frank was zustoßen, du wissen, ich müssen Betsy gegen dich gebrauchen. O Gott, ich nich wollen gebrauchen keine Betsy gegen 'nen gutaussehenden Lehrer wie dich.«

»Ich hab' 'ne Nase wie ein Schwein.«

»No, Gott! Und jetzt lassen mich reden! Edna sein nach Reden, und ich wollen, du zuhören, was Edna sagen. Der Ausflug auf Halloween gewesen fein. So fein, und meine Blagen reden so viel davon. Sie müssen mal sehen was anderes. Gut für sie. Du sie nehmen mit zu Ort weit weg von Insel, den ich niemals sehen. Deshalb sollt' ich sie geh'n lassen.«

»Großartig, Edna. Ich gebe Ihnen mein Wort, den Kids wird nichts passieren.«

»Besser, nix meinen Enkeln passieren, weil ich noch haben Betsy, wenn du ohne sie zurückkommen.«

»Sie sind eine prächtige Frau, Edna. Eine Königin, eine Heilige.«

»O Gott!«

Als Edna zustimmte, war das letzte Bollwerk des Widerstands und der Furcht unter den Eltern gefallen. Und nachdem sie einmal ja gesagt hatten, teilten sie die allgemeine Begeisterung der Kinder über die Wallfahrt zur Hauptstadt der Nation. Neben den eher trivialen Kleinigkeiten der Finanzierung und der Festlegung der Reiseroute galt es jetzt nur noch eine Hürde zu nehmen, Henry Piedmonts Zustimmung.

»Hallo, Pat, eine Freude, Sie zu sehen«, sagte Dr. Piedmont, als ich sein Büro betrat. »Welchem Anlaß verdanke ich die Ehre Ihres Besuches? Wollte schon immer mal zu euch rausfahren und der Insel einen Besuch abstatten. Aber im Augenblick stecke ich dermaßen bis zum Hals in Arbeit, daß ich froh bin, wenn ich es schaffe, vor Mitternacht zu Hause zu sein. Wie läuft denn alles?«

Ich erklärte ihm mit knappen Worten, weshalb ich seine kostbare Zeit beanspruchte. Ich sagte ihm, daß Mrs. Brown sich weigere, ihre Zustimmung zu der Fahrt zu geben, daß die Reise aus privaten Quellen finanziert werde, daß die Kinder großen Nutzen daraus ziehen würden und daß Gott und alle Welt kategorisch seine Einwilligung forderten.

Er lehnte sich in seinen Ledersessel zurück, legte eine Hand auf die Platte seines massiven braunen Schreibtischs und sagte:

»Pat Conroy, Sie sind das genaue Ebenbild Henry Piedmonts in früheren Jahren, draufgängerisch, voller Idealismus und immer bereit, den Menschen zu helfen. Ich schaue Sie an und sehe mich, glaube, den jungen Henry Piedmont vor mir zu haben, der mit Jesu Hilfe die Welt verwandeln wollte.«

O Gott, dachte ich, das ist die zweite Variante von Henry Piedmonts Lieblingsthema. Seit meiner ersten Begegnung mit ihm wußte ich, daß ein Vergleich zwischen ihm und mir unumgänglich sein würde. Dieser Vergleich würde die Biographie aus den Tagen seines Duldens und seiner Selbstverleugnung in seiner Fabrikstadt sein, und ihr würde schließlich ein flammendes

Glaubensbekenntnis an Jesus folgen. Und so ließ er mich dann auch schon bald wissen, was er getan und erlitten hatte.

»Nachdem ich meinem Land voller Stolz in der Armee der Vereinigten Staaten gedient hatte«, berichtete er mit bebender Stimme, »kehrte ich in meine Heimatstadt zurück und kümmerte mich um die armen Kids, wie ich selbst einmal einer gewesen war, die nicht einmal ein Gebet zu sprechen wußten. Ich unterrichtete, wie Sie es jetzt tun, Pat. Nur daß es eben Fabrikarbeiterkinder waren und keine Farbigen. Ich war selbst ein Arbeiterkind. Diese Schwarzen glauben, sie wären die einzigen Opfer von Vorurteilen. Aber auch ich weiß, was Vorurteile sind. Man nannte mich einen Baumwollfresser. Und dieser Schimpfname ist nicht weniger schlimm als der Ausdruck Nigger. Das können Sie mir glauben!«

Nachdem er noch einmal seine Laufbahn als Vorarbeiter, Lehrer, Verwaltungsbeamter und schließlich – höchstes aller Güter – als Doktorand der Columbia University nachgezeichnet hatte, verriet er mir das Geheimnis seines Erfolgs zum zweitenmal.

»Ich weiß nicht, wie Sie zur Religion stehen«, sagte er. »Aber ich kann Ihnen versichern, daß der Glaube an den Herrn mich dorthin gebracht hat, wo ich jetzt stehe. Dieser Glaube hat mich geleitet. Er war das Licht auf meinem Weg. Er hat mir Erfolg beschert und mir zu mehr Geld verholfen, als ich mir jemals erträumt hätte. Die Hand des Herrn hat mich geführt, und immer noch, Abend für Abend, falle ich vor ihm auf die Knie und erflehe mir seine Erleuchtung und sein Geleit.«

Wie ein reinigendes Ritual wiederholte er vor mir

seine Lebensgeschichte und sein Glaubensbekenntnis an die Kraft der protestantischen Ethik, an das unanfechtbare Dogma vom amerikanischen Traum. Horatio Alger aus der Baumwollweberei, Henry Piedmont, ein Kind aus dem Arbeiterviertel, ein Mann des sozialen Aufstiegs, ein golfender Kumpel des göttlichen Erlösers gab mir grünes Licht für die Reise nach Washington. Aber diese Begegnung hatte noch ein anderes Ergebnis: Ich stellte fest, daß ich Henry Piedmont wirklich mochte.

*

Die Odyssee begann kurz nach Sonnenaufgang am ersten Montag im Mai. Die Kids waren bestens auf die Fahrt vorbereitet. Die vorausgegangenen Wochen waren eine Zeit der Beschäftigung mit Reisebroschüren, Bildern, Tatsachenberichten, Kunstbeschreibungen und Aufstellungen der Sehenswürdigkeiten der Stadt gewesen. Ich hatte Straßenkarten mit in die Schule geschleppt, und wir markierten die Route auf der Interstate 95 nach Norden. Wir listeten die Städte auf, die an unserem Weg lagen, und ermittelten die Entfernung, die wir zurücklegen würden. Ich erzählte den Kindern von meinem ersten Besuch in Washington. Es war in dem wundervollen, für Eindrücke besonders empfänglichen Alter von zehn Jahren gewesen, als ich von einem der Hügel Virginias oberhalb des Pentagons auf den Potomac River hinabschaute, an dessen Ufern sich majestätisch die Stadt ausbreitete.

»Damals war ich zehn, Leute«, sagte ich, »und ich glaubte, nichts könnte herrlicher und schöner sein.«

Es war früh am Morgen, als wir von Beaufort aus aufbrachen. Während der Fahrt sah ich die Augen von Kindern, die nur wenig in ihrem Leben gesehen und sich nie vom Salzgeruch des Sumpflandes und vom Rauschen der einströmenden Flut fortbewegt hatten. Ich halte es für überflüssig, jede Einzelheit dessen zu beschreiben, was wir in Washington unternahmen. Wir wallfahrteten zu den Denkmälern der früheren Präsidenten, um ihnen die gebührende Ehre zu erweisen. Wir keuchten wißbegierig zu den Skeletten der Dinosaurier, absolvierten den Blauwal und den unglückseligen Elefanten, den man für alle Ewigkeit dazu verurteilt hatte, die Besucher der Smithsonian Institution zu begrüßen.

Die Kids reagierten wie erwartet. Die große Stadt beeindruckte sie. Vor allem bestaunten sie die endlosen Schlangen chromblitzender Fords und Chevys, die sich während der morgendlichen und abendlichen Stoßzeiten in die City herein- und wieder aus der City hinauswälzten. Sie mochten die Lincoln-Statue, weil Lincoln die Schwarzen befreite und den Nancey-Pation-Orden stiftete. Auch das Jefferson Memorial erschien ihnen der Beachtung wert, denn auch dieser Präsident hatte einige berühmte Auszeichnungen geschaffen. Im Kunstmuseum führte ich sie vor ein Gemälde, das einen Mann darstellte, der von einem riesigen weißen Hai angegriffen wurde. Geduldig folgten sie mir und versuchten Interesse an Bildern und Skulpturen zu heucheln, die mich faszinierten, sie jedoch tödlich langweilten. Sie gerieten außer Atem, als ich sie im U.S. Bureau of Engraving and Printing die Rampe hinaufführte und sie zusehen konnten, wie unter ihnen am laufenden Band Unmengen von Banknoten produziert wurden.

Die Museen, Denkmäler und Gebäude waren zwar ganz nett für sie, doch es waren andere Dinge, die sich als bedeutsam und unvergeßlich herausstellten. Mein entsetzlicher Wunsch, die Kinder bis zum Rand mit Wissen vollzustopfen und ihnen in einer einzigen Woche sämtliche Sehenswürdigkeiten der Stadt vorzuführen, erwies sich als lächerlich und wurde von den Kindern regelrecht ignoriert. Ihre Freuden waren einfacher Natur. Weder Barbara noch Frank, weder John noch ich konnten die Kinder von den Souvenirverkäufern fernhalten, die den Touristen an allen Ecken auflauerten.

»Kauf nicht diesen Schund, Saul!« rief ich, erreichte aber nur, daß Saul im nächsten Augenblick erschien wie ein Christbaum, behängt mit Friedensmedaillen, Kennedy-Buttons und Ringen mit den Bildern von Lincoln oder Martin Luther King. Cindy trug so viel Modeschmuck am Leib, daß sie damit einen eigenen Laden hätte aufmachen können. Es dauerte nicht lange, und jedes Kind glitzerte in billigem Flitterzeug, prahlte mit drei oder vier Halsketten, war geschmückt mit Washington-Denkmälern aus Plastik und Kapitoldarstellungen in imitierter Bronze. Neben den Ramsch- standen die Hotdog- und Eis-am-Stiel-Verkäufer und priesen ihre Waren an. Die großen Augen der Yamacraw-Kinder signalisierten ihnen leichte Beute, und tatsächlich kauften die frischgebackenen Konsumenten fast alles, was ihnen angeboten wurde, weil sie es nicht übers Herz brachten, auch nur einen der Händler zu enttäuschen. Nach einem ersten Tag rauschhaften Geldausgebens machten die Kids Kassensturz und stellten zu ihrem Kummer fest, daß der Flitterkram, den sie an diesem Tag so leichtsinnig erstanden hatten, fast so teuer gewesen war wie die Kronjuwelen.

Den Kids gefiel auch das Viertel, in dem Ken und Judy Hanst wohnten. Es war ein Vorstadtbezirk mit gepflegten Rasen und sanften Hügeln. Ein Viertel, wo die Ladys Bridge spielten, Einkaufszentren besuchten und einmal in der Woche zum Friseur gingen. Judy war eine attraktive, wohlproportionierte Brünette, die ihre Nachbarinnen für die Idee gewonnen hatte, die Besucher aus Yamacraw für die Zeit ihres Aufenthalts in der Stadt bei sich aufzunehmen. Sie war auf begeistertes Echo gestoßen, und so wohnten in jedem der Häuser in Judys Straße jeweils zwei Yamacraw-Kinder. Wenn wir nicht in der Stadt waren, spielten sie mit den Kindern in der Nachbarschaft, kauften sich im Drugstore an der Ecke für den Rest ihres Geldes Süßigkeiten und weiteren Krimskrams und fuhren zum erstenmal in ihrem Leben mit Luxusfahrrädern eine asphaltierte Straße hinunter.

»O Gott, ich fahren so schnell mit 'nem Fahrrad den Berg runter. Ich lieben, Berg runterfahren!«

Zwischendurch beantworteten wir Fragen von Judys Nachbarn, die alle eine Horde hungernder Negerkinder mit Lendenschurz und Ringen in der Nase erwartet hatten.

»Diese Kinder kommen mir aber recht wohlgenährt vor. Ich war der Meinung, diese Kinder kämen aus armen Familien«, sagte ein Mann.

»Wie kommt es, daß sie so gut angezogen sind? Ich glaubte, sie liefen in Lumpen herum«, meinte eine Lady.

»Bei Tisch bekommen sie kaum ein Wort heraus«, verwunderte sich eine andere. »Sie sitzen nur da und starren einen an.«

Also versuchten wir den verwirrten Vorstädtern klarzumachen, daß die Dinge nicht immer so sind, wie sie scheinen. Daß die Eltern und Verwandten der Kinder viel Geld dafür ausgegeben hatten, damit ihre Kinder sich nicht zu schämen brauchten, während sie in Washington weilten, und daß die Kinder Fremden gegenüber oft schweigsam und zurückhaltend waren. Der Zufall wollte es, daß ich ausgerechnet in dieser Woche in der Zeitung von den Schülern einer Washingtoner Ghettoschule las, die noch nie in ihrem Leben den Potomac gesehen hatten.

Doch die Menschen des Viertels begegneten den Kids mit großer Wärme und Herzlichkeit. Die Ladys bereiteten uns Lunchbrote für unsere Ausflüge zu den Sehenswürdigkeiten der Hauptstadt, und am Abend luden sie uns zu Gartenpartys ein.

Die meisten Kids sagten immer wieder: »Sie alle nette Leute, sie so freundlich.«

Am letzten Tag gingen wir mit den Kindern in den Zoo, wo sie regelrecht ausflippten. Wir hatten Lexika, Bücher und Magazine gewälzt und die Bilder wilder Tiere studiert. Wir hatten uns Filme über Tiere in freier Wildbahn angeschaut, aber nichts kam dem Spektakel gleich, die großen Katzen live zu erleben, wirkliche Bären zu sehen, Seehunde, Nilpferde, Elefanten und Riesenschlangen.

»Der Affe fast so aussehen wie Old-Conrack«, kreischte Cindy Lou, als ich auf den Schimpansenkäfig zuging.

»Die Schlange da aus Gummi«, rief Richard. »Viel zu groß, um echte Schlange zu sein. Sie liegen so still, weil nicht lebendig. Gummischlange. Ich dir das sagen,

Junge.« Dann zuckte er plötzlich von der Glasscheibe zurück, welche die Betrachter vor der Boa Constrictor schützte. »O Gott, Schlange sich bewegen! Sie leben!«

Der Zoo schoß den Vogel ab. Neben ihm verblaßten die blutleeren Besuche der großen Monumente und Sehenswürdigkeiten zur absoluten Bedeutungslosigkeit. Tiere waren lebendig. Sie atmeten, bewegten sich, wurden gefüttert. Sie bellten, knurrten, fauchten und brüllten. Unter den Tieren, gleichgültig wie wild und exotisch sie waren, fühlten sich die Kinder von Yamacraw wohl.

Nach dem Zoo gingen wir zu den großen Wasserfällen. Ich wollte, daß die Kinder einmal erlebten, was ein Berg ist. Sie sollten erfahren, wie es ist, aus großer Höhe auf eine Landschaft niederzublicken, zwischen Felsen umherzuklettern, Wasser durch enge Schluchten rauschen zu hören, zuzuschauen, wie es sich über Klippen und gewaltig aufgetürmte Hindernisse hinweg den Weg zum Meer bahnt.

Zwei Stunden stiegen wir in den Hügeln umher und blickten auf das Wasser unter uns. Wir kletterten über die Klippen am Rand der Wasserfälle, spielten ausgelassene Spiele, schossen Fotos und machten Pläne, nach Washington zu ziehen. Dann fuhren wir mitten im dicksten Nachmittagsverkehr nach Virginia zurück.

Es ist schwierig, den Wert einer Erfahrung richtig abzuschätzen. Ich habe nie den Versuch gemacht, die Fahrt nach Washington auszuwerten. Nicht einmal der Gedanke dazu ist mir gekommen. Auf dem Weg zurück in die Stadt hatte ich plötzlich das Gefühl, daß die Reise mit den Kids eine gute Sache gewesen war und keiner Rechtfertigung bedurfte.

Barbara und ich saßen nebeneinander auf dem Vordersitz des Station Wagon, und es war kurz vor Beaufort, als Jasper sich plötzlich zu uns nach vorn beugte und mich fragte:

»Was bedeuten sind diese alten Striche da?«

»Welche Striche?«

»Die alten Striche überall auf Straße.«

Ich wußte immer noch nicht, wovon er sprach. »Ich sehe keine Striche auf der Straße, Jasper.«

»Aber sie da, überall auf alte Straße«, beharrte er.

Dann sagte Barbara: »Du meinst die Linien, die den Highway teilen, Jasper, nicht wahr? Sie zeigen dem Fahrer, auf welcher Seite der Straße er zu bleiben hat. Die gelben Linien zeigen ihm, ob er ein anderes Fahrzeug überholen darf oder nicht.«

»Oh«, sagte Jasper.

Ich saß am Steuer und versuchte zu verstehen, was soeben geschehen war. Ich hatte diese Linien so oft gesehen, daß sie mir schon nicht mehr auffielen und bewußt waren. Für Jasper bedeuteten sie etwas Befremdliches, Unerklärliches, etwas, das jenseits seines Erfahrungshorizonts lag.

Auf der letzten Etappe der Fahrt entschlüsselten Barbara und ich Verkehrsschilder, Hinweistafeln und Nummern auf Brücken und Übergängen. Dingen, denen ich seit Jahren keine Beachtung mehr geschenkt hatte.

Ich bedauerte, daß es mir nicht möglich gewesen war, die Reise mit den unverbrauchten Augen und der herrlichen Unschuld Jaspers und der anderen zu erleben. Ich bedauerte, schon zu alt zu sein, um den Unterricht noch genießen zu können, den ein amerikanischer Highway bot. Und ich bedauerte, daß ich das Geheimnis einer einzelnen Linie nicht begriff, die auf eine Fahrbahn aufgemalt war, die nach Norden lief.

11

Die Schulabschlußfeier fand an einem schönen Julimorgen statt, bevor die Sonne den Tau vom Boden aufgesogen hatte. Die beiden männlichen Schulabgänger Frank und Top Cat hatten sich zu diesem Anlaß regelrecht in Schale geworfen. Sie trugen auffällige dunkelblaue Anzüge. Die Mädchen, Mary und Jimmy Sue, waren in traditionelles Weiß gekleidet.

Die Eltern stapften die staubige Straße hinauf, die zum Schulgebäude führte. Alle hatten ihre Sonntagsnachmittagsausgehkleidung an, wie eine der Mütter sagte.

Die Feier wurde unter den Eichen auf dem Schulhof abgehalten. Mrs. Brown hatte einen weißen Palisadenzaun errichtet und davor ein kleines Podium mit Rednerpult aufgebaut, das die Schulabgänger betreten würden, um ihre Abschiedsworte zu sprechen. Der Gastredner des Tages war der allgegenwärtige Ezra Bennington, den Mrs. Brown in ihrer Begrüßungsansprache als »den besten Freund, den Yamacraw je besaß« bezeichnete.

Ezra hielt seine Ansprache in seiner betulichen, onkelhaften Art. »Ich bin der Meinung, Yamacraw ist genauso gut wie jede andere Schule im County, mögen manche Leute auch das Gegenteil behaupten. Gewiß, es gab manche Probleme hier. Aber Probleme gibt es überall in den Schulen.« Dann gab er einige Anekdoten zum besten, die seine Bemühungen bezüglich der Insel und ihrer Kinder wieder einmal ins rechte Licht rückten. »Als ich noch die Verantwortung für diesen Bezirk hatte, gab es in einem Jahr einmal für alle Schulen einen Truthahn als Abschiedsessen vor den Ferien. Für alle Schulen außer Yamacraw natürlich. Es sah so aus, als hätte der Verantwortliche für die Schulspeisung entschieden, daß es zu viele Schwierigkeiten machte, einen Truthahn zur Insel rüberzuschaffen. Also ging ich zum Kühlraum, holte zwei große Truthähne heraus und schickte sie den Kindern hinüber. Manche Leute mögen das Diebstahl nennen. Aber ich war der Meinung, was gut ist fürs Festland, ist auch gut für Yamacraw.«

Ezra war weich wie guter Bourbon: der unübertreffliche Politiker, der sämtliche Gefühlsregister souverän beherrschte. Was die Menschen, die ihm zuhörten, dachten, wußte er nicht.

Ich hatte unter den Kindern eine kleine Sammlung abgehalten, um für Zeke Skimberry ein Geschenk zu kaufen. Nach Benningtons Ansprache ging ich zum Rednerpult und sagte, ich wolle dem Mann eine Kleinigkeit schenken, der mir wie kein anderer sonst in diesem Jahr mit Rat und Tat zur Seite gestanden habe. Dann rief ich Zeke Skimberry nach vorn und überreichte ihm ein Exemplar von »The Family of Man«, in das alle meine Schüler ihre Namen eingetragen hatten.

Zekes blaue Augen leuchteten, als er das Buch in Empfang nahm, und er bedankte sich mit einer kleinen Rede.

»Ich möchte mich nur kurz für das wundervolle Geschenk bedanken und sagen, daß ich schon lange für die Schule arbeite. Ich kenne also die Leute auf der Insel, und sie kennen mich. Ich weiß, die Menschen hier gehören zu den prächtigsten auf der ganzen Welt. In diesem Jahr hab' ich die Kinder aus Pats Klasse ziemlich gut kennengelernt, und ich muß gestehen, daß sie mir richtig ans Herz gewachsen sind. Ich liebe sie, und ich liebe alle Kinder. Ich möchte nur noch sagen: Wenn einer von euch mich jemals in Bluffton brauchen sollte – egal, aus welchem Grund –, er soll ruhig zu mir nach Hause kommen und mir sagen, wo ihn der Schuh drückt. Ich werde froh sein, wenn ich ihm helfen kann. Dieses Geschenk bedeutet mir eine Menge – eine ganze Menge . . .«

Es war die Rede des Tages.

Am Montag nach der Abschlußfeier nahmen sieben Kinder das Boot nach Bluffton. Barbara und ich holten sie dort ab und fuhren sie ins Camp von St. Mary. Father Becker, der Priester aus dem Norden, der so großzügig zur Finanzierung der Washington-Fahrt beigesteuert hatte, hatte mir für eine Woche die Benutzung des Camps und des Swimmingpools gestattet. In dieser Woche hoffte ich auf die Erfüllung eines weiteren Traums: Ich wollte den Kids das Schwimmen beibringen.

Kein einziges Kind aus meiner Klasse konnte schwimmen. Es hatte mich von Anfang an gewundert, daß die Leute auf der Insel, die in so ungewöhnlichem Maße den Gefahren der See ausgesetzt waren, nicht schwimmen konnten. Kein Wunder, daß auch die Kinder es nicht lernten, daß sie sogar eine ausgesprochene Angst vor dem Wasser hatten. Um so dankbarer war ich, daß sich mir nun die Gelegenheit bot, einen Versuch zu starten, diesen Zustand zu ändern, und daß es mir gelang, sieben von ihnen zu überreden, mich in Father Beckers Camp zu begleiten. Auf Yamacraw gab es einfach keinen Ort, wo ich den Kindern das Schwimmen hätte beibringen können, da sie sich hartnäckig weigerten, in den Ozean zu gehen – wegen der Strömungen und Strudel, wegen der Mokassinschlangen und Alligatoren. Ich wollte, daß sie schwimmen lernten. Seit ich auf der Insel unterrichtete, mittlerweile ein Jahr, hatte ich so viele Erwachsene ganze Litaneien von Verwandten und Freunden aufzählen hören, die ins Wasser gefallen und wie ein Stein in die Tiefe gesunken waren. Die Leichen waren dann nach Tagen an Land geschwemmt worden, blau und aufgedunsen, und das Salzwasser lief ihnen aus Nase, Mund und Ohren. Eine Ursache des Ertrinkens waren die »Snowbirds«.

Wer die Wasserstraße kennt, die an der Ostküste der Vereinigten Staaten entlangläuft, kennt auch die weißen Yachten, gesteuert von reichen Industriekapitänen und ihren verschrumpelten Ladys. Sie stellen den Bug südwärts Richtung Miami, sobald sich auf der Fifth Avenue der erste Hauch des Winters bemerkbar macht. Die Garnelenfischer von Bluffton und Hilton Head nennen diese Schiffe Snowbirds, denn wie die Zugvögel aus dem Norden ziehen diese Schiffe nach Süden, wo sie Zuflucht vor der Kälte suchen.

Die Leute von Yamacraw fürchten diese Boote aus gutem Grund. Schon oft in der Geschichte der Insel passierte es, daß ein Snowbird an einem Inselbewohner, der im Fluß fischte oder Krabben fing, vorbeifuhr. Er sah den kleinen Kahn zu spät, schaffte es nicht mehr, die Motoren zu drosseln, und brachte das Fischerboot mit seiner mächtigen Bugwelle zum Kentern. Das Resultat ist fast immer dasselbe: Der Insulaner ertrinkt. Der Kapitän der Yacht bemerkt das kieloben schwimmende Boot meist gar nicht, da seine Aufmerksamkeit auf die nächste Boje gerichtet ist, die die Fahrrinne markiert. Er bemerkt nichts vom vergeblichen Kampf des armen Krabbenfischers hinter ihm in den Wellen.

Schon allein die Snowbirds machten es erforderlich, daß ich alles daransetzte, meinen Schülern das Schwimmen beizubringen. Doch es gab noch einen anderen Grund. Die Leute von Yamacraw verbrachten ungeheuer viel Zeit damit, am Hafen zu sitzen, um zu fischen, miteinander zu reden oder auf irgendwelche Boote zu warten. Vom Rand des Hafenbeckens ins Wasser zu fallen ist gar kein so ungewöhnlicher Unfall in Orten entlang eines Flusses. Natürlich ist so etwas auch nicht sonderlich tragisch – ausgenommen für Nichtschwimmer. Edna Graves erzählte mir, daß sie erst im vergangenen Sommer einen nahen Verwandten auf diese Weise verloren hatte. Er hatte sich in Savannah betrunken und fiel beim Versuch, in ein Boot zu steigen, ins Wasser. Erst drei Stunden später wurde er tot am Ufer angeschwemmt – was mich in der Auffassung bestärkte, daß Leute, die am Meer wohnen, nicht unbedingt auch im Meer umkommen sollten.

Barbara und ich stellten natürlich sehr bald fest, daß es nicht damit getan war, die sieben Kinder zu einer Mitfahrt ins Camp überredet zu haben; dies beinhaltete noch nicht die Garantie, daß sie auch ins Wasser gehen würden. Die drei Jungen, die mitgefahren waren, Lincoln, Frank und Top Cat, überwanden ihre Angst sehr schnell. So weit wenigstens, daß sie im flachen Teil des Pools, eine

Armlänge vom Rand entfernt, umherplanschten und sich – wenn auch ängstlich – von da aus vorsichtig weiter ins Tiefe wagten. Die vier Mädchen hielten sich dicht am Zaun auf, der das Becken umgab. Sie schnatterten wie die Gänse und kreischten nervtötend, wann immer ich sie aufforderte, näher ans Becken zu kommen.

»Ich nich kommen zu diesem alten Schwimmbecken«, schrie Mary. »Du bleiben weg von mir, Mister Conroy. Du nur wegbleiben. Ich ernst meinen. Ich nich wollen ertrinken. Du lassen diesen Unsinn!«

Das Ganze lief darauf hinaus, daß die Mädchen ihre Furcht vor dem Wasser einfach nicht zu überwinden vermochten. Ja, es gelang mir in der ganzen Woche nicht einmal, sie zu einem Gespräch über das Thema Schwimmen zu bewegen. Auch Barbara versuchte mit ihnen zu reden, und ebenso andere Leute, die zu Besuch ins Camp kamen. Niemand brachte sie auch nur so weit, daß sie wenigstens die Stufen, die ins Wasser führen, betraten. Gegen Ende der Woche saßen sie höchstens mal am Rand des Beckens und ließen die Füße im Wasser baumeln, wobei sie sich die Haare aufdrehten und Soulmusik hörten. Ich hielt ihnen einen Vortrag über die elementare Wichtigkeit und Notwendigkeit, wenigstens wie ein Hund schwimmen zu können.

»Mann, ihr Mädchen werdet eines Tages ins Wasser stürzen und untergehen wie ein Ziegelstein«, sagte ich. »Mary, du wirst pfeilgerade nach unten fallen und Gallonen von Wasser schlucken, bevor du auf dem Grund angelangt bist. Du wirst aufquellen wie eine Kröte, blau und rot anlaufen und den Fischen zum Fraß dienen!«

Aber nicht einmal diese makabre Schreckensvision

vermochte Mary zu bewegen. Sie und ihre Mitschülerinnen hatten eine solche Angst vor dem Wasser entwickelt, daß es Wochen gebraucht hätte, sie zum Betreten des Beckens zu animieren. Sie alle hatten schon an Beerdigungen von Verwandten teilgenommen, die ertrunken waren, und ich verlangte von ihnen, daß sie sich diesem Element freiwillig anvertrauten! Nein, niemals würden sie das tun!

Die drei Jungen waren mit dem festen Entschluß zum Camp gekommen, schwimmen zu lernen. Im Sommer fischten sie in den Inselflüssen, leerten Krebsreusen in schmale Boote oder spielten den ganzen Tag am Hafen oder Strand. Sie erkannten die Notwendigkeit, schwimmen zu können, und sie begriffen, daß ihnen dies durchaus mal das Leben retten könnte. Zögernd und äußerst vorsichtig gingen sie ins Wasser, aber es dauerte nicht lange, bis sie den Kopf unter Wasser steckten, sich die Nase zuhielten und im flachen Teil des Beckens bis auf den Boden tauchten.

Am dritten Tag ruderten sie dann bereits im Hundestil von einem Rand des Pools zum anderen. Gegen Ende der Woche konnte ich sie mit ins tiefe Wasser nehmen, und wir schwammen gemeinsam in die Sicherheit des flachen Nichtschwimmerteils. Am Freitag prahlten sie vor den Mädchen bereits mit der ans Wunderbare grenzenden Fähigkeit, beinahe wie Jesus übers Wasser gehen zu können. Obwohl sie noch nicht einmal imstande waren, den Dreißig-Yard-Test zu bestehen, hielten sie sich bereits für perfekt. Sie sprachen von sich nur noch als von den »drei Schwimmkanonen«.

Während der Woche spielten wir Softball, Räuber und

Gendarm und gingen zum Fischen. Die Kids liebten ihr Krabbenfleisch scharf gepfeffert und mit viel Soße. Am Donnerstagnachmittag nahm ich sie mit nach Beaufort zu meinem guten Freund Tim Belk. Tim war Lehrer an der Volkshochschule, ein entfernter Verwandter des Belk-Kaufhaus-Clans und ein hervorragender Pianist. Ich hätte gern gehabt, daß er einmal nach Yamacraw gekommen wäre, um für die Insel ein Konzert zu geben. Aber Tim hatte mir erklärt, es sei leichter, einen Toten zum Leben zu erwecken als ein Piano auf die Insel zu schaffen.

Nachdem es mir also nicht gelungen war, ihn über den Fluß zu holen, freute ich mich, wenigstens einige der Kids zu ihm nach Hause bringen zu können. Tim wohnte sehr geschmackvoll, und ich fand es gut, daß die Kinder ihn in seinen eigenen vier Wänden erleben würden, mitten in dem dunkelgetäfelten Salon, den ein Hauch südlicher Dekadenz erfüllte, die er pflegte und in Gesprächen gern verteidigte. Schalen mit Erdnüssen, Käsegebäck und Crackers standen auf den Tischen. Er lud die Kids freundlich ein, zuzugreifen. Ich hatte Tim eine Liste der »großen Werke« mitgegeben, die wir während des Jahres durchgenommen hatten. Ich forderte die Kinder auf, achtzugeben, ob sie von den Stücken, die Tim spielte, irgendwelche wiedererkannten. Kaum hatte ich das gesagt, als Tim auch schon mit Beethovens Fünfter loslegte. Natürlich sprangen Lincoln, Top Cat und Frank bereits nach den ersten Takten wie von der Tarantel gestochen von der Couch auf und riefen: »Bay Toven der Fünfte!«

Sofort wechselte Tim zu einem anderen Werk über, und Sekundenbruchteile später explodierte meine Bande aufs neue und nannte Titel und Komponisten. So ging es weiter: Tims Finger glitten über dic Tasten, und seine Zuhörer riefen begeistert die Namen der erkannten Stücke.

Nachdem Tim all das gespielt hatte, was die Kids kannten, gab er ihnen ein kleines Stegreifkonzert. Er begann stets mit einer kleinen Einführung, stellte den Komponisten vor und erzählte einige Anekdoten aus dessen Leben; er sprach über die Eigenart seiner Musik und spielte einige Stücke aus seinem Schaffen. Tim besaß ein unnachahmliches Talent, seine Darbietungen auf das Publikum abzustimmen, das vor ihm saß. Nach etwas klassischer Musik spielte er Songs aus Porgy and Bess, Rock-and-Roll-Klassiker und sogar etwas Soul. Darauf lud er die Kinder mit einem Lächeln ein, neben ihm auf der Bank Platz zu nehmen, und forderte sie auf, ein Lied zu singen, das er hingebungsvoll begleitete. Dann – ganz der aufmerksame, untadelige Gastgeber – verneigte er sich in meine Richtung, spielte einige Takte Mozart und gratulierte mir zum hervorragenden musikalischen Wissensstand der Kinder. Anschließend reichte er Erdnüsse und Käsegebäck herum.

Es war ein wundervoller Nachmittag. Mary verriet mir später, daß sie Old-Tim-Belks richtig gern habe.

Am Freitag, kurz bevor wir mit den Kindern zum Boot fahren wollten, erhielt ich einen Anruf von Howard Sedgwick aus Bluffton.

»Hallo, Pat, hier spricht der Mann mit dem Rotstift. Doktor Piedmont hat mir den Schwarzen Peter zugespielt. Er will nicht, daß Sie im nächsten Jahr wieder auf der Insel unterrichten. Er ist nicht bereit, Ihre Spritrechnungen zu bezahlen. Außerdem hat er 'ne Menge Beschwerden gegen Sie auf dem Tisch liegen.«

»Sie wollen mir sagen, daß ich gefeuert bin, Mister Sedgwick?« fragte ich ziemlich konsterniert.

»Well, sagen wir, Sie sind entbehrlich.«

»Danke für den Anruf«, erwiderte ich. Dann sagte ich es Barbara und den Kindern.

*

Am nächsten Tag stürmte ich in Piedmonts Büro. Wir schüttelten uns die Hände wie zwei Duellanten, die entschlossen sind, es miteinander auszutragen. Ich verlangte eine Erklärung von ihm. Was hatte Sedgwicks Anruf zu bedeuten? Was war der Grund dafür? Warum hatte er, Piedmont, mich nicht selber angerufen? Er starrte mich über die getönten Gläser seiner Lesebrille boshaft aus falkengelben Augen an. Er gab sich nicht die geringste Mühe, seinen Groll zu verbergen. Keine Spur mehr von seinem gewohnten salbungsvollen, leutseligen Getue. Aus irgendeinem Grund hatte er die Rolle der zürnenden, gnadenlosen Gottheit angenommen. Er hockte, nach vorn gebeugt und ganz gekränkte Eitelkeit, in seinem Sessel, starrte mich lange Zeit voller Verachtung an. Dieses Starren sollte mich einschüchtern. Piedmont war bekannt für die Wirkung seines Blicks, mit dem er schon manchem Untergebenen das Fürchten beigebracht hatte.

Ich hatte in dem Sessel ihm gegenüber Platz genommen und starrte zurück. Und in diesem Moment machte ich eine sehr entscheidende Feststellung: Piedmont konnte mir keine Angst einjagen. Er nicht und Bennington nicht. Und nicht die ganze Schulbehörde in ihrer armseligen, mickrigen Herrlichkeit. Denn die zweimalige Flußüberquerung am Tag hatte mich einigen sehr grundsätzlichen Wahrheiten nähergebracht: Ich hatte erfahren, welche Kraft ein Fluß in sich birgt, der sich kurz vor der Mündung ins offene Meer befindet. Ich hatte die Gewalten der Gezeiten erfahren, die diesen Vorgang des Einmündens regulieren. Ich hatte erlebt, wie der Nebel die ganze Welt verändern und sie zum Abbild seiner selbst machen konnte. Der Fluß, die Gezeiten und der Nebel waren Teil eines großen Zusammenspiels und Gleichklangs in der Natur.

Ich durfte das in diesem Jahr miterleben, und mir konnten die armseligen Knaben, die teure Schuhe und auffallende Krawatten trugen, nichts anhaben. Gewiß, Piedmont konnte mich feuern, mir eine Zigarre verpassen, mich herunterputzen, mich einen unverbesserlichen, untauglichen Schwachkopf nennen, er konnte mir die Lehrerlaubnis für South Carolina entziehen oder meine Pension kürzen – aber das war auch schon alles, was er konnte. Seine Macht beschränkte sich auf den wirtschaftlichen und emotionalen Bereich des Lebens. Nicht auf den spirituellen und übernatürlichen.

Verglichen mit dem großen Strom, der majestätisch dahinfloß, war Piedmont, auch wenn wir uns schweigend anstarrten, ein Nichts – und ich war das ebenfalls.

Nun, schließlich gab er das Starren auf, und der große Doktor begann mit der Bewältigung eines unliebsamen Arbeiterproblems.

»Pat, mir wurde Anzeige erstattet, daß Sie in diesem Jahr oft zu spät zum Unterricht erschienen sind.«

»Wer hat diese Anzeige erstattet, Doktor?«

»Sagen wir, ich wurde davon in Kenntnis gesetzt. Und lassen wir es dabei!«

»Nein, Sie sagen mir, wem ich die Anzeige verdanke, und dann lassen wir es dabei.«

»Sind Sie zu spät gekommen?«

»Ja, Sir. Ich bin dreimal im Nebel steckengeblieben, viermal verspätete ich mich wegen Regens, und die letzten drei Wochen bin ich vom Hafen bis zur Schule zu Fuß gegangen, weil Ted Stone mir die Benutzung des Wagens verweigerte.«

»Wir können es einfach nicht zulassen, daß unsere Lehrpersonen zu spät zum Unterricht kommen.«

»Und wieso nicht?«

»Weil es gegen die Bestimmungen ist. In meinem Schulbezirk behandle ich alle Lehrer gleich. Alle meine Lehrer halten sich an dieselben Regeln. Sie haben in diesem Jahr versucht, einen Sonderstatus einzunehmen. Aber es steht Ihnen kein Sonderstatus zu. Sie haben dieselben Pflichten wie alle Lehrer!«

Bei den letzten Worten hatte er sich vorgebeugt, um dem Gesagten den nötigen Nachdruck zu verleihen.

»Irrtum, Doc«, gab ich zur Antwort, während mir das Blut jäh zu Kopf stieg. »Wenn Sie annehmen, der Unterricht auf Ihrer kleinen Insel wäre nichts anderes als der Unterricht in jeder anderen Schule in diesem County, dann sind Sie gewaltig auf dem Holzweg. Eine derartige Annahme ist so lächerlich, daß mir nicht einmal eine vernünftige Entgegnung darauf einfällt. Es zeigt mir, daß Sie keine blasse Ahnung von dem haben, was auf Yamacraw los ist, weil Sie schon viel zu lange in diesem Büro sitzen und den Bezug zur Realität total verloren haben.«

»Ich weiß eine ganze Menge von dem, was da drüben in Ihrem Schulhaus passiert«, verteidigte sich Piedmont. »Viel mehr jedenfalls, als Sie glauben.«

»Natürlich. Bennington hält Sie ja auf dem laufenden, und der bezieht seine Kenntnisse aus den Briefen von Mrs. Brown, die er als Spitzel angestellt hat. Bennington liegt Ihnen in den Ohren, redet Ihnen ein, ich sei ein unverbesserlicher Strolch, der ständig nur Ärger macht. Bennington ist der Bursche, der nun schon seit vierzig Jahren die Verantwortung für diese Insel trägt, Doktor Piedmont. Vierzig stinkende Jahre war er der Boß in diesem Sauladen. Und er hat in der ganzen langen Zeit keinen Finger für die Kids gerührt. Einen Scheißdreck hat er sich um sie gekümmert. Hat seelenruhig zugesehen, wie die Armen da drüben vor die Hunde gingen.«

»Mister Bennington macht sich große Sorgen wegen der Schule auf Yamacraw. Er sorgt sich um das Schicksal dieser Kinder genausosehr, wie ich das tue.«

»Wenn Sie sich Sorgen um die Kinder machen, Doktor Piedmont, weshalb sind Sie nicht längst einmal drüben gewesen?«

»Ich hatte keine Zeit. Mein Amt beansprucht mich derart, daß ich abends kaum einmal rechtzeitig nach Hause komme.«

Ich hätte ihn an dieser Stelle gern gefragt, wieso er unter diesen Umständen imstande war, in seinem Country Club das Golfchampionat zu gewinnen, ließ es jedoch aus Gründen der Klugheit bleiben.

Inzwischen fuhr Piedmont mit seiner Verteidigungsrede fort.

»Ich war fest entschlossen, der Schule einen Besuch

abzustatten und Mrs. Brown kennenzulernen, aber es fehlte mir einfach die Zeit dazu«, sagte er. »Und im übrigen geht es darum überhaupt nicht. Sie sind zu spät zum Unterricht gekommen. Mir sind unzählige Klagen über Ihre langen Haare und Ihre äußere Erscheinung zu Ohren gekommen.«

»Ich habe keine langen Haare.«

»Doch, das haben Sie wohl!«

»Dann danken Sie dem Himmel, daß Sie in South Carolina leben, wenn Sie der Meinung sind, meine Haare wären zu lang.«

»Junge Leute begreifen nicht, wie wichtig das Äußere eines Menschen ist. Wenn sie sauber und adrett gekleidet sind, können sie sich überall sehen lassen und mit jedermann sprechen. Die Leute hören ihnen zu und respektieren sie.«

»Junge Leute wissen statt dessen, daß es so manchen Hundesohn gibt, der sich hinter einem weißen Hemd und einer seriösen Krawatte versteckt.«

»Darum geht es nicht! Sie sind zu spät zum Unterricht gekommen. Sie haben den Instanzenweg mißachtet. Gegen meine Anordnung sind Sie zwischen Wohnort und Arbeitsstelle gependelt, und Sie lassen sich die Benzinrechnungen von der Schulbehörde bezahlen. Wir können uns einen solchen Kostenaufwand nicht leisten. Die Bestreitung der Fahrtkosten ist Sache des einzelnen. Eine gegenteilige Regelung ist gegenüber den anderen Lehrern ungerecht. Was wäre, wenn auch sie die Erstattung ihrer Fahrtkosten von mir verlangten? Wie könnte ich ihnen dann in die Augen sehen?«

»Ich fahre dreißig Meilen bis Bluffton, Doktor Piedmont. Für den Sprit, den ich brauche, bis ich ans Wasser gelange, komme ich selbst auf. Da ich nicht übers Wasser gehen und auch keine zwanzig Meilen schwimmen kann und da ich auf einer Insel unterrichte, halte ich es für nichts Außergewöhnliches, daß das County einen Teil meiner Fahrtkosten mitträgt. Vor allem auch deshalb nicht, weil ich mit Mister Bennington und Mister Sedgwick eine Vereinbarung bezüglich der Benzinrechnungen getroffen habe. Beide stimmten dieser Regelung zu.«

»So?« fragte er ungläubig.

»Natürlich. Denken Sie an das Treffen im Januar, bei dem Sie zugegen sein wollten, zu dem Sie dann jedoch Bennington als Ihren Stellvertreter geschickt haben. Ich wurde sehr wütend, als mir erklärt wurde, das County sei nicht mehr bereit, für meine Benzinrechnungen aufzukommen. Ich war drauf und dran, den ganzen Kram hinzuwerfen, als sie mich beschwichtigten und mir einen Platz nannten, wo ich preiswerter tanken könne. Sie gaben mir die Zusicherung, daß das County auch weiterhin für meinen Kraftstoff aufkommen würde.«

»Sie sagten mir, sie hätten die Angelegenheit geregelt. Aber sie sagten nichts von einer Übernahme der Kraftstoffkosten.«

»Das ist eben Ihr heißgeliebter Instanzenweg. Sehen Sie nun, wie er funktioniert? Oder glauben Sie, ich wäre so einfältig gewesen, weiter County-Mittel zu beanspruchen, wenn ein Superintendent und sein Stellvertreter mir diese Mittel gesperrt hätten? Also, was dieses Mißverständnis angeht, so ist das einzig und allein auf eine Kommunikationspanne zwischen euch Herrschaften an der Spitze zurückzuführen – mir sollten Sie das nicht anlasten!«

»Das spielt alles keine Rolle. Das County zahlt Ihnen nicht die täglichen Fahrten zur Arbeitsstätte und zurück. Wo kämen wir denn da hin? Wenn Sie auf der Insel wohnen wollen, ist das in Ordnung. Aber für Ihre Fahrtkosten kommen wir nicht länger auf!«

»Dann gehe ich vor den Ausschuß.«

»Tun Sie das. Ich habe das demokratischste Schulsystem im ganzen Staat. Wenn Sie meine Entscheidung nicht akzeptieren wollen, dann gehen Sie eben vor den Ausschuß.«

Wir stritten uns über eine Stunde lang, und ich habe hier nur den Kern des Gesprächs wiedergegeben. Wieder sprach er über seine Jugend in der Fabrikstadt, seinen Weg zum Studium und zum Doktortitel, über seinen Glauben an den Wert der Bildung und von seiner Treue zu Jesus und zu seinem Land.

Die Begegnung war voller Widersprüche. Ich erlebte die gegensätzlichsten Seiten und Ausprägungen im Wesen eines Menschen: den wehmütigen Piedmont, den frommen Piedmont, den autoritären Piedmont, den paternalistischen Piedmont und den Piedmont, den ich noch sehr gründlich kennenlernen würde: den rachelüsternen Piedmont.

Wieder einmal versicherte er mir, daß ich ihn an den jungen Henry Piedmont erinnerte, doch machte er ebenfalls deutlich, wie sehr er wünschte, daß ich meine Tätigkeit auf Yamacraw beendete. Bennington hatte mit ihm gesprochen. Er war es, der mich aus dem Weg räumen wollte, das stand absolut für mich fest. Und außerdem wurde ich den Verdacht nicht los, daß sie beide den brennenden Wunsch hatten, miteinander auf das Ende meiner Lehrerlaufbahn anzustoßen. In ihren Augen war ich Gift für die Jugend.

Und so war es unausweichlich, daß der Ausschuß entscheiden mußte, ob ich im folgenden Jahr nach Yamacraw zurückkehren würde oder nicht. Die Sitzung war sowohl für Piedmont als auch für mich von grundlegender Wichtigkeit. Ich wollte unbedingt auf die Insel zurück, doch gleichzeitig fühlte ich mich verpflichtet, dafür zu sorgen, daß der Ausschuß die Dinge endlich einmal sah, wie sie wirklich waren. Ich hielt es für notwendig, daß er endlich die wirklichen Probleme der Insel kennenlernte, ohne die Interpretation und Schönfärberei durch Piedmont oder Bennington. Piedmont dagegen hatte die Gefahr erkannt, die ich für seinen Apparat darstellte, und er wollte nur eins: mich so sauber und unauffällig wie möglich ausschalten.

Bernie und ich fuhren nach Yamacraw, um den Leuten die Situation darzulegen. Ich ging von Tür zu Tür und berichtete den Eltern, was geschehen war und was ich zu tun gedachte. Sie beschlossen, eine Bittschrift aufzusetzen, die erreichen sollte, daß ich als Lehrer auf die Insel zurückkehren konnte. Jeder Schwarze auf Yamacraw unterschrieb die Petition, obwohl viele von ihnen der Hilfe von Freunden bedurften, um ihre Namen zu schreiben.

Die Petition war eine weitschweifige, etwas zusammenhanglose Schmähschrift. Eher eine Verurteilung von Mrs. Brown als ein Papier, das geeignet war, mich den Kindern als Lehrer zu erhalten.

Unter anderem hieß es darin:

Unsere Kinder wünschen, daß Mr. Pat Conroy wiederkommen und sie weiter unterrichten. Doch Mrs. Brown tun nix für unsere Kinder, sie glauben nur an Prügel und schlagen sie ständig. Mr. Conroy dagegen lieben Kinder, egal ob weiß oder schwarz. Hautfarbe spielen für ihn keine Rolle. Wenn wir verlieren Mr. Conroy, das schwerer Verlust für die Insel ... Mr. Conroy kommen zur Schule auch bei schlechtem Wetter. Einmal fallen ins Wasser und kommen ganz durchnäßt zum Schulhaus. Trotzdem unterrichten unsere Kinder ...

Es war ein höchst seltsames Dokument, voll von Bezugnahmen auf private Ereignisse, die sich im Lauf des Jahres zugetragen hatten. Ich vermochte den Verfasser nicht zu ermitteln, bis ich auf die verräterischste Aussage der ganzen Petition traf, in der es hieß:

Mrs. Brown erklaren meinen Kindern, sie so dürr. Und wenn der Märzwind kommen, wir besser stekken Steine in ihre Taschen, daß Wind sie nicht fortblasen.

Mary, die sehr empfindlich war in bezug auf ihre Größe und ihr Gewicht, hatte Mrs. Brown ihre taktlose Bemerkung immer noch nicht verziehen. Ihr Zorn sprach aus jeder Zeile dieser seltsam beredten Botschaft an die andere Seite der Welt. Drei der Mütter beschlossen, die Sitzung des Ausschusses zu besuchen und die Petition dort persönlich zu übergeben.

Es war ein heißer, stickiger Abend, an dem der Ausschuß zusammenkam, um sich anzuhören, was ich zu den Themen Benzinkosten und Erziehungswesen in Amerika zu sagen hatte. Der Sitzungssaal des Ausschusses war neu und bestens klimatisiert. Der Boden war mit einer gelben Teppichware ausgelegt, und die Wände prangten in leuchtenden Farben. An einer geliehenen Tischtennisplatte hatte ich dreißig Fotos befestigt. Es waren Bilder von der Insel. Ich hatte die Platte so aufgestellt, daß alle Ausschußmitglieder die Bilder direkt vor Augen hatten. Ich wollte ihnen deutlich machen, daß die Diskussion an diesem Abend um einen Ort ohne gelben Teppichboden und pastellfarbene Wände ging. Ich wollte, daß sie auf abgerissene Klamotten, auf ein paar armselige Hütten und einige dürre, ausgemergelte Kinder blickten, während sie über die Probleme nachdachten, mit denen ich sie konfrontierte.

Die Ausschußmitglieder betraten einzeln oder in Gruppen den Saal: gutgenährte Herren in grauen Anzügen, ein wohlgefälliges Lächeln über den modischen Krawatten, die Haltung selbstbewußt und lässig, obwohl eine gewisse Anspannung in ihrer Haltung unverkennbar war.

Die Zusammensetzung des Ausschusses ließ – was Vielfalt und Bildung seiner Mitglieder betraf – nichts zu wünschen übrig. Es gehörten dazu ein Richter, ein Anwalt, ein Arzt und ein Dentist. Zwei schwarze Frauen waren jüngst in das hohe Gremium gewählt worden, aber ihre Stimmen würden kaum ins Gewicht fallen, da die Weißen die überwältigende Mehrheit darstellten. Ein weiteres weibliches Mitglied war eine hübsche Lady aus Hilton, die Frau eines Architekten, die im vergangenen

Jahr auf einen freigewordenen Platz nachgerückt war. Alles in allem machte der Ausschuß auf Außenstehende einen guten Eindruck: eine Gruppe lächelnder, kultivierter Leute, die dem Gemeinwesen dienten, indem sie sich in einem enorm kostpieligen Neubau trafen und über die Verwirklichung und Vergabe der verschiedensten Projekte entschieden.

Meine Freunde füllten an diesem Abend den Sitzungssaal bis auf den letzten Platz. Ich hatte sie zum großen Sturmangriff herangeführt. Ausschußmitglieder gründen ihre Meinung, wie alle Politiker, auf die Reaktionen der Öffentlichkeit. Starker öffentlicher Druck kann Wunder bewirken. Die Meinung der anderen hat meist mehr Gewicht als die eigene Überzeugung.

Einige meiner Freunde gehörten zu den Säulen der Gesellschaft, andere standen ihr eher kritisch gegenüber. Meine Freunde bildeten ein eigenartiges Konglomerat aus langhaarigen Intellektuellen, Marines und den attraktiven Frauen einflußreicher Ehemänner. Meine Mutter, die gerade nach Beaufort gezogen war, weil mein Vater zur Zeit in Vietnam Dienst tat, saß neben Bernie und Barbara. Meine Brüder und Schwestern nahmen im Auditorium fast eine halbe Stuhlreihe ein. Sie alle waren gekommen, um den Ausschuß und den Superintendenten unter Druck zu setzen. Denn in kleinen Städten ist das nun einmal so üblich.

Piedmont hatte den Ausschuß im Griff wie ein Leierkastenmann seinen Schimpansen. Geringfügige Meinungsverschiedenheiten duldete er großzügig, doch grundsätzlich bestimmte er, wo's lang ging. Seine Meinung und sein Wille waren Gesetz. Während er vor Beginn der Sitzung unter seinen Ausschußmitgliedern umherging und sich mit ihnen unterhielt, staunte ich nicht wenig über die salbungsvolle, betuliche Art, wie er sie behandelte. Sein autoritäres Gehabe mußte sich im Laufe der Jahre abgeschliffen haben, und er schwamm nun auf den Wassern seines Herrschaftsbereichs wie ein Fettauge auf der Suppe.

Etwa eine Stunde lang operierte der Ausschuß mit Zahlen, daß es einem schwindlig werden konnte. Piedmont starrte durch seine Lesebrille, nannte Preise für neue Schulbauten, für Gebäudeerweiterungen, Klassenzimmereinrichtungen und Bodenbeläge. Ich saß auf einem Stuhl im hinteren Teil des Saales und hörte nur mit halbem Ohr hin. Ich spürte, wie eine leichte Übelkeit in mir aufstieg, eine Mischung aus Furcht und Wut, die ich zu lange unterdrückt hatte. Während Piedmonts Stimme über das Auditorium hinwegdröhnte, dachte ich über die Veränderung nach, die seit Beginn des Jahres mit mir vorgegangen war. Und diese Veränderung hatte einzig und allein mit den Kindern auf Yamacraw zu tun.

Traditionsgemäß erwartete man von mir, daß ich mit ruhiger, gemäßigter Stimme sprach, devot und voller Unterwürfigkeit. Piedmont hatte mir erklärt, daß ein Erscheinen vor dem Ausschuß ein höchst seltenes Privileg und eine unvorstellbare Auszeichnung sei. In der Schulhierarchie sind die Lehrer am entbehrlichsten. Sie sind auswechselbar wie eine defekte Glühbirne.

Doch ich wollte ihnen von Yamacraw Island berichten, so wie es wirklich war, und nicht, wie andere es sahen. Ich hatte mir ein ganzes Jahr anhören müssen, wie die Bürokraten der Schulverwaltung den Leuten erzählten, wie hübsch die Insel sei, wie ungewöhnlich und exotisch. Niemand hatte auch nur den Hauch einer Ahnung, daß sie ein Ort dumpfer Ignoranz und hundertjähriger Vernachlässigung war. Das Schulgebäude auf Yamacraw war nicht schlecht, die Versorgung mit Lehrmitteln war nicht schlecht, die Schulspeisung in der kleinen Cafeteria war nicht schlecht. Schlecht war einfach nur die Tatsache, daß die Kinder keine Chancen hatten und daß dies niemanden zu kümmern schien.

Ich wollte den Ausschußmitgliedern moralisch gleichsam einen Tritt in den Hintern geben und sie mit den unangenehmen Realitäten des zwanzigsten Jahrhunderts bekannt machen. Ich wollte ihre Nasen in den Inselsand stoßen und sie die Verletzungen, das Leid und die Ungerechtigkeit der Geschichte spüren lassen. Und so überließ ich mich trotz meines Wunsches, zu überleben, und trotz der sicheren Überzeugung, daß Menschen es nicht mögen, wenn man sie mit der kalten, abschreckenden Nacktheit der Wahrheit konfrontiert, der Empörung und dem Zorn, die in mir brannten.

Am 30. Juni 1970, im Angesicht seiner Mutter, seiner Frau und seiner Freunde, gab Conrack es den Bastarden.

Ich begann meine Rede damit, daß ich den Ausschuß wissen ließ, ich hätte mir zu ihrer Erbauung eigens die Haare schneiden lassen, weil ich sichergehen wollte, daß man mir auch zuhörte. Mit ziemlich scharfer, aber wenig beeindruckender Stimme zeichnete ich kurz und knapp meine Erlebnisse auf der Insel. Dann fuhr ich fort:

»Ich stehe heute abend hier nicht aus Liebe zum Schulausschuß. Ich habe ein Jahr auf der Insel zugebracht und weiß, welche Bedingungen dort herrschen.

Sie führen die Aufsicht über eine erzieherische Wüste. Kinder, die auf dieser Insel leben, haben nicht die kleinste Chance, eine angemessene Erziehung und Ausbildung zu erhalten. Sie wachsen auf ohne jede Hoffnung, und sie verlassen die Insel eines Tages ohne jede Hoffnung. Sie werden in die großen Städte an der Ostküste verschlagen, wo sie – ohne jede Hoffnung – in irgendeiner Mietskaserne in den Slums vor die Hunde gehen. Sie können weder lesen noch schreiben, noch reden. Nicht einmal den Stolz auf ihre eigene Rasse hat man sie gelehrt. Ihre Eltern sind nicht reich, besitzen keinerlei Einfluß. Sie sind weder gebildet, noch vermögen sie sich in der Öffentlichkeit Gehör zu verschaffen, was zur Folge hat, daß dieses Erziehungssystem bis in alle Ewigkeit fortbestehen wird.

Anders wäre es natürlich, wenn die Eltern dieser Kinder weiß wären. Das Thema der Benzinrechnung hätte nie zur Diskussion gestanden, selbst wenn ich auf einem Flugzeugträger zur Schule gefahren wäre. Aber die Kinder sind schwarz. Die Leute auf der Insel sind Schwarze. Und die Frustration eines Unterrichts in einer schwarzen Schule ist nun einmal eine Qual, von der die wenigsten Menschen eine Ahnung haben. Yamacraw fordert von Ihnen allen ein radikales Umdenken. Es fordert von Ihnen, daß Sie zumindest für einen kurzen Augenblick jeden Gedanken an Finanzen, Etat und ausgeglichene Bilanzen vergessen. Vergessen Sie Ihre Baupläne, die Anschaffung neuer Volleybälle für die High-School und die Frage nach der Zahl der Rasenmäher, die für das nächste Jahr zu kaufen sind. Denken Sie statt dessen an Kinder, Menschen, menschliche Wesen. Machen Sie sich klar, daß Erziehung mit Menschen und nicht mit Zahlen zu tun hat.«

Dann begann ich mit der Litanei des Unwissens, das ich in der ersten Woche angetroffen hatte.

»Sechs Kinder, die das Alphabet nicht aufsagen konnten. Achtzehn Kinder, die den Namen des Präsidenten nicht kannten. Achtzehn Kinder, die nicht wußten, in welchem Land sie lebten ...«

Ich knallte ihnen dreiundzwanzig dieser schockierenden Tatsachen vor den Latz und hoffte, sie würden auf der Stelle daran ersticken. Meine Stimme bebte vor kaum gebändigter Wut. Ich hatte mit einem Mal das Gefühl, als wäre ich von Irren umgeben, die mich überhaupt nicht zur Kenntnis nahmen und sich mit ihrem Schweigen über mich lustig machten.

Ich sprach immer lauter, immer beschwörender, immer anklagender. Und dann donnerte ich das große Geheimnis in den Saal, das ich so lange für mich behalten hatte.

»Wenn diese Dinge Sie nicht zutiefst erschüttern«, rief ich, »dann sollten Sie nicht dem Schulausschuß angehören. Oder halten Sie es lieber mit jenem Verwaltungsbeamten, der mir einmal sagte: ›Nehmen Sie es nicht so tragisch, daß die Kids nicht lesen und schreiben können. 'ne ganze Reihe anderer Schulen haben dasselbe Problem.‹ Well, ich nehme dieses Problem tragisch, und ich habe versucht, etwas daran zu ändern.«

Dann führte ich die Aktivitäten und Ausflüge auf, die die Klasse unternommen hatte. Wieder versuchte ich, sie unter einem Berg von Tatsachen zu begraben. Ich wollte einfach, daß sie unter dem Gewicht eines einzigen Jahres zusammenbrachen.

Ich beendete meine Rede mit den beschwörenden Worten:

»Und so sind wir hier. Ich möchte im nächsten Jahr nach Yamacraw zurückgehen. Das kann ich aber nicht, wenn ich die Benzinkosten für das Boot selbst bezahlen muß. Der Superintendent erklärte mir, meine Situation unterscheide sich nicht im geringsten von der eines jeden anderen Lehrers im County. Aber das ist Unsinn. Wenn ich auf der Beaufort High-School unterrichtete, brauchte ich kein Holz für den Ofen zu hacken, keine siebenhundert Pfund Lebensmittel zu befördern, keine zwei Meilen zur Schule zu laufen und am Mittag kein Geschirr zu spülen. Ich brauchte keine Teller mit Schulspeisen zu füllen, um der Köchin zu helfen, müßte in den Pausen keine Schweine und Kühe vom Schulhof vertreiben und meine Schüler nicht in den Wald schicken, weil die Toilette wieder einmal defekt ist. Weil es Probleme mit dem Boot gab, schaffte ich es einige Male nicht bis zur Schule. Aber was besagt das auf dem Hintergrund eines ganzen Jahres? Nichts! Schauen Sie sich um in Ihrem County! Fragen Sie alle Ihre Lehrer. Und was die Spritkosten betrifft ... kennen Sie einen besseren Verwendungszweck für County-Gelder? Können Sie mir eine Geldanlage nennen, die sich menschlich und erzieherisch mehr lohnt als diese? Wenn Sie das vermögen, werde ich schweigen und auf meine Stelle verzichten.«

Piedmont hatte einen Ausdruck im Gesicht, als hätte sich der Boden unter ihm aufgetan. Die Ausschußmitglieder saßen da wie alte Buddhafiguren, die Hände über ihren Wohlstandsbäuchen verschränkt, die Münder aufgesperrt vor Fassungslosigkeit und Unglauben. Meine

Freunde starrten mich an, als wollten sie sehen, ob mir vielleicht der Schaum vor dem Mund stand.

Es war eine verdammt komische Szene.

Piedmont ging zum Gegenangriff über.

Ich sei ein Quertreiber und Querulant. Ich hätte den Instanzenweg nicht eingehalten, das Land um den Betrag für die Benzinkosten betrogen und mir den Kraftstoff regelrecht erschwindelt. Ich sei ein Lügner, ein Wortbrüchiger. Ich entzöge mich meinen Aufgaben und Pflichten, wo ich nur könne.

Wenn er eine Waffe bei sich getragen hätte – er wäre auf mich losgegangen und hätte sie auf mich abgefeuert. Sein Gesicht war hochrot, und die Adern an Hals und Schläfen quollen dick hervor.

Neben Piedmont saß Bennington und maß mich mit Blicken, aus denen der blanke Haß sprach. Und Piedmont hörte nicht auf, mich zu beschuldigen und mit Vorwürfen zu überschütten. Ich blieb ihm keine Erwiderung schuldig und feuerte aus allen Rohren zurück. Unsere Gesichter waren Grimassen der Wut. Wir argumentierten nicht mehr der Sache wegen, sondern aus dem Bedürfnis heraus, zu überleben und den anderen endlich auf die Bretter zu zwingen.

Die drei Yamacraw-Mütter erhoben sich mitten in dieser erbarmungslosen Wortschlacht und verlangten äußerst beredt meine Rückkehr auf die Insel. Gleichzeitig verteilten sie Kopien ihrer Bittschrift an alle Mitglieder des Ausschusses. Piedmont sah in ihrem Auftritt nur eine Störung der Sitzung, ohne jeden Belang für eine Klärung der strittigen Punkte, die zur Debatte standen. Er fuhr aus der Haut, als Marys Mutter den Versuch machte, die

Situation auf der Insel darzulegen und aufzuführen, was sie sich für ihre Kinder wünschte. Er versuchte, Ednas erhobene Hand zu übersehen. Doch ich hätte ihm sagen können, daß diese abgearbeitete Hand so lange in der Luft bleiben würde, bis man Edna das Wort erteilte – und wenn man sie bis zum nächsten Morgen würde warten lassen. Wenn Edna reden wollte, brauchte es mehr als Piedmont und seinen Schulausschuß, um sie daran zu hindern.

Dann mischten sich die Zuhörer ein.

Pfiffe und Buhrufe erschollen. Es wurde gezischt, gestöhnt und gelacht. Ausrufe der Empörung, des Unglaubens, der Verärgerung wurden laut. Die Menschen kochten vor Wut. Das Ganze drohte in einen Aufruhr auszuarten. Meine Mutter schrie Piedmont mehrmals an, und zwar derart heftig, daß ich mich nur wundern konnte. Aber Mütter kennen wohl kein Gefühl der Zurückhaltung mehr, wenn jemand die Ehre ihrer Kinder angreift.

»Wie hoch ist die Benzinrechnung?« schrien einige.

Keiner der Herren wußte eine Antwort.

»Viel zu hoch!« schrie Piedmont verzweifelt.

»Wie hoch?« schrien die Stimmen zurück.

Schließlich verlangte Piedmont eine Geheimsitzung. Die Menge drängte aus dem Saal. Draußen nahm die Diskussion heftig und lärmend ihren Fortgang. Die Menschen entrüsteten sich über die Sturheit und Unbeweglichkeit eines Systems, das Amok zu laufen schien. Ich schüttelte die Hände glücklicher, schwitzender Leute, die so viel Dampf abgelassen hatten, daß sie sich wie neugeboren vorkamen. Alle umarmten die Ladys von Yamacraw, die ihrerseits erklärten, daß sie noch nie im Leben derart netten Leute begegnet seien. Die Szene auf der Allee hinter dem Gebäude der Schulbehörde glich einem Straßenzirkus. Es dauerte Stunden, bis die Menge sich endlich verlaufen hatte. Noch in derselben Nacht rief ich eine der schwarzen Ladys an, die dem Ausschuß angehörten. Sie sagte mir, der Ausschuß habe sich dafür ausgesprochen, daß mir das Geld für die Benzinkosten erstattet würde.

Ich hatte gewonnen.

*

Aber der Sieg, falls man es so nennen konnte, war sehr kurzlebig und flüchtig. Eine Eintagsfliege. Ein schriller, rasch verhallender Schrei auf einem Berggipfel. Viel Lärm um nichts, mehr Rauch als Feuer.

Piedmont und ich waren mit den Hörnern aufeinander losgegangen in einem wilden Zusammenprall. Zwei ungleiche Gegner, die der unüberbrückbare Abgrund eines Altersunterschieds von dreißig Jahren trennte.

Der Sieg festigte meinen Glauben daran, daß es einem Mann möglich war, seinen Vorgesetzten die Wahrheit zu sagen, aufzustehen gegen die Schriftgelehrten und Pharisäer, ohne deswegen gleich gekreuzigt oder verfemt zu werden. Mein Vertrauen in die Wirksamkeit des demokratischen Systems wurde gestärkt bei dem Gedanken an die konsterniert dreinblickenden Gesichter der Männer und Frauen, die den Schulausschuß bildeten.

Aber dieser Eindruck hatte etwas mit meiner Jugend zu tun. Ich unterschätzte den dunklen Teil des menschlichen Wesens, der im hellen Licht des Tages nur selten in

Erscheinung tritt. Ich rechnete nicht mit den versteckten Ungeheuern, die in den lichtlosen Wäldern der menschlichen Seele zu Hause sind. Diese Bestien beobachteten mich bei der ersten Ausschußsitzung lauernd. Sie ließen mich nicht aus den Augen, studierten meine Schwächen. Und im Rausch des Sieges überhörte ich ihr Knurren, übersah ihr haßerfülltes Zähnefletschen, als sie sich in die Unsichtbarkeit ihres Seelendickichts zurückzogen.

Die große, unverzeihliche Todsünde, die ich begangen hatte, bestand darin, daß ich den Superintendenten der Schulen, den Allgewaltigen und Unfehlbaren, in Verlegenheit gebracht, ja sogar an den Pranger gestellt hatte. Es war Homer, der die Sterblichen immer wieder davor gewarnt hatte, den Göttern zu trotzen. Ich kämpfte mit Worten und jugendlicher Leidenschaft. Doch Piedmont kämpfte mit Blitzen aus heiterem Himmel. Und die Zeit war sein stärkster Verbündeter.

Der September kam, und das neue Schuljahr begann, bevor das Sediment der Verbitterung über die Ausschußsitzung Zeit gehabt hatte, sich richtig zu setzen. Ich sah Piedmont nur ein einziges Mal bis dahin. Es war eine sehr kurze Begegnung, und er strömte dabei die Wärme und Wirtlichkeit einer Tundra aus. Und Bennington ... Immer, wenn er mich sah, erstarrte sein Gesicht zu einer angewiderten Maske, als bereitete ihm mein Anblick das gleiche Vergnügen wie das Verzehren eines Kuhfladens.

Es hatte den Eindruck, als sollte meine Bestrafung in dem abgrundtiefen Schweigen und der totalen Mißachtung derer bestehen, die das Königreich regierten. Doch für mich war das weniger eine Strafe als ein Segen. Ich hatte eine Menge zu tun und verspürte nicht den geringsten Wunsch, meine Zeit damit zu vergeuden, daß ich mich mit zwei übelgelaunten, hochgradig empfindlichen Schreibtischhengsten herumstritt, die nicht aufhörten, ihre Wunden zu lecken.

Ich hatte Piedmont einen Brief geschrieben und ihm darin lediglich meinen Wunsch dargelegt, noch ein weiteres Jahr auf der Insel zu unterrichten. Auf die Angabe meiner Gründe für diesen Wunsch verzichtete ich. Sie waren persönlicher Natur, aber fundiert und durchaus vertretbar.

Als Bernie und ich während des Sommers die Insel besuchten, hörte ich manche Leute einen Gedanken aussprechen, der mich sehr beunruhigte. Sie verhöhnten Mrs. Brown unablässig. Sie behaupteten, sie sei eine schlechte Lehrerin, weil sie eine farbige Lehrerin sei. Als ich versuchte, ihnen diesen Aberglauben auszureden, schüttelten sie die Köpfe und meinten:

»Es iss so. All die farbigen Lehrer nich gut für die Kinder!«

Unwissentlich und ohne es zu wollen, hatte ich ein neues Vorurteil auf die Insel gebracht. Ein neues Klischee, das sich unter den Eltern der Kinder von Yamacraw mit der Unaufhaltsamkeit einer schleichenden Krankheit auszubreiten schien. Und die große Gefahr dieser Idee lag in der Tatsache, daß ich der Versuchung erliegen könnte, auf der Insel die Rolle eines Ted Stone in Schulfragen zu übernehmen. Ich würde zwar versuchen, ehrlich und mit Hingabe meinen Job zu machen, gleichzeitig jedoch nicht verhindern können, dem Mythos von der weißen Überlegenheit auf allen Gebieten neue Nahrung zu geben. Deshalb bot ich Piedmont meine Kündigung für den Juni des kommenden Jahres an. Außerdem versprach ich ihm bei der Suche nach einem geeigneten Nachfolger gern behilflich zu sein. Ich dachte dabei an ein idealistisches schwarzes Lehrerehepaar, das auf der Insel leben und versuchen würde, sich ein vernünftiges Image aufzubauen, mit dem Kinder und Eltern sich identifizieren könnten.

Doch dies lag im Augenblick noch in ferner Zukunft. Mein Kopf war voller Ideen für die Gegenwart. Ich wollte, daß das letzte Jahr für die Kinder zu einem großen Fest wurde, bei dem sie den Zauber und die Schönheit ihrer Insel erleben sollten. Im ersten Jahr hatte ich mich viel zu sehr darauf konzentriert, ihnen ein Fenster in die Welt jenseits der Insel aufzustoßen, was natürlich auf Kosten ihres ureigensten Lebensraums geschehen war.

So begannen wir also zunächst einmal damit, das Klassenzimmer in einen Zoo zu verwandeln. Wir durchstreiften den Wald auf der Suche nach den verschiedensten Pflanzen- und Tierarten, legten neben dem Schulhof einen Garten an, unternahmen eine herrliche Wanderung durch die Wälder zum Strand, wo wir Seetiere sammelten, die angeschwemmt worden waren, und in unseren Kleidern ein Bad in der Nachmittagsbrandung nahmen.

Wir planten die Zucht von Schweinen und Hühnern und träumten von einer Art landwirtschaftlicher Genossenschaft, die wir gründen würden. Wir waren alle voller Ideen und Einfälle. Wir würden zeichnen, malen, lachen und alles lesen, was uns unter die Finger kam.

Die ersten drei Wochen des neuen Schuljahrs vergingen wie in einem wundervollen glücklichen Rausch.

Mrs. Brown wirkte in dieser Zeit gefügiger. Sie war ruhiger, zurückhaltender und auch nachdenklicher als früher. Sie schien sich innerlich zu einer Laisser-faire-Haltung durchgerungen zu haben, was mich und meine undisziplinierte Klasse betraf. Und dann war sie plötzlich spurlos verschwunden. Ohne ein Wort des Abschieds oder einen Hinweis auf ihr Vorhaben tauchte sie einfach weg. Am Freitagmorgen in der zweiten Woche nach den Sommerferien hielt sie wie üblich ihren Unterricht, stieg dann in ihren Wagen und verließ die Schule und die Insel. Zehn Tage blieb sie fort. Nach ihrer Rückkehr nannte sie mit keinem Wort einen Grund für ihre Abwesenheit, und ich fragte sie auch nicht danach. Ihre Abwesenheit wirkte stimulierend auf den Unterricht, und nie war Schule schöner für mich und die Kinder als in dieser Zeit.

Außerdem reagierten die Kinder hervorragend auf die Gegenwart von Jim und Vivian Strand. Jim und Vivian waren VISTA-Freiwillige, die an die Schule von Yamacraw versetzt worden waren. Beide stammten aus Detroit, Michigan, und beide kamen mit den Kindern hervorragend zurecht. Jim war ein ausgezeichneter Gitarrenspieler, der einst in den rauchgeschwängerten Studentenkneipen rings um die Universität von Michigan seine ersten Erfolge gefeiert hatte. Ich stellte ihn mir als Nachmittagstroubadour vor, der den Kindern in Liedern, Balladen und Spirituals die Geschichte Amerikas erzählte und nahebrachte. Ich konnte ihn mir auch vorstellen, wie er den Kindern musikalisch das Einmaleins beibrachte und interessierten Schülern Gitarrenunterricht erteilte.

Vivian war eine lebhafte, attraktive junge Italienerin, die sich in Michigan auf den Unterricht an Sonderschulen spezialisiert hatte und für den Unterricht bei den Yamacraw-Kindern im Grunde besser geeignet war als ich. Sie sprudelte über von Ideen, wie sie den Zwillingen das Lesen und Jasper das Zusammenzählen beibringen wollte. In der Tat gab ihre Anwesenheit auf der Insel Grund zu der Hoffnung, daß viele Probleme der Kinder gelöst werden konnten durch die Zufuhr neuer Ideen und durch ein Auswechseln alter Gesichter gegen neue.

Ich plante drei große Ausflüge. Der erste sollte Mitte Oktober stattfinden. Dale Hryharrow, eine Jugendfreundin von mir, besuchte die Emory-Universität in Atlanta. Sie hatte den Kindern bei ihren Professoren Unterkunft und Verpflegung für eine Woche besorgt und außerdem einen bekannten Schwimmlehrer, der Rettungsschwimmer ausbildete, für die Idee gewonnen, den Kids an jedem Morgen ihres Aufenthalts in Atlanta Schwimmunterricht zu erteilen. Während des ganzen Sommers hatten wir über die Fahrt gesprochen, und Dale traf die ersten Vorbereitungen und Absprachen dafür bereits Mitte September.

Im Frühjahr faßten Bernie und ich den Plan, mit den Kindern nach Boston zu fahren. Bernie hatte Beaufort verlassen und die Leitung der Schule in Port Royal aufgegeben, um auf der Havard-Universität, dem Allerheiligsten der wissenschaftlichen Bildung, einen höheren akademischen Grad zu erwerben, der ihn gewissermaßen in den geistigen Adelsstand erhob. Er rief mich mehrmals von Cambridge aus an und sagte mir, daß wir höchstwahrscheinlich einen Zuschuß der Bundesregierung für unseren Trip nach Boston erhalten würden. Außerdem war er auf den Einfall gekommen, die Fahrt mit einem Abstecher nach New York zu verbinden, falls ich die

Schulbehörde dazu bringen könnte, unseren Plänen ihr Einverständnis zu erteilen.

Die letzte Reise, die auf unserem Programm stand, war die ehrgeizigste von allen. Nach Beendigung des Schuljahres wollte ich die Kinder von Yamacraw in mehrere Volkswagenbusse verladen und mit ihnen Richtung Kalifornien aufbrechen. Die California Boys hatten mir versprochen, die Karawane an der Westküste in Empfang zu nehmen und den Kids ihren Staat zu zeigen. Vorgesehen waren: Zelttouren in die Sierras, der Besuch von Disneyland, Gastunterricht in Santa Cruz, Fahrten in die Weinbaugebiete, nach Hollywood und ins Death Valley.

Ich wußte zwar noch nicht, wie ich die ganze Expedition finanzieren sollte, aber ich wußte, daß mir schon etwas einfallen würde. Wenn ich es fertigbrachte, die Kids 600 Meilen weit zu befördern, dann sollten 3000 kein unüberwindliches Hindernis sein. Das Ganze war lediglich eine Frage der Geographie, eine Frage guter Fahrzeuge und eine Frage reichlich vorhandener Greenback-Dollars, nichts weiter. Und Leute vom Cowell College hatten mir bereits versprochen, bei der Lösung des finanziellen Problems tatkräftig mitzuwirken.

Mein erstes Hauptproblem im neuen Schuljahr waren die Geldmittel zur Finanzierung der Fahrt nach Atlanta. Die Schulbehörde würde keinen Cent dafür herausrükken. Dr. Piedmont würde nicht im Traum daran denken, Gelder, die für andere Projekte vorgesehen waren, zweckentfremdet für unseren Ausflug zur Verfügung zu stellen. In der Tat sah es so aus, als würde das Bankkonto der Conroys im Monat November erschreckend stark zur Ader gelassen werden.

Aber dann rief Bill Dufford an.

Bill war mein High-School-Rektor gewesen, ein gutaussehender, hünenhafter Mann, ein ungewöhnlich fähiger Verwaltungsbeamter und eine der prächtigsten Persönlichkeiten, denen ich jemals begegnet bin. Es war Bill Dufford, dessen Vorbild bei meiner Berufswahl keine ganz unbedeutende Rolle gespielt hatte. Für ihn war Erziehung eine Berufung, die der Berufung zum Priestertum in nichts nachstand. Und es war eine der größten Gaben, die er besaß, daß er seinen Glauben an den hohen Rang des Lehrberufs an seine Schüler weiterzugeben vermochte. Eine ganze Reihe von ihnen entschied sich unter seinem Einfluß für diesen Weg. Einige, wie zum Beispiel Bernie Schein, brachten es sogar bis zum Schulleiter.

Doch Bill sollte den gleichen Gesinnungswandel durchmachen, den auch wir in den Sechzigern erfuhren. Früher hatte er einmal den Ausspruch getan, er werde niemals Rektor einer Schule werden, die auch nur einen einzigen Nigger auf ihrer Schülerliste habe. Als Anhänger der Rassentrennung war er ein leidenschaftlicher Verteidiger der weißen Vorrangstellung und all dessen, was sie beinhaltete. Er war in dieser Zeit mein Rektor gewesen, genau in jenen Jahren meiner glücklichen, aber hirnlosen, unkritischen Jugend, als die Beaufort High-School einer belagerten Burg glich, die zwar noch weiß war, jedoch bereits beunruhigt wurde von den Urteilen und Entscheidungen, die der Oberste Gerichtshof erließ. Dennoch waren es fröhliche, unbeschwerte Jahre. Bill schritt durch die Korridore, lachend, heiter und nie ohne ein freundliches Wort für jeden, dem er begegnete. Und er verstand es, ein Gefühl der Gemeinschaft und der Zusammengehörigkeit zu schaffen, das ich nie zuvor gekannt hatte. Zwei Jahre später hielt Roland Washington in einem Akt höchster Zivilcourage seinen Einzug in die Beaufort High-School. Vermutlich hörte er nicht, wie die Mauern von Jericho hinter ihm einzustürzen begannen.

Bill verließ die Schule, ein Jahr nachdem sich Roland mutig und mit Todesverachtung den Zutritt zur High-School erzwungen hatte. Er ging an die Universität von Florida, um den Doktortitel zu erwerben. Ich schrieb ihm häufig, während er dort war, und in den Sommermonaten besuchte ich ihn mehrmals.

Obwohl schon vierzig, machte er dort eine ans Wunderbare grenzende Wandlung durch. Es war eine Wandlung, die mit Zehntausenden anderer Menschen überall im Süden vor sich ging. Aber bei Bill war es mehr. Seine Wandlung war eine Art religiöser Konversion, die sich schließlich auch in praktischem Handeln niederschlug.

Bill wurde der Leiter einer High-School in Sumter, South Carolina. Innerhalb eines einzigen Jahres machte er aus einer Schule, die an ihren Rassenproblemen zugrunde zu gehen drohte, eine der hervorragendsten und am besten funktionierenden Schulen des Staates. Seine Koteletten waren ein wenig lang, zugegeben. Und es war bekannt von ihm, daß er aus seiner Sympathie für die schwarzen Schüler und ihre Probleme keinen Hehl machte. Kein Wunder also, daß er dem Unterrichtsministerium ein Dorn im Auge war. Man setzte ihn ständig unter Druck, und zu guter Letzt legte man ihm nahe, sich anderswo einen Job zu suchen. Bill steckte diesen Tiefschlag weg wie eine Verwundung, die er sich in einem Kreuzzug, in einem heiligen Krieg, zugezogen hatte.

Er nahm schließlich eine Stelle beim Desegregation Center of South Carolina an, das für die Aufhebung der Rassentrennung arbeitete. Diese äußerst umstrittene Gruppe setzte sich aus Bewohnern von South Carolina zusammen, die es sich zum Ziel gesetzt hatten, im Staat die totale Niederreißung der Rassenschranken durchzusetzen. Sie gingen in die Schulbezirke, sprachen mit Lehrern, die der Annäherung von Schwarz und Weiß noch skeptisch gegenüberstanden, sprachen mit den Schülern und machten die Leute mit den Programmen bekannt, die bei der Einführung des einheitlichen Schulsystems im Bezirk Hilfestellung leisten sollten.

Bill rief mich in seiner Eigenschaft als Direktor des Desegregation Center an und bot mir einen Beraterposten in Ridgeland, South Carolina, an. Der Job war mit fünfundsechzig Dollar pro Tag dotiert, dauerte fünf Tage und brachte mir genügend Geld ein, um meinen Kids die Reise nach Atlanta zu sichern.

Ich machte einen Freudensprung, als ich das hörte.

Natürlich konnte ich Dr. Piedmont nichts von diesem Job erzählen, da er das Desegregation Center mit der Beulenpest gleichsetzte. Piedmont machte seinen Gefühlen gegenüber dieser Bewegung Luft in den Vorschullehrer-Konferenzen, die er regelmäßig abhielt. Nicht eine dieser Veranstaltungen ging zu Ende, ohne daß er nicht über das Center herfiel und seine Mitglieder Kommunisten und östliche Agitatoren schimpfte.

Ich gedachte, an diesen fünf Tagen bis zum Nachmittag in der Schule zu bleiben, mich dann bei Mrs. Brown zu entschuldigen, die Klasse Vivian zu übergeben und gegen drei nach Ridgeland aufzubrechen. Mrs. Brown hätte einen Schlaganfall erlitten, wenn sie von meinem Vorhaben erfahren hätte, aber ich war entschlossen, genau nach diesem Plan vorzugehen. Sollte mir das nicht möglich sein, würde ich mir fünf Tage Urlaub nehmen, um mir das Geld zu verdienen. Im Beaufort County standen jedem Lehrer zehn solche persönliche Urlaubstage pro Jahr zu.

Doch bevor es dazu kam, diesen Plan in die Tat umzusetzen, fuhr Vivian zur Schulbehörde, um mit Dr. Piedmont und Mr. Bennington über ihre eigenen Pläne zur Gestaltung des Unterrichts auf der Insel zu sprechen. Als sie abends zu mir nach Hause kam, erzählte sie mir, daß Piedmont und Bennington kein Blatt vor den Mund genommen hätten, was ihre Meinung über mich betraf. Sie hätten das Messer gegen mich geschliffen. Sie warteten nur auf eine Gelegenheit, mir eins auszuwischen. Vivian befürchtete, daß sie mich feuern würden, wenn ich an mehreren Nachmittagen den Unterricht schwänzte, um nach Ridgeland zu fahren. Sie hatte Angst, die Schulbehörde könnte Wind davon bekommen.

Das war ein schlimmer Schlag für mich und meine Pläne. Ich hatte nicht den Wunsch, mich erneut mit Piedmont anzulegen, wollte ihm aber auch keinen Vorwand liefern, mir einen Tritt in den Hintern zu geben. Also beschloß ich, Plan Nummer zwei zur Anwendung zu bringen. Ich fuhr Vivian und Jim nach Bluffton zum Hafen, wo ich das Boot liegen hatte, gab Vivian das Unterrichtsprogramm für eine Woche und erklärte Jim, wie das Boot funktionierte. Dann bat ich Vivian, Mrs. Brown auszurichten, daß ich fünf Tage meines außerplanmäßigen Urlaubs nähme und am Montag in einer Woche wieder zurück sei.

»Und sagt den Kids, daß wir nach Atlanta fahren!« rief ich ihnen nach, während sie aus dem Hafen tuckerten.

Es wurde eine faszinierende Woche.

Das Desegregation Center war das erste, das ich kennenlernte. Noch nie hatte ich eine Vereinigung von Schwarzen und Weißen erlebt, die für ein gemeinsames Ziel arbeiteten. Die Gruppe bestand ausschließlich aus Südstaatlern. Es waren ohne Ausnahme hochgebildete und redegewandte Leute.

Die Stadt Ridgeland hatte beträchtliche Schwierigkeiten, sich mit einer totalen Rassenintegration anzufreunden. Der Boykott von weißen Schülern führte zum Boykott von schwarzen Schülern. Schwarze und weiße Eltern protestierten und forderten entsprechende Maßnahmen zur Erhaltung des alten Schulsystems.

Daher meine Einladung ins Desegregation Center.

Die Woche war vollgestopft mit Podiumsgesprächen, Vorträgen, Filmvorführungen und Gesprächen in kleinen Gruppen. Viele weiße Lehrer vermochten die alten Wege nur zögernd zu verlassen, doch es war irgendwie ergreifend, alte weißhaarige Ladys zu erleben, die sich mit großer Ernsthaftigkeit bemühten, den Anbruch eines neuen Zeitalters zu verstehen. Schwarze Lehrer berichteten den Weißen von den alten Tagen, da schon der flüchtige Blick auf ein weißes Mädchen genügt hatte, um eine blutige Auseinandersetzung heraufzubeschwören.

Diese Woche war eine ergreifende Zeremonie, das feierliche Bemühen entgegengesetzter Kräfte, eine gemeinsame Plattform für eine fruchtbare Zusammenarbeit zum Wohl der Jugend Amerikas zu finden. Es war eine Woche großer Gefühle und starker Empfindungen. Es geschahen keine Wunder in diesen fünf Tagen, aber dennoch war ich froh und stolz, an dieser Begegnung teilgenommen zu haben. Und mitsamt der Reise- und sonstiger Spesen hatte ich über 400 Dollar für die Fahrt nach Atlanta verdient.

Am Sonntagabend danach berichtete ich Barbara von meinen Erlebnissen in Ridgeland. Dann nahm ich mit Jessica und Melissa ein Bad. Als ich aus dem Badezimmer kam, läutete das Telefon.

Eine bekannte Stimme am anderen Ende der Leitung sagte:

»Hallo, Pat, hier spricht Doktor Piedmont. Wo waren Sie diese Woche?«

»Ich war im Desegregation Center von South Carolina«, antwortete ich.

»Well, ich möchte nicht, daß Sie auf die Insel zurückkehren. Haben Sie mich verstanden? Ich will nicht, daß Sie dorthin zurückgehen!«

Am anderen Ende der Leitung wurde aufgelegt.

Was mich bei dem Anruf vor allem schockte, war Piedmonts Stimme. Nie zuvor hatte ich einen Menschen mit einer so scharfen, ja haßerfüllten Stimme sprechen hören. Sein Ton war bösartig. Es entsetzte mich, daß ich imstande war, in einem anderen menschlichen Wesen einen solchen Abscheu zu erwecken. Erst einige Zeit später begriff ich, daß ich gefeuert war.

Dann kam es zum Krieg zwischen uns. Meine Laufbahn als Lehrer war mit diesem Anruf beendet. Piedmont war nicht der Mann, der sich an einem Sonntagabend ans Telefon hing, um leere Drohungen gegen jemanden auszustoßen. Er war entschlossen, meine Karriere als Lehrer zu zerstören und mich wie einen räudigen Hund aus der Stadt zu vertreiben.

Am Tag nach dem Anruf erhielt ich einen Brief von ihm. In diesem Brief zählte er die Gründe auf, die zu meinem Rausschmiß geführt hätten: Nichtbeachtung von Anweisungen, Ungehorsam, ein für einen Erzieher ungebührliches Benehmen und grobe Pflichtverletzung.

Dem Brief beigefügt war ein Abfindungsscheck, der wohl die letzte Zahlung des Beaufort County an mich darstellte. Die eiskalte Präzision, mit der Piedmont seinen Todesstoß geführt hatte, war außerordentlich beeindruckend. Am folgenden Abend trat der Ausschuß zusammen und klatschte seinem Zeus ob seiner Entscheidung begeistert Beifall. Innerhalb einer Zeitspanne von achtundvierzig Stunden hatte man mich endgültig von Yamacraw Island vertrieben.

Meine Reaktion auf dieses Ereignis war nicht besonders gut. Mein erster Gedanke war, zu Piedmont nach Hause zu laufen, an seine Tür zu klopfen und ihm die geballte Faust aufs Kinn zu pflanzen. Ich reagiere nie mit Würde auf Katastrophen in meinem Leben, sondern entsetzlich gefühlsgeladen, was natürlich kindisch ist und was ich immer schon bald bedaure. Doch nach meinem ersten vulkanartigen Wutausbruch, in dem ich gegen die Dämonen wütete, die meinen Sturz herbeigeführt hatten, wurde ich gefaßter und versuchte mir eine Übersicht zu verschaffen über die Waffen, die mir zur Verfügung standen.

Ich wohnte länger in Beaufort als Piedmont, sieben Jahre länger. Und ich hielt dies für einen großen psychologischen Vorteil. Meine Freunde, mit denen ich zur Schule gegangen war, besaßen jetzt Tankstellen, installierten Klimaanlagen, verkauften Kleider und schnitten Haare. Ich konnte mich an sie wenden, sie um Hilfe bitten, und ich durfte sicher sein, daß sie meinen Fall flächendeckend überall im County bekanntmachen und dafür sorgen würden, daß er auch die äußerst hellhörigen Ohren der Ausschußmitglieder erreichte. Ich konnte mich an meine früheren Schüler wenden und sie um Hilfe bitten. Ich konnte die lokalen Politiker einschalten. Und schließlich und endlich konnte ich zu den Zeitungen gehen. Solange meine Entlassung nicht offiziell ausgesprochen worden war, hatte ich die Möglichkeit, den Ausschuß anzurufen. Doch es bedurfte keiner übermäßigen Intelligenz, um zu wissen, wie zweischneidig ein solches Unterfangen war. Aber das machte mir nichts aus. Ich wollte, daß man öffentlich Stellung bezog, ob nun für mich oder gegen mich.

Um ehrlich zu sein – es sah alles danach aus, daß sich die öffentliche Meinung gegen mich stellte. In dieser elften Stunde wurde mir klar, daß es da nämlich eine Sache gab, die mir in meinem Kampf gegen Piedmont zum Verhängnis werden konnte. Im vorausgegangenen Frühjahr hatte Barbara einen Brief von Marys Mutter bekommen. Der Brief war nicht gerade hohe Literatur gewesen, doch die Botschaft, die er enthielt, bedurfte keiner Übersetzung. Sie fragte an, ob Mary, wenn sie im nächsten Jahr die Insel verließ, um die High-School zu besuchen, bei Barbara und mir wohnen könne. Mrs. Toomer schrieb, daß Mary unser Haus liebte, sich wohl bei uns fühlte und gerne bei uns leben würde. Offenkundig hatte Mrs. Toomer es fertiggebracht, im Amerika des zwanzigsten Jahrhunderts zu leben und sich dabei eine erstaunliche Unschuld in bezug auf die Beziehungen zwischen Schwarzen und Weißen zu bewahren. Oder sie glaubte, weil Barbara die Kinder häufig zu den Wochenenden zu uns einlud, wäre es nur eine ganz natürliche Ausweitung dieser Besuche, wenn Mary gleich das ganze Jahr bei uns blieb. Was immer auch die Gründe für ihre Bitte sein mochten, sie legte den Schwarzen Peter der Entscheidung vertrauensvoll in Barbaras Hände.

Wir diskutierten die Bitte gründlich. Beide fürchteten wir die Reaktion der Nachbarn. Wir waren sicher, daß The Point die Idee eines Haushalts ohne Rassenschranken nicht gerade frenetisch bejubeln würde. Gleichzeitig wußten wir, daß Mary eine echte Chance in der Welt hatte, wenn sie nur auf die rechte Art ermutigt wurde. Die Schwangerschaftsrate war hoch unter den Mädchen, welche die Insel verließen. Mit der Beaufsichtigung durch ihre Eltern war es wirklich nicht weit her.

Also schrieb Barbara an Mrs. Toomer, daß wir uns glücklich schätzten, Mary im kommenden Jahr in unser Haus und unsere Familie aufzunehmen.

Natürlich erhielten wir danach unverzüglich Briefe von Franks und von Top Cats Mutter, die anfragten, ob ihre Söhne ebenfalls im nächsten Jahr bei uns wohnen könnten. Als sich der Rauch dann schließlich verzogen hatte und die Schule begann, wohnten drei Neuntkläßler in unserem geräumigen Haus auf dem historischen Point.

Ich hatte eine Theorie, die besagte, daß man dich in Ruhe läßt, wenn du bestimmte Dinge wie selbstverständlich angehst und sie vor allem nicht gleich an die große Glocke hängst. Doch die Anwesenheit von drei schwarzen Kindern reizte einige Leute mit weit mehr Macht und Einfluß, als ich sie besaß. Einige häßliche Gerüchte machten hinter unserem Rücken die Runde. Und diese häßlichen Gerüchte waren es wohl auch, die Piedmont dazu anspornten, meinen Kopf auf den Richtblock zu legen.

Ich hatte in der Tat Schwierigkeiten und Ärger seit dem Tag, als ich jenes Verbrechen beging, das praktisch einer Gotteslästerung gleichkam. Ich hatte Piedmont vor den Augen seines Schulausschusses angeprangert. Und nun hatte ich zu allem Überfluß auch noch drei Nigger in mein Haus geholt.

Es hatte den Anschein, als lebte der alte Süden noch. Na schön, die Methoden waren etwas subtiler geworden. Es fehlten die Kapuzen und die Nachtreiter, aber immer noch gab es jene Macht, die nicht die kleinste Abweichung von der Norm duldete.

Am Dienstag ging ich zu dem örtlichen Abgeordneten und bat ihn um Hilfe. Ich erzählte ihm meine Geschichte von Anfang an, ließ ihn wissen, daß ich ihn bei der letzten Wahl gewählt hatte, und erhielt von ihm zum Schluß eine wertvolle Lektion in der Kunst des Überlebens. Ich machte die bittere Erfahrung, daß man von Politikern nie eine Hilfe erwarten sollte. Sie hören sich die Nöte der Leute an, nicken verständnisvoll, geben von Zeit zu Zeit ihrem Mitgefühl Ausdruck, versprechen einem, alles zu tun, was in ihren Kräften steht, und tun zu guter Letzt nichts. Vielleicht hätte ich von einer Qualle, die ein Herbststurm an den Strand spülte, mehr Hilfe bekommen als von ihm.

Die Mächtigen von Beaufort würden mir nicht helfen. Also zog ich meine einzige Trumpfkarte und fuhr nach Yamacraw. Ich bat um eine Zusammenkunft im Gemeinschaftshaus am Donnerstag um sechs Uhr nachmittags. Ich ließ die Leute wissen, daß man mich entlassen hatte und ich mit ihnen darüber sprechen möchte. Richie Metta, mein singender Freund, bot mir sein Boot an, und wir fuhren zur Insel. Edna Graves holte uns am Hafen mit ihrem Ochsenkarren ab, und sie sah wahrhaftig nicht wie eine Siebzigjährige aus. Ihre Augen leuchteten, als sie uns sah. Und als ich die Kaimauer hinaufstieg, rief sie:

»Wir werden Schule sabotieren! Wir werden Schule sabotieren!«

Es war eine ungewöhnliche Zusammenkunft an diesem Tag. Die Leute von Yamacraw waren völlig unpolitisch. Sie neigten dazu, sich in Krisen passiv zu verhalten, und glaubten an das ungeschriebene Gesetz, daß auf schlechte Zeiten auch wieder gute folgen. Im Laufe ihrer Geschichte hatten sie gelernt, daß es leichter und sicherer war, auf den Wellen zu schwimmen, gleichgültig, wie gefahrvoll es sein konnte. Der weiße Mann traf die Entscheidung und machte die Gesetze. Der schwarze Mann zollte diesen Gesetzen nach außen hin seine Anerkennung, ließ es aber bei diesen Lippenbekenntnissen und lebte weiter nach den eigenen Bräuchen und Überlieferungen. Ziel dieser Zusammenkunft war für mich, die

Menschen darüber zu informieren, was geschehen war und warum es geschehen war. Ich wollte, daß sie wußten, daß weiße Männer manchmal auch gemein und niederträchtig zu weißen Männern waren.

Etwa fünfzig Leute hatten sich im Gemeinschaftshaus versammelt. Alle meine Schüler waren anwesend und machten einen beunruhigten und verwirrten Eindruck. Ich sprach hastig und verärgert. Es war keine Rede, die ich hielt, sondern eine Tirade. Conrack entdeckte an diesem Abend, sehr zu seinem Mißvergnügen, daß er einen Hang zum Demagogen hatte. Ich sagte ihnen das, was ich über die Schulbehörde dachte, nahm kein Blatt vor den Mund, was die Schule der Insel betraf und den Unterricht, den die Kinder dort bekamen. Mitten in meinem Vortrag rief eine Frau:

»Schreiben wir 'ne Petition!«

»Petitionen waren gut in diesem Sommer, aber jetzt taugen sie einen Dreck«, antwortete ich. »Die Zeit für Bittschriften ist vorbei.«

Dann sagte Edna, die Wunderbare, gebieterisch: »Geben nur eins: Wir werden Schule sabotieren. Keine Kinder nich gehen zu diese Schulhaustür.«

Dann schrien alle Mütter: »Wir Schule sabotieren! Fangen morgen an.«

Ich warnte sie vor der Gefahr eines Unterrichtsboykotts.

»Wenn ihr die Schule boykottiert, müßt ihr damit rechnen, daß Männer kommen und euch festnehmen. Bennington fährt mit einem Wagen voller Polizisten bei euch vor und erklärt, daß ihr verpflichtet seid, eure Kinder zur Schule zu schicken. Der Sheriff erscheint auf der

Insel und erklärt, daß es gesetzwidrig ist, was ihr tut. Und um die Schule zu boykottieren, braucht ihr so viel Schneid wie noch nie in eurem Leben.«

»Mann, dieser alte leere Schulbus werden so hübsch aussehen, wenn er an meinem Haus vorbeifahren und keine Kinder drin!« sagte Cindy Lous Großmutter.

»Jeder, der schicken seine Kinder in alte Schule, bekommen Prügel von anderen Eltern«, erklärte Edna.

»Bekommen Prügel mit Knüppel!« rief eine dritte Stimme.

Ich sah meine Schüler an, bevor sie den Raum verließen. Richard und Saul weinten. Die anderen wirkten völlig verstört.

»Ich werde alles versuchen, um wieder zu euch zu kommen!« sagte ich. »Ich verspreche es euch!«

Dann fiel mein Blick auf Iris Glover. Und es kam mir wie eine Ironie des Schicksals vor, daß sich ausgerechnet die angebliche Kräuterhexe und Herrin der Finsternis, die ich am Anfang für meine größte Bedrohung und gefährlichste Feindin auf der Insel gehalten hatte, als meine wortgewaltigste Parteigängerin erwies. Es kam mir wie ein gutes Omen vor.

Am nächsten Morgen legte der gelbe Schulbus die lange Strecke entlang der Inselküste ohne ein einziges Schulkind zurück.

Der Boykott von Yamacraw Island hatte begonnen.

*

Doch die Inselbewohner und ich hatten keine Ahnung von der Macht der Behörde und davon, wie diese funktioniert. Und so sollte man uns sehr bald einige blitzschnelle und unvergeßliche Lektionen erteilen. Am Tag nach dem Boykott erschien ein Mann auf der Insel. Er ging mit einer massiven Drohung der Behörde von Haus zu Haus. Wenn die Eltern ihre Kinder am Montag nicht wieder zur Schule schickten, müßten sie mit einer dreißigtägigen Gefängnisstrafe und einer Geldbuße von fünfzig Dollar pro Tag wegen Zuwiderhandlung gegen das Schulpflichtgesetz rechnen. Dies versetzte die Insel in eine leichte Panikstimmung, und viele Mütter fürchteten, der Mann wäre der Vorbote des Gesetzes. Am Montag waren vier Kinder wieder in der Schule. Interessant festzustellen, daß die Kinder, die den Boykott brachen, aus Familien kamen, deren Eltern für die Schule arbeiteten und deren Einkünfte davon abhingen, ob Unterricht gehalten wurde oder nicht. Das Gerücht verbreitete sich, daß man den beiden Müttern mit dem Verlust ihrer Arbeit gedroht habe.

Als ich von diesen Einschüchterungsversuchen hörte, kehrte ich auf die Insel zurück, um den Leuten zu sagen, daß das Gesetz zur Durchführung der Schulpflicht im Staat South Carolina nie zur Anwendung gekommen sei. Edna Graves war eine der ersten Inselbewohner, mit denen ich an diesem Tag sprach.

»Ist bei Ihnen ein Mann von der Schulbehörde gewesen, Edna?« fragte ich.

»Yeah, er hier gewesen und sagen irgendwelches Zeug.«

»Und was hat er gesagt?«

»Er sagen Edna, Sie gehen in Gefängnis, wenn Kinder nich wieder schicken in Schule. Er sagen, ich zahlen fünfzig Dollar für jeden Tag, den Kinder nich in Schulhaus.

Ich ihm sagen, er schieben Arsch aus meinem Hof. Ich sagen, er kann Edna für neunundneunzig Jahre in Gefängnis stecken, ihre Kinder trotzdem nich gehen in Schulhaus.«

Eine Gruppe von Müttern hatte sich in Ednas Hof versammelt. Ich sagte ihnen, daß die Sache jetzt ernst werde. Sie nickten zustimmend. Auf ihren Gesichtern lag der Ausdruck feierlichen Ernstes.

Lois, Ethels Mutter, berichtete, bei ihr sei ein anderer Mann gewesen. Er hatte ihr die Sperrung ihrer Wohlfahrtsschecks angedroht, wenn die Kinder nicht zur Schule kämen.

Ich versuchte sie zu beruhigen und erklärte ihnen, gewisse Weiße würden nichts unversucht lassen, um den Boykott zu beenden. Dann fragte ich die sechs Mütter, warum sie zum Haus von Edna gekommen seien. Dies war nämlich die größte Mütterversammlung, die ich je vor einem Privathaus gesehen hatte.

»Wir warten«, sagte eine der schwarzen Ladys.

»Worauf?« fragte ich.

»Auf Lizzie«, erwiderte eine andere. Lizzie war Marys Mutter.

»Warum?«

»Wir sie verprügeln.«

»Sie brechen Boykott. Wir sagen, wir jeden verprügeln, der Streik brechen. Lizzie ihn brechen. Also wir sie gut verprügeln.«

»Oh, das ist großartig. Das ist wirklich großartig! Himmel, Sie können nicht einfach herummarschieren und alle Leute verprügeln, die mit dem Boykott nicht einverstanden sind. Wenn Lizzie ihre Kinder nicht zu Hause halten will und sie in die Schule schickt, ist das ihre Angelegenheit.«

»Wir ihr schon nich weh tun.«

»Nein, ich möchte das nicht! Lizzie hat vielleicht Angst um ihren Job. Das könnt ihr einer Mutter nicht übelnehmen.«

»Lizzies Tochter Mary bei dir wohnen?«

»Ja, Edna, das wissen Sie doch.«

»Die Weißen nich wollen, daß farbige Kinder bei dir wohnen. Du haben farbige Kinder in deinem Haus. Sie nich gernhaben keinen, der Farbigen helfen. Keinen! Ich dir sagen! Wenn ich wär' du, ich nach Hause gehen und Mary auf die Straße setzen. Wenn ihre Mama ihre Kinder nich können aus keiner Schule halten, ich nich würd' behalten Lizzies Blag in meinem Haus in Beaufort.«

»Lizzie hat nur Angst, Edna. Sie tut das nicht, weil sie gegen uns ist. Sie hat nur Angst.«

»Edna keine Angst haben vor nix!«

»Das weiß ich, Edna. Aber Sie können keinen anderen Menschen schlagen, weil er nicht so mutig ist wie Sie.«

Lizzie wurde an diesem Tag nicht verprügelt. Aber Jemand mußte sie stark unter Druck gesetzt haben, denn am nächsten Tag stand die Front der Streikenden wieder wie eine Eins, und niemand war ausgeschert.

Dieser nächste Tag war auch noch aus einem anderen Grund wichtig. Er bildete nämlich das denkwürdige Datum, an dem Piedmont sich zum erstenmal gedrängt fühlte, den Fuß auf Yamacraw Island zu setzen.

Er kam in Begleitung Benningtons und eines Vollzugsbeamten der Schulbehörde. Es war die klassische Demonstration der Macht: Die schweren Geschütze wurden in Stellung gefahren. Sie setzten für ein Uhr eine Versammlung im Schulgebäude an. Niemand ließ sich sehen. Daraufhin machte sich Bennington auf den Weg. Er klapperte sämtliche Familien ab und erklärte den Leuten, der Superintendent der Schule erwarte sie zu einer Aussprache. Ich stand am Waldrand und beobachtete die Vorgänge beim Schulhaus. Sidney und Samuel hatten mich von Ednas Haus aus quer durch den Sumpf zu einer Stelle geführt, von der aus ich die ganze Szene wie von einem Feldherrnhügel aus überschauen konnte.

Sechs Leute waren es, die schließlich zu der Versammlung erschienen. Edna war auch darunter. Ich konnte sie schreien hören für den Rest des Nachmittags.

Piedmont erzählte den Eltern einige hochinteressante Dinge, so unter anderem, daß ich meine Miete nicht bezahlt hätte, als ich auf der Insel wohnte. Er sagte ihnen, ich hätte meine Stromrechnung nicht beglichen. Er sagte ihnen, ich hätte oft genug in Bluffton abgelegt, wäre aber nicht in Yamacraw angekommen. Außerdem sei ihm berichtet worden, daß ich einen großen Teil meiner Zeit im Nightclub von Yamacraw zugebracht habe.

Dieser Conrack war kein ehrenwerter Mann. Er war es nicht wert, daß man für ihn eintrat.

Piedmont drohte erneut mit Gefängnis und Bußgeldern. Dann zog er wieder ab.

Ich habe nie erfahren, wie ihm sein erster Ausflug auf die Insel gefallen hat.

Ein Reporter des Lokalanzeigers von Beaufort war mit mir auf die Insel gefahren. Man verwehrte ihm den Zutritt zu der Versammlung, aber er lauschte an der Tür. Zum Schluß, als die Herren aufbrachen, war er entschlossen, die Story zu bringen. Bis zu diesem Tag hatte ich über meinen Fall nicht mit der Presse gesprochen, da ich Piedmont, dem Ausschuß und den Politikern Zeit lassen wollte, damit sie ihre Entscheidung noch einmal überdenken konnten. Nach dem, was an diesem Nachmittag geschehen war, gab es für mich kein Halten mehr. Ich war bereit, zu singen wie ein Kanarienvogel. Doch als ich an diesem Tag nach Hause kam, hörte ich, daß die Rekrutierungsbehörde mich in die Gruppe 1 A zurückgestuft hatte. Wieder war ich geschlagen worden.

Am Freitag blies ich den Schulboykott vollständig ab. Zu viele Frauen waren beunruhigt durch die wirtschaftlichen und gerichtlichen Sanktionen, die man ihnen angedroht hatte. Als ich mit ihnen sprach, weinten einige fast, so groß war ihre Angst in den letzten Tagen gewesen. Es hatte ständig neue Repressalien gegen sie gegeben, und ich war schließlich zu der Einsicht gelangt, daß der Boykott eher Balsam für die Wunden meines verletzten Egos war als etwas, das der Insel und meinen Schülern wirklich helfen konnte. Der Boykott war das Leiden und die Furcht der Menschen nicht wert, die sich so tapfer darum bemühten, mir die Treue zu halten.

Edna allerdings würde ihre Kinder nicht zur Schule gehen lassen. Auch Cindy Lous Mutter blieb hartnäckig und hielt ihre Kinder zu Hause. Ihr Boykott dauerte eine Woche länger als der aller anderen. Bezeichnenderweise erhielt Edna nach dem Boykott fünf Monate lang keinen Scheck von der Wohlfahrt.

Die nächste Nummer in diesem Zirkus war meine Berufung vor den Schulausschuß. Ich hatte George Trask, einen jungen Anwalt aus Beaufort, gewonnen, der meinen Fall vor der Kommission vertreten wollte. George war überrascht von der Heftigkeit der Anschuldigungen, die Piedmont gegen mich erhob. Er sagte mir auch, daß das Gesetz den Schulbehörden weitreichende Vollmachten einräumte und schon »ein triftiger und hinreichender Grund« genügte, um mich aufzuspießen. Im Jargon der Anwälte brauchte ich auf einer Toilette nur einmal neben das Becken zu pinkeln und war dran, wenn die Schulbehörde der Meinung war, dies wäre »ein triftiger und hinreichender Grund« für meine Entlassung. Das Gericht jedenfalls würde sich ganz selbstverständlich und automatisch auf ihre Seite stellen.

Meine Aussichten standen also ziemlich schlecht. Aber ich war fest entschlossen zu kämpfen – koste es, was es wolle.

Als ich dann an einem spannungsgeladenen Dienstagabend den Sitzungssaal des Schulausschusses betrat, wurde mir augenblicklich klar, daß ich verlieren würde. Die Gesichter der Ausschußmitglieder waren unbeweglich und undurchdringlich. Sie trugen die Mienen von Soldaten in irgendeiner griechischen Tragödie. Der Dentist grinste höhnisch, als er mich sah. Der Arzt kam sich zu erhaben vor, um sich zu einer derartigen Gefühlsäußerung herabzulassen. Das ganze Gremium strahlte das Wohlwollen einer Menge in Lynchstimmung aus.

Meine Freunde waren wieder versammelt. Sie wirkten nüchterner und weniger aufgebracht als beim erstenmal. Sie waren nicht gekommen, um zu kämpfen, sondern um einer Hinrichtung beizuwohnen. Und sie sahen keine Möglichkeit, diese zu verhindern.

Die Mitglieder des Ausschusses hatten sich längst

allen Argumenten zu meinen Gunsten verschlossen, und alle Gesetze der Welt hätten sie nicht davon abhalten können, mich zu verurteilen.

Doch bei der Sitzung fielen einige in großer Erregung gemachte Äußerungen meiner Widersacher, die nicht unerwähnt bleiben sollen und es wert sind, für die Nachwelt aufbewahrt zu werden.

Piedmont erwiderte auf eine Frage George Trasks zu Beginn der Sitzung:

»Ich leite das demokratischste Schulsystem im Land. Wenn ein Lehrer mit dem, was sein Schulleiter tut, nicht einverstanden ist, kann er mit seiner Beschwerde zu mir kommen. Wenn die Antwort, die ich ihm gebe, ihn nicht zufriedenstellt, steht ihm der Weg zum Ausschuß offen. Gerade Pat sollte das wissen. Er ist nämlich der einzige Lehrer, den ich kenne, der von dieser Möglichkeit jemals Gebrauch gemacht hat. Natürlich, Pat glaubt, die Lehrer hätten Angst vor mir, aber ich habe ihm gesagt, daß niemand Angst vor mir zu haben braucht.« Sagt's und spürte nicht die Ironie in seinen Worten, die er selbstgefällig an die Versammelten richtete.

Und Bennington beantwortete die Frage eines Ausschußmitglieds mit dem Satz: »Mister Conroy suchte keinen Kontakt zu mir, seinem Vorgesetzten. Kontakt und Kommunikation waren sein Hauptproblem.«

Nachdem ich dem Ausschuß bewiesen hatte, daß Mrs. Brown die Insel verlassen hatte und zehn Tage lang fortgeblieben war, ohne irgend jemandem Bescheid zu geben, sagte George Trask:

»Sie, meine Damen und Herren, haben eine Schulleiterin, die an Schultagen nicht zum Unterricht erscheint, ohne jemandem ein Wort davon zu sagen und ohne sich mit ihrer Vertretung abzusprechen. Sie unternehmen nichts gegen sie. Einen anderen Lehrer jedoch, der seiner Vertretung genaue Unterrichtsanweisungen für die Zeit seiner Abwesenheit gibt, feuern Sie. Wie ich schon sagte, die ganze Sache ist absurd.«

Von Anfang bis Ende der Sitzung fühlte sich mein Magen wie ein Stein an. Die Leute, die mich verteidigten, taten es ohne Leidenschaft. Ihnen fehlte der Biß. Wir alle wußten, wie es ausgehen würde. Alles Reden war nur das theatralische Vorspiel zur endgültigen Verdammung. Schließlich bedeutete mir George, aufzustehen und mein Schlußwort zu sprechen.

Die Ansprache war nicht gerade eine Spitzenleistung. Ich war wütend. Ich hätte den Ausschußmitgliedern am liebsten gesagt, sie könnten mich mal ... Doch wenn ich überhaupt noch eine Chance hatte, dann die, vor den neun Richtern zu Kreuze zu kriechen. Also skizzierte ich meine Laufbahn als Lehrer im County. Ich sagte ihnen, daß man mir die Stelle eines stellvertretenden Schulleiters an der High-School angeboten habe, die ich jedoch abgelehnt hätte, weil ich weiter unterrichten wollte. Dann berichtete ich von meiner Enttäuschung, als ich herausfand, daß die Schule ein Ort der Kontrolluhren und Paragraphen war. Ein Ort, wo die Lehrer mehr mit dem Ausfüllen von Fragebogen und dem Schreiben von Berichten beschäftigt waren als mit den Schülern und wo die Schüler nur auf den Tag des Schulabschlusses warteten, um endlich von den langweiligen Fesseln des öffentlichen Lehrbetriebs befreit zu werden. »Ich versuchte, meine Unterrichtsstunden zu anregenden Erlebnissen für meine Schüler zu machen. Ich versuchte, sie zur Aufgabe ihrer Vorurteile und ihrer Skepsis gegenüber der Schule zu bewegen, versuchte, sie dahin zu bringen, daß sie die eingefahrenen Denkwege verließen und neue Ufer suchten. Kurz und gut: ich versuchte sie zu lehren, das Leben mit offenen Armen zu empfangen, über seine Geheimnisse nachzudenken, sich der Überraschungen zu erfreuen, die es für uns bereithält, und sich seinen Ungerechtigkeiten und Grausamkeiten tapfer entgegenzustellen. Wie auch andere Lehrer erlitt ich Rückschläge und Mißerfolge. Lehrersein ist eine Serie von Mißerfolgen. Die Größe und Schönheit dieses Berufes besteht darin, daß man es immer wieder versucht und nie den Mut verliert.

Ich mag keine schlechten Lehrer. Schlechte Lehrer sind Verbrecher in meinen Augen.

Ich habe so viel Grausamkeit gegenüber Kindern gesehen. Ich habe so viele Kinder gesehen, denen man die Möglichkeit versagte, das zu werden, was ihren Fähigkeiten als menschliche Wesen entsprach.

Bevor Sie mich vom Schuldienst suspendieren, stellen Sie sich diese Fragen, die meiner Meinung nach ausschlaggebend und entscheidend für die Beurteilung eines Lehrers sind, über dessen berufliche Karriere Sie zu entscheiden haben: Liebt er seine Schüler? Liebt er die Schule, den Unterricht? Und: lieben die Kids ihn? Wenn Sie auf eine dieser Fragen mit einem Nein antworten müssen, dann verdiene ich es, gefeuert zu werden.«

*

Nach dieser rührseligen Darbietung schaute der Doktor mich an und fragte:

»Warum versuchen Sie uns einzuschüchtern?«

George beendete meine Verteidigung mit dem Vorschlag, die Ausschußmitglieder sollten ein Buch lesen, das haargenau die Probleme meines Falles zu behandeln schien: »Catch-22«.

Zwei Monate später betrat Richter Street den Gerichtssaal. Alle Anwesenden erhoben sich geflissentlich. Dr. Piedmont erhob sich, ebenso Mr. Bennington, Mrs. Brown und mehrere Ausschußmitglieder, die erschienen waren, um gegen mich auszusagen. Sämtliche Protagonisten des Jahres standen da in ehrerbietiger Haltung, während der Richter sich räusperte, einige Papiere durchblätterte und den Saal zur Ordnung rief. Es wäre natürlich vorteilhaft für mich, wenn ich nun berichten könnte, daß es sich bei Richter Street um einen kaugummikauenden, ungebildeten Ex-Klans-Mann handelte, der von gewissenlosen Politikern in dieses Amt gehoben worden war, weil ihnen alles daran lag, daß im County der Status quo erhalten blieb. Aber das Gegenteil war der Fall. Richter Street war ein imponierender Mann mit einer gewaltigen Stimme und einem grauhaarigen Löwenkopf. Er erweckte den Anschein, als wäre die Gerechtigkeit eine schwache Jungfrau, der er mit unbeirrbarer Treue diente. Er behandelte sämtliche Zeugen mit höchster Zuvorkommenheit, während er den Anwälten – wie mir schien – mit sichtlicher Verachtung begegnete.

Der Prozeß war interessant. Die meisten Zeugen kamen von der Insel. Das Fährboot sollte an diesem Tag gegen sieben in der Frühe eine Sonderfahrt einlegen, um die sieben Elternpaare, die zu meinen Gunsten aussagen wollten, nach Bluffton zu befördern. Als der Kapitän die Maschinen anlassen wollte, entdeckte er, daß die Zündanlage, die am Abend zuvor noch einwandfrei funktioniert hatte, defekt war. Zu genau derselben Zeit sahen die Leute, wie Ted Stone in seinem Boot an ihnen vorbeifuhr und den Hafen verließ – auf dem Weg zum Gericht. Die Leute erzählten mir später, daß ein Maschinenteil fehlte, das irgend jemand ausgebaut haben mußte.

Ich mußte also auf die Zeugen aus Yamacraw verzichten, da es keine Fahrmöglichkeit für sie gab. Doch ich lernte noch eine andere Lektion, was die Ausübung der Macht betraf.

Der Prozeß war ein notwendiges, aber masochistisches Ritual. Menschen, die mich von früher kannten, traten in den Zeugenstand und bezeugten, daß ich tatsächlich Jack Armstrong und nicht Godzilla sei. Die Verwaltung rief Menschen in den Zeugenstand, die bezeugten, daß ich ein lausiger Lehrer, ein schamloser Stänkerer und Unruhestifter und eine Schande für den geachteten Beruf des Lehrers wäre. Außerdem hatte ich versucht, meine Schüler politisch aufzuhetzen, indem ich sie aufforderte, Black-Power-Plakate an die Tafel zu heften. Während der Verhandlung erfuhr Piedmont, daß Bennington und Sedgwick mir die Erstattung der Benzinkosten zugesagt hatten. Seine Argumente, ich hätte den Instanzenweg nicht eingehalten, wirkten angesichts dieser Tatsache zumindest äußerst schwach. Der Richter machte die Feststellung, daß die einzige Strafe, die es in Piedmonts »demokratischem« Machtbereich gab, die unverzügliche Entlassung war.

»Doktor Piedmont, haben Sie denn für den jungen Mann keine andere Strafe als die Entlassung?«

»Nein, Euer Ehren.«

»Sie haben keine geringere Strafe als die Entlassung? Soll das heißen, wenn er einige Male zu spät zur Schule kommt, bestrafen Sie ihn gleich mit einer Kürzung seiner Bezüge oder dadurch, daß Sie ihn vor die Tür setzen?«

»Unsere Lehrer halten sich allesamt genau an die Bestimmungen. Wir haben nie disziplinarische Schwierigkeiten mit ihnen.«

»Aber mit diesem jungen Mann haben Sie ganz offensichtlich disziplinarische Schwierigkeiten, Doktor Piedmont. Sie haben ihn entlassen. Das läßt sogar auf sehr große disziplinarische Schwierigkeiten schließen, nicht wahr?«

Als Dr. Piedmont den Zeugenstand verließ, zitterte er am ganzen Leib. Er war der letzte Zeuge in einer zwei Tage dauernden Verhandlung. Ich ging zu ihm, schüttelte ihm die Hand und sagte, ich hoffte, die ganze Sache hätte ihn nicht zu sehr mitgenommen. Er antwortete, indem er sagte, ich müßte stets das tun, was ich für richtig hielte, gleichgültig welche Folgen meine Handlungsweise für mich habe.

Nach all dem Hickhack mochten wir uns seltsamerweise immer noch. Ich muß allerdings gestehen, daß ich eine Zeitlang den Wunsch verspürte, ihm die Ratte zu melken, während wir da zusammenstanden und miteinander sprachen.

Die Anwälte, meine Freunde und ich waren fest überzeugt, den Prozeß gewonnen zu haben. Und diesen Sieg feierten wir an den letzten Tagen der Woche ausgiebig:

Der Rauch hatte sich endlich verzogen, die Schurken waren entlarvt worden.

Natürlich verloren wir.

In seiner Urteilsbegründung stellte der Richter fest, daß die Schulbehörde ermächtigt sei, jeden Lehrer zu entlassen, der ihr unerwünscht erschien.

Das war das Gesetz.

Es war alles sehr, sehr einfach.

12

Und so zog sich Conrack, seines Amtes enthoben und mit leicht angeknackstem Ansehen, auf sein Zimmer zurück, um die Erlebnisse seines Jahres auf Yamacraw niederzuschreiben.

Es war ein merkwürdiges Jahr, eine Art Gastvorstellung mitten in den Sümpfen, unter den nach Süden ziehenden Zugvögeln und den Menschen der Insel. Ich schrieb dieses Buch, mußte es schreiben, um zu erklären, was geschehen war und wie sehr das Geschehene mich berührte. Als man mich aus der Schule verbannte, zerschnitt man ein Band von unendlichem und zeitlosem Wert. Gleichgültig, wie zahlreich die Anschuldigungen und Anklagen waren, welche die Verwaltung gegen mich erhob, es änderte nichts an der Tatsache, daß ich die Kinder geliebt hatte – und sie mich. Wahrhaftig, es änderte überhaupt nichts daran.

In der ersten Zeit empfand ich eine große Bitterkeit, wenn ich in meinem Zimmer auf und ab lief und zu verstehen suchte, weshalb ich für Piedmont und Bennington eine solche Bedrohung darstellte und weshalb sie glaubten, mich von der Inselschule entfernen zu müssen. In dieser Periode erschienen sie mir wie leibhaftige Teufel.

Daß sie mich so gnadenlos gefeuert hatten, war eine Sache, eine andere der Versuch, meinen guten Ruf, mein Ansehen kaltblütig zu zerstören. Was sie mir antaten, war nicht nur eine Entlassung aus einem Amt, es war ein Akt der Blutrache. Und noch Monate später konnte ich nicht über die beiden reden, ohne rot zu sehen.

Doch die Zeit heilt alle Wunden, und sie heilte auch meine. Die Wut verrauchte, und ich vermochte im chaotischen Strom der Ereignisse, die mich mitgerissen hatten, eine Botschaft zu lesen. Das Auge sah wieder klar, nachdem sich die Wolken der Empörung und Verärgerung verzogen hatten.

Schließlich gewann ich Distanz zu den Geschehnissen und konnte auf die Menschen und Schauplätze des vergangenen Jahres zurückschauen wie auf die erstarrten Daten eines großen Zeitablaufs, der im Monat September begonnen und im Monat September geendet hatte.

Als ich dann den Gipfel des sinnbildhaften Berges erreicht hatte, konnte ich in diesem Augenblick – und nur in diesem Augenblick – zu einer Art Burgfrieden mit mir selbst kommen. Und gleichzeitig begriff ich auch mich selbst und die Menschen von Yamacraw.

Ich erkannte die Notwendigkeit einer beruflichen Existenz. Ich sah ein, daß es notwendig war, die Realitäten des Lebens zu akzeptieren. Nicht alles ist Gold, was glänzt. Der Mensch baut eine Menge Scheiß – ich bilde darin keine Ausnahme. Überall stinkt es danach: in den Schulbüchern, in den Platitüden, die Erzieher von sich geben, in den Schulausschüssen, in der Politik und – was am wichtigsten ist – auch bei mir.

Ich konnte so selbstgerecht, so stur sein, wenn ich

glaubte, im Recht zu sein oder die Kinder hätten etwas falsch gemacht. Mir fehlte jedes diplomatische Geschick, und Kompromisse waren mir fremd. Wenn ich in der Zukunft überleben wollte, würde ich die so schwierige Kunst der Arschkriecherei erlernen müssen, jene ehrenwerte amerikanische Gepflogenheit, die die Welt in Gang hält. Überleben ist das wichtigste überhaupt. Als echter Arschkriecher hätte ich zwar meine Selbstachtung verloren, aber ich wäre Lehrer geblieben und hätte weiter Kindern helfen können. Aber leider habe ich zuviel Selbstachtung, um zum typisch amerikanischen Speichellecker zu werden – natürlich mit der Konsequenz, daß ich auch für niemanden etwas tue. Vielleicht würde ich heute noch der Lehrer der Kinder von Yamacraw sein, wenn ich mich bezwungen hätte.

Ich erkannte auch, daß Piedmont und Bennington keine schlechten Menschen waren. Sie waren nur mittelmäßig – und ich hätte es wissen müssen. Ihre Träume, Hoffnungen und Visionen besaßen das Ausmaß einer Briefmarke. Sie hatten Gesetzbücher und Bibeln und Golfclubs und prächtige Villen an Flußufern. Sie waren Diakone in ihren Kirchengemeinden, lasen im Gottesdienst aus dem Evangelium vor und verkündeten die Frohe Botschaft Jesu in den Sonntagsschulen. Sie zitierten auswendig und im Brustton der Überzeugung die Bibel und spürten die Gegenwart des Heilands in ihrem Leben. Sie hatten nicht das geringste Bedürfnis nach Erlösung, weil sie schon erlöst waren. Sie waren im Besitz der Wahrheit, und sie waren stark. Eigentlich gab es in ihrem Leben nur eine Schwäche: Sie wurden nicht mit ihrer Angst fertig.

Alles war früher so einfach gewesen. Die Rassentrennung hatte die Dinge so leicht gemacht. Die Zweiteilung in schwarze und weiße Schüler machte die Arbeit in der Verwaltung so angenehm. Die schwarzen Schulen bildeten Reservationen, wo man die Söhne und Töchter der Baumwollpflücker um der Form und der Konvention willen zusammentrieb. Piedmont und Bennington führten abwechselnd den Vorsitz bei den Wahlen in den Schülerbeirat der weißen Schulen. Sie saßen bei den Footballspielen auf der Ehrentribüne, residierten bei Schulbällen und küßten das hübsche blonde Girl bei seiner Heimkehr von der Wahl zur Queen.

Vorbei die Zeit.

Diese Periode der amerikanischen Geschichte ist ein für allemal zu Ende und kommt niemals mehr wieder. Jetzt heißt die heimkehrende Königin vielleicht Ruby, Rosa Lee oder Jemima. Es gibt nur noch wenige Schulbälle wegen dieser allgegenwärtigen Südstaatenfurcht, ein nichtswürdiger Schwarzer könnte sich mit seinem erigierten Elefantenrüssel und einem gierigen Funkeln in den Augen einem unschuldsvollen weißen Mädchen und dessen Vagina nähern. Sogar die Footballspiele und die Wahlen der Ballköniginnen sind anders geworden und stecken voller Sprengstoff.

Ja, früher war alles viel schöner gewesen. Früher herrschten sie über schwarze Schulleiter, die vor ihnen katzbuckelten, ihnen die Rolle des unterwürfigen, leicht zu lenkenden Niggers vorspielten und die um ihrer persönlichen Sicherheit willen ihr eigen Fleisch und Blut über den Ladentisch schoben und an die weißen Herren verkauften. Diese Leute waren das Schmieröl im Getriebe einer von den Weißen beherrschten Gesellschaft. Sie ebneten allen Südstaaten-Piedmonts und -Benningtons den Weg durch ein unkompliziertes Drohnendasein. Die Dinge, auf die es ankam, waren Zucht und Ordnung, Disziplin und Gehorsam und das reibungslose Funktionieren des Schulapparats. Solange eine Schule nicht negativ auffiel, solange sich die Kinder korrekt verhielten und allen Unruhestiftern früh genug das Handwerk gelegt wurde, erwies sich das System als lebensfähig und bestätigte sich damit selbst.

Solange die Schwarzen und Weißen getrennt blieben, solange die Weißen den »Dixie« sangen und die Schwarzen »Lift Every Voice and Sing«, solange die Weißen Stipendien erhielten und die Schwarzen einen Job als Baumwoll- oder Tomatenpflücker, solange die Weißen das College besuchten und die Schwarzen Mohntorte aßen und Doctor Pepper tranken, so lange konnten die Piedmonts und Benningtons jeden Sturm überstehen und mit jeder Bedrohung fertig werden.

Aber all dies ging zu Ende mit der Aufhebung der Rassenschranken im Süden.

Während der ganzen Zeit meiner Entlassung und meiner Gerichtsverhandlung wollte ich Piedmont und Bennington klarmachen, daß das, was zwischen uns geschah, sich nicht auf Beaufort, South Carolina, beschränkte. Ich wollte ihnen das Bild des Stroms vor Augen führen, der jäh ansteigt, die Sümpfe überflutet und das Festland bedroht. Ich wollte sie darauf vorbereiten, daß ihre Zeit vorbei war. Doch als ich sie beim Prozeß sah, wußte ich plötzlich, daß sie Soldaten auf dem Rückzug waren, Kommandeure einer geschlagenen Armee auf dem

Marsch durch eine endlose Schneewüste und umkreist von den huschenden Schatten halbverhungerter Wölfe, die auf Beute lauern.

Sie waren alte Männer, die den Anblick einer über unbekannten Wassern aufgehenden Sonne nicht ertragen konnten.

Die Welt war so anders geworden.

Mrs. Brown war vielleicht die tragischste Figur unter all den Narren des Yamacraw-Karnevals. Eine Frau, die das Opfer ihrer eigenen Unsicherheit wurde. Die sich nichts sehnlicher wünschte, als von den Weißen anerkannt zu werden. Sie sonnte sich in dem Lob, mit dem Ezra Bennington sie so freizügig überschüttete. Sie wurde nicht müde zu betonen, daß sie zum Teil Cherokesin war, eine Privatschule besucht hatte und unter keinen Umständen mit den Schwarzen, die auf Yamacraw Island lebten, in einen Topf geworfen werden durfte. Sie fing an, mich zu hassen, weil ich ihre Meinung über die Inselleute nicht teilte. Ich denke mir, es war eine befreiende und läuternde Erfahrung für sie, festzustellen, daß sie einen Weißen hassen konnte. Mrs. Brown hatte mit meinem Rauswurf nichts zu tun. Sie erfuhr davon erst später, als schon alles gelaufen war. Die ganze Angelegenheit erschreckte und verwirrte sie. Ich erinnere mich, daß sie mir einmal sagte, sie würde gern nach Columbia ziehen, um dort hinter ihrem Haus eine Pastetenbäckerei zu eröffnen. Ich hoffe, sie verwirklicht ihren Wunsch und verkauft Tausende von Pasteten. Ich hoffe nicht, daß sie noch länger Kinder unterrichtet, aber ich hoffe inständig, daß sie für den Rest ihres Lebens glücklich wird.

Ted und Lou Stone werden bis zu ihrem Lebensende auf Yamacraw bleiben. Ihre Namen sind für immer mit der Geschichte der Insel verbunden. Obwohl ihre Geisteshaltung besser in eine frühere Zeit der amerikanischen Geschichte gepaßt hätte, ist ihre Beziehung zu den Menschen von ausgesprochen symbiotischer Natur. Trotz ihrer paternalistischen Einstellung helfen sie den Inselbewohnern, die auf Hilfe einfach angewiesen sind, und stellen gleichsam die stabilste und solideste Einrichtung auf Yamacraw dar.

Ich war der Unruhestifter, den sie alle fürchteten. Und sie atmeten befreit auf, als ich endlich nicht mehr da war. Dennoch zeigten sie sich mir gegenüber oft sehr hilfsbereit und erwiesen mir unaufgefordert und spontan manche Gefälligkeit. Sie sahen mit Entsetzen die Zeichen fürchterlicher Veränderungen am Horizont von Yamacraw heraufziehen. Eine entsetzliche Welt schickte sich an, ihre kleine Inselfestung zu erobern, und sie vermochten nicht zu begreifen, warum es schon so bald geschehen sollte. Im Grunde waren sie Menschen, die lediglich versuchten, die nahende Apokalypse von ihren Gestaden so lange wie möglich fernzuhalten.

Die Stadt Beaufort konnte sich den Veränderungen, die in ihr vorgingen, nicht entziehen. Es waren keine revolutionären, sondern langsame, beinahe unauffällige Veränderungen, vergleichbar mit der Erosion einer Felsklippe im Ansturm der Gezeiten. Eine Art Brüderlichkeit lebte in den Schatten der hohen weißen Säulen und stillen Veranden – unausgesprochen, keimhaft und dennoch gegenwärtig. Nirgends findet sich eine auffallende, weithin sichtbare Verurteilung der alten Werte, aber ihr

Zerfall ist nicht mehr aufzuhalten, ihre Zerstörung nicht mehr rückgängig zu machen.

Zehn Jahre gehörte ich zu dieser Stadt und konnte zusehen, wie sie immer menschlicher, immer toleranter wurde, während die Vergangenheit langsam verblaßte und die alten Träume ausbrannten in einem letzten verzweifelten Sichaufbäumen ohnmächtiger Wut. Der Süden der Menschlichkeit, der Friedfertigkeit und Güte erhebt sich langsam aus den Ruinen des Hasses und der nationalistischen Egoismen des weißen Mannes. In der Stadt leben immer noch die fanatischen Rassisten und Niggerhasser. Doch sie werden älter und griesgrämiger mit jedem Tag, der vergeht. Wenn Beauforts prächtiger Friedhof demnächst um vierhundert Gräber größer geworden ist, wird ein weiterer Teil der Armee des alten Süden unter der sandigen Low-County-Erde seine letzte Ruhestätte gefunden haben. Und viele Stimmen aus dem gewaltigen Chor derer, die einst das Lied der Trennung sangen, werden verstummt sein und nie wieder ertönen.

Das Glaubensbekenntnis der Konföderation, die Religion der Apartheid werden vom Strom der Jahre hinweggeschwemmt werden. Das Land wird der endgültige Schiedsrichter sein in den Streitigkeiten der Menschen. Gleichgültig, wie heftig diese Streitigkeiten waren. Der Sieg der Erde und die Macht des Todes und der Gräber wird unleugbar und vollständig sein.

Die Augen der Stadt richten sich – wenn auch nur mit quälender Langsamkeit – auf eine neue Zeit. Und diese Augen erstrahlen ein wenig heller als zuvor – weniger verdunkelt vom Haß.

Über die Kinder von Yamacraw vermag ich nur wenig

zu sagen. Ich glaube nicht, daß ich die Qualität ihres Lebens entscheidend verbessert oder etwas an der unerbittlichen Tatsache geändert habe, daß sie gefangen sind in den Gegebenheiten und Zwängen ihrer Geburt. Es gab so viel Schönes in dem Jahr, das ich mit ihnen verlebte. Und der Schmerz darüber, daß ich sie verlassen mußte, ist groß. Für sie bleibt mir nur ein einziger Wunsch: Möge der Fluß gut zu ihnen sein an dem Tag, an dem sie ihn überqueren werden . . .

Dank

an Peg und Don Conroy, an Carol, Mike, Kathy, Jim, Tim und Tom, die durch dick und dünn zu mir gehalten haben. Ebenfalls an Margaret Stanton, meine Großmutter, und an Jessica, Melissa und Megan, meine Töchter.

Ich danke meinen Freunden in Beaufort: Tut, Sarah Ellen, Bruce und Melinda Harper, John, Ruby Ellis, Dale, Jan, Danner und Betty Hryharrow, Papa und Mama Wall, Bucky Wall, Connie und Larry Rowland, John und Nip Cook, Freddie und Lindsay Trask, George und Connie Trask, den Scheins, Tim und Diane Belk, George und Jane Garbade, Lucy und Ridge Hall, Mike und Beth Jones, Herbert, Harriet, Billy und Paul Keyserling, Richie und Aldie Matta, Ev und Ann Cooper, Jeff Greene, Henry Burke, Millen Ellis, Charles und Juanita Washington, Courtney und Elizabeth Sicaloff, John Gadsden, Roy und Rose Lee, Mike McEachern, Frenchie Dawes, Miracyl Damon, Grady Lights, Pat Youngblood, Jet Ragsdale, den Ficklings, den Combses, den Delgados, den Dowlings, Marian Etheridge, Shep Trask.

Außerdem danke ich Bernie und Martha Schein, Bill Dufford, Gene Norris, Betsy Geddes, George und Miriam Sklar, Jim und Vivian Strand, Jim und Annie Roe, Nugent und Elizabeth Courvoise, Luke und Mary Brown, John und Clarissa Doyle, Linda Williams, K. Z. Chavis, Roy Bohon und Dot Routh, Susan Cooler, Jan und Ted Nichols, Bruce und Carol Fader, Stanley Kravit, Betsy Fancher, Joe Cumming, Carl und Nancy Turner, Herman Blake, Jim Ford, Joe Sanfort, Chuck Haffly, Allen Carlson, Frank Smith, John Rickford, Tim Biancalana, Dave Morrison, Ed Flaherty, Jeff Hershey, Jeff Pomerantz, Dave Dannon, Allen Minor, Beau und Julie Bridges, Beppie und Marshal Smith, Dick und Carrol Larsen, Dick und Marie Caristi.

Mein Dank gilt Ernest Hollings, Henry Chambers, den Colquhouns, den Samses, den Aimars, Ann und Rick Pollitzer, den Hendricks-Brüdern, den Becks, den Parkers, den Randels, den Zachowskis, George Westerfield, Harrison Drinkwater, Joe Golden, Joe und Jean Jones.

Julian Bach, Wendy Weil, Stannon Purves, Ann Barrett, Anita McClellan.

Dem Southern Regional Council, dem N. E. A. Dushane Fund und dem Leadership Development Program of the Ford Foundation.

Besonderen Dank an Richie Matta, Zack Sklar, Bob und Emma Lee Criddle und an die Erwachsenen und Kinder von Yamacraw.